Bernhard Giersche

Karl
-ausgeliefert-

ISBN: 978-3-943795-90-5

Umschlagbild und Cover-Layout: Martin Janzik
Lichtinspektor
photographie

Lektorat und Satz: Begedia Verlag

Druck: PRINT GROUP Sp. z o.o.

Besuchen Sie unsere Webseite
http://verlag.begedia.de

Bernhard
Giersche

KARL

-ausgeliefert-

Bernhard Giersche, Jahrgang 1967 ist Vater von vier Kindern und hat ein bewegtes berufliches wie privates Leben hinter sich. Daraus schöpft er sein breites Spektrum an Wissen über menschliche Charaktere und menschliche Untiefen.
Er arbeitet und lebt in Lippstadt/NRW.

Für Gisela

Soest-Ampen, 17. Mai 2014

Für Martin :-)

Ich wünsche meinem lieben Kollegen spannende Unterhaltung mit Karl & Elisabeth!

Prolog

Das flache Gebäude mit dem beschädigten Putz war hinter den hoch wuchernden Holundersträuchern kaum zu erkennen. Die Zufahrt war von Brennnesseln und Disteln überwuchert, und aus den Rissen, die die Witterung jahrelang in die Betonplatten vor dem Haus gegraben hatte, wuchs das Unkraut fast einen halben Meter hoch. Ein Stapel alter Autoreifen, der abseits des Weges stand, war vom Moos grün patiniert. Eine Birke wuchs aus ihm heraus, als habe sie den Reifenstapel als Blumentopf auserkoren. Das SEK »Alpha« bahnte sich nahezu geräuschlos seinen Weg zum Haus. Nur der schwere Atem der Männer unter den schwarzen Helmen war zu hören. Ein unterdrückter Fluch, den einer der Polizisten ausstieß, als er in eine Distel griff, wurde von einem ermahnenden »Pssst« kommentiert. Die Gruppe kam langsam voran und bezog unter den mit grauen Brettern zugenagelten Fenstern des Bungalows Stellung. Der SEK-Beamte, der an der rechten Hausecke kauerte, richtete seine Aufmerksamkeit auf den Bereich seitlich des Hauses, der von seiner Position aus am besten einzusehen war. »Alpha bereit«, knisterte es in den Lautsprechern, die auf Ohrhöhe in den Helmen der fünfköpfigen Einsatzgruppe integriert waren. Die marode Eingangstür würde der Türramme keine Sekunde standhalten, und sobald die Tür geöffnet war, würden Blend- und Nebelgranaten jeden Widerstand der oder des Menschen innerhalb des Gebäudes zur Farce werden lassen.

»Team Bravo bereit. Alpha wartet. Sichert den Ausgang und das Fahrzeug.« Dicht neben dem Bungalow stand ein blauer Renault, auf dessen Dach einige Holzpaletten gestapelt waren und der aussah, als wäre er schon sehr lange nicht mehr bewegt worden. Die fünf Männer spannten ihre Muskeln unter der schwarzen Schutzkleidung an und waren bereit zum Zugriff. Das Bravo-Team sollte das Haus von der Rückseite her betreten, und mit dreißig Sekunden Verzögerung würde das Alpha-Team in das Geschehen eingreifen. Das Zielobjekt war chancenlos und bereits so gut wie in Gewahrsam, wenn es gut lief, oder aber tot, wenn es Probleme geben würde. Der Leiter des Einsatzkommandos, ein Mann namens Gerald Picard, war bei seinem Team hoch angesehen, und es bestand zwischen allen Teammitgliedern und ihm ein starkes Vertrauensverhältnis. Picards Vorfahren waren Hugenotten und hatten ihm den französischen Nachnamen vererbt. Sein Team, zwölf Männer und zwei Frauen, hatte ihm den Spitznamen »Captain«, gegeben wegen seiner Namensvetternschaft mit dem Kommandanten des legendären Raumschiffs Enterprise. Und er, Picard, hatte aus dieser Not eine Tugend gemacht, indem er seinen Leuten ihren Spaß ließ, den sie bisweilen mit ihm trieben. »Captain« Picard gab den Einsatzbefehl auf die ihm zu eigen gewordene Art. »Energie!«

Für die beiden SEK-Teams war dies im Grunde ein Routineeinsatz. Sogar die Gegebenheiten der Szene ähnelten denen des Trainingszentrums, auf dessen Gelände Standardsituationen trainiert wurden. Sie wussten, dass sich die Zielperson im Gebäude befand und sie hatten das Überraschungsmoment auf ihrer Seite. Zwar hatte der Täter wahrscheinlich eine Geisel, aber es war zu erwarten, dass sich diese in einem separaten Raum in Gefangenschaft befand und somit keiner Gefahr ausgesetzt war.

Lautes Krachen und Splittern drang aus dem Gebäude, dann zweimal ein scharfer Knall. Nach dreißig Sekunden zerschmetterte die wuchtige Ramme die Eingangstür, die komplett aus den Angeln gerissen wurde. Weißer Rauch quoll aus der Türöffnung und weitere Nebelgranaten flogen ins Innere des Hauses. Die fünf Männer standen auf und stürmten, die Gewehre in Vorhaltestellung, in das Gebäude, und nach weniger als drei Minuten hatten sie die Zielperson, die keinerlei Gegenwehr leistete, aus dem Gebäude gezerrt und mit dem Gesicht nach unten in die Brennnesseln geworfen. Die Hände und Füße des Mannes waren mit schwarzen Kabelbindern gefesselt und zwei Beamte blieben bei der Zielperson, während der Rest der Mannschaft die Bretter von den Fensteröffnungen riss, um das Gebäude rauchfrei zu bekommen. Noch war der Einsatz nicht abgeschlossen, denn sie mussten nun das Entführungsopfer finden und retten. Wenn der Mann nach über zwei Monaten Geiselhaft überhaupt noch lebte, woran es erhebliche Zweifel innerhalb der Sonderkommission gab.

Schnell hatten sie die Tür entdeckt, die mit einem schweren Vorhängeschloss gesichert war. Der Rauch hatte sich mittlerweile komplett verzogen und das Schloss hielt der Zuwendung durch einen Bolzenschneider nicht stand. Da niemand wissen konnte, was sich hinter der Tür befand, hielten Picard und sein Team noch immer die Gewehre schussbereit in den Händen. Hinter der Tür befand sich eine Treppe, die in den Keller des Gebäudes führte. Unter gegenseitiger Sicherung tastete sich die Gruppe in den Keller. Die einzigen Lichtquellen bildeten die kleinen Ziellampen, die an ihren Sturmgewehren angebracht waren. »Meine Fresse, stinkt das«, entfuhr es Picard, als die Gruppe in eine Wolke beißenden Fäkaliengestanks geriet. Die Treppe endete in einem einzigen Raum, der wohl früher als Vorratskammer diente. Hier fanden sie ihn.

Graue Lumpen bedeckten den völlig ausgemergelten Körper nur dürftig. Im Licht der Gewehrlampen sah die Haut des Mannes aschgrau aus. Die Haare des Entführungsopfers waren ebenfalls grau, verfilzt und hingen ihm in strohigen Strähnen in das bärtige Gesicht. Der Mann blickte sie mit irren Augen an und ein animalischer Laut entfuhr seiner Kehle. Der Boden des Kellers war eine einzige Jauchegrube und die Möblierung bestand lediglich aus einer Aluminiumschüssel, in der ein gebogenes und völlig vertrocknetes Stück Brot lag. Als einer der Beamten versehentlich diese erbärmliche Schüssel umstieß und der Kanten Brot in die Jauche fiel, stürzte sich die Gestalt auf das Brotstück und rettete es aus dem Schlamm, der aus seinen eigenen Exkrementen bestand. Hastig stopfte er das besudelte Brot in den Mund und versuchte, das steinharte Stück herunterzuschlucken. Ohne ein Wort griffen Picard und zwei seiner Leute dem Mann unter die Arme, den fürchterlichen Gestank ignorierend. Fast zu spät stellten sie fest, dass er mit einer Kette an der maroden Klinkerwand des Kellers gefesselt war. Die Kette endete in einem Eisenring, der um den Hals des Mannes gelegt worden war. Der schmutzige, lange Bart und die filzigen

Haare hatten den Ring verdeckt, und so hätten die Retter ihm fast das Genick gebrochen, als sie ihn aus diesem Höllenloch befreien wollten. Auch hier war der Bolzenschneider nützlich, und so brachten sie ihn, nach Monaten in diesem Keller, wieder ans Tageslicht, doch es war nichts Menschliches mehr an dem Mann, der vor zwei Monaten und elf Tagen Opfer einer der spektakulärsten Entführungsfälle der Geschichte geworden war.

Viel später, als alle Berichte geschrieben waren und Spurensicherung und Ermittlungsbeamte den Tatort übernahmen, saß »Captain« Gerald Picard mit seinen Leuten in der Stammkneipe des Teams. Sie alle waren sich sicher, noch niemals etwas so Erbarmungswürdiges wie an jenem Nachmittag gesehen zu haben, als sie den Millionär Karl Grothner befreiten. Zumindest das, was von ihm übrig war.

Eins

Im Keller

Aus dem Meer aus Schmerzen ragte ein besonders stechender und pochender wie ein zerklüfteter Felsen empor. Dieser alles dominierende Schmerz strahlte von seinem Nacken auf den ganzen Körper aus, und alle anderen Schmerzherde in und an seinem Körper ordneten sich ihm unter. Die Wellen, die von ihm ausgingen, mischten alle Gedanken, die er zu formulieren versuchte, zu einem Brei aus Wortfetzen, in dem sich Geräusche und grelle Blitze mischten. Er hatte versucht, die Augen zu öffnen, doch es gelang ihm nicht. Seine Augenlider schienen zusammengewachsen zu sein. Als er die Arme bewegen wollte, um nach seinen Augen zu tasten, stieß eine Schmerzspitze von den Ellenbögen gnadenlos in sein Hirn und war für eine Millisekunde dominierender als das Inferno, das in seinem Nacken und Hinterkopf tobte. Wieder wurde er ohnmächtig. Als er das nächste Mal aus der Bewusstlosigkeit erwachte, fühlte er sich, als würden seine Adern von glühender Lava durchflossen. Die Hitze, die in ihm war, ließ den Schmerz erträglicher werden, aber die Bilder, die ihm das Fieber in sein zerschlagenes Bewusstsein projizierte, waren grausam und erzeugten Todesangst in ihm. Er spürte noch, wie sich seine Blase und sein Darm entleerten, bevor ihn die tiefe Dunkelheit erneut aufnahm und in den Vorraum des Todes sperrte.

Erst Stunden später kam er wieder an die Oberfläche. Der Schmerz war zu einem monotonen Dauergefühl abgeklungen. Das Fieber ließ ihn wie ein Stück Treibgut in rauer See unkontrolliert in die Realität eintauchen, um ihn gleich wieder im diffusen Nebel der völligen Orientierungslosigkeit versinken zu lassen. Das Gefühl des freien Falls wechselte sich ab mit einem sehr starken Drehschwindel, der ihm jede Kontrolle über seinen Körper nahm, den er ohnehin nicht mehr wahrzunehmen vermochte. Als habe er keine Grenzen mehr, als bestünde sein Körper aus einer Wolke, die sich ständig veränderte und keine Konturen besaß. Eine Wolke, die tief in ihrem Inneren einen glühenden Kern hatte, der unheilvolle Hitze ausstrahlte. An diesem ersten Tag im Keller war er dem Tod sehr nahe, ohne es zu wissen. An diesem Tag bestand seine Gedankenwelt nicht aus Worten und Bildern, Erinnerungen und Deutungen, sondern nur aus Gefühlen und sensorischen Empfindungen. Erst am Ende des zweiten Tages war er imstande, sich zu fragen, wer er ist. Doch diese Frage blieb unbeantwortet für ihn.

Er hatte es unter Schmerzen geschafft, seine Hände zu seinem Gesicht zu bewegen und nach seinen Augen zu tasten. Er rieb sie vorsichtig und konnte die Verklebung des linken Auges lösen und es halb öffnen. Im ersten Moment dachte er, er sei blind, denn trotz des geöffneten Auges sah er nur Schwärze. Es dauerte einige Minuten, bis er begriff, dass er im Dunklen lag. Seine Nase war völlig zugeschwollen und er spürte eine harte Kruste auf seiner Oberlippe. Er war gezwungen, durch den Mund zu atmen und seine Schleimhäute waren vollkommen ausgetrocknet und rissig geworden. Seine Zunge lag wie ein gestrandeter, toter Wal in seiner Mundhöhle und keine Geschmacksknospe sandte mehr Informationen zu seinem Gehirn. Lediglich die Idee eines Geruchs tanzte wie ein zephales Glühwürmchen durch sein Geruchszentrum. Ammoniak. Und noch etwas anderes, doch auch Teile seiner Assoziationsfähigkeit waren im Meer des Vergessens untergegangen.

Sein nächstes Erwachen war völlig anders. Er konnte beide Augen öffnen und sie konnten endlich wieder Informationen an sein Gehirn senden. Es war zwar ein sehr dämmriges Licht, doch weil er seit zwei Tagen nur Dunkelheit um sich gehabt hatte, war die Helligkeit für ihn zunächst unerträglich und er war gezwungen, die Augen wieder zu schließen. Die Verkrustungen um seine Nase herum waren fort und nach einigen Minuten hatten sich seine Augen an die Helligkeit gewöhnt. Die Lichtquelle war eine matte Glühbirne, die an der Decke des Raumes angebracht war. Er bemerkte, dass er völlig unbekleidet auf einer Pritsche lag. Das schmerzhafte Pochen in seinem Hinterkopf war abgeklungen und er begriff, dass jemand während seiner letzten Ohnmacht bei ihm gewesen war und ihn entkleidet und gewaschen hatte. Vorsichtig sah er sich um. Er befand sich in einem kleinen, fensterlosen Raum. Seine Pritsche war eine Campingliege, wie er erkannte, obwohl er nicht wirklich wusste, was eine Campingliege ist. Vor ihm auf dem Boden sah er eine Blechschüssel, darin ein Kanten Brot und neben der Schüssel eine durchsichtige Kunststoffflasche mit Wasser gefüllt. Langsam und unter Schmerzen gelang es ihm, sich aufzurichten und sich hinzusetzen, die nackten Füße auf kaltem Beton. Es klimperte leise und mit Erschrecken stellte er fest, dass er einen Halsring aus Eisen trug, der mit einer Kette an der Stirnwand des Raumes befestigt war. Doch im Moment war ihm die Flasche mit dem Wasser wichtiger. Er ließ sich von der Kante der Liege auf die Knie gleiten und griff nach der Flasche. Hastig öffnete er den Verschluss und trank gierig mit tiefen Zügen das schale Wasser. Sein Magen war nach so langer Zeit mit der plötzlichen Wassermenge völlig überfordert, und er erbrach es sofort wieder. Wie eine Fontäne schoss ihm das Wasser aus dem Mund und spritzte bis an die gegenüberliegende Wand. Hustend rang er nach Luft und trank danach erneut, aber langsamer und in kleinen Schlucken. Sein Magen krampfte erneut bedenklich, beschloss aber offenbar, das Wasser zu behalten. Obwohl er seit zwei Tagen ohne Nahrung war, verspürte er keinen Hunger. Seine gesamte Bauchgegend fühlte sich an, als sei sie aus heißem Stahl gegossen und kein organisches Material. Sein Blick schweifte durch den Raum. Bröckeliger Putz gab den Blick auf rote Ziegelsteine frei. Er sah auf die schmale Wand, an der seine Halsfessel befestigt war. Eine eigentlich dünne, aber offensichtlich sehr robuste Kette war dort mit einer Sechskantschraube an der Wand befestigt. Er tastete nach dem Eisenring, der um seinen Hals lag und stellte fest, dass ein Vorhängeschloss den Verschluss dieses Ringes bildete. Rechts von ihm erkannte er eine schmale Holztreppe, deren zwölf Stufen zu einer grauen Stahltür führten. Er bemühte sich aufzustehen und in Richtung der Treppe zu gehen, doch nach wenigen, sehr unsicheren Schritten spannte sich die Kette und verhinderte, dass er auch nur die unterste Stufe der Treppe erreichte. Er fühlte unendliche Hilflosigkeit in diesen Minuten. Wo war er? Wie war er hierher gekommen? Und vor allem: Wer war er? Er schaffte es gerade zurück auf die Liege, bevor das starke Sedativum, das dem Wasser zugesetzt war, wirkte.

Zwei

Karl Grothner war ein hochgewachsener und stattlicher Mann. Seine leicht ergrauten Haare verliehen ihm noch zusätzliche Autorität, obwohl er die gar nicht benötigte. Als alleiniger Chef des Handelsriesen »Grothner« und alleiniger Anteilseigner der »Grothner Solutions«, die eigentlich ein Geflecht aus verschiedenen Unterfirmen darstellte, gebot er über die veritable Menge von über zehntausend Angestellten. Er war Besitzer von unzähligen Immobilien und hatte sich mit seinen Firmen strukturell unabhängig gemacht. Wenn ihm zum Realisieren seiner Projekte Partner fehlten, buhlte er nicht um Zusammenarbeit, sondern schuf die Firma, die er benötigte, selbst. Transport, Logistik oder IT-Komponenten umrahmten sein Imperium und bildeten den Metabolismus, der es am Leben erhielt. Karl Grothner verfügte über ein Privatvermögen von über vierhundert Millionen Euro und gedachte, seinen Besitz stetig zu mehren. Sein sportlicher Körper steckte in einem dunklen Anzug, seine gesamte Erscheinung war vollkommen makellos. Die glänzenden Lederschuhe wiesen keinen Quadratmillimeter matter Stellen auf, als er aus der Limousine stieg, nachdem ihm der Fahrer die Tür geöffnet hatte. Der schwere, schwarze Land Rover, der stets wie ein Schatten hinter der Limousine des Firmenchefs herfuhr, hatte etwa fünfzig Meter entfernt gehalten. In ihm saßen vier sehr beeindruckende Männer, deren Aufgabe es war, für die Sicherheit des »Chefs« zu sorgen, wie Grothner immer dann genannt wurde, wenn er selbst nicht zugegen war. Ihn in seiner Anwesenheit so zu nennen, hätte niemand gewagt. In diese Verlegenheit kam allerdings niemand, denn Grothner kommunizierte nicht oft mit seinen Angestellten. Er gab Anweisungen, die stets so klar und durchdacht waren, dass es keinen Bedarf an Nachfragen gab. Hätte es diese gegeben, wäre der Frager für die Mitarbeit im Grothner-Imperium auf der Stelle disqualifiziert worden. An manchen weniger guten Tagen hatte Karl Grothner bis zu fünf Kündigungen ausgesprochen. Er verfügte über mehrere Rechtsabteilungen, von denen sich eine ausschließlich mit der Abwicklung der jeweiligen Beschäftigungsverhältnisse befasste.

Karl Grothner ging die wenigen Meter zum Haupteingang des Verwaltungsgebäudes, dessen gesamte Fassade aus verspiegeltem Glas bestand und das einen perfekten Würfel von exakt fünfundvierzig Metern Kantenlänge darstellte. Der Fahrer wartete weisungsgemäß genau dreißig Sekunden, bevor er dem »Chef« mit der schwarzen Aktentasche folgte, die er ihm dann vor die imposante Bürotür stellen würde. Frau Huss, die mausgraue Sekretärin des »Chefs«, würde ihm, wenn Karl Grothner das Gebäude wieder verlassen würde, jene schwarze Tasche exakt dreißig Sekunden später hinterhertragen und in den Kofferraum der Limousine legen. So war es jeden Tag. Zu genau derselben Zeit. Karl Grothner hatte jedes Detail im Ablauf seines Arbeitstages durchorganisiert und genauestens geplant. Jede Abweichung von diesem Schema, sofern von den Angestellten verursacht, führte in die sofortige Arbeitslosigkeit. Karl Grothners Chefsekretärin, Frau Huss, war eine unansehnliche Frau mit einem strengen und völlig altmodischen Dutt. Sie trug stets unauffällige, knöchellange Kleider und eine ebenso unspektakuläre Brille und selten Schmuck oder Parfüm. Ihr unterstand die Buchhaltung und das gesamte Sekretariat, das eine Etage tiefer untergebracht war. Ihr oblag die Auswahl der Schreibkräfte, die zum inneren Zirkel des Grothner-Imperiums gehörten, da sie Zugang zu teilweise sensiblen Daten und Vorgängen hatten. Sie konnte von sich behaupten, es am längsten mit dem »Chef« ausgehalten zu haben, würde das aber niemals tun. Sie war wie ein Schatten, wie der Mensch gewordene Nachhall seiner Persönlichkeit und Autorität. Als sie sich vor über fünfzehn Jahren auf die Stelle der Chefsekretärin bewarb, war sie in einem grauen Kostüm zum Bewerbungsgespräch erschienen und hatte fachliche Kompetenz bewiesen und das nötige Maß an Unterwürfigkeit mitgebracht, um die Stelle zu bekommen. Leidensfähigkeit musste sie erst lernen, aber Karl Grothner war diesbezüglich ein guter Lehrmeister. Sie lernte mit der absoluten Emotionslosigkeit des Konzernchefs zu leben, wie man es lernen mag, mit einer Krebserkrankung umzugehen. In den ersten Jahren litt sie seelisch Höllenqualen, wenn Grothner menschliche Existenzen mit eiskaltem Kalkül zerstörte. Sie sah ehemalige Firmenbesitzer geschockt und in Tränen aufgelöst aus Grothners Büro schleichen, nachdem deren Unternehmen vom ständig wachsenden und unersättlichen Grothner-Konzern geschluckt und zerschlagen wurden. Sie musste herzzerreißend weinende ehemalige Mitarbeiter abweisen, wenn diese trotz ihres Leids noch den Mut fanden, mit dem »Chef« persönlich über ihre Entlassung reden zu wollen. Und sie musste dies mit der gleichen Kälte tun wie der »Chef« selber. Sonst würde sie die Nächste sein, die gehen musste. In ihrer Position entwickelte sie eine Art »Stockholm-Syndrom«, die Identifikation mit dem Aggressor. Sie arbeitete schon lange nicht mehr für Geld, sie gehörte Grothner. Wie alles um Karl Grothner herum Karl Grothner gehörte.

Der Fahrer hatte die schwarze Ledertasche vor dem Chefbüro abgestellt, Frau Huss kaum wahrnehmbar zugenickt und war gegangen. Der »Chef« war dreißig Sekunden vorher wie immer mit regungslosem Gesicht an ihr vorübergegangen und hatte lautlos die Tür zu seinem Büro geöffnet. Auf seinem schlichten Schreibtisch hatte er eine Tasse schwarzen Kaffee und die Terminliste vorgefunden. Sie nahm die schwarze Tasche und öffnete ohne anzuklopfen die Tür. Er hob nicht einmal den Kopf, wusste er doch, dass sie es war. Karl Grothner saß vor seinem Notebook, und an den Bewegungen seiner grauen Augen konnte sie erkennen, dass er dabei war, seine Korrespondenz zu sichten. Der Chef wusste, dass sie die Tasche nun öffnen und in der Reihenfolge Schnellhefter, Smartphone und Plastikdose mit zwei geschnittenen Äpfeln auspacken und die Gegenstände in vorgeschriebener Ordnung auf dem Schreibtisch platzieren würde.

Wie jeden Tag. Und wie jeden Tag gab er ihr, wieder ohne aufzusehen, sein Diktiergerät mit den Anweisungen für den Tag. Sie nahm es entgegen und war peinlich bemüht, seine feingliedrigen Finger dabei nicht zu berühren. So viel intime Nähe zu diesem Mann wäre für sie unerträglich gewesen. Eine Berührung wäre ein Tabubruch gewesen. In den fünfzehn Jahren, die sie ihn nun kannte, hatte sie nie beobachtet, dass Karl Grothner von irgendjemandem berührt worden war. Er gab niemals jemandem die Hand. Möglichst ohne ein Geräusch zu verursachen, verließ sie sein Büro und nahm auf ihrem Bürostuhl Platz, vor sich den Schreibtisch, der wie ein verkleinertes Abbild des Tisches vom »Chef« aussah.

Sie schaltete das Diktiergerät ein. Karl Grothners tiefe, sonore und doch kalte Stimme erfüllte das Vorzimmer. »Predeick um neun. Quartalszahlen Innvotec-Grothner bis zehn. Den Schweizern absagen. Termin Börsenblatt absagen. Termin Ministerium an Berhues delegieren. Max Fresenius entlassen, Vollzug an mich bis fünfzehn Uhr. Telefonate nur von Dr. Krieger und Herrn Walther durchstellen. Bildschirmkonferenz moderieren Sie. Unterlagen sind im Netzwerk. Brinkmann vom Sicherheitsdienst um sechzehn Uhr bestellen.«

Ein Tag wie jeder andere. Sie atmete auf. Max Fresenius war der Facility-Manager des Verwaltungsgebäudes. Früher hätte man »Hausmeister« gesagt. Frau Huss wusste nicht, was der etwa fünfzig Jahre alte Fresenius verbrochen hatte, vielleicht war nur eine Glühbirne auf dem Männerklo defekt oder es wuchs Unkraut in den schmalen Beeten vor dem Glaskubus. Fresenius war auch für die Wartung des Fuhrparks zuständig. Möglicherweise gab es eine leuchtende Warnlampe in der Cheflimousine.

Es war ihre Aufgabe, den Kündigungsgrund zu formulieren, Fresenius davon in Kenntnis zu setzen und die Rechtsabteilung zu informieren. Ein Memo ging an die Sicherheitsabteilung, die dafür sorgte, dass der Mann seine Sachen packte und dann das Firmengelände verließ und nicht wiederkehrte. Sie erledigte alles innerhalb einer halben Stunde und pflegte die vakant gewordene Stelle in die Firmen-Homepage ein. Routine, die sie mittlerweile ebenso emotionslos erledigte, wie der »Chef« sie anordnete. Keine Fragen.

Drei

An den Mann heranzukommen schien unmöglich. Wenn er den Glaskasten verließ, waren stets die Gorillas in der Nähe. Zwar immer dezent im Hintergrund, aber nahe genug, um jederzeit eingreifen zu können, sollte jemand ihrem Boss zu nahe kommen. Den Mann so abzugreifen, war undenkbar. Das war Marius Kleinhans klar. Alleine schon das Sammeln notwendiger Informationen über sein potentielles Opfer gestaltete sich extrem schwierig. Er durfte keinen Fehler machen, sonst wäre der Coup vorbei, bevor er begonnen hatte. Es hatte Tage gedauert, bis es ihm gelungen war, den Weg vom Firmensitz bis in das Privathaus seines Opfers nachzuvollziehen. Sein ursprünglicher Plan war es, den beiden Fahrzeugen einfach zu folgen. Im ersten Auto, einem schwarzen gepanzerten Mercedes, saßen Grothner und sein Fahrer. Bei jeder Fahrt wurde der Wagen von einem Land Rover begleitet, in dem vier Sicherheitsleute saßen. Marius Kleinhans hatte jedesmal die Verfolgung nach wenigen Kilometern abgebrochen, weil sein Instinkt ihm einredete, dass die Bodyguards mitbekommen hatten, dass er sie verfolgte. Erst an einem Tag, an dem es sehr stark regnete und man von ihm maximal die Scheinwerfer im Rückspiegel erkennen konnte, hatte er sich getraut, sie bis zu ihrem Ziel zu verfolgen. Als er die kleine Kolonne durch ein sich automatisch öffnendes Tor fahren sah, war er sich sicher, das Privathaus von Karl Grothner gefunden zu haben.

Marius Kleinhans hatte die feste Absicht, Karl Grothner zu entführen, um ein saftiges Lösegeld zu kassieren. Auf ihn war er durch Zufall gekommen, als er einen Pressebericht gelesen hatte, der sich mit dem Grothner-Imperium befasste. Dort war geschrieben worden, dass über den Privatmann Karl Grothner kaum Informationen vorlagen, weil dieser extrem menschenscheu sei und noch niemals ein Interview gegeben hatte. Auch existierten kaum Fotos von dem Mann, was ebenfalls sehr ungewöhnlich war. Immerhin besaß Grothner ein Wirtschaftsimperium und zählte zu den reichsten Menschen im Land. Marius Kleinhans war der klassische Kriminelle. Von leicht überdurchschnittlicher Intelligenz hatte ihn seine eher banale Verbrecherkarriere immerhin darin geschult, Chancen zu erkennen und ziemlich gute Planungen vorzunehmen, wenn es darum ging, an das Geld anderer Leute zu kommen. Er war mit einem Meter siebzig ein eher kleiner Mann, aber er war extrem muskulös, ohne dabei gedrungen oder körperlich unproportional zu wirken. Er trug kurz geschnittenes, braunes Haar und sein bartloses Gesicht war markant männlich. Ein leichter Unterbiss verlieh ihm das Aussehen einer Bulldogge, was auch sein Spitzname damals im Knast war. Zwei Jahre Santa Fu hatten ihn gelehrt, dass es besser ist, alleine zu arbeiten. Damals hatten ihn die Fehler und der Leichtsinn anderer vor Gericht und anschließend ins Gefängnis gebracht. Diesmal wollte er so ein Fiasko vermeiden. Er bestritt seinen Lebensunterhalt mit Einbrüchen und war darauf spezialisiert, die Sicherheitssysteme der Reichen und Schönen zu analysieren und zu umgehen. Aber er geriet immer mehr an seine Grenzen, denn die technische Entwicklung von Bewegungsmeldern, Kamerasystemen und anderen Einrichtungen ging rasant vonstatten. Mehrfach hatte er einen lange geplanten Einbruch abbrechen müssen, weil er trotz aller Vorbereitung Alarm ausgelöst hatte. Marius Kleinhans verstand sich als Gentleman-Einbrecher. Er wollte nicht in Mietwohnungen einsteigen, um der Arbeiterklasse die wenigen Habseligkeiten zu nehmen. Die Reichen wollte er bestehlen. Und so für ein wenig Gerechtigkeit sorgen. Vor allem auf sich bezogen, denn es waren doch die Reichen, die ihn arm hielten. Die ihm jede Chance verweigert hatten und in ihm eine Made sahen, die versuchte, sich einen Krumen vom Kuchen zu holen. Und dieser Karl Grothner war für ihn zum Sinnbild dieser Ungerechtigkeit geworden. Schwer reich und ohne Familie. Geld nur um des Geldes willen. Noch nie hatte Grothner etwas gespendet oder sich sonst irgendwie sozial engagiert. Für Kleinhans war der Magnat wie Dagobert Duck, der ohne sein tägliches Bad im Geldspeicher zugrunde ging. Wenn er es schaffte, Karl Grothner zu entführen und Lösegeld zu erpressen, wäre er selbst reich. Hätte ausgesorgt bis zum jüngsten Tag. Und er hätte etwas Ehrenhaftes getan, diese Arbeit würde ihn als Kriminellen adeln. Schnell hatte Kleinhans in Erfahrung gebracht, dass es unmöglich war, Grothner in dessen Haus zu packen. Das ganze Anwesen war eine einzige Alarmanlage und der Land Rover stand auch nachts vor dem Tor. Einmal in der Nacht wechselte die Besatzung des Wagens und Kleinhans sah keine Chance, auch nur in die Nähe des Wohnhauses zu gelangen, das von einer drei Meter hohen Mauer umgeben und von keiner Seite wirklich zu sehen war. Lediglich in dem Moment, in dem Grothners Mercedes durch das geöffnete Tor fuhr, konnte man das Wohnhaus erkennen. Ein graues, sehr modernes Gebäude mit einem Metalldach. Schmucklos und funktionell. Innerhalb der Mauern, die das Haus umgaben, gab es weder Bäume noch Büsche oder Blumen. Nur gepflegten, kurz geschnittenen Rasen. Auf der Mauer waren Scheinwerfer angebracht, und sobald nachts irgendein Tier die Bewegungsmelder aktivierte, stürzten die vier Männer aus dem Rover und überprüften die Lage. Da war nichts zu machen. Nächtelang hatte Kleinhans das Anwesen im Schutz der gegenüberliegenden Buschgruppe beobachtet. Er suchte nach einem Loch im Sicherheitsnetz des Multimillionärs. Doch auch nach Wochen des Beobachtens und Sondierens hatte er keine Ahnung davon, wie er des Mannes habhaft werden konnte, ohne dass man ihn in kürzester Zeit fassen und zurück nach Santa Fu bringen würde. Doch er gab nicht auf. »Geht nicht gibt es nicht« war seine Devise, und eines Tages hatte er zumindest den Hauch einer Idee.

Jeden Morgen bot sich ihm das gleiche Schauspiel, zumindest unter der Woche: Von Montag bis Freitag verließ Grothners

Wagen um genau acht Uhr das Privatgrundstück. Nie auch nur eine Minute davor oder danach. Und jeden Abend um exakt siebzehn Uhr und dreißig Minuten durchfuhr der gepanzerte Mercedes das Tor in Gegenrichtung. Wie der Fahrer es fertigbrachte, trotz des Verkehrs auf dem Weg hierhin, so unglaublich pünktlich zu sein, war Kleinhans schleierhaft. In Grothners Abwesenheit war das Anwesen keineswegs verwaist. Lieferanten kamen zu festen Zeiten und brachten Lebensmittel oder andere Dinge. Es gab drei Menschen, zwei Frauen und ein Mann, die jeden Tag zur gleichen Zeit durch das Tor gingen. Vermutlich Hausmeister, Köchin und Hauswirtschafterin, mutmaßte Kleinhans. Es gab auch zwei Wachleute einer Sicherheitsfirma, die in schwarzen Uniformen hinter dem Tor standen und jeden, der das Anwesen betreten wollte, kontrollierten. Jeder Lieferant und jeder Bedienstete besaß einen Ausweis, und Kleinhans konnte beobachten, dass sich Wachleute und die Menschen, die das Anwesen betreten durften, persönlich kannten. Hier gab es keine Chance, hinter die Mauern zu gelangen. Selbst wenn er sich als Vertretung ausgeben würde, um so auf das Grundstück zu kommen, würden unzählige Kameras sein Gesicht aufnehmen und innerhalb kürzester Zeit wäre er zur Fahndung ausgeschrieben. Nein, mit der Entführung dieses Mannes durfte ihn nie jemand in Verbindung bringen können.

Die einzige Möglichkeit, um den Mann abzugreifen, musste sich in dem Zeitfenster befinden, in dem Grothner unterwegs zu seiner Firma war. Die Strecke vom Wohnsitz Grothners bis zum Glaskasten betrug nahezu genau sechzehn Kilometer. Die Fahrstrecke ließ sich in dreiundzwanzig Minuten bewältigen. Grothners Fahrer hatte drei alternative Streckenführungen, die er je nach Verkehrslage wählte. Die ersten fünf Kilometer jedoch waren stets die gleichen. Eine schmale Landstraße, die erst durch landwirtschaftlich genutzte Flächen führte, dann kam ein Waldstück von einem Kilometer Länge und danach kam bereits das Ortseingangsschild, und die Fahrstrecke wurde nicht mehr vorhersehbar. Innerhalb des Waldstückes gab es eine Querstraße, die in die Landstraße mündete. Diese war von Büschen gesäumt und führte zu einem verlassenen Bauernhof. Diese Stelle hatte sich Kleinhans ausgesucht, um Karl Grothner zu entführen. Blieb nur das Problem mit den Männern im Land Rover, die wie Schmeißfliegen an dem Wagen des Konzernchefs klebten. Die musste er loswerden, und er wusste auch schon wie. Der Land Rover hielt jeden Abend an genau derselben Stelle vor dem Haus des Millionärs. Drei Meter vor dem Eingangstor. Direkte Nachbarn besaß das Anwesen nicht und die Straßenbeleuchtung war nur im unmittelbaren Eingangsbereich so hell, dass jede Bewegung auffallen musste. Links und rechts des ummauerten Grundstücks war die Fläche bewaldet, was Kleinhans das Observieren des Anwesens erleichterte. Auch auf der gegenüberliegenden Straßenseite war das Gelände dicht mit Buschwerk bewachsen. Erst nach über zweihundert Metern gab es eine weitere Villa, die jedoch weder Mauer noch Hecke besaß und einem Unternehmerehepaar gehörte, wie Kleinhans herausfand. Erst nach Tagen war ihm aufgefallen, dass der schwere Geländewagen der Bodyguards immer über einem Kanaldeckel stehenblieb, nachdem Grothners Auto auf das Anwesen gefahren war. Hierin lag möglicherweise die Lösung des Problems. Ein Plan reifte in ihm heran und Kleinhans begann sich auf den Tag vorzubereiten, an dem er einen der reichsten Männer Deutschlands entführen würde. Er entwendete in den nächsten Tagen einen zehn Tonnen schweren und voll beladenen Kieslaster von einer Baustelle in einer Nachbarstadt und brachte ihn auf den verlassenen Bauernhof, wo er ihn unter einer großen Remise so einparkte, dass er von der Straße aus nicht zu sehen war. Kleinhans kaufte von einem Schrotthändler einen alten blauen und zerbeulten Renault, nachdem er sich davon überzeugt hatte, dass dieser noch fahrbereit war. Mit gestohlenen Kennzeichen versehen, brachte er auch dieses Fahrzeug in Stellung. Nun musste er warten. Schon nach wenigen Tagen hatte er Glück. Der Mercedes und sein Begleiter fuhren an diesem Tag nicht in Richtung des Hauses, in dem Grothner lebte, sondern schlugen den Weg in Richtung des Flughafens ein. Heute Nacht würde der Land Rover nicht vor dem Haus stehen, denn der Hausherr war nicht anwesend. Kleinhans wusste, dass zwei Kameras auf den Bereich des Eingangstores gerichtet waren. Sein Sachverstand sagte ihm, dass der Gullydeckel, über dem normalerweise der Rover stand, außerhalb des Erfassungsbereiches dieser Kameras lag. Im Schutz der Dunkelheit brachte Kleinhans ein Stahlseil und eine vier Zentimeter dicke und zwei Meter lange Eisenstange zu dem Gullydeckel, hob diesen mit einer Brechstange an und schob ihn so weit zur Seite, dass er die Trosse und die schwere Eisenstange hineinwerfen konnte. Er warf einen prall gefüllten Rucksack hinterher, dann verschloss er den Gully wieder und verschwand so schnell er konnte von der Straße. Über eine Stunde verharrte er in seinem Gebüsch, bis er ganz sicher sein konnte, dass niemand etwas davon mitbekommen hatte. Nun schlich er erneut zu dem Kanaldeckel, hebelte ihn zum zweiten Mal heraus und schob ihn so weit zur Seite, bis er selbst in das enge Kanalrohr klettern konnte. Sobald er unterhalb der Straßendecke war, schob er von innen den Deckel wieder in seine Position. Der senkrechte Teil des etwa sechzig Zentimeter durchmessenden Kanals mündete in einem waagerechten Rohr, das der Regenwasserentsorgung diente. Auf dem Grund dieses Rohres fand Kleinhans das Stahlseil, die schwere Eisenstange und seinen Rucksack. Er verband das Seil mit einem Karabinerhaken mit der Eisenstange und legte diese so in das waagerechte Rohr, dass sie wie ein Anker wirken müsste. Am anderen Ende der Trosse hatte er ebenfalls einen Karabinerhaken befestigt. Das Kanalrohr lag trocken, denn es hatte schon geraume Zeit nicht mehr geregnet. Es hatte einen Durchmesser von achtzig Zentimetern und war somit groß genug, um sich auf allen Vieren darin fortbewegen zu können. Marius Kleinhans nahm eine Taschenlampe aus dem Rucksack und kroch in das Rohr zu seiner Linken. Fünfzig Meter weiter würde er den nächsten Kanaldeckel finden, und an dieser Stelle wollte er aus dem Kanalsystem verschwinden, wenn es soweit war. Er musste zunächst aber herausfinden, ob sich die fünfzig Meter tatsächlich im Kriechgang bewältigen ließen. Davon hing, wie von vielen anderen Elementen, sein Plan ab. Langhans litt zu seinem Glück nicht an Klaustrophobie und es befand sich nur trockener Schlamm in dem Betonrohr. Er bewältigte die Strecke bis zum nächsten senkrechten Rohr innerhalb von zwanzig Minuten, stieg an den Metallkrampen, die in das senkrechte Rohr eingelassen waren, empor, und drückte von unten gegen den Gullydeckel. Der mochte um die fünfzehn Kilogramm wiegen und Kleinhans konnte ihn mühelos anheben und zur Seite schieben. Der Renault stand von dieser Stelle nur hundert Meter entfernt, Kleinhans hatte ihn rückwärts in einen Waldweg gefahren, sodass er von der Straße aus nicht zu sehen war. Um kein weiteres Risiko einzugehen, kroch er auf allen Vieren wieder zurück zu der Stelle, an der der Land Rover hoffentlich bald stehen würde. Nun musste er warten, wenn er Pech hatte, mehrere Tage, bis Grothner von seiner Geschäftsreise zurückkehrte. Er richtete es sich mit dem Inhalt des Rucksacks, einer Decke und Lebensmitteln, so bequem wie möglich in dem Kanalrohr ein und betete, dass es nicht zu regnen begann. Sonst würde das alles eine sehr feuchte Angelegenheit werden.

Nach zwölf Stunden in dem Rohr spürte er seinen Körper kaum noch. Auch wenn es nicht allzu kalt war, ließ ihn die Bewegungsunfähigkeit auskühlen. Er kroch immer wieder in dem Kanal hin und her, kletterte die kurze Leiter empor, um nicht steif zu werden und begann, an der Durchführbarkeit seines Planes zu zweifeln. Einsamkeit ist ein guter Einflüsterer von Bedenken. Plötzlich schien ihm das alles zu riskant. Es gab zu viele Unwägbarkeiten. Hatte er wirklich keine Spuren an der Stahltrosse und der Stange hinterlassen? Mit bloßen Fingern hatte er sie nie angefasst. Die ganze Zeit, während der Vorbereitung und hier unten im Kanal, hatte er Handschuhe getragen. Aber er wusste auch, dass die Forensiker alles absuchen würden und dass sie ihn durch ein einziges Haarfollikel identifizieren konnten. Zweifel schlichen wie Viren, die begonnen haben, einen Organismus zu infizieren, in seine Gedanken, und als es erneut dämmerte und der Land Rover noch immer nicht über ihm stand, war er kurz davor, das Projekt abzubrechen. In der Dunkelheit hier unten und mit dem ständigen Rascheln in dem

Kanalrohr, das von beiden Seiten der Röhre zu hören war und dessen Ursprung wohl in der Rattenpopulation lag, kam ihm sein ganzer Plan mehr und mehr idiotisch vor. Wer war er, dass er glaubte, diesen Mann tatsächlich entführen zu können? Einen Mann, der ein Imperium führte, in einer gepanzerten Limousine fuhr und von wahrscheinlich waffenstarrenden Leibwächtern bewacht wurde. Er war ein Krimineller, wenigstens das konnte er von sich behaupten. Aber was hatte er schon vorzuweisen? Einige gut gelungene Einbrüche in Villen ziemlich reicher Leute. Letztlich war er im Knast gelandet. Und heute? Heute saß er wie eine Ratte in dieser Kloake und glaubte tatsächlich, ausgerechnet ihm könne so ein Coup gelingen? Fast musste er lachen. Und selbst wenn es ihm gelang, seinen Plan durchzuführen, würde man ihn jagen, bis man ihn gefasst hatte. Und dann? Mindestens zwölf Jahre Knast erwarteten ihn. Und wenn Karl Grothner etwas zustoßen würde bei der ganzen Sache, käme er wohl niemals wieder frei. Er fror. Die Dunkelheit ließ Lichtpunkte vor seinen Augen tanzen und die Geräusche, die die Ratten in der Kanalisation verursachten, schienen immer lauter zu werden. Fast bekam er Angst vor dem, was da hinten in der Dunkelheit scharrte und trippelte.

Die Vorräte im Rucksack gingen zur Neige und trotz der Enthaltsamkeit beim Trinken verspürte er einen immer stärkeren Harndrang. Sich hier zu erleichtern war ausgeschlossen, er würde sein genetisches Material gleich deziliterweise hinterlassen.

Resigniert kroch er wieder durch das Rohr und verließ das Kanalsystem, um sich zu erleichtern. Die neue Nacht war angenehm warm, jedenfalls hier oben, und die Grillen gaben ihr Konzert in der Ferne. Er beschloss, nachdem er seine Notdurft verrichtet hatte, seine Sachen aus dem Schacht zu holen und die Aktion abzubrechen. Es sollte offensichtlich nicht sein. Er konnte nicht noch länger in dem engen Kanal sitzen und auf sein Opfer warten. Das würde er nicht aushalten. Die Schwachstelle in seinem ansonsten grandiosen Plan war er selber. Er hatte nicht gedacht, dass er schon nach weniger als zwanzig Stunden so weit war. Bei der Planung hatte er sich noch vier oder mehr Tage zugetraut. Enttäuscht ging er in Richtung des geöffneten Kanaldeckels, als plötzlich Scheinwerfer zu erkennen waren. Grothner kehrte zurück. Sofort wurde Kleinhans Körper von Adrenalin durchflutet, das innerhalb des Bruchteils einer Sekunde seine Zweifel davonspülte. Schnell warf er sich hinter eine Buschgruppe, um nicht von den Scheinwerfern der beiden Fahrzeuge erfasst zu werden. Nachdem die kleine Wagenkolonne ihn passiert hatte, stieg er rasch wieder in das Kanalrohr, schloss den Deckel und kroch so schnell er konnte zu seinem Lager zurück. Marius Kleinhans glaubte nicht, dass den Insassen der beiden Fahrzeuge der verschobene Gullydeckel aufgefallen war, und wenn doch, konnte er es jetzt nicht mehr ändern. Er wollte den richtigen Moment abpassen, möglichst unmittelbar, nachdem der Range Rover zum Stehen gekommen war, denn dann würde im Inneren des Autos noch die größte Unruhe herrschen. Der Karabinerhaken und die ersten dreißig Zentimeter der zwanzig Meter langen Stahltrosse waren von ihm mit Isolierband ummantelt worden, damit es keine oder nur wenige Geräusche gab. Er nahm den Karabinerhaken und befestigte ihn an seinem Gürtel, stieg dann die Leiter hinauf und blickte durch die runden Löcher des Kanaldeckels. Tatsächlich stand der Wagen direkt über ihm. Ohne lange zu überlegen drückte Kleinhans den Deckel nach oben und schob ihn langsam und möglichst leise so weit zur Seite, dass der Kanal halb geöffnet war. Er lauschte, doch es erfolgte keine Reaktion auf seine Aktivität. Den Bodyguards über ihm in ihrem schweren Geländewagen würde schon früh genug auffallen, dass er hier war, dachte er grimmig. Kleinhans war erstaunt, wieviel Raum zwischen der Fahrbahndecke und der Unterseite des Geländewagens bestand. Dieser Umstand erleichterte sein Vorhaben und vorsichtig schob er sich unter das Auto. Es gelang ihm, den Karabiner um die vordere rechte Radaufhängung zu legen und ihn dann zweimal um die Traverse zu wickeln, an der das rechte Vorderrad befestigt war, bevor er den Karabinerhaken an der Stahltrosse einrasten ließ. Das war nach seiner Einschätzung die schwierigste Phase in seinem Plan. Er kroch in den Gully zurück und schob den Deckel wieder über die Öffnung. Das Stahlseil verhinderte, dass sich der Deckel wieder komplett einfügte, aber das spielte keine Rolle. Der heraufschnellende Gullydeckel würde den Schaden an dem Fahrzeug vergrößern, wenn es anfuhr. Auf dem Grund des waagerechten Kanals überprüfte er den Sitz des Stahlseils an der massiven Eisenstange, die er so platziert hatte, dass sie als Anker fungieren würde, wenn das sich spannende Seil sie empor riss. Mit der Taschenlampe kontrollierte er seine Arbeit und suchte jeden Zentimeter ab, um auszuschließen, dass er irgendetwas versehentlich liegengelassen hatte. Morgen würden Ermittler und Forensiker hier herumkriechen und nach irgendeinem Hinweis auf den oder die Täter suchen. Nach zwanzig Minuten verließ er den engen Kanal und lief zu dem Renault, der versteckt in dem Wald stand, der das Grundstück Grothners umrahmte. Die Stunden in dem engen Rohr hatten ihren Tribut gefordert. Ihm tat jeder Muskel und jeder Knochen weh, doch die Bewegung jetzt ließ den Schmerz schnell vergehen. Allerdings hatte er nun wieder ein gutes Gefühl, was seinen Plan anging. Karl Grothner würde morgen seine Geisel sein. Er würde im Keller des ehemaligen Pförtnerhauses in der Industriebrache der alten »Buttwanger« Fabrik am Stadtrand liegen, ein Ort, der so verlassen war, wie man es sich als Entführer nur wünschen konnte. Um acht Uhr würde Grothner noch guter Dinge sein. Um acht Uhr und fünfzehn Minuten würde sich das zu einhundert Prozent geändert haben, dessen war sich Marius Kleinhans sicher.

Vier

Der Flug war stets der lästigste Teil bei manchen Geschäften. Was dazu führte, dass Karl Grothner, den ohnehin ständig die Aura des Schlechtgelaunt-seins umgab, zu noch weniger Konzessionen und Kompromissen bereit war als ohnehin üblich. Sein Anwalt hatte ihm nahegelegt, diese kurze Dienstreise zu unternehmen, um persönlich für das letzte

Quäntchen Überzeugungskraft zu sorgen. Mit rein juristischen oder betriebswirtschaftlichen Argumenten sei dem betreffenden Gesprächspartner nicht beizukommen. Es bedürfe dieser »speziellen« Verhandlungsweise, wie sie nur Grothner zu eigen sei. Und so stieg Karl Grothner mit seinem Anwalt und zwei seiner Leibwächter in den Firmenjet und flog nach Den Haag, um dort eine mittelgroße Spedition zu kaufen und danach sofort zu zerschlagen. Die Spedition wurde durch einen einzigen Mann gelenkt, Daniel Dickens, der dem Unternehmen auch den Namen gab: »Dickens Transport«. Ihm war es gelungen, einen europaweit agierenden Lebensmittelkonzern davon zu überzeugen, ihm allein die Transporte von Rohstoffen innerhalb der Benelux-Staaten zu überlassen. Damit kam er aber der »Grothner Transport & Logistic« in die Quere, die ebenfalls Verträge mit dem Lebensmittelkonzern hatte. Grothner ließ kontinuierlich den Druck auf Daniel Dickens erhöhen und warb Kunden des Spediteurs ab. Dickens musste gemerkt haben, dass ihm ein wirklicher Riese in diesem Geschäft den Krieg erklärt hatte, doch der Niederländer war stur und uneinsichtig.

Im nächsten Schritt schickte Karl Grothner ihm seinen privaten Anwalt auf den Hals. Dr. Krieger war ein Jurist in Reinkultur. Einer der ganz wenigen Menschen in Grothners innerem Zirkel, der Fragen stellen durfte, ohne gefeuert zu werden. Weil er der Einzige war, dem es manchmal gelang, Schwachstellen in Grothners Strategien zu erkennen. Dr. Krieger war ein hochgewachsener, sehr stämmiger Mann mit etwas zu langem, fast weißem Haar. Er trug stets einen schwarzen Anzug und eine rote Seidenkrawatte, die mit einem gestickten Paragraphenzeichen versehen war. Trotz der Tatsache, dass es Zahnersatz und Brücken in keramischer Form gab, die als solche nicht zu erkennen waren, besaß Dr. Krieger zwei Goldzähne, einen rechts und einen links im Oberkiefer, was ihm die Aura eines Dinosauriers verlieh und seinem Lachen etwas Unheimliches gab. Dr. Krieger war Karl Grothners Vollstrecker. Bei ihm ging es niemals darum, *ob* etwas ging, sondern nur *wie* es zu bewerkstelligen war. Und wenn alle Mittel versagten, erstattete Dr. Krieger Bericht und Karl Grothner musste die Hinrichtung seiner Gegner selbst bewerkstelligen.

Unangenehm für alle Beteiligten. Grothner hatte seine Beziehungen spielen lassen und seinen »Schnüffler« von der Leine gelassen. Karl Grothner nannte den Mann nur »den Schnüffler«, ein Privatdetektiv, dessen kriminelle Vergangenheit Grothner völlig egal war. Auf seinen »Schnüffler« war auch dann Verlass, wenn alle anderen, legalen Mittel versagten. Und auch im aktuellen Fall hatte der Mann interessante Dinge ausgegraben, Munition für Grothner, um seinen Gegner zur Strecke zu bringen.

Dr. Krieger hatte den Termin bei Daniel Dickens angebahnt und Dickens hatte erst nach Wochen eingewilligt, Karl Grothner zu treffen und mit ihm persönlich zu reden. Als Grothners Mietlimousine auf das Gelände der Spedition einbog, stand Dickens hinter dem Fenster seines Büros und verfluchte den Tag, an dem er in den Fokus des Interesses der Grothner-Gruppe geraten war. Er führte die Spedition nun in vierter Generation und hatte den Führungsstil seiner Vorfahren fortgesetzt. Er hatte die Spedition vergrößert und sie zu einem florierenden Unternehmen geschmiedet. Jeder seiner Angestellten wurde von ihm als Freund betrachtet und auch so behandelt. Es gab keine personelle Fluktuation bei »Dickens-Transport«, die Zufriedenheit seiner Mitarbeiter war das Ergebnis seines stets freundlichen, ehrlichen, aber auch konsequenten Umgangs mit ihnen. Und die Verlässlichkeit in der Umsetzung aller Aufträge war auch in den Kreisen der Mitbewerber anerkannt. Dickens hatte schon oft unter Druck gestanden. Er hatte seine Firma durch alle Krisen geführt, und er war davon überzeugt, auch diese Krise meistern zu können. Daniel Dickens war ein schlanker, hochgewachsener Mann von fast zwei Metern Körpergröße. Für seine fünfundsechzig Jahre wirkte er sehr sportlich, und seine grauen Haare verliehen ihm etwas seriöses. Ein Eindruck, der durch die goldgefasste Brille noch verstärkt wurde. Er trug stets einen gepflegten Anzug, keine Nobelmarke, aber doch teuer genug, um zu demonstrieren, dass er in der Firmenhierarchie ganz oben stand. Trotz seines sehr fairen Führungsstils strahlte er

Autorität aus und er war sehr starrsinnig und selbstbewusst in dem, was er wollte, oder eben nicht wollte. Seine Sekretärin, ungewöhnlich blass, öffnete die Tür zu seinem Büro und teilte ihm mit, dass »die Herren aus Deutschland« jetzt da seien. Er nickte nur und Karl Grothner betrat das Büro des Spediteurs. Ihm folgte der Anwalt, der ihn in den vergangenen Wochen so sehr bedrängt hatte. Der Anwalt nickte Dickens nur kurz zu und stellte eine Aktentasche und einen Laptop auf den Besprechungstisch in der Mitte des Raumes. Dann verließ Dr. Krieger das Büro wieder und Dickens war mit Grothner allein.

»Setzen wir uns!«, sagte Karl Grothner knapp und Dickens fühlte sich, als sei er der Gast hier. Ohne seine Reaktion abzuwarten, nahm Karl Grothner an dem Besprechungstisch Platz. Der Tisch bestand aus einer rechteckigen Mahagoniplatte. In der Mitte standen einige Gläser und verschiedene Getränkeflaschen. Daniel Dickens versuchte, so souverän wie möglich zu klingen.

»Darf ich Ihnen etwas zu trinken anbieten?«

»Sparen Sie sich die Höflichkeiten, ich habe hier die Verträge für die Übernahme, Sie unterschreiben, packen Ihre Sachen und verlassen das Firmengelände. Und dann, vielleicht, wünsche ich eine Erfrischung.« Grothners Stimme war nicht laut, aber sie war fest, klar und kalt. Dickens starrte ihn an, als hätte Grothner einen irrsinnigen Knittelvers aufgesagt.

»Sind Sie noch ganz bei Trost? Sind Sie völlig irre? Ich habe dem Gespräch nur zugestimmt, damit ich Ihnen ins Gesicht sagen kann, dass Sie niemals, niemals diese Firma übernehmen werden. Nicht, solange ich lebe und auch danach nicht. Verlassen Sie sofort mein Büro und lassen Sie sich nie wieder blicken.« Feine Speicheltropfen stoben von Daniel Dickens Lippen, als er diese Worte geradezu herausschrie. Sein niederländischer Akzent verlieh dem Gesagten noch mehr Ernsthaftigkeit als der Groll, der in seiner Stimme mitschwang. Mit hochrotem Kopf stand Dickens vor dem Mogul, die Fäuste fest gegen die Hüften gepresst. Grothner griff zu seiner Aktentasche und suchte scheinbar unbeteiligt einige Papiere heraus. »Der Vertrag.« Er griff in die Innentasche seines Sakkos und förderte einen edlen, schwarzen Füllfederhalter zutage, den er sanft auf den Stapel Papiere legte. »Unterschreiben!«

»Sie sind völlig wahnsinnig!« Dickens versagte die Stimme.

»Bin ich das? Was ist denn in Ihren Augen Wahnsinn? Eine Firma zu übernehmen im Zeitalter der Globalisierung? Oder Mord? Tausendfacher Mord? Beihilfe zum Völkermord?« Grothner sprach die Worte ruhig, fast feierlich, ohne seinen Gegner dabei aus den kalten Augen zu lassen.

»Was ist Wahnsinn?« Die letzten drei Worte hatte er deutlich lauter gesprochen. Am ganzen Körper bebend stand Daniel Dickens im Raum, seine Hände öffneten und schlossen sich in schnellem Rhythmus.

»Raus! Auf der Stelle raus!!«, brüllte der, nun nicht mehr souveräne, Spediteur. Unbeeindruckt griff Grothner wieder in die Aktentasche und zog ein weiteres Blatt Papier heraus.

»Dies ist eine beglaubigte Kopie, die mir freundlicherweise vom Bundesarchiv in Leipzig zur Verfügung gestellt wurde. Das Schreiben ist datiert vom 2. September 1942. Absender ist das Reichssicherheitsamt in Berlin. Das Amt beauftragt Ihren werten Herrn Vater mit dem Transport von Industrieanlagen von Erfurt zu einem Ort in Polen, den sie vielleicht kennen. Ah, hier steht es ja. Der Ort heißt Auschwitz. Die Industrieanlagen sollen bei einer Firma J. A. Topf und Söhne in Erfurt geladen und in dieser seltsamen polnischen Stadt wieder abgeladen werden. Auftraggeber ist ein Herr Karl Bischoff. Bauleiter der SS.«

Wieder griff Grothner in die Aktentasche. Diesmal hielt er mehrere Blätter in der Hand. »Ah, das ist ja interessant. Sie haben für die Nazis auch nach Dachau, Gusen und Mogilev geliefert. Immer Industrieanlagen der Firma Topf und Söhne. Und hier, schauen Sie mal, auch nach Buchenwald. Ist das nicht gleich bei Erfurt?« Lässig warf Karl Grothner die Papiere auf den Tisch. Ein letzter Griff in die Aktentasche. »Ladepapiere, einige tragen die Unterschrift Ihres Vaters und Ihres Großvaters.« Grothner schloss kurz die Augen, als wolle er einen lästigen Gedanken aus seinem Inneren vertreiben. Dickens stand völlig erstarrt und leichenblass immer noch an derselben Stelle wie zu Beginn dieses Gespräches. »Dreimuffelöfen«, las Grothner vor. »Und hier ... gasdichte Fenster und Türen. Und hier, ein Dankschreiben, unterschrieben von Ihren Vorfahren, für die gute Zusammenarbeit und voller Hoffnung, das alles zur vollsten Zufriedenheit des Führers abgewickelt wurde. Wissen Sie, werter Herr Kollege, was Dreimuffelöfen sind? Nein? Es sind Krematorien. Sie haben den Nazis die Mittel beschafft, sie mit den Mitteln versorgt, um hunderttausende Menschen umzubringen.« Grothner machte eine Kunstpause. »Nun gut.« Er griff zu dem Laptop und klappte ihn auf. Nach Sekunden zeigte der Bildschirm das Logo eines bekannten Internetdienstes.

»Da Sie sich beharrlich weigern, Ihre Firma zu veräußern, werde ich diese Information nun in einer bereits vorformulierten Mail an alle Geschäftspartner, an die Spediteursgewerkschaft, an Ihre und meine Regierung und natürlich an alle Ihre Kunden weiterleiten. Zudem habe ich im Verteiler dieser Mail sämtliche Medienvertreter aufgenommen, die an dieser Information Interesse haben könnten.« Demonstrativ griff Grothner zu dem schwarzen Füllfederhalter und steckte ihn wieder ein. Dickens hatte sich aschfahl auf einen der Stühle gesetzt und betrachtete mit zitternden Händen die Papiere, die Karl Grothner auf den Tisch gelegt hatte.

»Das ... das wusste ich nicht. Ich ... ich habe das nicht gewusst.«, stammelte der Niederländer.

»Tja, jetzt wissen Sie es. Ich brauche gar nichts mehr zu tun. Ich drücke diesen Knopf hier und fege in drei Wochen die Scherben zusammen, die von Ihrer Spedition übrig geblieben sind. Das war es, schönen Tag noch.« Grothner stand auf.

»Nein, warten Sie. Bitte. Bitte senden Sie das nicht ab. Wir reden, ich rede mit Ihnen. Das darf nicht ... das darf niemals ... meine Familie ... bitte, reden Sie mit mir.« Dickens Stimme zitterte und Tränen standen in seinen Augen.

Seine Brille hatte er abgenommen und auf den Tisch gelegt, ein Zeichen völliger Resignation. Mit flehendem Blick sah er Grothner an. Dieser musterte ihn wie ein exotisches Insekt.

Ohne ein Wort zu sagen, holte er erneut den Füller hervor und warf ihn Dickens zu.

»Überall, wo ein Kreuz ist.« Daniel Dickens unterschrieb nicht sofort. Er blätterte die Seiten durch und stutzte, als er den Kaufpreis sah. Seine Spedition war mindestens das Zehnfache wert.

»Das ist doch nicht Ihr Ernst! Die Kaufsumme ist doch nicht wirklich Ihr Ernst! Alleine der Fuhrpark ist das Doppelte wert. Ich kann Ihnen doch meine Firma nicht schenken.« Der Niederländer sah Grothner verzweifelt an.»Wenn ich hier auf diese Taste drücke, ist Ihre Firma nicht mal mehr einen Cent wert«, flüsterte Grothner und hielt den rechten Zeigefinger auf der »Enter«-Taste.

»Ich flehe Sie an. Mit dem Kaufpreis kann ich nicht leben. Das ist viel zu wenig. Ich muss doch auch an meine Familie denken.«

»So wie Ihr Vater an die Familien der Leute gedacht hat, die die Nazis in die Dreimuffelöfen geschoben haben? Unterschreiben Sie!« Dickens erkannte intuitiv, dass seine Karriere als Geschäftsmann jetzt und hier endete und er fügte sich in sein Schicksal.

Eine Minute später gehörte Karl Grothner die Firma.

»Bitte löschen Sie jetzt die Mail«, flüsterte der Geschlagene. Grothner legte seine Fingerspitzen aneinander und schaute darüber hinweg seinen ehemaligen Gegner an.

»Wissen Sie, warum sich der Hund an den Eiern leckt?«, fragte Karl Grothner den irritiert blickenden Dickens.

»Weil er es kann!«, sagte der neue Besitzer von »Dickens-Transport« und drückte den »Senden«-Button.

Leichenblass saß der vernichtete Dickens an Grothners Tisch in Grothners Büro, als dieser den Raum verließ und seinem Anwalt nur kurz zunickte. Dieser nahm die Papiere vom Tisch und verstaute sie in der Aktentasche. Er klappte den Laptop zu und nahm ihn unter den Arm. Kurz blitzten seine Goldzähne auf. »Einen schönen Tag noch.« Der Anwalt folgte seinem Herrn zur Mietlimousine. Er setzte sich wortlos auf den Beifahrersitz. Es gab nichts zu besprechen. Seine Arbeit war es nun, die

Trümmer, die von »Dickens-Transport« übrig geblieben waren, zusammenzukehren, die Pressearbeit zu veranlassen und neue Verträge zu formulieren, mit denen der Finanzorganismus des Grothner-Imperiums weitere Facetten erhielt. Karl Grothner saß im Fond des Fahrzeuges und sah aus dem Fenster. Er hatte die Oberlippe leicht hochgezogen und seine schneeweißen Zähne blitzten zwischen den schmalen Lippen hervor. Seine Mundwinkel wiesen dabei nach unten, was seinem Gesicht etwas Bösartiges verlieh. Einer der seltenen Momente, in denen er lächelte. Eine Stunde später hob der Learjet ab und brachte Karl Grothner und sein Team zurück nach Deutschland. Am Flughafen erwartete die Gruppe bereits die Cheflimousine und der Land Rover für die Leibwächter. Die Fahrt ging in Richtung des Wohnsitzes des Multimillionärs. Es war bereits dunkel, als die Kolonne das Anwesen erreichte.

Fünf

Marius Kleinhans hoffte, dass die Präzision, mit der sein Opfer seinen Tag strukturierte, auch nach der Dienstreise Gültigkeit besaß. Demnach würde Grothners Wagenkolonne um genau acht Uhr morgens losfahren. Der Wagen mit den Bodyguards würde ausgeschaltet werden, und wenn der Chauffeur des »Chefs« bei der Ausbildung aufgepasst hat, würde er, anstatt anzuhalten, Gas geben, um Grothner in Sicherheit zu bringen. Denn es musste ihm sofort klar werden, dass irgendetwas nicht mit rechten Dingen zuging, wenn der Land Rover so spektakulär außer Gefecht gesetzt würde. Er würde mit seinem wertvollen Passagier, so schnell es der gepanzerte Mercedes zuließ, in Richtung Stadt fahren, wahrscheinlich aber dabei einen Notruf an die Polizei absetzen. Der Mercedes würde also sehr schnell die Stelle passieren, die Marius für den letzten Akt dieses Stücks vorgesehen hatte. Er schätzte, dass er maximal fünf Minuten Zeit hatte, den Mann aus der Limousine zu ziehen, ihn in den Renault zu schaffen und mit ihm von der Bildfläche zu verschwinden, bevor es vor Polizisten wimmeln würde. Es gab nur eine einzige Sache, die Marius weder planen, noch vorhersehen konnte. Wie bekam man einen Mann aus einem gepanzerten Fahrzeug, wenn der das nicht wollte? Hier lag die vielleicht größte Unwägbarkeit in seinem Plan. Er hatte im Internet alles über gepanzerte Autos gelesen, was zu finden war, und so wusste er, dass solche Autos zumeist spezielle Sicherheitseinrichtungen besaßen, die im Falle eines Unfalls aktiviert wurden. Schließlich muss ja auch die Feuerwehr an die Fahrzeuginsassen herankommen, wenn es sich um einen normalen Verkehrsunfall handelt und nicht um ein Attentat oder einen Entführungsversuch. Diese Spezialfahrzeuge boten in erster Linie Schutz gegen Beschuss und Zugriffe von außen. Bis zu drei Tonnen schwer, glichen sie jedoch anderen Fahrzeugen bis ins Detail, auch wenn sie im Grunde nur aus Panzerstahlplatten bestanden, die man mit leichtem Blech verkleidet hatte. Alleine die Seitenscheibe eines solchen Fahrzeuges wog an die vierzig Kilogramm und hielt auch Geschosse größeren Kalibers mühelos ab. Marius setzte darauf, dass Grothner darauf bedacht war, im Falle eines Verkehrsunfalls schnellstmöglich gerettet zu werden. Da gepanzerte Limousinen nie von der Stange kamen, sondern individuell geplant und konstruiert wurden, ließ sich für Marius nur schwer einschätzen, welche technischen Kniffe Grothners Mercedes besaß.

Er hatte den Renault nun unmittelbar an die Stelle gelenkt, an der der Überfall stattfinden sollte. Marius stieg aus, ließ den Zündschlüssel stecken und begab sich in Richtung des verlassenen Bauernhofes, bei dem er den Kieslaster untergestellt und versteckt hatte. Er wusste, dass es nun um alles oder nichts ging. Es bedurfte des genauesten Timings, das äußerst kleine Zeitfenster bot keinen Raum für Überraschungen. Er hatte noch einige Stunden Zeit und machte es sich im Führerhaus des Lasters so bequem wie möglich, um wenigstens einige Minuten zu schlafen, doch das Adrenalin in seinen Adern ließ ihn immer wieder aufschrecken und er fand sich damit ab, bis um kurz nach acht einfach wach zu bleiben. Er hatte die Weckfunktion seines

Handys auf kurz nach sieben programmiert. Sollte er doch einschlafen, würde er noch genug Zeit haben, die letzten Vorbereitungen zu treffen.

Sechs

Karl Grothner hatte sein Müsli gegessen und den starken, ungesüßten Kaffee zu sich genommen. Die Haushälterin war bereits im Bügelzimmer und sein Chauffeur hatte die Tasche aus dem Büro geholt und im Hausflur deponiert. Wie jeden Morgen. Grothner bekam jedes Detail der Abfolge aller Handlungen mit, ohne darüber nachzudenken. Nur wenn etwas abwich, und sei es nur eine wirklich banale Kleinigkeit, löste das sofort etwas in ihm aus. Meistens Zorn, denn er hasste Dinge, die geschahen, ohne dass er es wünschte. Heute war alles richtig und er stand vom Esstisch auf, legte die Serviette neben die Müslischale und öffnete die Tür zu der großzügigen Diele, die, wie jedes Zimmer in dem Anwesen, weiß gestrichen, nach rein praktischen Erwägungen möbliert und vollkommen schmucklos war. Sein Fahrer stand vor dem kleinen, ebenfalls weißen Beistelltisch, auf dem seine Aktentasche ihren festen Platz hatte und nahm diese an sich, als er Grothner bemerkte. Ohne ein Wort zu sagen ging Grothner zur Haustür und sein Fahrer folgte ihm. Unmittelbar vor dem Eingang des Hauses stand der schwarze Mercedes. Grothner ließ sich die Tür zum Fond öffnen und stieg ein. Der Fahrer öffnete den Kofferraum und legte die Aktentasche seines Chefs hinein. Fast lautlos ließ er den Kofferraumdeckel zuklappen und setzte sich hinter das Lenkrad. Ein leises, kaum hörbares Geräusch verriet, dass sich alle Türen der Limousine verriegelt hatten, nachdem er den Motor gestartet hatte. Der Mercedes rollte auf das Tor zu, das elektrisch geöffnet wurde. Die zwei Wachleute der Frühschicht standen abseits und waren nur als Schatten zu erkennen. Der Fahrer setzte den Blinker und bog rechts auf die Straße ab und beschleunigte. Vorher hatte er sich versichert, dass der Land Rover mit den Sicherheitsleuten mit eingeschalteten Scheinwerfern und laufendem Motor an seinem Platz stand. Der Land Rover fuhr nun ebenfalls an und sollte dem Mercedes im Abstand von fünfzig Metern folgen. Grothners Fahrer sah im Rückspiegel, dass der Rover anfuhr, jedoch plötzlich, wie von Geisterhand, sehr abrupt stoppte. Das Heck des schweren Geländewagens hob sich seitlich von der Fahrbahn und das linke Vorderrad wurde abgerissen und trudelte in die Büsche am Straßenrand. Die Energie, die sich in der Sekunde entfaltete, reichte aus, den Rover umkippen zu lassen. Er stürzte auf die Beifahrerseite und blieb dort mit sich drehenden Rädern liegen. Das alles geschah innerhalb einer Sekunde und Grothners Fahrer begriff sofort, dass es sich um einen Anschlag handeln musste. Er trat das Gaspedal durch, um Grothner und sich aus der Gefahrenzone zu bringen, so wie es seine Ausbildung vorgab. Zeitgleich drückte er einen roten Knopf auf dem Armaturenbrett und sandte so ein Funksignal an die nächste Polizeidienststelle. Von dort würden sofort sämtliche verfügbaren Kräfte entsandt, um die Limousine, deren genauer Standort per GPS übermittelt wurde, zu beschützen und an einen sicheren Ort zu eskortieren. Grothners Fahrer sagte nur das Wort: »Überfall«, während er sein Fahrzeug weiter beschleunigte. Von Karl Grothner kam keine Antwort, er blickte, wie jeden Morgen, aus dem Fenster. Der Mercedes raste nun mit über einhundertdreißig Stundenkilometern auf der Landstraße Richtung Stadt, als in Höhe des kleinen Waldstücks, kurz vor dem Stadtrand, ein Lastwagen unvermittelt aus einem Seitenweg bog und ihm die Vorfahrt nahm. »Scheisseeeeeeeeeeeeee!!« Die Vollbremsung und das gleichzeitige Lenkmanöver konnten den Unfall nicht verhindern, zu schnell war der Mercedes und zu unvermittelt war der Lastwagen auf der Bildfläche erschienen. Der Fahrer versuchte noch, den Wagen links an dem Lastwagen vorbeizulenken, doch zu spät. Der Mercedes prallte mit hoher Geschwindigkeit in das Heck des Lastwagens und schob sich teilweise unter ihn. Sofort lösten die Airbags aus, die Windschutzscheibe aus Panzerglas kollidierte mit der hohen Ladekante des Lastwagens und wurde, trotz der Panzerung, nach innen gedrückt und war mit ursächlich für den sofortigen Tod des Fahrers. Im Moment des Aufpralls waren die Notsysteme der Limousine aktiviert worden. Zeitgleich mit dem Auslösen der Airbags zündeten die Sprengschnüre, die als Noteinrichtung die Seitenscheiben aus den Rahmen warfen. Karl Grothner hatte keinen Sicherheitsgurt angelegt, doch die Airbags retteten ihm das Leben. Eine Sekunde nach dem verheerenden Zusammenstoß verlor er das Bewusstsein. Sein Kopf war trotz Airbag mit starker Wucht gegen die Lehne des Beifahrersitzes geprallt. Zwei Minuten nach dem Unfall wurde Grothners Körper durch das Seitenfenster gezogen und fortgetragen. Er bekam nichts davon mit, als er unsanft in ein anderes Auto geworfen wurde, und es entzog sich seiner Wahrnehmung, dass er an Händen und Füßen mit Kabelbindern gefesselt wurde, bevor dieses Auto anfuhr, stark beschleunigte und ihn fortbrachte.

Drei Minuten später traf die Polizei mit sieben Streifenwagen an der Unfallstelle ein. Dem blauen Renault, der ihnen entgegengekommen war, hatten sie keine Beachtung geschenkt. Das kam erst später.

Marius war zuletzt doch eingeschlafen. Die Nacht war mild und irgendwann hatte ihn die Müdigkeit übermannt. Als um kurz nach sieben sein Handy das Wecksignal in die Fahrerkabine des Lasters sandte, schreckte er auf, war für eine Sekunde gänzlich desorientiert und dann wieder voll da. In weniger als sechzig Minuten würde er entweder mit dem Multimillionär Karl Grothner im Gepäck auf der Flucht sein oder nicht. Dieses *oder nicht* allerdings war der Grund für seine Nervosität, die ihn jetzt schlagartig erfüllte. *Oder nicht* konnte alles Mögliche bedeuten. Tod, Gefängnis, Verletzungen ... Er wischte die Bilder der unterschiedlichen Zukunftsvarianten aus seinem Verstand und begann, die letzten Vorbereitungen zu treffen. Marius prüfte, ob die schwarzen Kabelbinder in seiner Tasche waren. Im Fußraum des Beifahrers hatte er eine Brechstange und einen schweren Vorschlaghammer deponiert. Er vermutete, dass er dieses Werkzeug zum Öffnen des Mercedes brauchen würde. Auf dem

Beifahrersitz lag der silberne Motorradhelm, den er als Maskierung und zum Schutz tragen würde. Kurz vor acht startete er den Motor des Lastwagens, ein alter Mercedes 1017, der für die Zündung lediglich einen Nagel brauchte, den man in das Zündschloss steckte. Danach konnte man den Motor mit dem »Start«-Knopf anlassen. Er fuhr den LKW an eine Stelle, von der aus er die Landstraße sehen und erkennen konnte, wenn Grothners Wagen sich näherte. Das Innere seiner Lederhandschuhe war wegen seiner Nervosität mittlerweile schweißgetränkt. Er wusste genau, dass es darum ging, exakt in der richtigen Sekunde auf den Plan zu treten. Zu früh, würde das Grothners Fahrer die Möglichkeit zum Bremsen oder Ausweichen geben, zu spät könnte bedeuten, die Limousine zu verpassen. Marius Kleinhans verließ sich auf seinen Instinkt, seine Intuition, die ihm schon oft geholfen hatte, zum richtigen Zeitpunkt das Richtige zu tun. Er starrte aus dem Seitenfenster, und um drei Minuten nach acht Uhr hätte er fast die ganze Aktion vermasselt, als ein ebenfalls dunkler Wagen in sein Sichtfeld kam. Er hatte bereits begonnen, den Laster zu beschleunigen, als sein Gehirn ihm mitteilte, dass es sich nicht um einen Mercedes, sondern um einen Volvo handelte. Er bremste den Laster und setzte schnell zurück, um wieder Sicht auf die Straße zu haben. Sein Herz raste und es rauschte in seinen Ohren. Unter dem Helm war ihm unerträglich heiß, und dann endlich sah er Grothners Auto mit hoher Geschwindigkeit in seine Richtung fahren. Es folgte kein weiteres Fahrzeug, dieser Teil des Plans hatte also bereits funktioniert. Er trat das Gaspedal durch, um den Kieslaster zur Straße zu fahren. Grothners Fahrer fuhr viel schneller, als Marius einkalkuliert hatte. Der Laster erreichte die Einmündung der Hofzufahrt und Marius riss das Lenkrad nach links. Der LKW neigte sich mit quietschenden Reifen zur Seite und setzte sich punktgenau vor Grothners Limousine. Marius vollführte nun eine Vollbremsung, und nur Sekundenbruchteile später spürte er einen gewaltigen Ruck, als der Mercedes in das Heck des Lastwagens krachte. Ohne nachzudenken, griff Kleinhans nach dem Hammer und dem Stemmeisen und sprang aus dem Fahrerhaus.

Er wusste, es blieben ihm nur wenige Minuten, um sich Grothner zu bemächtigen. Was er sah, als er das Heck des Lasters erreichte, ließ ihn erstarren. Der schwere Mercedes hatte sich fast bis zur Hälfte unter die Ladefläche des LKW geschoben. Die Windschutzscheibe war weit nach innen gedrückt worden, die Holme hatten trotz der Panzerung der enormen Wucht des Aufpralls nicht standgehalten und waren abgerissen worden. Die Scheibe selbst war unversehrt und die Leiche des Fahrers war hinter dem Glas eingequetscht, die Hände über dem geborstenen Schädel in stiller Mahnung erhoben. Die Zähne des Toten waren überdeutlich zu sehen. Sie hatten die Lippen völlig verdrängt und waren nun fest an das Innere der Panzerglasscheibe gepresst. Ein Teil der Schädeldecke fehlte und gezackte Knochenreste umrahmten das blutige Innere des Schädels. Marius würgte unter seinem Helm. Das war nicht geplant. Er hatte nie im Leben damit gerechnet, dass ein gepanzertes Fahrzeug im Falle eines, wenn auch schweren, Unfalls solchen Schaden nehmen würde. Verletzungen der Insassen hatte er einkalkuliert und auch mit seinem Gewissen vereinbaren können, aber das? Nun war er ein Mörder. Er brauchte fast dreißig Sekunden, um sich wieder bewegen zu können. Er stellte fest, dass alle Seitenscheiben nach außen geworfen worden waren. Dann sah er Karl Grothner, der ebenfalls am Kopf blutete, im Fond des Mercedes sitzen. Die weißen Airbags hingen schlaff an den Holmen und an der Rückenlehne des Beifahrersitzes herab. Marius griff in das Fahrzeugwrack, fasste Grothner unter den Armen und zog den Mann durch das Seitenfenster aus dem Auto. Hammer und Brecheisen hatte er weggeworfen, sie waren überflüssig geworden. Für eine Sekunde geriet ihm der Geruch, den der tote Fahrer verströmte, in die Nase. Seltsam süß und herb zugleich, ein grauenvoller Duft, der mit keinem ihm bekannten Geruch vergleichbar war. Den bewusstlosen Grothner hob er auf seine rechte Schulter und trug ihn so schnell er konnte über die Straße zu dem versteckt geparkten Renault, dessen Heckklappe offenstand. Unsanft legte er den Mann in den Kofferraum und griff nach den Kabelbindern, um ihn damit an Händen und Füßen zu fesseln. Anschließend warf er eine Decke über sein Opfer und schloss den Kofferraum. Er nahm seinen Helm ab, bevor er einstieg und das Auto startete. Mit quietschenden Reifen raste Marius Kleinhans, der schon in wenigen Minuten zu einem der meistgesuchten Verbrecher der Republik ernannt werden würde, vom Tatort, um seine Beute in Sicherheit zu bringen. Gut ging es ihm nicht dabei. Das Bild des toten Fahrers hing wie ein bleierner Mantel über seinen Gedanken und Gefühlen. Das Bild und der Geruch, den der Tote verströmt hatte.

Im Keller

Als er das nächste Mal erwachte, war es wieder dunkel. Langsam kehrte die Erinnerung an seine letzte Wachphase zurück. Die Kette um seinen Hals klirrte, als er sich aufsetzte. Er hatte einen fürchterlichen Geschmack im Mund und erinnerte sich daran, dass vor der Liege die Schüssel mit dem Brot und eine Wasserflasche stand. In absoluter Finsternis tastete er danach und fand die Wasserflasche tatsächlich. Sie war wieder gefüllt worden und dankbar schraubte er den Plastikverschluss auf und trank. Das Brot in der Schüssel war hart geworden, offenbar war es nicht ersetzt worden. Er opferte etwas Wasser, weichte das Brot auf und verschlang es, von gewaltigem Hunger getrieben. Sein Magen machte einige beunruhigende Geräusche, akzeptierte aber diese Zuwendung. Noch immer war er nackt und fror. Um sich selbst zu wärmen, legte er sich in embryonaler Haltung auf die Pritsche. Seine Gedanken schwirrten wie in einem Wespennest umher und er konnte keinen einzigen fassen. In ihm war keine Erinnerung, die er abrufen konnte, kein Hinweis auf seine Identität.

»Was, was, was, was, was, was ...« entrann seiner Kehle.

»Doch, doch, doch, auf, auf, auf, auch, auch ...«

»Basedu, basedie, baseleikum, basedu, basedie.« Er kicherte. Seine Netzhäute empfingen keine Lichtsignale und das Gehirn füllte diese Informationslücke mit grellen Punkten und verschwommenen Spiralen, kleinen Lichtwürmern und farbigen Kaskaden. Dann sah er auf einmal die Treppe vor seinem inneren Auge. Die Holztreppe, die aus seinem Verlies hinausführte.

Er sah sie unter sich, als würde er sie in Bauchlage hinunterfliegen. Jede Maserung des Holzes konnte er visualisieren, jede Macke und jede Stelle, an der Holzwürmer kleine, stecknadelgroße Löcher hinterlassen hatten. Der innere Film endete immer an derselben Stelle. Am Fuß der Treppe. Vielleicht war er die Treppe heruntergestürzt und hatte deswegen die Verletzungen.

»Wer weiß das schon? Wer weiß das schon? Opi riecht nach Pitralon.« Wieder musste er leise kichern.

»Auf, auf. Wasser ist zum Trinken da. Auch. Auf.« Die Flasche, die kaum einen halben Liter fasste, war leer, und auch der Blechnapf gab nichts mehr her. Er spürte, dass er sich erleichtern musste. Seine Blase war gefüllt und sandte schmerzhafte Impulse aus. Das gemarterte Gehirn suchte verzweifelt nach einer Lösung, fand jedoch keine. Doch. Eine Idee. Vielleicht konnte man ihn hören. Und ihm helfen. Er konnte doch hier nicht einfach unter sich lassen. Das war der erste logische Gedanke, seit er hier unten war. Rufen. Doch was?

»Auf, auf, doch, doch. Auch, auuuuuch. Dooooooch. Auf, auf!«, rief er, so laut es seine Stimme hergab. Wieder und wieder rief er, doch niemand kam, um ihn aus seiner Not zu befreien. Als er es schließlich nicht mehr aushalten konnte, nutzte er die gesamte Länge der Halskette und erleichterte sich an der Wand. Sein eigener Urin spritzte ihm auf die Füße und er spürte, wie das von ihm erzeugte, warme Rinnsal eine Pfütze um ihn herum bildete, einen See, in dem er nun stand. Auf Zehenspitzen ging er zurück zu seiner Liege und setzte sich. Plötzlich ging das Licht an und die Helligkeit stach ihm in die Augen, die er reflexartig schloss.

»Halloooo? Doch, doch. Kommen Sie. Doch, auf!«, rief er.

Er öffnete die Augen einen Spalt und hielt seine Hände schützend vor das Licht, bis sich seine Augen an die Helligkeit gewöhnt hatten. Er konnte die peinliche Pfütze sehen, die er selbst erschaffen hatte und unweit davon lag etwas. Die Kette um seinen Hals erlaubte es ihm nicht, den Gegenstand zu erreichen, doch es gelang ihm, das Teil mit den Füßen zu sich zu ziehen, indem er sich auf den Boden legte und so die Kette um seine Körpergröße verlängerte. Es war ein Kleidungsstück. Ein Overall. Schnell zog er das einteilige Kleidungsstück an und fand in den Taschen ein Paar graue Wollsocken, die er ebenfalls anzog.

»Danke, danke!«, rief er und freute sich wirklich sehr über das Geschenk. Er strahlte über das ganze Gesicht und rief immer wieder.

»Danke Anke, Anke, danke, auf, auf. Doch. Auch.« Das war hier nicht so übel. Er hatte seine Liege, und wenn er schlief, gab ihm jemand zu Trinken und zu Essen. Und man hatte ihm nun auch noch diesen schönen, warmen Anzug geschenkt. Und Socken. Das Schlafmittel, das dem Wasser zugesetzt war, begann zu wirken und er schlief bereits, als das Licht wieder erlosch. Auf, auf. Auch. Doch.

Sieben

»Faszinierend.« Gerald Picard sah in den offenen Abwasserkanal. Der Polizeioberkommissar war nun schon seit einer Stunde am Tatort, und als Leiter des SEK gab es für ihn eigentlich nicht mehr viel zu tun. Es gab derzeit keine Informationen über Identität oder Aufenthaltsort des Täters oder der Täter. Dennoch hatte ihn der Chef der neu gegründeten SOKO »Karl« gebeten, hierzubleiben. Paul Gruhlich und er waren seit Jahren befreundet und hatten in ihrer gemeinsamen Zeit im Kriminalkommissariat unzählige Fälle bearbeitet und die meisten aufgeklärt. Dabei war ihre Arbeit stets von gegenseitiger Wertschätzung geprägt. Als man Picard die Stelle des Leiters eines Spezial-Einsatzkommandos anbot, hatte er mit einem lachenden und einem weinenden Auge angenommen. Freunde waren Paul Gruhlich und er dennoch geblieben, und manchmal trafen sie sich, um aktuelle Fälle zu besprechen oder einfach nur, um über alte Zeiten zu palavern.

»Was denkst du?«, fragte Gruhlich seinen alten Partner.

»Sieht mir nach Vollprofis aus. So etwas derartig genau zu planen und durchzuführen, ohne dass es Zeugen gibt, ist fast unmöglich. Ich meine, dieser Grothner war doch besser bewacht als Fort Knox. Die wussten genau, was passieren würde, wenn der Wagen mit den Leibwächtern angegriffen würde. Dabei haben die nichts weiter gemacht, als den zu ankern. Und die von der Spurensicherung finden nicht den geringsten Hinweis. Um so eine Nummer abzuziehen, brauchst du Profis, wenn du mich fragst.«

Gruhlich nickte. Ein Streifenbeamter wagte sich an die in zivil gekleideten Polizisten heran und blickte den Leiter der SOKO fragend an.

»Was ist?«, fragte Gruhlich.

»Als wir zum Tatort fuhren, kam uns ein Fahrzeug entgegen. Kann sein, dass das die waren, die das hier gemacht haben, oder? Ich hatte die Sicherungskamera an, wollen Sie mal sehen?«

Picard sah Gruhlich an.

»Was für ein Schaf. Zeigen Sie mal, Sie Top-Ermittler!« Die drei gingen zu dem Streifenwagen, der neben etwa dreißig anderen Einsatzfahrzeugen vor Grothners Villa geparkt war. Der uniformierte Beamte wies auf den Beifahrersitz und setzte sich selbst hinter das Lenkrad. Auf einem kleinen Display konnte man die Aufnahme, die die Bordkamera in Fahrtrichtung gemacht hatte, betrachten. Gruhlich hatte auf dem Sitz neben dem Streifenbeamten Platz genommen und sah auf das Display. Die Sequenz dauerte nur zwei Sekunden. Man sah einen dunklen Kombi entgegenkommen. Scheinbar nur ein Insasse.

»Bringen Sie das unverzüglich ins Kommissariat und übergeben es den Kollegen der Technik. Ich will Halter und Adresse. Zeit läuft!«, sagte Gruhlich in strengem Ton und stieg aus dem Einsatzfahrzeug.

»Der muss doch an der Unfallstelle vorbeigekommen sein«, sagte Picard.

»Nein, da ist niemand vorbeigekommen, die Straße war völlig blockiert durch den Laster«, entgegnete Gruhlich.

»Dann ist er erst danach auf die Landstraße gekommen. Wahrscheinlich ein Bauer, der nichts mitbekommen hat.«

»Oder einer der Täter«, schloss Gruhlich.Gerald Picard saß zu Hause auf seinem Sofa und war damit beschäftigt, seinem Laptop beizubringen, wie man Urlaubsfotos zu einer Dia-Show zusammenstellt, als sein Telefon schellte.

»Was!«, sagte er in den Hörer, anstatt seinen Namen zu nennen.

»Paul hier. Der Wagen, der den Streifen entgegenkam, ist von einem Schrottplatz gekauft worden. Das Kennzeichen ist geklaut. Der Besitzer des Schrottplatzes ist vollkommen blöd. Kann sich nicht erinnern an den Kerl, der das Ding kaufte. Er sagt, dass jeden Tag irgendwelche Typen irgendwelche Teile kaufen, und ob denn die Kassiererin im Aldi wüsste, wie die Frau aussah, die um halb neun drei Liter Milch gekauft hat. Wir haben ihn in der Mangel, aber ich denke, dass dieser Schrotthändler das wirklich nicht mehr weiß. Vom Fahrer des Autos haben wir nur das Kinn. Der hatte die Sonnenblende heruntergeklappt.«

»Warum erzählst du mir das? Ich bin beim SEK, schon vergessen? Wenn du weißt, wer er ist und wo er steckt, sag mir Bescheid, dann hole ich ihn dir.« Ein wenig bedauerte Picard diese Antwort.

»Naja, ich dachte, du könntest hier mit einsteigen. Das ist eine Riesensache und die Presse überschlägt sich deswegen. Wir haben hier mächtig Dampf unterm Hintern und der Alte ist bestimmt dafür, wenn du nur für diese Sache zurückkommst. Man könnte dich abkommandieren, bis wir den Mann da rausgehauen haben.« Paul Gruhlichs Stimme klang fast flehentlich. Gerald Picard brauchte nicht sehr lange, um eine Entscheidung zu treffen.

»Warum nicht. Frag den Alten, und wenn der abnickt, bin ich dabei. Mal was anderes.«

Acht

Die Verletzungen waren nicht schlimm, schätzte Marius. Eine Platzwunde am Kopf und vielleicht eine Gehirnerschütterung. Er hatte Karl Grothner in das halb verfallene Pförtnerhäuschen auf der Industriebrache der »Buttwanger«-Fabrik geschafft. Der Flachbau war zum Teil unterkellert, und Kleinhans hatte eine Pritsche und einen Eimer in den Vorratskeller des Gebäudes gebracht. Zur Sicherheit hatte er eine Kette an die Wand gedübelt, die seinem Gefangenen zwar erlauben würde, in dem kleinen Raum umherzugehen, die aber kurz genug war, um zu verhindern, dass er die Eingangstür des Kellers erreichte. Es gab hier weder Strom noch fließendes Wasser, und Marius hatte einen Stromerzeuger und Wasservorräte herschaffen müssen, um für die Dauer der Entführung ausgerüstet zu sein. Das Aggregat hatte er in einem kleinen Nebenraum platziert und sich davon überzeugt, dass keine nennenswerten Geräusche nach außen drangen. Danach hatte er provisorisch mithilfe von Verlängerungskabeln ein kleines Stromnetz installiert. Er hatte mehrere Lichtquellen, die er mit Strom versorgen musste, und ein Radio, um Nachrichten hören zu können. Außerdem musste er ja sein Mobiltelefon jederzeit laden können. Grothner in seinem Keller würde sich mit einer vierzig Watt Glühbirne als einzigen Luxusgegenstand begnügen müssen. Dafür gab es die Mahlzeiten frei Haus, die er auf einem Campingkocher zubereiten wollte. Es würde kein Lichtschein nach außen dringen, denn die Fenster in dem Gebäude waren mit Brettern zugenagelt. Das meterhohe Unkraut gab Zeugnis davon, dass hier schon seit Monaten niemand mehr gewesen war. Die stillgelegte Fabrik lag zu weit außerhalb der Stadt, um Jugendliche anzuziehen, die hier irgendwelche Feten feiern wollten oder Liebespärchen, die ein verstecktes Örtchen suchten. Marius kannte die Fabrik noch aus seiner Kindheit. Damals wurden hier große Tanks und Getreidesilos hergestellt. Wegen der Übergröße mancher Produkte machte es Sinn, die Herstellung der Riesenbehälter außerhalb der Stadt zu betreiben, damit sie auch problemlos abtransportiert werden konnten. Irgendwann hatte die Globalisierung die Käufer vertrieben, und die Fabrik schloss die Pforten. Ein guter Ort nun, um seinen Plan zu Ende zu führen, dachte Marius, als er diese Stelle wählte, die nur acht Kilometer vom Ort der Entführung entfernt war. Er ging davon aus, dass die Polizei ihn niemals so nah am Tatort vermuten würde. Die Vorbereitungen, die er getroffen hatte, kosteten ihn seine gesamten Ersparnisse. Marius betrachtete das als Investition. In der Ferne hörte er einen Hubschrauber, und wie ein Stromstoß durchfuhr ihn die Erkenntnis, dass der Renault, mit dem er Grothner hergebracht hatte, aus der Luft zu erkennen sein würde. Und auch die Reifenspuren, die er nicht hatte vermeiden können, als er das Unkraut vom Eingangstor bis zu seinem Unterschlupf niedergewalzt hatte. Ohne auf Karl zu achten, der noch immer besinnungslos auf der Pritsche lag, rannte Marius aus dem Gebäude, um die Spuren zu verwischen und den Wagen irgendwie zu tarnen, bevor die Leute in dem Hubschrauber ihn entdecken konnten. Noch war das charakteristische Geräusch der Rotorblätter weit entfernt, aber Marius ahnte, dass die Polizei jeden Quadratmeter in einem Radius von etlichen Kilometern aus der Luft absuchen würde. Die Spuren, die der Renault in das Unkraut gedrückt hatte, konnte er unmöglich tarnen. Also machte er aus der Not eine Tugend, stieg in den zerbeulten Kombi und startete den Motor. Wie ein verrückt gewordener Fahranfänger stieß er mit dem Wagen vor und zurück. Er drehte Kreise mit dem Wagen, wendete und walzte so das Unkraut um das Haus herum nieder. Er hoffte, dass aus der Luft nun keine einzelne Spur mehr zu erkennen sein würde, sondern einfach eine Stelle, an der großflächig das Unkraut niedergedrückt worden war. Er rangierte den Wagen so dicht an das Gebäude wie möglich und stapelte alte, halb vermoderte Bretter auf das Dach und die Motorhaube des Autos. Er fand einige Euro-Paletten, die er rund um den Renault herum aufstellte. Er fragte sich, wie viele Dinge er bei der Planung noch übersehen hatte, und welche davon ihm zum Verhängnis werden könnten. Marius wurde bewusst, dass nun der gesamte Polizeiapparat hinter ihm her war. Er hatte hier nicht irgendeinen reichen Mann entführt. Er hatte Karl Grothner entführt, und man würde ihn jagen, bis zur Hölle und zurück. Alleine schon wegen des Toten, den es bereits gegeben hatte. Marius drängte die Gedanken an den Chauffeur zurück und betrat rasch wieder das flache Gebäude, um nach seinem Opfer zu sehen. Das Geräusch des Hubschraubers kam näher. Könnte sein, dass das Ganze schon in einer Stunde zu Ende war, sollten die Piloten Verdacht schöpfen und das Bodenpersonal herbeordern. Marius blieb nichts anderes übrig, als abzuwarten und zu hoffen.

Neun

»Weiter hinten kommt ein Parkplatz, elf Uhr. Danach die Straße Richtung Nord-Nordost.« Der Copilot hatte eine laminierte Landkarte auf den Knien und gab seine Anweisungen an den Piloten des Hubschraubers weiter. Der Auftrag lautete, im Radius von zwanzig Kilometern alle Straßen und Parkplätze abzufliegen, um nach einem blauen PKW Ausschau zu halten, der mutmaßlich von den Tätern benutzt wurde. Die SOKO »Karl« ging davon aus, dass das Fahrzeug irgendwo getauscht worden war, um die Spuren zu verwischen. Also musste der Kombi irgendwo stehen, wenn man ihn nicht in einem der kleinen Seen hier versenkt hatte, was aber unwahrscheinlich war. In etwa dreißig Metern Höhe überflog die Maschine nun seit drei Stunden das Gebiet um den Tatort herum. Das Suchgebiet war in zwei Sektoren geteilt, der andere Halbkreis wurde von Kollegen des LKA überprüft, da ihrer Dienststelle nur ein Hubschrauber zur Verfügung stand.

»Parkplatz ist leer. Zieh mal rechts rüber, da ist eine alte Fabrik oder so etwas.« Die Stimme klang verzerrt durch die Kopfhörer. Der Pilot zog die Maschine langsam nach rechts und ließ sie eine Zeitlang über dem Gelände der ehemaligen Buttwanger-Fabrik in der Luft stehen. Dann drehte er den Hubschrauber langsam, so dass sie das gesamte Gelände absuchen konnten.

»Flieg mal zu dem Tor da«, sagte der Copilot, und kurz darauf schwebte die Maschine dicht über einem Bungalow, der etwa dreißig Meter vom Eingangstor des umzäunten Geländes entfernt stand.

»Das Tor ist zu, sieht nicht aus, als sei jemand hier gewesen.« Der Pilot ließ die Maschine noch tiefer sinken, die Kufen des

Hubschraubers waren nur noch zwei Meter vom Flachdach des Pförtnerhauses entfernt. Durch ein Fernglas schaute der zweite Mann angestrengt in Richtung des Tores und bemerkte eine Kette, mit der das Tor noch zusätzlich verschlossen worden war.

»Hier ist er nicht«, konstatierte er, und die Maschine gewann wieder an Höhe, drehte ab und bald hörte man das Motorengeräusch nur noch aus der Ferne. Der enorme Wind, den die Rotorblätter verursacht hatten, hatte Bretter und Europaletten davongewirbelt. Das blaue Dach eines Kombi, der dicht an der Außenwand des Bungalows geparkt war, war nun deutlich zu erkennen. Der Hubschrauber hatte direkt über ihm in der Luft gestanden, doch sie hatten ihn nicht gesehen.

Zehn

Sie hatten ihn. Sie hatten ihn. Sie hatten ihn. Gebetsmühlenartig spie sein Gehirn die Worte aus. Der unglaubliche Lärm, den der Hubschrauber direkt über ihm machte, war kaum zu ertragen. Sicher seilten sich bereits schwarz gekleidete Männer zu ihm herab und in wenigen Sekunden würde er gefesselt in einem Polizeiwagen sitzen. Die kürzeste Entführung aller Zeiten. Marius hielt sich die Ohren zu. Tränen rannen über sein Gesicht.

»Scheiße, Scheiße, Scheiße!«, brüllte er so laut er konnte. In dieser Sekunde fühlte er tiefste Reue über das, was er getan hatte. Tiefstes Bedauern über den Tod von Grothners Fahrer. Und die Lächerlichkeit seines Vorhabens wurde ihm überdeutlich bewusst. Marius ahnte, dass sein Leben nun zu Ende war. Sein Leben in Freiheit zumindest. Er kniete auf dem dreckigen Boden im Hauptzimmer des Hauses und wiegte den Oberkörper vor und zurück. Erst nach Minuten nahm er wahr, dass der Hubschrauber fort war. Nur in der Ferne konnte man sein Brummen hören. Sie suchten weiter, sie hatten ihn nicht gefunden. Marius bekam einen Weinkrampf, sein ganzer Körper bebte und es brauchte einige Zeit, bis er sich so weit gefasst hatte, dass er das Haus verlassen konnte. Die Bretter waren vom Dach des

Renaults geweht worden und die Euro-Paletten lagen verstreut umher. Bis auf das gleichmäßige Brummen in einiger Entfernung war nichts zu hören. Marius sammelte die Bretter wieder ein und tarnte das Auto erneut. Er glaubte nicht, dass die Polizei noch einmal herkommen würde, warum sollten sie zweimal an derselben Stelle suchen? Er hatte offensichtlich richtig gehandelt, als er die Kette, die das Eingangstor zum Gelände verschloss, wieder an die alte Position gebracht hatte. Nichts sollte auf seine Anwesenheit hindeuten. Langsam fiel die Spannung von ihm ab und nun wurde es Zeit, sich um seinen Gast zu kümmern.

Elf

Die Benommenheit wich langsam und Sequenz für Sequenz kehrte die Erinnerung zurück. Sein Fahrer hatte laut geschrien, dann gab es einen fürchterlichen Ruck, als der Mercedes in den Lastwagen gekracht war. Die Airbags hatten ausgelöst, doch der Aufprall war so verheerend, dass er trotz des Schutzmechanismus hart mit dem Kopf auf die Sitzlehne des Beifahrersitzes geprallt war. Dann war die Schwärze über ihn gekommen. Noch hielt er die Augen geschlossen. Es rauschte in seinen Ohren, als könne er sein Blut fließen hören. Es war kühl. Fakt. Er war bei einem Unfall verletzt worden. Fakt. Er lebte. Fakt. Er befand sich nicht mehr in seinem Auto. Fakt. Seine Handgelenke waren gefesselt. Fakt. Etwas lag um seinen Hals. Fakt. Es roch muffig, wie in einem Keller. Fakt. Wenn etwas wie Scheiße aussah, wie Scheiße roch und sich wie Scheiße anfühlte, dann ist es mit sehr hoher Wahrscheinlichkeit Scheiße. Fakt ... Karl Grothner öffnete die Augen.

Eine rissige Betondecke, abblätternde weiße Farbe. Stockfleckig. Daran, provisorisch befestigt, ein rotes Stromkabel, an dessen Ende eine Glühbirne schwaches Licht in den Raum warf. Er hob seine zusammengebundenen Hände und begutachtete den Kabelbinder, der ihm ins Fleisch schnitt. Die Kopfverletzung schmerzte. Nicht zu ändern, weswegen er den Schmerz in seine Realität integrierte. Karl drehte den Kopf nach rechts. Eine Kellerwand. Putz war herabgefallen und gab den Blick auf stellenweise grau patinierten, roten Klinker frei. Sein Blick tastete jeden Quadratzentimeter des Raumes ab, in dem er sich befand. Er nahm einen Eisenring wahr, der an der hinteren Stirnwand befestigt war. Er sah die Kette und folgerte, dass das Ende dieser Kette ebenfalls in einem Ring endete, der um seinen Hals lag. Die Situation war klar. Er war entführt worden. Karl Grothner schloss seine Augen wieder und dachte nach. Derzeit gab es für ihn keine Handlungsalternativen. Er brauchte mehr Informationen, um Entschlüsse fassen zu können. Grothner versuchte mit seinen gefesselten Händen zu ertasten, ob er vielleicht an sein Smartphone, das in der rechten Innentasche seines Sakkos steckte, kommen könnte, musste aber einsehen, dass es absolut unmöglich war, das Gerät aus der Tasche zu ziehen. Was waren das für Verbrecher, die ihrem Opfer das Handy ließen? Er konnte das Smartphone durch den Stoff spüren und versuchte nun, es durch Drücken und Schieben von außen aus der Innentasche zu befördern. Für eine Sekunde konnte er die glatte und kühle Oberfläche des Gerätes an seinem Kinn fühlen, nachdem es aus der Tasche gerutscht war. Er konnte nicht verhindern, dass das Smartphone von der Pritsche fiel und mit einem kühlen Geräusch auf dem Kellerboden aufschlug. Dieses klackende Geräusch initiierte eine Millisekunden dauernde Erinnerungssequenz in Grothners Gehirn. Der Kopf seines Fahrers war aufgeplatzt, als er mit brachialer Gewalt gegen die Windschutzscheibe geprallt war. Teile der Schädeldecke und blutig-graue Gehirnmasse waren an ihm vorbeigeflogen und mit einem schmatzenden Geräusch an der Heckscheibe gelandet, bevor er selbst das Bewusstsein verloren hatte. Dann war die Szene vorbei und Grothner wusste, dass sein Fahrer bei dem offenbar bewusst herbeigeführten Unfall zu Tode gekommen war. Das ließ Rückschlüsse auf die Gewaltbereitschaft seiner Entführer zu. Fakt. Er versuchte, sich auf der schmalen Pritsche aufzurichten, doch dazu fehlte ihm die notwendige Kraft. Also drehte er sich auf die rechte Seite, um so, mit den ebenfalls gefesselten Beinen voran, langsam von der Pritsche zu gleiten. Es gelang ihm, und nun kniete er vor dem Smartphone, das, mit dem Display nach unten, auf dem grauen Betonboden lag. Seine Entführer waren offensichtlich ziemliche Dilettanten, sonst hätten sie ihm wohl kaum das Handy gelassen. Er griff nach dem Gerät und hielt es zwischen seinen gefesselten Händen, drehte es mit den Fingern um und musste erkennen, dass das Display vollkommen zerstört war. Grothner betätigte den kleinen Schalter, der das Smartphone sonst aus dem Standby-Betrieb erweckte, doch nichts tat sich. Das Gerät war bei dem Unfall zerstört worden. Fakt. Es gelang ihm, das Handy in seine rechte Sakkotasche zu stecken und sah sich nun im Raum um. Der Raum mochte drei mal zwei Meter Grundfläche messen. Eine Treppe führte an der Stirnseite des Raumes nach oben. Diese mündete an einer grauen, fleckigen Stahltür. Kaum, dass ein Blick auf diese Tür fiel, hörte er, wie sich von außen jemand daran zu schaffen machte. Er hatte keine Gelegenheit, sich wieder auf die Pritsche zu legen, und so schwang die Tür nach innen auf und Karl Grothner und Marius Kleinhans begegneten sich zum zweiten Mal. Kleinhans trug wieder den Motorradhelm und hielt kurz inne, als er Grothner auf dem nackten Betonboden knien sah. Das getrocknete Blut in seinem Gesicht verlieh der Situation etwas sehr Erschreckendes. Karl hatte die gefesselten Hände vor sich gehalten, es sah aus, als betete er. Dass er in dieser Situation den Blick nach oben gerichtet hatte, verstärkte den ersten Eindruck, den Marius vom Multimillionär Karl Grothner erhielt. Ein erbarmungswürdiger Anblick. Marius hatte sich seinen Text bereits zurechtgelegt. Er schwitzte unter seinem Helm, die ganze Situation war für ihn fast unerträglich. Er wollte das nicht. Wollte nicht wie ein Tier sein, das Menschen umbringt und dafür sorgte, das jemand, und sei es Karl Grothner, so unwürdig auf dem Boden knien musste. Und dennoch musste er das jetzt durchziehen.

»Ich helfe Ihnen, Moment.« Marius griff seinem Opfer unter die Arme und half ihm auf die Pritsche zurück. Grothner saß nun vor ihm.

»Sie wissen, was los ist?«, fragte Marius. Karl sah ihn nur mit stahlgrauen Augen an. Ruhig. Ganz in Ruhe schien er ihn zu scannen mit diesen Augen.

»Ich sage Ihnen jetzt die Regeln. Und wenn Sie die schön einhalten, sind Sie bald wieder ein freier Mann und unsere Wege trennen sich.« Marius Kleinhans fühlte, dass er der Situation kaum gewachsen war. Er hatte damit gerechnet, dass Karl weinen, ihn anflehen, ihn anschreien würde. Doch der saß nur da und sah ihn fast amüsiert an. Marius spürte, dass der Mann vor ihm nicht die geringste Angst hatte. Das war so nicht vorgesehen.

»Das läuft so: Sie bleiben ruhig und brav. Ich gebe Ihnen zu Essen und zu Trinken. Ich erpresse Geld für Ihre Freilassung, und sobald ich das habe, lasse ich Sie laufen. Machen Sie Ärger oder Stress, wird der Service hier schlechter. Ich werde Sie von den Fesseln befreien, Sie dürfen sich hier im Raum frei bewegen. Da hinten steht ein Eimer, da können Sie sich erleichtern. Es gibt eine Plastikschüssel mit Waschwasser und einen Lappen. Ein Handtuch gibt es auch. Ich habe Sie angekettet, Sie können also nicht zur Tür, so lang ist die Kette nicht. Wenn ich Informationen brauche, sind Sie kooperativ. Sind Sie das nicht, wird der Service auch schlechter, alles klar soweit?« Marius hatte sich vorgenommen, mit fester, dominanter und selbstbewusster Stimme zu sprechen. Ihm selbst kam es vor, als läge etwas Weinerliches, Schwaches und Zittriges in seinen Worten. Grothner hatte während seiner Rede nur kurz die rechte Augenbraue gehoben und war ansonsten regungslos geblieben.

»Haben Sie das verstanden?« Grothner hob nur die Arme, anstatt eine Antwort zu geben, den Blick fest auf die Augen gerichtet, die er als Einziges vom Gesicht seines Entführers durch das Visier des Motorradhelmes sehen konnte. Nervöse Augen, wie er feststellte. Mit einem Hauch von Resignation, fast Trauer in ihnen. Keine sehr intelligenten Augen. Fade, blaue Augen. Gerötet. Der Mann hatte geweint. Falten in den Augenwinkeln. Der Mann war zwischen vierzig und fünfzig Jahre alt. Und Angst. Angst in diesen Augen. Und Ehrfurcht. Vor ihm. Und noch etwas. Etwas sehr Emotionales. Karl kannte das. Doch es fiel ihm in dieser Sekunde nicht ein. Er hatte es schon manches Mal in den Augen von Menschen, mit denen er zu tun zu haben gezwungen war, gesehen. Verstanden hatte er es nie. Gewissen. Das war es. Ein für Karl Grothner sehr surrealer Begriff. Marius Kleinhans griff in seine Gesäßtasche und förderte einen Saitenschneider hervor, mit dem er die Kabelbinder an Karls Händen und Füßen durchschnitt.

»Sind wir uns also einig?«, fragte er sein Opfer. Grothner hob die Oberlippe, bleckte die Zähne, seine Mundwinkel wiesen nach unten. Er lächelte.

»Und ob!«

Zwölf

Im Polizeipräsidium ging es zu wie in einem Wespennest. Die SOKO »Karl« bestand aus vierzig Frauen und Männern, die Zugriff auf die gesamten Ressourcen des Apparates hatten. Hochleistungscomputer und unschlagbare Software kamen ebenso zum Einsatz wie Kommunikationsmittel und das Internet. Die Entführung des Industriellen Karl Grothner hatte bundesweit oberste Priorität und würde, angesichts des gewaltigen Einsatzes, der betrieben wurde, schon bald zu Ende sein. So hatte es nur wenige Minuten gedauert, bis der Besitzer des gestohlenen Nummernschildes ermittelt worden war und eine Liste aller blauen Renault Mégane Kombi des entsprechenden Baujahrs vorlag. Streifenwagen waren ausgerückt, und als sich herausstellte, dass alle Fahrzeuge, die noch zugelassen waren, als Fluchtauto der Entführer nicht in Frage kamen, zeigte die Datenbank alle im letzten halben Jahr abgemeldeten Autos dieses Fabrikats an. Nach weniger als zwei Stunden saß der Schrotthändler, ein Mann namens Klaus Borkowski, in einem der Vernehmungszimmer und beteuerte, sich nicht an den Käufer des Autos erinnern zu können. Der Vorbesitzer des Renault wurde ebenfalls hergebracht und identifizierte das Fahrzeug als seinen alten, vor Monaten abgemeldeten Kombi. Die Beulen auf der Motorhaube hatte er zweifelsfrei erkannt. Die Fahndung aus der Luft hatte nichts gebracht, der Wagen blieb verschwunden. Das unscharfe Bild, das die Einsatzkamera des Streifenwagens aufgenommen hatte, wurde in die Gesichts-Erkennungs-Datei eingespeist, auch wenn nur das Kinn des Mannes zu sehen war, der das Auto gesteuert hatte. Doch hier war die Technik an ihre Grenzen gestoßen und der Gesichtsausschnitt konnte nicht zugeordnet werden. Sieben Stunden nach der Entführung stürmte ein Mitarbeiter in das Büro von Paul Gruhlich, der mit zerzaustem Haar und Schweißflecken unter den Armen gerade dabei war, dem Staatsanwalt noch einige Stunden Zeit abzuringen, bevor dieser vor die Presse trat, die das Präsidium seit Bekanntwerden der Entführung belagerte.

»Wir haben ... hören Sie ... wir haben noch keine belastbaren Erkenntnisse. Nein ... auch nicht ... ich bitte Sie lediglich ... lassen Sie uns ... ich melde mich doch, wenn ... ja ... und tschüss.« Gruhlich sah entgeistert auf sein Telefon.

»So ein Arsch, hat einfach aufgelegt. Was haben Sie? Sagen Sie mir, dass Sie was haben und ich falle hier vor Ihnen auf die Knie.« Gruhlich sah den Forensiker flehend an.

»Wir haben die DNA von einem der Täter isolieren können. Wir vermuten, dass er in dem Lastwagen geschlafen hat, den Kopf auf das Lenkrad gelegt. Der Typ hat gesabbert und wir haben eine erstklassige DNA-Probe von ihm.« Der Forensiker strahlte.

»Ja und? Mann, ich trete Ihnen die Hose in Flammen, wenn Sie mir nicht auf der Stelle sagen, ob Sie die DNA zuordnen konnten.« Gruhlich hatte keine Nerven für Spielchen und Verzögerungen.

»Der Mann heißt Marius Kleinhans. Mehrfach vorbestraft wegen Einbruchdiebstahls. Hat in Fuhlsbüttel gesessen. Alle Daten von ihm sind ins SOKO-Netzwerk eingespeist.«

Sofort griff Paul Gruhlich zu seiner Tastatur und rief die entsprechende Seite auf, ohne den Mann in seinem Büro länger zu beachten. Sekunden später sah er das gestochen scharfe Foto von Marius Kleinhans auf dem Bildschirm, von vorne, von rechts und von links aufgenommen. Bilder vom Erkennungsdienst. Kaum zwei Jahre alt.

»Das Kinn?« Gruhlich sah nicht einmal auf, als er das fragte.

»Unser Mann, kein Zweifel.«

»Sonst noch Spuren?«

»Im Kanal haben wir nichts gefunden. Im Laster jede Menge DNA und Fingerabdrücke, aber das meiste wird von den Bauarbeitern stammen. Kleinhans ist abgetaucht, seit er entlassen wurde. Hat nur Einbrüche begangen. So ein Ding zieht der nie im Leben alleine durch, schätze ich.« Der Forensiker sah Gruhlich fragend an.

»Wenn Sie was finden, sofort zu mir!« Der Chef der SOKO nickte dem Spurensicherer kurz zu, mehr konnte er als Lob derzeit nicht übermitteln. Gruhlich griff zum Telefon und informierte den Staatsanwalt. Nur zehn Minuten später war Marius Kleinhans zur Fahndung ausgeschrieben, sein Bild an den Presseverteiler gegangen und über fünfzig Beamte waren ausgeschwärmt, um jeden Verwandten und Bekannten, jeden, der mit Kleinhans jemals in Verbindung gestanden hatte, über dessen Aufenthaltsort zu befragen. Seine Festnahme war nur noch eine Frage der Zeit, dessen war sich Gruhlich sicher. Er wählte Gerald Picards Nummer.

»Sieht aus, als hätten wir einen der Täter. Komm bitte her. Kann sein, dass wir dein SEK schnell brauchen.« Gruhlich wartete die Antwort seines Freundes nicht ab und legte auf. Wenig später war Gerald eingetroffen und Gruhlich hatte ihn über den Sachstand informiert.

»Das ist doch ein Kleinkrimineller. Wie kommt der an so eine Sache? Ich meine, wenn ich ein Casting mache, um so ein Ding abzuziehen, dann wäre der Vogel der letzte, den ich mir ans Bein binden würde. Oder meinst du, die Russenmafia, oder wer immer dahinter steckt, nimmt so einen Havaristen ins Team? Einen, der auf das Lenkrad sabbert? Einen, von dem alle erkennungsdienstlichen Dinge polizeilich bekannt sind? Im Leben nicht, Paul.« Picard sah seinen Kollegen an.

»Du meinst, die haben ein Bauernopfer angeheuert? Damit wir uns an dem festbeißen, während die längst über alle Berge sind?« Enttäuschung schwang in Gruhlichs Stimme mit.

»Da verwette ich meine Eier drauf. Dieser Kleinhans ist ein kleiner Fisch, den sie uns zum Fraß vorwerfen. Was aber trotzdem bedeutet, dass wir ihn unbedingt kriegen müssen, falls der überhaupt noch lebt. Normalerweise gehen solche Leute kein Risiko ein. Naja, immerhin ein Anfang.«

Dreizehn

Klaus Borkowski war betrunken. Drei Stunden hatte er auf dem harten Stuhl im Vernehmungszimmer gesessen. Er konnte sich wirklich nicht erinnern, wer den Renault gekauft hatte.

»Zweihundert Euro für den Renault dahinten.« Er hatte damals kaum aufgesehen. Er hatte hinter seinem verschmierten Schreibtisch gesessen, der übersät war von öligen Blinkrelais und anderen Fahrzeugteilen, Papieren und Kaffeetassen. Es waren selten Leute auf dem Schrottplatz, um Teile zu kaufen, und er hatte seinen Schwanz rausgeholt und hatte sich einen gewichst, ein zerlesenes Pornoheftchen vor sich. Dann war plötzlich dieser Typ aufgetaucht, war einfach in das Büro marschiert und hatte ihm die Kohle auf den Tisch gelegt. Beim Onanieren erwischt zu werden ist das Schlimmste, was einem Mann passieren kann, und so hatte sich Klaus Borkowski ganz eng an den Schreibtisch gedrückt und den Kopf gesenkt, als studiere er die Bauweise eines Blinkerhebels. Ohne aufzublicken und seinen Kunden zu begrüßen, hatte er nur genickt.

»Schlüssel steckt.«

Der Typ war wieder verschwunden, hatte die Batterie des Renault angeklemmt und den Wagen tatsächlich starten können. Borkowski, der seinen, mittlerweile wieder geschrumpften, Penis wieder verstaut hatte, konnte durch das Fenster sehen, wie der Schrotthaufen von einem Renault den Platz verließ. Dabei hatte er den Mann sehen können, der hinter dem Lenkrad saß, aber diesen Sachverhalt den Bullen mitzuteilen, kam ihm nicht in den Sinn.

Er goss Rotwein in sein Wasserglas und trank es in einem Zug leer.

»Scheiß Bullen. Was habe ich mit dem Mist zu tun?«, lallte er in den Raum, der nach Schmieröl und Schweiß stank. Plötzlich flog die Tür auf und zwei Männer stürmten herein. Maskierte Männer. Einer griff ihm sofort an die Kehle, und bevor Klaus Borkowski begriff, was vorging, war seine Nase gebrochen und die rechte Schulter ausgekugelt. Nicht einmal die Zeit zum Schreien blieb ihm, denn der Angreifer hatte ihm mit der behandschuhten Hand den Mund und die Nase gleichzeitig zugehalten.

»Reden wir über deine letzten Verkäufe hier«, hörte er noch, bevor der Mann ihm das linke Ohr abschnitt und er in einem Meer aus Schmerz versank. Später redete er. Ohne Unterlass. Danach starb er. Als die beiden Männer die Baracke des Schrottplatzbesitzers verließen, klingelte in der Hosentasche des Mannes, der Borkowski das Ohr abgeschnitten hatte, ein Handy. Er nahm das Gespräch an, nachdem er die Rufnummer auf dem Display erkannt hatte. »Ja?«

»Seid ihr schon auf dem Schrottplatz?«

»Ja, aber wir sind hier fertig. Haben aber nur eine Beschreibung von dem Kerl.« Die Stimme am anderen Ende der Leitung schwieg einige Sekunden. »Die Arbeit hättet ihr euch sparen können. Die Polizei hat den Mann schon identifiziert. Ich habe alle Daten von ihm hier. Seht zu, dass ihr da wegkommt und lasst den Schrotthändler in Ruhe, der bringt uns jetzt nichts mehr.«

»Der hat seine Ruhe.«

»Dann ist gut. Bis gleich.« Das Gespräch war beendet und die beiden Männer verließen den Schrottplatz, einer von ihnen grinsend.

Im Keller

Manchmal war es schon hell, wenn er aufwachte. Immer war dann die Flasche gefüllt und es gab zu Essen. Brot. Selten lag eine halbe Salatgurke in der Schale oder eine Möhre. In bestimmten Abständen fand er ein Stück Fleischwurst vor, das war dann immer ein besonderes Geschenk. Was ihm ganz und gar nicht behagte, war, dass er seine Notdurft hier im Keller verrichten musste. Mittlerweile gab es kaum noch eine Stelle auf dem Boden, die sauber war. Er fühlte sich sehr schmutzig. Den Gestank, den seine Hinterlassenschaften erzeugten, nahm er nicht mehr wahr. Er kannte es nicht anders, und so hatte er sich damit abgefunden. Seine Versuche, Kontakt mit demjenigen aufzunehmen, der ihn hier unten eingesperrt hatte, blieben stets erfolglos. Er aß, er trank, er erleichterte sich. Dazwischen schlief er. Und wenn er nicht schlief, lag er mit geschlossenen Augen auf seiner Pritsche und versuchte herauszufinden, wer er war. Doch da gab es nichts, was ihm einfiel. Manchmal sah er Gesichter. Doch die lösten bei ihm nichts aus. Er hatte einen immer wiederkehrenden Traum. Da war ein Tannenbaum. Woher er wusste, dass es ein Tannenbaum war, konnte er nicht sagen, doch es war einer und somit war alles gut. Bunte Kugeln hingen an dem Baum und oben auf der Spitze glänzte ein goldener Stern. Bunte Pakete waren unter den Baum gelegt worden und alle diese Geschenke waren für ihn. Das wusste er. Seine Pakete und Päckchen. Doch immer, wenn er im Traum diese wunderschönen bunten Geschenke auspacken wollte, geschah dasselbe. Es war nie etwas darin. Sie bestanden nur aus dem Geschenkpapier. Waren sie vor dem Auspacken noch schwer und fest, blieb zum Schluss nur das Einwickelpapier übrig. Das machte ihn sehr traurig und er dachte, dass ihn doch jeden Tag aufs Neue jemand beschenkte. Brot, Wasser und manchmal Fleischwurst. Und den Anzug, den er trug. Und die Socken, die allerdings mittlerweile sehr dreckig waren. Wenn er den Geschenketraum hatte, wachte er jedes Mal traurig auf. Ihm war, als wäre da noch jemand in seinem Traum gewesen. Aber dieser Jemand war nie zu sehen. Als stünde er oder sie hinter ihm. Dieser Jemand musste den Baum geschmückt und die Geschenke vorbereitet haben. Betrügergeschenke, die nur Vorfreude erzeugten, die dann aber sofort in Enttäuschung umschlug. Er fühlte, dass dieser Jemand ihn liebhaben musste, wenn er sich solche Mühe machte mit dem Baum und den bunten Päckchen. Und ihn hassen musste, denn immer war die Enttäuschung, die Demütigung, nichts geschenkt zu bekommen, das viel intensivere Gefühl. Und natürlich war das Absicht. Dieser Jemand wollte, dass er sich so fühlte. Der war böse. Anders als derjenige, der ihn hier festgekettet hatte. Dessen Geschenke waren real. Brot, Wasser, der Anzug. Und manchmal eine Möhre.

Wenn das Licht an war, sah er oft seine Hände an. Seine Arme. Er zog sich aus und betrachtete seinen Körper. Das war ER. ER. Die Fußnägel waren zu lang und alles an seinem Körper war schmutzig. Aber das war ER. Aber wer war ER? Nur dieser Körper? Warum war ER nur dieser Körper? Es war für ihn intuitiv klar, dass ER noch mehr war, denn sonst hätte er nicht diese Erinnerungen. Auch wenn er die Gesichter nicht kannte, an die er sich manchmal erinnern konnte, so konnten sie doch nur deshalb in seinem Gedächtnis sein, weil er sie irgendwann wirklich gesehen hatte. Wenn er doch nur wüsste, wie sein Gesicht aussah. Vielleicht würde er dann wissen, wer ER war? Das waren dann die Momente, in denen er nach dem Menschen rief, der ihn hier gefangen hielt. Sein Sprachvermögen war zurückgekehrt und mittlerweile konnte er wieder sinnvolle Sätze bilden. Diese Entwicklung hatte er nicht bewusst wahrgenommen. Für ihn waren alle seine Worte sinnvoll und entsprachen genau dem, was er sagen wollte.

»Hallo? Ist da jemand? So komm doch her! Sag mir, wer ich bin und warum ich hier bin. Ich habe kein Wasser mehr, kann ich noch welches bekommen? Halloooo? Ist denn niemand da?« Stets blieb sein Rufen scheinbar ungehört. Und die temporäre Demenz, die er durch sein Hirntrauma erlitten hatte, mutierte in den Tagen und Wochen seiner Anwesenheit im Keller zu einer ausgewachsenen Psychose. Wahnhaft und von tiefsten Depressionen geprägt, vegetierte er in den Tag hinein. Die Substanz in dem Wasser tat ihr Übriges, um seinen geistigen Zustand noch zu verschlimmern. Er begann in den wenigen Stunden, in denen er nicht schlief, seine fehlende Erinnerung durch Fantasie-Szenen zu ersetzen.. In Ermangelung äußerer Reize schuf er sich eine eigene, völlig abstrakte Welt. Platzende Geschenke, Mondgesichter und Fleischwurst. Das Geräusch der Kette, dieses matte Klimpern, spielte stets eine Rolle, denn es war das einzige Geräusch, das immer präsent war. Bei jeder noch so kleinen Bewegung erzeugte die Kette dieses Geräusch. Er sprach stundenlang mit sich selbst. Nicht zitierfähiges, wirres Zeug von buntem Papier, kreischenden Katzen, der Kette und dem Brot. Der Pfützen und Kothaufen. Einmal war er aufgewacht und

vernahm ein neues, aufregendes Geräusch. Ein Summen. Periodisch an- und abschwellend. Dann kurze Pausen und wieder das Summen. Mal hier, mal dort. Es war dunkel. Plötzlich, völlig unerwartet, eine Berührung in seinem Gesicht. Er erschrak, und die Berührung war zu Ende. Als er das nächste Mal im Gesicht berührt wurde, zwang er sich, still liegen zu bleiben, und er konnte fühlen, wie der Reiz, der seine Gefühlsnerven so zum Vibrieren brachte, in seinem Gesicht umherwanderte. Manchmal verharrte er an einer Stelle, seinem Mundwinkel oder unterhalb seiner Nase. Dann war das Gefühl so intensiv, dass er es nicht ertragen konnte und er sich bewegte. Sofort war der Reiz fort und verwandelte sich in dieses Summen.

»Komm doch zurück. Komm her zu mir. Fass mich an.« Doch die Fliege, die sich in den Keller verirrt hatte, fand lukrativere Stellen innerhalb des Kellers, und als er das nächste Mal erwachte, war sie fort. Nicht jedoch, ohne ihre Eier in die unappetitlichen Haufen im Keller gelegt zu haben. Er hatte auf diese Weise sehr viele Mitbewohner bekommen, wie sich später herausstellte. Bald spürte er deren Berührungen nicht mehr, und auch das Summen wurde von seiner selektiven Wahrnehmung ausgeblendet. Wie das Rasseln der Kette.

Vierzehn

Marius hatte seinem unfreiwilligen Gast eine Waschschüssel in den Keller gestellt, damit dieser sich das Blut aus dem Gesicht waschen konnte. Grothner hatte noch immer auf der Pritsche gesessen und ihn nur musternd angesehen. Als Marius die Treppe zum Kellereingang hinaufstieg, sagte Grothner nur ein Wort.

»Drei.« Marius hatte sich auf der Treppe umgedreht und blickte durch das heruntergeklappte Visier des Motorradhelms zu Karl Grothner hinab.

»Was, drei?«

»Frank Minor hat drei Kinder. Eines ist erst zwei Jahre alt. Mit dem Großen fuhr er immer an den Bliestersee, um dort zu Angeln. Die verstanden sich prächtig. Einmal hat Minor den Wagen heimlich mit nach Hause genommen und seine Kinder damit herumgefahren. Ich habe ihn trotzdem nicht entlassen. Er ahnte nie, dass ich das wusste, noch bevor er den Mercedes zurückbrachte. War ein guter Mann, der Frank Minor.«

»Wovon reden Sie? Ich kenne keinen Frank Minor«, presste Marius unter dem Helm hervor.

»Doch, kennen Sie. Sie haben ihn getötet. Ich sah sein Gehirn an mir vorbeifliegen.« Grothner lächelte sein grausames Lächeln.

»Soll ich Ihnen was verraten? Ich habe wirklich Respekt vor Ihnen. Sie haben mich in Ihrem Keller eingesperrt. Gratulation. Sie haben dafür einen guten Menschen getötet. Musste bestimmt sein. Kollateralschaden nennt man das. Rechnen Sie die Kinder von Minor dazu, denn der Tod ihres Vaters wird ihr Leben verändern, und sicher nicht zum Guten.« Grothner lehnte sich zurück und stützte sich auf seinen Ellenbogen ab. Marius Kleinhans stand wie erstarrt auf der Treppe und sein Visier beschlug von innen. Er öffnete es und Grothner konnte sehen, dass sein Entführer unter seinem Helm schwitzte.

»Hören Sie, ich wollte das nicht. Konnte doch nicht ahnen, dass Ihre gepanzerte Karre so wenig Schutz bietet.« Seine Stimme hatte etwas Weinerliches, befand Grothner und setzte nach.

»Sie werden mit den Konsequenzen Ihres Handelns leben müssen. Und jetzt sage ich Ihnen noch einige Spielregeln und Fakten, die Sie eben nicht erwähnen konnten, weil ich es bin, der sie diktiert.« Marius unterbrach Karl mit zu schriller Stimme.

»Sie haben mir überhaupt keine Regeln vorzugeben. Sie sollten beten, dass Sie lebend aus der Sache hier herauskommen. Ich weiß genau, was ich tue. Halten Sie sich an das, was ich Ihnen gesagt habe, und alles wird gut.«

»Ach, wird es das? Für mich ganz sicher. Wie gut es allerdings für Sie ausgeht, bestimme einzig und alleine ich.« Grothner saß noch immer zurückgelehnt und scheinbar in sich ruhend auf der schmalen Liege.

»Ich habe so einen Fall vorhergesehen und entsprechende Anweisungen erteilt. Anweisungen, die weit über das hinausgehen, was der Staat mit Ihnen veranstalten wird, sobald man Sie gefasst hat. Wollen Sie wissen, was ich angeordnet habe?« Nun beugte er sich vor, legte seine Unterarme auf die Knie und sah zu Marius empor. Trotz des Blutes im Gesicht wirkte er auf Marius eher amüsiert als ängstlich. Die Sache lief ganz und gar nicht so, wie er sich das vorgestellt hatte. Er hatte das Gefühl, ihm würde etwas entgleiten, als würde Grothner ihm etwas aus der Hand ringen. Er beschloss, sich von Grothner fernzuhalten und kein Wort mehr mit ihm zu wechseln, wenn er erst einmal aus diesem Keller heraus war.

»Sagen Sie, was Sie meinen sagen zu müssen, und danach rate ich Ihnen, den Mund nur noch aufzumachen, wenn ich Sie etwas frage, verstanden?« Marius hatte sich Mühe gegeben, seine Stimme kalt und beherrscht klingen zu lassen, aber durch den Helm klang sie gedämpft, als spräche er mit einem Taschentuch im Mund.

»Neben der Polizei sucht eine Gruppe von Männern nach Ihnen, die in meinem Auftrag handeln. In dem Moment, in dem Sie Ihre Show abgezogen haben, wurden sie bereits aktiv. Glauben Sie mir, die haben ihre Verbindungen zur Polizei, und sie bekommen alles von dem mit, was bei den Ermittlern vorgeht. Diese Männer sind keine gesetzestreuen Bürger. Ich habe sie gekauft, weil sie jeden Weg gehen, um ihren Auftrag zu erfüllen. Wenn die Sie vor der Polizei finden, sind Sie ein toter Mann.« Grothner schwieg einige Sekunden, um die Worte wirken zu lassen.

»Ist die Polizei schneller, dann wird das, was Ihnen im Gefängnis so alles passieren wird, eng an das gekoppelt sein, was mit mir geschieht. Sterbe ich, sterben Sie. Behandeln Sie mich nicht so, wie ich es wünsche, kommen unbeschreibliche Dinge auf Sie zu, aber Sie werden leben, mehr oder weniger. Behandeln Sie mich gut, besser sehr gut, kann es sein, dass es mir reicht, Sie der Obhut der Staatsgewalt zu überlassen. Ihnen muss klar sein, dass Sie hiermit niemals durchkommen. Jemand wird Sie schnappen, alles andere ist Illusion. Sie bestimmen jetzt nur noch, wie es Ihnen danach ergeht. Haben Sie das verstanden?« Karl Grothner hatte in lautem, festem Ton gesprochen. Ohne Emotionen, als würde er einen Vortrag über Bilanzen oder

Geschäftsabschlüsse halten. Dabei hatte er seinen Blick unablässig fest in die Augen des Entführers gebohrt. Er wirkte, als würde er in seinem Ledersessel hinter seinem Schreibtisch sitzen und nicht in diesem erbärmlichen Kellerloch. Marius hatte die Treppe wieder verlassen und stand nun vor ihm. Seine Hände schlossen und öffneten sich. Auch er starrte Grothner in die Augen. Schweiß rann ihm von der Stirn in die Augen. Die Hitze unter dem Motorradhelm kam ihm unerträglich vor. Sein Magen hatte sich zusammengezogen und fühlte sich an, als habe er glühende Kohlen darin. Er wollte wütend sein, er sollte hier der Mann sein, der das Sagen hatte. Er war der Täter, Grothner das Opfer. Nur stellte sich diese Wut nicht ein. Grothner bluffte. Das konnte nicht anders sein. Doch intuitiv spürte Marius, dass er diese Hoffnung gar nicht zu nähren brauchte. Und erst diese Erkenntnis brachte ihm die Wut, die er brauchte in diesem Moment.

»Einen Scheiß haben Sie. Einen Scheiß glaube ich Ihnen.« Er fasste Grothner an den Schultern und bemühte sich, ihm dort Schmerzen zuzufügen. Um ganz klar und deutlich zu zeigen, wer der Boss ist. Grothner sah in weiter ungerührt an und verzog keine Miene.

»Das Spiel ist also eröffnet. Sie belasten gerade Ihr Konto. Machen Sie weiter.« Grothner bleckte die Zähne und senkte die Mundwinkel.

»Sollten Sie nicht lieber Ihr Erpresserschreiben an den Mann bringen?«

Marius ließ ihn los, wandte sich um und stürmte die Treppe hinauf. Er schlug die Kellertür laut hinter sich zu und verschloss sie mit einer Kette, bevor er sich den Helm vom Kopf riss und ihn von sich schleuderte. Der Helm prallte gegen eine Fensterscheibe, die sofort zerbrach, und wurde von den von außen vor das Fenster genagelten Brettern aufgehalten.

»Scheiße, verdammtes Arschloch!«, brüllte er in die Leere der Räume. Mit der Faust schlug er gegen den bröseligen Putz der Dielenwand. Der Schmerz holte ihn zurück.

»Alles im Griff, du hast alles im Griff. Ja. Alles gut.« Der Typ im Keller konnte ihn mal. Den brauchte er nicht. Der bluffte, weil er die Hosen voll hatte. Aber in einem Punkt hatte er recht. Er musste nun den nächsten Schritt gehen. Er musste seine Bedingungen diktieren. Das war eine heikle Angelegenheit, denn in diesen technischen Zeiten konnte er unmöglich einfach beim Grothner-Konzern anrufen. Noch bevor er zur Nennung der Lösegeldhöhe gekommen wäre, würde man seinen Standort identifiziert haben. E-Mail und Computer konnte er auch nicht benutzen, auch hier ließe sich über die IP-Adresse die Herkunft ermitteln. Und selbst der klassische Brief konnte heutzutage jedem Briefkasten zugeordnet werden, in den er geworfen wurde. Das würde die Ermittler viel zu schnell auf seine Spur bringen. Er hatte sich entschlossen, in dieser Sache vollkommen unkonventionell vorzugehen. Er hatte bereits in der Vorbereitungszeit ein einziges Schreiben formuliert. Es würde keine weiteren Schreiben geben. Darin hatte er geschrieben, dass er weder verhandeln noch feilschen würde. Er setzte eine Frist von genau sieben Tagen, um das Lösegeld in Höhe von zehn Millionen Euro zu beschaffen und zur Verfügung zu halten, bis er mitteilte, wo und wie die Übergabe zu erfolgen hatte. Er hatte auf einem Flohmarkt eine alte Polaroid-Kamera erstanden und sich noch vor dem Kauf von deren Funktionsfähigkeit überzeugt. Sie musste ohnehin nur ein einziges Bild produzieren. Aber um dieses eine Foto zu schießen, musste er zurück in den Keller, zu ihm, und dazu fühlte er sich derzeit nicht in der Lage. Morgen, morgen war früh genug. Bis dahin würde Grothner wohl kaum verhungert oder verdurstet sein. Und sicher wäre er weniger herausfordernd, wenn er ohne Nahrung und Flüssigkeit die ersten vierundzwanzig Stunden hinter sich gebracht hatte. Alles gut. Er war der Boss.

Grothner hatte den Ausbruch seines Entführers in seinem Keller genau beobachtet. Und er wusste, was seine Worte bei dem Mann ausgelöst hatten. Nämlich genau das, was sie auslösen sollten. Er würde nun nicht mehr mit ihm sprechen. Erst mussten die Samenkörner, die er gepflanzt hatte, austreiben. Vierundzwanzig Stunden sollten reichen. Karl fand nach und nach Gefallen an dem Spiel.

Fünfzehn

Die Polizei hatte das imposante Gebäude, das die Machtzentrale des Grothner-Konzerns beherbergte, komplett abgeriegelt. Außerhalb der Absperrung standen einige Übertragungswagen von Fernsehanstalten. Heerscharen von Reportern warteten auf Neuigkeiten. Kaum vierundzwanzig Stunden nach der Entführung von Karl Grothner lud der zuständige Staatsanwalt, Claas van Horn, die versammelten Journalisten in das große Pressezelt, das Stunden zuvor auf dem Mitarbeiterparkplatz errichtet worden war, ein. Van Horn war ein sehr erfahrener Vertreter seiner Berufsgruppe und frei von Geltungsdrang, was ihn von vielen seiner Kollegen unterschied. Ein nüchterner und sachlicher Ankläger, der niemals polemische oder emotionale Sachverhalte in seine Beurteilung einbezog. Nur Daten und Fakten spielten für Claas van Horn eine Rolle. Gruhlich arbeitete gerne mit ihm zusammen.

Man hatte Klappstühle aufgestellt und zwei Tische in das Zelt gebracht, hinter denen der Staatsanwalt, der Chefermittler Paul Gruhlich und Dr. Krieger, der in Grothners Abwesenheit die Geschicke des Konzerns leitete, Platz genommen hatten. In der ersten Sitzreihe vor dem Tisch saß Karl Grothners Sekretärin. Vor ihr stand eine große Aktentasche, die Dr. Krieger gehörte und auf die sie während der Pressekonferenz aufpassen sollte. Frau Huss war blass und dunkle Ringe unter ihren Augen zeugten davon, wie sehr sie die Entführung ihres Chefs mitnahm. Ihr Weltbild war erschüttert. Karl Grothner war für sie ein Mensch, dem der Nimbus des »Unantastbaren« anhaftete, und nun hatte jemand ein unerhörtes Sakrileg begangen und ihn nicht nur berührt, sondern ihm Gewalt angetan. Sie hatte die Bilder des Autos gesehen, in dem Frank Minor, den sie ja täglich gesehen, aber kaum gesprochen hatte, gestorben war. Und sie hatte die Blutflecken gesehen, die eindeutig von Karl Grothner stammten. Es schien ihr so fern der Realität zu sein, dass Karl Grothner bluten konnte. Sie hatte Karl Grothner nie als Mensch aus Fleisch und Blut wahrgenommen, sondern eher als Naturgewalt.

Das Zelt füllte sich mit Menschen und das leise, hochfrequente Summen der Fernsehkameras und das Klicken der Fotoapparate mischten sich mit leisen Unterhaltungen und dem Rascheln von Papier. Claas van Horn räusperte sich laut genug, dass die Mikrofone das Geräusch aufnahmen und es in das weiße Zelt übertrugen. Über sechzig Medienvertreter waren erschienen und blickten gebannt und aufmerksam in seine Richtung.

»Meine Damen und Herren, ich begrüße Sie zu dieser Pressekonferenz. Ich darf Ihnen mitteilen, dass wir dank der sehr professionellen Arbeit der Ermittlungsbehörde erste belastbare Ergebnisse haben. Ich bitte Sie, die jetzt folgenden Informationen Ihren Berichten voranzustellen. Sie unterstützen damit die Arbeit der Polizei und können so dazu beitragen, dass Herr Grothner bald wieder in Freiheit ist und seine Entführer hinter Schloss und Riegel sind.« Lautes Gemurmel unterbrach den Staatsanwalt und das Klicken der Kameraverschlüsse dominierte für Sekunden die Geräuschkulisse. Van Horn fuhr fort.

»Wir haben am Tatort Spuren sicherstellen können, die eindeutig einem der Täter zugeordnet werden konnten. Da wir davon ausgehen, dass die Tat von einer Gruppe von Menschen verübt wurde, wird uns dieser Mann, sobald er sich in unserem Gewahrsam befindet, zu den anderen Tätern, und somit zu Karl Grothner, führen. Seiner habhaft zu werden ist derzeit unsere oberste Priorität, und ich bitte Sie, für die Verbreitung und Veröffentlichung seiner Identität zu sorgen, damit die Öffentlichkeit uns Informationen zu seinem Aufenthaltsort geben kann.« Van Horn nickte einem uniformierten Polizeibeamten zu, der einen Beamer einschaltete. Das Gesicht eines Mannes wurde hinter dem Staatsanwalt auf die Zeltplane projiziert.

»Es handelt sich um den vorbestraften Marius Kleinhans. Kleinhans ist fünfundvierzig Jahre alt und von muskulöser Statur. Er ist ein Meter siebzig groß. Wir müssen davon ausgehen, dass er sein Aussehen verändert hat. Wir haben über den Erkennungsdienst mögliche Veränderungen wie Haarfarbe, Bart und dergleichen dargestellt und als Fotos in die Dropbox geladen. Ebenfalls finden Sie Fotos eines blauen Renault Mégane

Kombi, der für die Entführung benutzt wurde. Auch nach diesem Fahrzeug wird gefahndet. In dem Handout, das Sie gleich erhalten, finden Sie den Link, über den Sie die Bilder herunterladen können. Bitte weisen Sie darauf hin, dass es sich bei Marius Kleinhans um einen Schwerstkriminellen handelt, der mit Sicherheit zum Äußersten bereit ist, um seine Freiheit zu verteidigen. Für Hinweise, die zur Ergreifung von Marius Kleinhans führen, habe ich eine Belohnung von fünftausend Euro ausgesetzt. Nun Ihre Fragen bitte.« Die Journalisten riefen zunächst durcheinander, disziplinierten sich aber schnell selbst und stellten nacheinander ihre Fragen.

»Wie sicher wissen Sie, dass Kleinhans zu den Entführern gehört?«, eröffnete eine Reporterin der Lokalpresse die Fragerunde.

»Mit an Sicherheit grenzender Wahrscheinlichkeit hat der Mann den Lastwagen gefahren, der Karl Grothners Limousine gerammt hat. Dafür gibt es eindeutige Beweise. Außerdem existiert ein Bild von dem Auto, in dem mutmaßlich das Entführungsopfer transportiert wurde. Das Bild des Fahrers konnte eindeutig Kleinhans zugeordnet werden«, antwortete Paul Gruhlich, der für Fragen dieser Art verantwortlich war.

»Gibt es Hinweise, dass Herr Grothner überhaupt noch lebt?«, fragte eine Stimme aus dem hinteren Bereich des Pressezeltes.

»Unsere Techniker haben den Aufprall am Computer nachgestellt. Das Ergebnis war eindeutig. Der Fahrer, Herr Minor, starb, weil sich der Mercedes unter die Ladefläche des Lasters geschoben hatte. Die Airbags im Fond, also dort, wo Herr Grothner saß, hatten ausgelöst. Der Aufprall war sehr heftig, doch wir gehen aufgrund der Spurenlage davon aus, dass wegen der Sicherheitssysteme in dem Wagen Herr Grothner zwar verletzt, aber nicht getötet wurde. Ganz genau wissen wir das allerdings nicht, leider.« Frau Huss war bei diesen Worten noch ein wenig blasser geworden und nestelte an ihrem Ärmel herum.

»Gab es Lösegeldforderungen?«

»Nein. Bislang gab es keine Kontaktaufnahme durch die Entführer. Im Grunde wissen wir nicht einmal, ob es sich um eine

Entführung handelt oder um etwas anderes. Obwohl die Tatsache, dass das Opfer mitgenommen wurde, eher dagegen spricht, dass es sich um einen Mordanschlag handelt.« Van Horn sagte dies mit nüchterner Stimme.

»Wen vermuten Sie als Drahtzieher der Sache?« Wieder antwortete Horn.

»Darüber zu spekulieren macht wenig Sinn. Auf jeden Fall handelt es sich um eine sehr professionelle Tätergruppe. Um trotz der starken Sicherheitsmaßnahmen so eine Tat durchführen zu können, bedarf es sicher mehr, als ein Einzeltäter durchführen könnte. Marius Kleinhans ist wahrscheinlich nur als Handlanger angeheuert worden, aber auch das ist nur eine Theorie.« »Wer führt den Konzern derzeit? Karl Grothner hat doch bisher alle Entscheidungen alleine getroffen? Soviel ich weiß, gibt es keinen Stellvertreter oder Aufsichtsrat.«

Nun ergriff Dr. Krieger das Wort, seine Goldzähne blitzten.

»Während der Abwesenheit von Herrn Grothner habe ich die Verantwortung für die Geschicke der Firma übernommen. Ich bin der Chefjustiziar des Unternehmens und genieße Prokura und das volle Vertrauen von Herrn Grothner. Ich bin seit Jahren in die Entscheidungen des Konzerns involviert und werde bis zu seiner Rückkehr die nötigen Entscheidungen treffen. Das ist zwischen Herrn Grothner und mir so abgesprochen. Natürlich hoffe und bete ich, dass er bald wieder auf freiem Fuß und bei Gesundheit ist.« Dr. Krieger hatte unbewusst die Brust herausgestreckt und genoss offensichtlich seine temporäre Rolle als Konzernchef. Frau Huss sah ihn an. Ihre Miene verriet nicht, wie angewidert sie von Dr. Kriegers Worten war. Niemand vermochte »den Chef« zu ersetzen. Nur Karl war Karl. Es war ihr, als habe man einen Teil ihrer selbst entführt, das wurde ihr erst jetzt klar. Als Dr. Krieger sich in Karl Grothners Sessel gesetzt und ihr Anweisungen gegeben hatte, war ihr ganz schlecht geworden. Das war alles so falsch, so surreal. Es gab noch einige Fragen der Journalisten, aber die bekam Frau Huss nicht mit. Sie war glücklich, als es vorbei war, nahm widerwillig Dr. Kriegers schwere Aktentasche auf und ging zurück ins Büro. Warum er ihr befohlen hatte, die Tasche mitzuschleppen, war ihr nicht klar. Sie vermutete, dass Dr. Krieger ihr damit demonstrieren wollte, wer hier das Sagen hat. Er musste wissen, dass sie als Karls persönliche Sekretärin wahrscheinlich viel mehr über den Konzernchef und seine Art zu denken wusste als er. Bald würde es vorbei sein und alles wäre wieder so wie früher. Außer, dass es einen neuen Chauffeur geben würde, aber das war nichts Ungewöhnliches für sie. Sie stellte Dr. Kriegers Tasche nicht in Karls Büro, sondern neben die Eingangstür zum Vorzimmer. Sie würde Karls Büro niemals dadurch entweihen, dass sie unerwünschte Dinge darin platzierte.

Sechzehn

Dr. Krieger hatte einen wichtigen Termin und die Pressekonferenz kostete mehr Zeit, als er geahnt hatte. Die unsympathische Sekretärin hatte seine Aktentasche mit ins Büro genommen, bevor er das verhindern konnte. Der Aufwand, darauf zu warten, dass sie ihm seine Aktentasche wiederbrachte, war ihm zu hoch und er beschloss, ohne sie in seine Kanzlei zu fahren und die Tasche später nachbringen zu lassen. Der Mann, mit dem er sich treffen wollte, gehörte nicht zu der Sorte Mensch, die man warten ließ. Gott sei Dank hatte er den Schnellhefter mit Grothners Anweisungen nicht mitgenommen, sondern ihn auf seinem Schreibtisch in der Kanzlei gelassen. Nach einer zwanzigminütigen Fahrt erreichte er seine Büroräume, die er in der Fußgängerzone der Stadt angemietet hatte. Eigentlich brauchte er keine eigene Kanzlei, denn er hatte nur einen einzigen Klienten. Aber für ihn war es wichtig, ein Messingschild mit seinem Namen darauf an einer Hauswand zu sehen. »Dr. Krieger -Rechtsanwalt- Termine nur auf Anfrage« stand darauf und er war peinlich darauf bedacht, dass das Schild stets sauber und unbefleckt war. Die Reinigungskraft, die seine zwei Büroräume zweimal in der Woche putzte, hatte den Auftrag, dieses Schild in ihre Putzarbeit mit einzubeziehen. Sein Besuch war noch nicht da und so setzte sich Dr. Krieger hinter seinen wuchtigen Schreibtisch und las noch einmal in der dünnen Mappe, die Grothners Anweisungen enthielt. Es schellte und er stand auf, um seinen Besucher einzulassen. Der Mann, dem er die Tür öffnete, wirkte unscheinbar. Er trug eine schwarze Jeanshose und ein blau-kariertes Hemd, dazu schwarze Bikerstiefel. Trotz der saloppen Kleidung wirkte er seriös. Dr. Krieger schätzte den Mann auf Mitte dreißig. Er trug eine randlose Brille und hatte tiefschwarzes Haar, von dem Dr. Krieger annahm, dass es gefärbt war. Statt einer Begrüßung ging der Mann an ihm vorbei in das Büro und sah dort aus dem Fenster. Dr. Krieger runzelte die Stirn und folgte ihm.

»Von einem Treffen steht nichts in den Anweisungen. Die Vorgaben sind klar und unmissverständlich. Das Geld ist eingegangen und wir handeln so, wie es gewünscht wurde. Was also sollte dieser Termin?« Die Stimme des Mannes, dessen Name Dr. Krieger nicht kannte, hatte einen schneidenden Unterton. Unwillkürlich fühlte sich der Anwalt an eine Schlange erinnert, die ihr Opfer zur Warnung anzischte.

»Nun, ich bin der Vertreter ihres, nun ja, Kunden, und ich habe an diesen Verfahrensanweisungen natürlich mitgewirkt. Wir konnten nicht jedes Szenario vorhersehen und planen, und ich habe da einige Zusätze, Änderungen, wenn Sie verstehen, was ich meine, Herr ...?« Der Mann drehte sich zu ihm um. Dr. Krieger bemerkte, dass sein Gast wohl doch älter war, als er im ersten Moment gedacht hatte. Das Licht, das durch das Fenster fiel, offenbarte einige typische Alterserscheinungen im Gesicht des Mannes.

»Ich bin Vlad. Welche Änderungen?« Die Schlange zischte nicht mehr ausschließlich, sie hatte begonnen, auch zu klappern.

»Herr Vlad, Änderungen bei der Höhe Ihres Entgeltes zum Beispiel. Gravierende Änderungen.«

»Nur Vlad. Was soll das heißen?«

»Setzen Sie sich bitte.« Nach anderthalb Stunden verließ der Mann die Kanzlei. Zuletzt war aus dem Zischen und Klappern der Schlange ein Schnurren geworden.

Siebzehn

Marius saß zusammengekauert auf der dünnen Matratze, die er für sich als Liegestätte bereitet hatte. Er hatte die Knie angezogen, hielt sie umklammert und wippte leicht hin und her. Ein einziger Tag hatte ausgereicht. Ein einziger Tag, und die ganze Welt wusste, wer er war und was er getan hatte. Chancenlos. Er war chancenlos. Das war ihm klar. Sein Bild war auf jeder Titelseite, wurde stündlich im Fernsehen gezeigt und ganz sicher würden sämtliche Social Media-Seiten ebenfalls Jagd auf ihn machen. Er sah noch genauso aus wie auf dem Fahndungsfoto. Er hatte seinen Laptop mit dem Internetstick zum Fernseher umfunktioniert, und als er mit ansehen musste, dass sein Plan komplett gescheitert war, hatte er den Stick aus dem Gerät gerissen, auf den Boden geworfen und war so lange darauf herumgesprungen, bis nur noch Plastiktrümmer davon übrig waren. Sein Smartphone hatte er ausgeschaltet, die SIM-Karte herausgenommen, obwohl sie mit ihm nicht in Verbindung zu bringen war, und diese zerbrochen und zerknickt. Die Polizei hatte innerhalb so kurzer Zeit fast alles herausbekommen, dabei war er sich so sicher gewesen, keine Spuren hinterlassen zu haben. Der einzige Witz an der Geschichte war, dass er als Handlanger einer kriminellen Gruppe galt, was ihm aber nicht half. Und zum Lachen war ihm auch nicht zumute. Nichts von dem, was er geplant hatte, ließ sich noch realisieren. Er war am Ende seines Projektes angelangt noch bevor es richtig begonnen hatte. Wie zum Teufel konnte er aus dieser Situation noch herauskommen? Das war die Frage, die ihn am meisten beherrschte. Schon hörte er Geräusche von außen. Rascheln, Schritte und Stimmen, und er meinte, die Präsenz von Hundertschaften von Polizisten zu spüren. Resigniert stand Marius auf, ging zur Tür, öffnete sie und hob die Hände. Doch hier draußen war nichts. Und niemand. Das verfallene Industriegelände lag friedlich und ruhig vor ihm. Das Tor war unberührt, nur in der Ferne war das Geräusch eines Treckers zu hören, der wohl ein Feld pflügte. Marius lehnte sich in den Türrahmen und atmete tief durch.

Vielleicht hatte er wenigstens den Hauch einer Chance zu entkommen, auch wenn die Entführung an sich gescheitert war und es so auch keine Möglichkeit mehr gab, an Grothners Geld zu kommen. Grothner. Was sollte er nun mit ihm machen? Selbst der Renault war für ihn wertlos, denn auch nach ihm wurde gesucht. Nun war er selbst hier gefangen. Wie Grothner auch. Grothner. Und seine Schergen. Die ihn töten würden, wenn sie ihn fänden. Wenn das, was sein Opfer zu ihm gesagt hatte, die Wahrheit war, kumulierte sein Problem mit der Bekanntmachung seines Namens und seines Gesichtes zu einem wahrlichen Fiasko. Marius Kleinhans gab auf. Er würde Grothner in den Renault bringen, zur Polizei fahren und sich dort stellen. Es gab keine Alternativen mehr. Er hatte auf ganzer Linie versagt, und das war der einzige Weg, um wenigstens sein Leben zu retten, wenn auch nicht seine Freiheit. Er beschloss, vollumfänglich geständig zu sein und zu kooperieren. Reue über das Schicksal von Frank Minor brauchte er nicht zu heucheln, dessen Tod bedauerte er zutiefst, zumal er so vollkommen sinnlos gewesen war. Als er die Kellertür öffnete, sah er vor seinem inneren Auge das zerstörte Gesicht des Fahrers und in seiner Nase lag auf einmal der Geruch, der dem geborstenen Schädel von Frank Minor entströmt war. Den Motorradhelm hatte er dort liegen gelassen, wo er nach seinem Wutanfall gelandet war. Es spielte keine Rolle mehr, wenn Grothner sein Gesicht sah. Karl Grothner lag, die Hände hinter dem Kopf verschränkt, auf der Pritsche und hatte die Augen geschlossen. Er hatte die Waschschüssel nicht angerührt, das Blut in seinem Gesicht war fast schwarz. Für einen bangen Augenblick glaubte Marius, Karl Grothner sei tot, als dieser plötzlich die Augen öffnete. Marius stand einen Meter von ihm entfernt vor der Pritsche und erschrak, als habe er einen Geist gesehen.

»Heute also ohne Verkleidung.« Karl Grothners Stimme bot keinerlei Hinweis auf seinen Zustand.

»Stimmt das, was Sie mir gesagt haben, über die Leute, die hinter mir her sind?« Marius gab sich keine Mühe, seine Angst zu verbergen.

»Aber sicher. Wieso fragen sie? Sind sie schon hier?«

»Ich ... ich ... Sie sind frei, warten Sie ... ich mache Sie frei ... bitte ... ich stelle mich ... wir fahren jetzt zur Polizei. Es ist vorbei, es tut mir leid, bitte pfeifen Sie ihre Leute zurück. Ich ... das war ein Fehler ... ich ...« Marius nestelte an der Kette herum, die von der Wand zu Karl Grothners Hals führte. Er öffnete das Vorhängeschloss, das die Kette mit dem Wandhaken verband, und rasselnd fiel die Kette zu Boden. Grothner legte, ohne ein Wort zu sagen, den Kopf in den Nacken, und Marius öffnete den Halsring, der ebenfalls mit einem Vorhängeschloss versehen war. Dabei bemühte er sich, Karl Grothner selbst nicht zu berühren. Das wäre ihm zu ... intim ... gewesen.

»Und nun?« Karl sah ihn an ... die Oberlippe hochgezogen, so dass seine obere Zahnreihe zu sehen war.

»Fahren wir zur Polizei. Das Spiel endet hier und jetzt. Das war alles ein Fehler.« Marius hatte die Worte nur geflüstert und setzte sich neben Karl auf die Pritsche.

»Nein.« Karl stand auf und ging zur Waschschüssel. Er nahm den Lappen in die Hand, tauchte ihn in das Seifenwasser und reinigte sein Gesicht von dem verkrusteten Blut. Mit den Händen feuchtete er sich seine Haare an und kämmte sie mit den Fingern nach hinten. Marius saß weiter auf der Pritsche und schaute ihm zu.

»Werden Sie mich töten lassen?«, fragte er kleinlaut. Grothner trocknete sich mit dem Handtuch ab, das Marius neben die Waschschüssel gelegt hatte, und sah seinen Entführer an.

»Mal sehen. Das Spiel ist zu Ende, wenn ich sage, dass das Spiel zu Ende ist. Ist Ihnen das klar?« Marius sah ihn entgeistert an.

»Was meinen Sie? Sie sind frei, gehen Sie! Ich habe verloren.« Marius verstand nicht.

»Sie haben mich entführt. Das hätte niemals passieren dürfen. Sie sind ein kleiner, erbärmlicher Stricher. Ein hirnloser Nichtsnutz. Sie haben in meinem Leben nicht das Geringste verloren. Und trotzdem bin ich jetzt hier. Wer hat versagt? Wer hat Fehler gemacht? Wer macht noch Fehler und was wird passieren? Das, was geschehen ist, durfte niemals geschehen. Es war ausgeschlossen, und dann kommen Sie kleiner, mieser Penner und legen ein Imperium lahm. Ich will wissen, wie Sie das gemacht haben und ich will wissen, warum es funktioniert hat. Und ich werde das Spiel erst dann beenden, wenn ich das weiß.« Grothner sah Marius fest in die Augen.»Gehen wir nach oben.« Karl ging, ohne ihn weiter anzusehen, an Marius vorbei und stieg die hölzerne Kellertreppe hinauf, als hätte er das bereits hundert Mal getan. Als wüsste er, wo er sich befand und wie die Architektur des Gebäudes beschaffen war. Nach einigen Sekunden löste sich Marius aus seiner Starre und folgte ihm.

Es war alles so, wie es nicht sein sollte. Nichts war mehr so, wie es sein sollte. Er erreichte den Treppenabsatz und sah Grothner vor dem Campingkühlschrank, den er hergeschafft hatte, stehen.

»Keine Äpfel.« Grothner griff in den Kühlschrank und holte eine Flasche Mineralwasser heraus.

»Ein Glas!«

Marius ging wie ferngesteuert zu der Klappbox, die einige Küchenutensilien enthielt, förderte ein Wasserglas zutage und reichte es Grothner. Anstatt es anzunehmen, drückte dieser ihm die Wasserflasche in die Hand. Marius öffnete die Flasche und goss das Glas voll. Grothner nahm das Glas, drehte sich von ihm weg und trank lautlos. Dann drehte er sich wieder zu ihm um.

»Sie werden nichts tun. Besser: Sie werden nur das tun, was ich Ihnen sage. Sie werden Informationen und Anweisungen bekommen, und Sie werden eins zu eins nach diesen Anweisungen handeln.« Grothner hielt das leere Glas in den Händen und sah es an, als würden in ihm Schriftzeichen eingraviert sein, die ihm das Geheimnis des ewigen Lebens verrieten.

»Sie werden nicht zur Polizei gehen und auch sonst nichts tun, was ich nicht ausdrücklich angeordnet habe. Wenn Sie so handeln, wie ich es Ihnen sage, wird Ihr Leben weitergehen. Wie auch immer.«

»Aber ... warum? Gehen Sie doch ... bitte, gehen Sie. Es ist doch vorbei.« Marius stand vor dem seelischen und geistigen

Zusammenbruch. Das Verhalten Grothners verwirrte ihn und gab ihm das Gefühl, in einem Alptraum gefangen zu sein.

»Soll ich Ihnen sagen, warum?«, flüsterte Grothner. Ohne eine Antwort abzuwarten, sprach er weiter.

»Weil ich es will. Das ist wie mit dem Hund, der sich an den Eiern leckt. Er tut es, weil er es kann. Und kommst du mir auch nur ein einziges Mal in die Quere, mache ich dich so klein, dass nicht einmal »Google« dich wiederfindet. Hast du das verstanden?« Grothners Stimme hatte sich erhoben, war lauter, deutlicher geworden. Jedes Wort war wie ein Schlag in das Gesicht von Marius Kleinhans, jedes Timbre in der Stimme war wie ein Peitschenhieb.

»Und jetzt geben Sie mir Ihr Handy.«

Marius sah ihn flehend an.

»Ich habe die SIM-Karte zerstört. Das Handy ist wertlos.«

»GEBEN Sie mir Ihr Handy!« Grothners Blick war derart intensiv, dass Marius jede Motivation verlor, mit dem Mann zu diskutieren. Er holte das Mobiltelefon und war erstaunt, als er bemerkte, dass Karl Grothner in den Keller zurückgegangen war. Nach weniger als einer Minute jedoch tauchte er wieder auf und hielt sein zerstörtes Smartphone in der Hand, das er zwischenzeitlich unter der Liege versteckt hatte.

»SIM-Karte!«, sagte er nur knapp und nahm Marius das Handy ab.

»Aber die werden Ihre Karte genauso orten, wie meine.« Grothners Antwort war wieder nur ein Blick.

»Keine Fragen, keine Diskussionen. Reden Sie, wenn Sie gefragt werden, sonst nicht. Handeln Sie nach meinen Anweisungen. Nicht mehr und nicht weniger. Oder gehen Sie zur Polizei und stellen sich. Oder warten Sie, bis meine Leute kommen. Mir egal. Aber nie wieder fragen Sie oder quatschen mir rein, ist das klar?«

Im Keller

Er war nicht mehr so müde, wenn er was von dem Wasser getrunken hatte. Es war jetzt immer länger dunkel, und es gab auch keine Gurken mehr oder irgendetwas anderes als Brot. Müde war er nicht, aber schwach. Und die schwärenden Wunden an seinen Beinen und dem Gesäß schmerzten mit jedem Tag mehr. An seinen Fersen und den Gesäßhöckern hatten sich Druckgeschwüre entwickelt, und der austretende Eiter hatte Fliegen angelockt, die ihre Eier in seinen Wunden abgelegt hatten. Den bestialischen Gestank, den er nun selbst verbreitete, nahm er schon seit langer Zeit nicht mehr wahr und in seinem Verstand war Ruhe eingekehrt. Er war viel zu schwach, um aufzustehen, viel zu krank, um nach dem Wasser zu greifen, und er dachte schon gar nicht mehr daran, etwas zu essen. Zeit und Raum hatten jede Bedeutung verloren, und es gab in ihm keine Angst mehr, keine Fragen und erst recht keine Antworten. Sein Mund war vollkommen trocken, die Schleimhäute verödet und rissig und seine Lippen aufgesprungen. Einmal war grelles Licht im Raum umhergeschwebt und er hatte unter Schmerzen die Augen einen Spalt weit geöffnet. Tatsächlich kam das grelle Licht nicht von der Decke, sondern schien im Raum zu schweben. Er musste die Augen wieder schließen, weil das helle Leuchten schmerzhaft war.

»Bald vorbei!« Er hatte diese Worte gehört, aber er konnte nicht begreifen, welchen Sinn sie hatten. Dann war das Licht wieder fort. Für einen kurzen Moment strich ein Luftzug durch das Verlies. Ein Hauch von ... frischer Luft? Er wusste es nicht, aber es war für ihn eine wundervolle Sekunde. Bald vorbei. Bald vorbei.

Achtzehn

Dr. Krieger machte einen deprimierten Eindruck. Er saß auf Karl Grothners schwarzem Ledersessel hinter dem wuchtigen Schreibtisch und blickte Paul Gruhlich über den Brillenrand hinweg an.

»Zehn Millionen Euro? Das ist doch Wahnsinn!«

»Das war die Forderung. Der Stimmenvergleich ergab, dass es sich bei dem Anrufer tatsächlich um Marius Kleinhans handelt.« Gruhlich stand vor dem Schreibtisch und hatte die Hände hinter dem Rücken verschränkt. Er sah den Rechtsanwalt scharf an.

»Gibt es vielleicht irgendetwas, was Sie mir sagen möchten in dem Zusammenhang?« Dr. Krieger machte ein fragendes Gesicht.

»Nein, was meinen Sie? Konnten Sie den Anruf denn zurückverfolgen? Sie haben hier doch alles angezapft, und soviel ich weiß, kriegt man in Sekunden raus, woher angerufen wurde.«

»Genau das meine ich.« Gruhlichs Stimme wurde lauter und ein drohender Unterton lag darin.

»Der Anruf wurde von Karl Grothners Handy getätigt. Aber seine Nummer war nur drei Sekunden zu sehen, dann gab es eine andere Rufnummer. Und drei Sekunden später wieder eine andere. Und das ging drei Minuten so. Alle drei Sekunden wechselte die Rufnummer. WAS ZUM GEIER HAT IHR BOSS DA FÜR EIN HANDY?« Gruhlichs Gesicht war gerötet. Er hatte nun die Fäuste auf den Schreibtisch gestemmt und starrte Dr. Krieger an.

»Ich weiß nicht, wovon Sie reden. Was soll das bedeuten? Ich weiß nicht, was Sie von mir wollen! Was habe ich mit Karl Grothners Mobiltelefon zu tun?« Der Anwalt hatte sich aus dem Sessel erhoben. Von seiner Betroffenheit, die er noch Minuten zuvor gezeigt hatte, war nichts mehr zu sehen.

»Was das bedeutet? Es bedeutet, dass wir das Handy nicht orten können, weil wir genau vier Sekunden brauchen, um herauszufinden, in welcher Funkzelle sich die entsprechende Nummer befindet. Aber wenn die Nummer jede Sekunde wechselt, ist es unmöglich, den Standort des Handys zu bestimmen. Und das ist das Handy von Ihrem Boss, also sagen Sie mir jetzt, was Sie darüber wissen und wer dieses Ding konstruiert hat, oder soll ich Sie wegen Behinderung der Ermittlungsarbeit festnehmen?« Paul Gruhlich hatte eindeutig keine Lust, den Ausflüchten des Anwalts zu glauben. Dr. Krieger war Grothners rechte Hand. Er musste herausfinden, wer das Handy konstruiert hatte, um die technischen Details zu erfahren, die nötig waren, um die Ortung des Mobiltelefons unmöglich zu machen. Sonst gab es keine Chance, Grothner zu finden und zu befreien. Dieser Marius Kleinhans war deutlich raffinierter, als sie alle angenommen hatten. Oder die Gruppe, für die er arbeitete, aber irgendetwas in Paul Gruhlich sagte ihm, dass es gar keine Gruppe gab.

»Ich weiß es wirklich nicht. Herr Grothner hat ein sehr sensibles Sicherheitsbedürfnis und regelt diese Dinge, ohne sich abzusprechen. Ich kann Ihnen über das Handy nichts sagen, für mich war es ein Mobiltelefon wie jedes andere. Ich habe seine Nummer abgespeichert und konnte ihn jederzeit anrufen, und auch wenn er mich angerufen hat, sah ich seine Nummer, ohne dass die sich verändert hat.« Gruhlich hatte die Hände vom Schreibtisch genommen und drehte sich zu Frau Huss um, die etwas abseits stand und das Gespräch regungslos verfolgt hatte.

»Sie besorgen mir die Leute, die in dieser Firma für den Bereich Sicherheit zuständig sind. In zehn Minuten will ich die hier haben. Verarschen lasse ich mich nicht.« Frau Huss nickte, ging zu ihrem Arbeitsplatz und führte einige Telefonate. Wenige Minuten später stand ein Mann in einer schwarzen Uniform, die auf dem Rücken in gelben Neonbuchstaben das Wort »Security« trug, in Grothners Büro. Er sah den Polizisten an und stellte sich vor.

»Wiesner, Klaus. Ich leite die Sicherheit hier im Hause.« Dr. Krieger hatte sich wieder gesetzt und Gruhlich musterte den Mann.

»Sie sind hier der Sicherheitschef?«

»Ja, bin ich.«

»Waren Sie verantwortlich für die Männer im Land Rover und in Grothners Haus?«

»Ja, das sind Männer aus meiner Truppe.«

»Was wissen Sie über Karl Grothners Mobiltelefon?«

»Nichts.« Gruhlich hob die rechte Augenbraue.

»Nichts? Sie wissen nicht, dass er eine Spezialkonstruktion besitzt, die es so gar nicht geben darf? Ein absolut ortungssicheres

Handy? Sie sind der Chef der Sicherheit und wissen das nicht?« Gruhlich hatte die letzten Worte deutlich lauter ausgesprochen.

»Ich weiß nur, dass Herr Grothner sich nicht ausschließlich auf unsere Dienstleistung verlässt und auch andere Kontakte pflegt. Aber Details dazu hat er mir nie mitgeteilt. Herr Grothner ist nicht der Mann, der sich in die Karten blicken lässt, wenn Sie verstehen, was ich meine.« Der schnelle Blickwechsel zwischen Dr. Krieger und dem Sicherheitschef entging Gruhlich nicht.

Ohne ein Wort zu erwidern, ging Paul Gruhlich ins Vorzimmer und baute sich vor dem Schreibtisch von Frau Huss auf, die ihn neugierig, fast naiv, ansah.

»Sie sind doch die Frau, die am engsten mit Karl Grothner gearbeitet hat? Ich meine, Sie sahen sich jeden Tag, arbeiteten Tür an Tür, Sie haben alle seine Anweisungen ausgeführt und Termine gemacht und so etwas. Sie haben nicht zufällig eine Idee, was der Herr Wiesner meint mit »anderen Kontakten«, oder? Wer hat dieses verdammte Handy geliefert? Ich muss es wissen.« Frau Huss sah den Kommissar verängstigt an. Dann griff sie in eine der Schubladen ihres Schreibtisches und förderte die Verpackung eines Smartphones zutage. Sie legte sie vor Gruhlich auf den Schreibtisch.

»Das ist die Originalverpackung von Herrn Grothners Telefon. Es wurde vor vierzehn Tagen vom Hersteller geliefert, und ich kann bezeugen, dass er dieses Handy und kein anderes benutzt hat. Vielleicht hilft Ihnen das weiter.« Ihre Stimme war gefasst, auch wenn sie die Blicke von Dr. Krieger, Klaus Wiesner und die des Ermittlers auf sich spürte.

Eine Stunde später war Gruhlich wieder im Lagezentrum der Polizei. Es gab bislang keine Hinweise auf Kleinhans oder den blauen Renault. Beide waren wie vom Erdboden verschluckt. Die Techniker hatten ihm völlig verzweifelt berichtet, dass sie mit ihrem ganzen elektronischen Know-how hilflos waren, was die Ortung von Grothners Telefon anging. Einer sprach sogar von einem Krieg, den die Kriminellen gegen die Polizei führten. Beide Seiten rüsteten technisch auf und schufen Gegenmaßnahmen gegen die Errungenschaften der anderen Seite. Bis Gruhlich der Kragen geplatzt war.

»Karl Grothner ist das Opfer. Also hört auf zu lamentieren, weil ihr zu blöd seid, das Ding zu orten, und macht euch an die Arbeit, einen Weg zu finden.« Die Techniker waren davongeschlichen und hatten ihn und Picard alleine gelassen.

»Die in der Firma geben vor, nichts zu wissen. Dieser Dr. Krieger lügt, da kannst du mir sagen, was du willst. Grothner hat das Handy mit Sicherheit irgendwo illegal besorgt. Ist auch egal, auf diesem Weg kriegen wir die nicht.« Gruhlich hatte sich einen Kaffee eingeschenkt und lehnte sich an die Wand seines Büros.

»Zehn Millionen in einer Woche. Das ist doch nur der übliche Scheiß«, sagte Picard. »Und kein Beweis dafür, dass der Mann überhaupt noch lebt.« Picard ging nun ebenfalls zur Kaffeemaschine und stellte seufzend fest, dass die Glaskanne leer war. Gruhlich reichte ihm seine halb geleerte Tasse.

»Spätestens bei der Übergabe schnappen wir die.« Picard wirkte zuversichtlich.

»Toll. Und dann? Meinst du, die schleppen diesen Grothner mit zur Übergabe? Die werden irgendwelche Handlanger schicken. Und dann ist Grothner tot.«

»Zehn Millionen Euro. Das können die doch als Bargeld niemals wegschaffen. Wenn das in Hundert-Euro-Scheinen gezahlt werden soll, dann sind das ... warte mal ...« Picard nahm einen Taschenrechner, der auf einem mit Papieren übersäten Schreibtisch lag.

»Das sind dann hunderttausend Hundert-Euro-Scheine, da muss die Bundesdruckerei richtig Gas geben. Das wird nie im Leben so laufen. Die werden das anders machen.«

»Und wie? Hast du eine Idee?«

»Gibt unzählige Methoden. Warten wir es ab. Spiel noch mal das Band ab, bitte.« Gruhlich ging an seinen Computer und öffnete die entsprechende Sounddatei. Sofort erklang aus den kleinen Lautsprechern, die links und rechts des Monitors auf dem Tisch standen, Marius Kleinhans Stimme.

»Ich habe Karl Grothner in meiner Gewalt. Der Mann lebt, ist aber verletzt. Für seine Freilassung fordere ich die Summe von zehn Millionen Euro. Es wird zu keinem Zeitpunkt Verhandlungen oder Kompromisse geben. Sie handeln nach meinen Anweisungen und bekommen Karl Grothner lebend zurück. Sie erhalten konkrete Informationen zu einem späteren Zeitpunkt. Unterlassen Sie ihre Bemühungen, mich und Karl Grothner aufzuspüren. Ich garantiere Ihnen, dass Herr Grothner leben wird, wenn Sie so handeln, wie ich es vorschreibe. Handeln Sie zuwider, wird Karl Grothner sterben. Sie haben Herrn Minor gesehen. Das sollte Ihnen als Warnung genügen. Ich wiederhole noch einmal: Sie werden zu einhundert Prozent meinen Anweisungen Folge leisten. Sie werden das Geld bereithalten. In welcher Form, in welcher Sortierung und zu welchem Zeitpunkt erfahren Sie früh genug.« Dann folgte über eine Minute lang ein Rauschen, als würde Kleinhans das Telefon zwar in der Hand halten, aber nichts mehr sagen.

»Das hat der gemacht, damit wir merken, dass wir ihn nicht über das Handy packen können«, sagte Gruhlich.

»Mag sein. Aber wenn nicht mal seine engsten Mitarbeiter von dem technischen Kniff wussten, woher weiß dann Kleinhans davon?« Picard gab sich die Antwort selbst. »Wenn wir davon ausgehen, dass Kleinhans nicht alleine handelt, und wenn wir weiter davon ausgehen, dass Karl Grothner mit Leuten zu tun hat, die illegal solche Geräte verhökern, dann haben wir vielleicht eine Spur. Könnte doch sein, dass es seine ominösen Kontakte sind, die ihn da am Haken haben, oder?« Gruhlich sah seinen Partner verblüfft an.

»Ich weiß schon, warum ich dich dabei haben wollte, mein Freund. Da setzen wir jetzt an. Ich will das Team morgen um acht hier haben, und dann schauen wir mal, ob wir was herausfinden. Wir holen uns diesen schmierigen Goldzahn dazu und diese Frau Huss. Die wissen genau, wer hinter dem Handy steckt.« Gruhlichs Telefon läutete. Er nahm ab und meldete sich mit »Gruhlich.« Neugierig schaute Gerald Picard zu ihm, seinen Autoschlüssel in der Hand, denn er wollte eigentlich nach Hause fahren, immerhin war es einundzwanzig Uhr. Gruhlich legte die Stirn in tiefe Falten, kritzelte etwas mit einem Kugelschreiber auf seine Schreibtischunterlage und brummte hin und wieder vor sich hin. Dann legte er auf.

»Die haben eben den Schrottplatzbesitzer gefunden. Regelrecht massakriert. Scheiße. Ich habe angefangen zu glauben, dass dieser Kleinhans ein Einzeltäter ist. Was die Kollegen am Telefon beschrieben haben, klingt für mich nach Russen-Mafia, die haben den Kerl komplett zerlegt.«

»Müssen wir da hin?«, fragte Picard mit resigniertem Unterton.

»Nein, sehe ich keinen Sinn drin. Wir kriegen den Bericht so schnell es geht. Gerald, die Sache ist schlimmer als wir dachten, wenn die sogar Leute ausschalten, die nichts damit zu tun haben, aber vielleicht Informationen liefern können.«

»Lass uns ein Bier trinken gehen, ich kann nicht mehr. Schluss für heute«, schlug Picard vor.

»Bin dabei!«

Neunzehn

Frau Huss legte die Stirn in Falten. Die Akten, die Dr. Krieger angefordert hatte, betrafen weder einen aktuellen Vorgang, noch standen sie in Zusammenhang mit der Entführung des Chefs. Es waren alte Akten, Aufzeichnungen und Protokolle von diversen Firmengründungen, Fusionen und Aufkäufen von anderen Unternehmen. Und in einem Ordner befanden sich notariell beurkundete Überschreibungen von Liegenschaften. Sie vermutete, dass sich Dr. Krieger einen konkreten Überblick über das Imperium verschaffen wollte, das er derzeit stellvertretend leitete. Die meisten Informationen hätte er einfach über den Computer von Karl Grothner abrufen können, doch nicht alle Unterlagen waren digitalisiert. Sie selbst konnte kaum glauben, dass Grothner im Falle eines solchen Falles angeordnet hatte, Dr. Krieger alle Machtbefugnisse zu übergeben. Doch Dr. Krieger hatte ihr beiläufig ein von Karl Grothner unterzeichnetes

Schreiben vorgelegt, in dem er genau dies anordnete. Sie musste hinnehmen, dass Dr. Krieger der »Chef« war, solange Karl Grothner sich in den Händen seiner Entführer befand. Frau Huss hatte erhebliche Zweifel, dass Dr. Krieger Interesse daran hatte, Karl wiederzusehen. Ihm schien seine neue, hoffentlich temporäre, Rolle sehr zu gefallen und Frau Huss beschloss, sehr genau darauf zu achten, was Dr. Krieger anordnete und veranlasste. Sie winkte dem Boten, der mit einem voll beladenen Aktenwagen vor ihrer Tür stand, und wies ihm den Weg ins Büro des »Chefs«, wo er den Wagen abstellte und wortlos wieder verschwand. Sicher würde der junge Mann zu Hause berichten, dass er heute im Büro des mächtigen Karl Grothner gewesen war. Das konnten nämlich die Allerwenigsten von sich behaupten.

»Frau Huss, kommen Sie bitte mal zu mir.« Sie war es nicht gewohnt, dass jemand sie rief. Karl rief nie. Er gab seine Anweisungen selten selbst, meistens bekam sie das Diktiergerät. Karl Grothner war nicht der Mann für Konversation. Sie stand auf und stellte sich in die Tür zum Chefbüro. Dr. Krieger saß hinter Karls Schreibtisch und blätterte in irgendwelchen Papieren.

»Ich muss mir einen Überblick verschaffen, damit alles reibungslos weiterläuft. Herr Grothner hat sehr viel alleine entschieden und angeordnet, ohne Andere daran zu beteiligen. Ich muss seine Entscheidungsprozesse nachvollziehen, damit hier alles gut weiterläuft«, sagte er zu ihr, als hätte sie ein Recht auf Erklärung.

»Herr Grothner wird bald wieder hier sein«, sagte sie mit leicht schnippischem Unterton.

»Und wenn nicht?« Dr. Krieger sagte dies, ohne dass sein Gesicht Sorge oder Bedauern über die aktuelle Situation verriet.

»Dann muss ich gewappnet sein. Jeder hofft, dass Herr Grothner schnell und unversehrt wieder zurückkehrt, aber Sie haben diesen Kommissar gehört. Da steckt die Russenmafia dahinter, wenn nicht gar was Schlimmeres.«

»Was ... wenn ... der Chef nicht wiederkommt?« Ihre Stimme klang jetzt leicht verzweifelt. Anstatt einer Antwort nahm Dr.

Krieger das Blatt Papier, auf dem stand, dass er von Grothner die vollumfängliche Prokura erhalten hatte, und hielt es ihr vor die Nase.

»Was dann? Das dann!«, sagte er lapidar, und seine Augen funkelten dabei.

»Was wissen Sie über dieses Zauberhandy, das Herr Grothner angeblich besitzt?« Sein Plauderton hatte etwas an Schärfe gewonnen.

»Nichts. Gar nichts. Und wenn, dann wäre ich nicht befugt, es Ihnen zu sagen. Ich habe nämlich auch ein Papier, und darin steht, dass ich zu niemandem irgendein Wort bezüglich Interna sagen darf. Auch nicht zu Ihnen.«

»Sie wissen also von dem Handy. Es wird Herrn Grothner sicher interessieren, dass Sie die Ermittlungen der Polizei behindern und so seine Freilassung gefährden.«

»Das habe ich nicht gesagt, Dr. Krieger. Ich habe lediglich darauf hingewiesen, dass ich zur absoluten Verschwiegenheit verpflichtet wurde. Und das ohne Ausnahme.« Frau Huss drehte sich um und ging zu ihrem Schreibtisch zurück. Natürlich wusste sie von dem Handy und sie wusste auch, woher Karl es hatte. Das Smartphone war ein ganz normales handelsübliches Gerät, der Kniff lag in der SIM-Karte. Sie selbst hatte diese Karte damals eingebaut, nachdem ihr ein etwas unheimlicher Besucher diese ausgehändigt hatte. Sie hatte den Mann, der damals plötzlich in ihrem Büro stand, gefragt, wen sie anmelden dürfte. Grothner hatte den Besuch des Mannes via Diktiergerät angekündigt.

»Um elf kommt jemand und gibt Ihnen meine neue Telefonkarte. Es ist nicht nötig, den Mann zu mir vorzulassen, es sei denn, er will mich sprechen.«

Der Mann hatte ihr also die Karte gegeben, auf die Minute genau um elf Uhr, wie sie bemerkte. Auf ihre Frage hin, sagte der Mann, der sehr muskulös und dessen Alter schwer einzuschätzen war, dass er »Vlad« heiße und keinen Termin bei Karl Grothner wünschte. Danach hatte sie »Vlad« noch zweimal gesehen, zuletzt vor einer Woche. Da war er wieder wie ein Geist erschienen und wortlos in Grothners Büro gegangen und nach weniger als drei Minuten mit einem Umschlag in der Hand wieder herausgekommen. Den Umschlag kannte sie, denn sie hatte auf Karls Order hin die darin befindlichen Unterlagen selbst zusammengestellt. Alle Informationen über eine niederländische Spedition waren in dem Umschlag. Am Vortag seiner Entführung hatte Karl Grothner diese Spedition dann gekauft. Zu einem lächerlich niedrigen Preis. Ihre Intuition sagte ihr, dass dieser »Vlad« zu der Sorte Menschen gehörte, der man sich bediente, wenn alle legalen Mittel der Geschäftswelt ausgeschöpft waren. Sie vermutete, dass so etwas dazu gehörte, wenn man so erfolgreich wie Grothner sein wollte. Und weil sie nach so vielen Jahren im unmittelbaren Umfeld Karls lebte, war es für sie völlig in Ordnung. Keine Fragen.

Sie grübelte intensiv darüber nach, wie sie wohl Kontakt zu diesem »Vlad« aufnehmen könnte. Vielleicht könnte er etwas zur Befreiung Karl Grothners beitragen. Sicher hatte er Kontakte zur Unterwelt, dachte sie. Sie empfand Dr. Kriegers Anwesenheit in Karls Büro und die Tatsache, dass sie die Chefrolle des Anwalts dulden musste, fast als Vergewaltigung. Sie wollte alles tun, um Karl zurückzubekommen. Karl Grothner war ihr Leben. Manchmal träumte sie davon, dass er ihre Hand nahm und sie »Elisabeth« nannte und um irgendetwas bat. Aber das würde nie geschehen. Oder vielleicht doch? Immerhin kannte sie ihn so gut wie niemand sonst im Konzern. Nicht einmal dieser Dr. Krieger konnte so viel über Karl wissen, wie sie.

Sie beschloss, in Karls Büro nach Hinweisen auf »Vlad« zu suchen, sobald Dr. Krieger gegangen war. Das war sie Karl schuldig.

Zwanzig

Karl sah angestrengt auf das Display von Marius Smartphone. Auf dem kleinen Bildschirm lief gerade die Pressekonferenz und man hörte leise die Stimme Dr. Kriegers.

»Während der Abwesenheit von Herrn Grothner habe ich die Verantwortung für die Geschicke der Firma übernommen. Ich bin der Chefjustitiar des Unternehmens und genieße Prokura und das volle Vertrauen von Herrn Grothner.« Karl hatte diese Sequenz jetzt bereits dreimal angesehen und schaltete jetzt das Handy aus. Marius Kleinhans saß im Nebenzimmer und wartete auf Anweisungen. Irgendwie hoffte er, glimpflich aus der ganzen Sache herauszukommen, denn das, was sein ehemaliges Opfer hier veranstaltete, war mit Sicherheit nichts, was mit den Gesetzen in Einklang stand. Neugierde über das Vorgehen der Polizei und seiner Leute hin oder her. Er hörte, wie Grothner sprach.

»Die Nummer einer Teilnehmerin. Huss, mit zwei *s*. Elisabeth. Ja, ich warte.« Wie es möglich war, dass die Polizei nicht schon längst hier war, weil sie das Handy geortet hatten, war Marius Kleinhans unerklärlich. Und Grothner zu fragen traute er sich nicht. Grothner hatte aufgelegt und stand plötzlich vor ihm.

»Nun zu uns.« Marius Kleinhans zuckte zusammen.

»Ihr Name ist also Marius Kleinhans. Sie sind ein kleiner Krimineller ohne nennenswerte Vita. Ihr Foto liegt in jedem Polizeiwagen der Republik und jeder sollte mittlerweile Ihr Gesicht kennen. Wollten Sie immer schon berühmt sein? Jetzt sind Sie es. Ihre kleinen Gaunereien haben wohl nicht gereicht, oder? Alten Omas die Handtasche zu klauen ist wohl nicht so einträglich. Da musste der große Coup her. So ein richtig dickes Ding. Das haben sie jetzt ja. Jetzt haben Sie einen dicken Fisch an der Angel. Aber wenn Sie Ihren Körper auch nur einen Meter aus der Baracke hier bewegen, sind Sie im Arsch. Ich bin zehn Millionen Euro wert. Also sind Sie jetzt ein reicher Mann. Aber wie bei allem, was Sie in Ihrem kranken Dasein bisher verbockt haben, kommt dabei nichts weiter als heiße Luft heraus. Man sieht

Ihnen ja Ihre Dämlichkeit schon an. Typen wie Sie lasse ich nicht einmal meine Toiletten putzen. Wieso gehen Sie nicht raus und hängen sich irgendwo auf? Ich will Sie hier nicht länger haben. Sie sind nutzlos wie Scheiße am Schuh. Vollkommen überflüssig. Für Sie gibt es keine Daseinsberechtigung. Sie verbrauchen nur Ressourcen und haben noch nie irgendetwas bewirkt in Ihrem erbärmlichen Leben. Keine vierundzwanzig Stunden und Sie haben alles absolut vermasselt. Und Sie haben getötet. Und Sie haben mich entführt. Sie sind ein dreckiger Parasit, Abschaum. Nicht mal im Gefängnis hätten Sie das Recht, die Luft aus den Ärschen der anderen zu atmen.« Karl hatte dies in ruhigem Ton gesagt, fast melodisch war sein Sprachfluss. Und dennoch voller Abscheu, als wollte er Marius mit seinen Worten vergiften. Kleinhans stand nur sprachlos da und blickte auf den Mann, der noch vor Kurzem sein Gefangener war. Und dessen Gnade er jetzt vollkommen ausgeliefert war. Und trotzdem hatte er kein Recht, so mit ihm zu reden.

»Wenn ich sowieso am Ende bin und alles vorbei ist, dann kann ich Sie auch umbringen, dann habe ich der Welt vielleicht doch einen Dienst erwiesen«, brachte er hervor. Grothner starrte ihn an, als habe da soeben ein Regenwurm das Vaterunser aufgesagt. Seine Augen verengten sich zu Schlitzen. Marius sah entsetzt, wie Karl die Oberlippe hob und gleichzeitig die Mundwinkel nach unten zog.

»Was hast du da gesagt?« Grothner schlug Marius mit der flachen Hand ins Gesicht. Es klatschte. Die letzte Ohrfeige, die Marius Kleinhans erhalten hatte, lag dreißig Jahre zurück und war ihm von seiner Großmutter verabreicht worden, als sie ihn dabei erwischt hatte, wie er ein Zweimarkstück aus ihrem Portemonnaie nahm. Er war wie versteinert in dieser Sekunde.

»Du willst noch einmal Hand an mich legen?« Der nächste Schlag mit der flachen Hand ins Gesicht.

»Du drohst mir mit dem Tod?« Klatsch.

»Du widerwärtiger, kleiner Scheißkerl wagst es, so etwas zu mir zu sagen?« Klatsch. Marius hatte noch immer nicht seine Fassung zurückgewonnen, als Karl begann, ohne weitere

Schmähungen auf ihn einzuschlagen. Immer mit der flachen Hand, und immer ins Gesicht. Er hob die Arme zur Abwehr der Schläge, doch Karl fand in Bruchteilen einer Sekunde die Lücke in seiner Deckung und wieder traf er sein Gesicht.

»Raus!!« Grothners Atem ging nur wenig schneller und er wies auf die Ausgangstür.

»Raus!«, schrie er nun fast. Beinahe panikartig rannte Marius aus dem Gebäude und schlug die Tür hinter sich zu. Er rannte so schnell er konnte weg von dem Haus, und stoppte erst, als er den Zaun am rückwärtigen Teil der Industriebrache erreicht hatte. Schwer atmend versuchte er sich zu fassen, doch seine Gedanken überschlugen sich, und wieder und wieder hallten Karls Worte in ihm nach: »Parasit, Abschaum, Parasit, Abschaum, Parasit, Abschaum.« Und immer mit Karl Grothners Stimme. Er ließ sich auf die Knie sinken und begann wimmernd zu weinen. Er fühlte sich wie im freien Fall. Kein Fallschirm und nichts, das ihn retten könnte. Er hatte keine Chance, seine Freiheit zu behalten und kaum eine Chance, überhaupt am Leben zu bleiben. Karl würde dafür sorgen, dass er bekam, was er verdiente. Und selbst wenn er es wahr machte und Karl tötete, würden dessen Schergen ihn finden, und er hatte keinen Zweifel daran, dass sein Tod ein elendiger sein würde.

»Warum gehen Sie nicht raus und hängen sich irgendwo auf?« Wieder Karls Stimme in seinem Kopf. Marius hatte anfangs geglaubt, eher gehofft, dass Grothner ihm eine Chance lassen würde, aus der Sache irgendwie wieder herauszukommen, aber jetzt hatte Karl klargemacht, dass er ihm keinen Weg weisen würde, hier zu überleben. Wenn man am Boden angekommen ist, und es keine Möglichkeit mehr gibt, dem Verderben zu entrinnen, wenn man mit sich selbst nicht im Reinen ist und begreift, dass man sich selbst in diese hoffnungslose Situation brachte, dann ist das größte Übel vielleicht immer noch attraktiver als der Tod. Oder die lebenslange Unfreiheit. Und so beschloss Marius, zum Pförtnerhaus zurückzukehren. Leben, nur leben wollte er und einen Weg finden, dies, wenn möglich, in Freiheit zu tun. Grothner erwartete ihn. Als Marius die Tür leise und langsam öffnete, stand Karl im Gang, sah ihn geringschätzig an und wies auf die Kellertür. Marius fügte sich und zuckte nicht einmal zusammen, als Karl die Stahltür hinter ihm zuwarf und verriegelte. Alles ist besser als der Tod. Keine Fragen mehr.

Einundzwanzig

Vladimir Korski. Nur sein Künstlername. Sein echter Name war deutsch. Zu deutsch, um Furcht zu erzeugen. Gott hat ihm sein Gesicht gegeben. Unauffällig und ohne Erinnerungswert. Und Gott gab ihm seine Seele. Hart. Nicht zu erweichen. Er kannte kein Leid. Leid war für andere da und er hatte die Aufgabe, sich dieser Schwäche der Menschen zu bedienen. Schon als Kind lebte er vom Leid. Der Schmerz der anderen erfüllte ihn mit diesem bestimmten Gefühl. Etwas tun zu können, etwas tun zu müssen, allein von der Motivation getrieben, dafür die Fähigkeit zu besitzen. Schmerz ist nicht nur physisch, das begriff er erst später. Und er fügte seiner enormen Sammlung an Möglichkeiten, Menschen Schmerzen hinzuzufügen, eine ganz neue Variante hinzu. Er hatte von der Ganzheitlichkeit des Menschen gehört. Körper. Geist. Seele. War er bislang ein Künstler darin, Schmerz und Qual dem rein körperlichen Aspekt zu widmen, so erarbeitete er sich nun Konzepte, um auch die Seele der Menschen zu peinigen. Das brachte ihm in seinen Kreisen einen sehr guten Ruf ein. Er benutzte jedes erdenkliche Werkzeug dazu und fand stets die Stelle an Körper und Seele seiner Opfer, die am empfindlichsten war. Wiederum später erweiterte er sein Portfolio auf Recherche und Denunziation. Sein Kundenstamm wuchs, und als er bereits ein angesehener Geschäftsmann in seiner Branche war, fand ihn Karl.

»Ergebnisse und keine Fragen.«

Er wurde sein potentester Geschäftspartner. Und er sorgte für die Mittel. »Wer einen Auftrag gibt, sorgt für die Mittel!« Das war seine Devise. Vladimir Korski war hochintelligent. Er entwickelte unter Nutzung der infrastrukturellen Möglichkeiten, die

Karl ihm bot, die Dinge, die es auf dem Markt noch nicht gab, die er aber benötigte. Mit Hilfe von Karls Verbindungen und Karls Geld errichtete Vladimir ein Netzwerk innerhalb der deutschen Behörden und Ämter, Polizeidienststellen und Wirtschaftsunternehmen, die einzig und alleine der Informationsgewinnung dienten. Die Grothner-Gruppe verfügte über Ressourcen, die es ihm ermöglichten, sich wie eine Zecke in die meisten Server und Zentralrechner zu implementieren, und so den Informationsfluss des World Wide Web zu nutzen, um bei Bedarf jede relevante Information herauszufiltern und nutzbar zu machen. Und wo dieser Mechanismus versagte, bediente sich Vladimir der guten, alten Handarbeit. Die Zeiten waren vorbei, in denen er noch selbst Hand anlegte. So sehr er das Leiden der Menschen auch genoss, so sehr widerte ihn der Geruch von offenen Körpern an. Und das Geröchel und Schmatzen der Leute, die er mit seiner Anwesenheit beehrte. Für diese Arbeit fand er zwei Spezialisten, die ihre Seele in einem der vielen Massaker in Tschetschenien dem Teufel vermacht hatten. Georg und Ivo. Ivo war sein Frontmann. Immer da, wenn er ihn anforderte, und immer mit Motivation bei der Sache. Manchmal war Ivo schneller als er selbst bei der Erledigung der Aufgaben. Er hatte ihn zum Schrottplatz geschickt, um herauszufinden, wer den Renault gekauft hatte. Zeitgleich hatte Vlad über den Polizeiserver erfahren, dass die Identität des Käufers bekannt geworden war. Nun war der Schrottplatzbesitzer tot, aber Vlad sah Ivo das nach, denn er wusste, wie bereichernd so eine Befragung sein konnte. Er konnte sich darauf verlassen, dass Ivo keine Spuren hinterlassen hatte, und so war es egal, ob der Penner lebte oder nicht. Arbeit muss auch Spaß machen, sonst wird sie schlampig ausgeführt. Dr. Krieger hatte Karl Grothner ersetzt. Auch nichts Ungewöhnliches in seinem Geschäft. So, wie sich die Lage darstellte, war das eine geschenkte Aufgabe, die ihm dieser Anwalt gegeben hatte. Grothner lebte wahrscheinlich nicht mehr, und wenn doch, würde er bald sterben. Nach Vlads Einschätzung würde Karl Grothner tot sein, noch bevor das Lösegeld an die Geldwäscher übergeben war. That's business.

Sein Telefon schellte. Er benutzte ein ganz normales Festnetztelefon, dem ein Kryptiergerät vorgeschaltet war. Der Festnetzanschluss wurde durch eine Reihe von Sicherheitssystemen geschützt, die jeden Zugriff von außen ausschlossen. Das Prinzip war das Gleiche wie bei Grothners SIM-Karte. Nur dass sich bei einem Telefonat die Vorwahl im Sekundentakt änderte. Wenn er angerufen wurde, legte seine Software einen Pfad an, der ihn in der einen Sekunde in Rio de Janeiro im Hotel „Four Seasons", Zimmer Nummer 3456, lokalisierte, und in der nächsten in einem Büro im achtunddreißigsten Stockwerk des World Trade Centers in New York. Das fand Vlad besonders komisch, da das Gebäude seit vielen Jahren nicht mehr existierte. Die Idee zu dem System hatte er selbst gehabt, aber der Cheftechniker der Software-Abteilung von Grothner-IT hatte es entwickelt und unter strengen Sicherheitsbedingungen produziert. Der Tod des Entwicklers der Technologie brachte Vlad neben der Technik noch einmal eine große Summe ein, die Grothner ihm durch eine verdeckte Zahlung auf sein Konto auf den Cayman-Inseln überwies.

»Ja?« Nur Rauschen im Telefon ... hohe, kaum hörbare elektronische Interferenzen durch die vorgeschaltete Technik.

»Vlad?« Eine Frauenstimme.

»Ja, woher haben Sie die Nummer?«

»Von Karl.«

»Kenne ich nicht.«

»Aber ich kenne Sie.«

»Woher?«

»Aus Karls Büro, Sie brachten ihm die SIM-Karte.«

Ein Moment gegenseitigen Schweigens.

»Was wollen Sie von mir?«

»Finden Sie ihn!«

»Es tut mir leid, ich kann Ihnen nicht helfen.«

»Wenn die Polizei ihn befreit hat, wird er nicht erfreut sein, das zu hören.«

»Was kann ich tun, was die Polizei nicht schon längst getan hat? Ich habe keine anderen Möglichkeiten. Außerdem arbeite ich nicht mehr für ihn.«

»Was soll das heißen?«

»Das heißt, dass jemand anderes besser bezahlt als er, und jetzt lassen Sie mich in Ruhe. Rufen Sie mich nie wieder an.«

Das stereotype Tuten des Besetzt-Zeichens machte ihr klar, dass Vlad das Gespräch beendet hatte und es auch nicht mehr aufnehmen würde. Wieder fühlte sie die Verzweiflung in sich, die Angst, sie würde Karl nie wiedersehen. Er war zu einem integralen Bestandteil ihres Lebens geworden, war ein Teil ihrer selbst. Die Empfindungen, die sie hatte, wenn sie an diesen feisten Anwalt dachte, der im Falle von Karls Tod ihr Chef würde, waren geprägt von Abscheu und Ekel. Dr. Krieger war unter Karl Grothner nichts weiter als eine Marionette, ein Zigarren-Abbeißer ohne jeglichen eigenen Willen. Grothner sagte »Spring«, und Dr. Krieger fragte: »Wie hoch?« Das waren die Tatsachen. Und nun, da Karl in den Händen dieses Verbrechers war, schwang sich dieser Mensch in Karls Sessel und meinte, ihn irgendwie ersetzen zu können. Niemand konnte Karl ersetzen. Weil niemand wie er war. Sie sah Grothners Gesicht stets vor dem inneren Auge, spätestens, seit ihm diese Schrecklichkeit widerfahren war. Er hatte ihr Sicherheit und Halt gegeben durch seine Kontinuität und seinen starken Willen, seinen unbezwingbaren Willen. Alles, was der Chef jemals begonnen hatte, hatte er zu einem erfolgreichen Ende geführt, und Elisabeth Huss verklärte Karl Grothner zu einem Übermenschen, dessen menschlichen Kern nur sie erkannte. Dessen dissoziales Verhalten nur Fassade war, um so vielen Menschen Lohn und Brot geben zu können. Ein Genie. Ein selbstloser Märtyrer in der Wirtschaftswelt, der sich selbst nichts gönnte, keine sozialen Kontakte hatte, weil er ausschließlich das Wohl des Konzerns im Auge hatte. Jemand, der Kapitän und Steuermann zugleich war und keine Dilettanten auf der Brücke duldete. Ihre gesamte Emotionalität projizierte Elisabeth Huss auf ihn, und davon hatte sie jede Menge. Warum war sie so lange schon in der Firma? In dieser fast intimen Nähe zu Karl? Weil Karl sie auch liebte. Da war sie ganz sicher.

Als sie, nachdem Dr. Krieger endlich gegangen war, Karls Schreibtisch systematisch durchsucht hatte, fühlte sie sich, als würde sie Karl selber berühren.

Nie zuvor hatte sie eine der Schubladen aufgezogen oder ein Stück Papier angerührt. Morgens legte sie die Sachen aus seiner Aktentasche auf den Tisch und niemals musste sie den Tisch aufräumen. Er war immer penibel sauber und sortiert. Es gab einen schwarzen Ablagekasten, in den Karl die Schriftstücke legte, die sie zu bearbeiten hatte. Meistens lag nur das Diktiergerät darin. Wie sie seine Stimme liebte. Niemals zweifelnd, niemals fragend. Diese Stimme war die akustische Version von absoluter Souveränität. Wie der ganze Mensch selbst auch.

Fast war sie sich sicher, dass es aussichtslos war, hier die Telefonnummer von Karl Grothners »speziellem Freund« zu finden. Sie war schon kurz davor aufzugeben, als ihr die Akte über die Übernahme der niederländischen Spedition »Dickens« auffiel, die Dr. Krieger auf den niedrigen Aktenrollschrank gelegt hatte, der seitlich an der Wand stand. Elisabeth erinnerte sich, dass dieser »Vlad« Unterlagen gebracht hatte, die für die Übernahme notwendig waren. Tatsächlich fand sie in der Akte jenen beigefarbenen Umschlag, der diese Papiere enthielt. Auf der erstens Seite sah sie, dass Dr. Krieger einige Bemerkungen aufgeschrieben hatte, sie lasen sich wie Gesprächsnotizen, die man während eines Telefonats anfertigte. Darunter das Kürzel »b.N.« und danach eine Telefonnummer mit Hamburger Vorwahl. »b.N.« konnte nur »bei Nachfragen« bedeuten. Sie notierte die Nummer und legte die Akte wieder zurück. Dann begab sie sich in ihr Büro zurück und ließ ihre Gedanken schweifen.

Sie visualisierte Karl Grothner. Sie kannte jedes Haar, jede Pore, die er ihr jemals offenbart hatte. Manchmal konnte sie, eine winzige Zeit lang, einige Zentimeter weit in seinen Hemdsärmel sehen, wenn er ihr irgendetwas reichte, was selten vorkam. Sie fühlte sich dann wie eine Voyeurin, weil sie mehr sah, als er preisgeben wollte. Seine Arme waren unbehaart und von angenehmer Farbe. Sie zog Rückschlüsse auf den Rest seines Körpers. Sein Haar war stets perfekt frisiert, eine einfache Frisur, die bei der Pflege keinen Aufwand bedeutete. Sein Nacken war ausrasiert und muskulös. Nie sah sie einen Mitesser oder Pickel. Und seine Augen. Seine grau-blauen Augen. Niemals unstet wandernd. Immer auf den Punkt gerichtet, der gerade von Belang war. Seine Wimpernschläge präzise wie eine Atomuhr. Er aß nie in Gegenwart anderer Menschen. Er brachte jeden Tag eine Dose mit, in der sich zwei geschnittene Äpfel befanden, und es gab einen Kühlschrank, in dem sich Mineralwasser befand und sonst nichts. Er trank Kaffee, den sie ihm in einer edlen Thermoskanne zur Verfügung stellte, und nachmittags um drei Uhr kochte sie ihm Tee. Rooibos-Vanille. Dazu Kandiszucker und Kondensmilch. Auch trinken sah sie ihn nie. Eine Tür in seinem Büro führte zu seiner eigenen Toilette, und in den Jahren, in denen sie nun so nah bei ihm saß, hatte sie nie gehört, dass er sie benutzt hatte. Karl hatte großen Wert darauf gelegt, dass niemals Geräusche aus seinem Büro nach außen drangen. Beim Errichten des Gebäudes lag ein Schwerpunkt darauf, dass das Chefbüro absolut schalldicht zu sein hatte, wenn die Eingangstür geschlossen war. Manchmal war sie, nachdem Grothner nach Hause gefahren war, auf diese Toilette geschlichen, hatte sich vor die Kloschüssel gekniet und war mit der Zunge die Rundungen der Toilettenbrille abgefahren. Sie sammelte Geruchsmoleküle und verschmolz in diesen Sekunden mit ihm, ohne dass er davon wusste. Einmal fand sie ein gekräuseltes Schamhaar vor der Toilette und sie fühlte sich, als habe Karl ihr ein gewaltiges Geschenk gemacht. Sie hatte das Haar mit nach Hause genommen, verpackt in einem kleinen Plastiktütchen. Zuhause hatte sie ein Bad genommen und sich ihre Scham rasiert, hatte sich eingecremt und ihre Haare gerichtet. Ihr teuerstes Parfum hatte sie aufgelegt und sich dann auf ihr Bett gelegt, nackt und voller Begierde. Sie musste sich nicht stimulieren, sie war feucht und bekam einen gewaltigen Orgasmus, als sie mit dem Mittelfinger Karls Schamhaar tief in ihre Scheide steckte. Er liebte sie, das stand außerhalb jeden Zweifels, sonst hätte er ihr nie ein so kostbares Geschenk gemacht. Und deswegen musste sie ihn jetzt retten. Die Idee mit Vlad war eine Sackgasse, und sie beschloss, die Polizei über das zu informieren, was sie wusste. Wer nicht für Karl war, war gegen ihn und musste die Konsequenzen seines Handelns oder Nicht-Handelns selber tragen. So auch Vlad. Und dieser Kleinhans.

Zweiundzwanzig

»Das ist ja eine ganz üble Kiste«, sagte Claas van Horn, leitender Staatsanwalt, zu Picard und Gruhlich, die beide vor seinem Schreibtisch standen.

»Über die Zusammenhänge zwischen der Entführung Grothners und dem Tod des Schrottplatzbesitzers wissen wir nicht viel. Es kann auch eine Duplizität von Ereignissen sein, wir prüfen gerade, ob Borkowski Dreck am Stecken hatte und sich bei irgendwem unbeliebt gemacht hat.«

»Sagen Sie mal, der ist an seinem eigenen Geschlechtsorgan erstickt. Das nenne ich Mafiamethode, und nichts anderes. Von wegen unbeliebt.« Van Horn starrte auf die Fotos, die die Spurensicherung auf dem Schrottplatz aufgenommen hatte. Sehr viel ROT auf den Bildern.

»Fest steht: Wenn das dieselben Leute waren, die Grothner am Wickel haben, dann gute Nacht. Dann ziehen die die Kohle ab und wir finden Grothner scheibchenweise, irgendwo verstreut. Ich habe da wenig Hoffnung, dass wir die Sache erfolgreich beenden. Was ist mit diesem Kleinhans?« Van Horn blickte Gruhlich an.

»Nichts. Keine Spur. Der ist weg. Aber wir haben eine Meldung über einen blauen Renault, der in dem entsprechenden Zeitfenster auf der Autobahn jemanden genötigt hatte. Derjenige hatte Anzeige erstattet, weil der Renault mit Lichthupe extrem dicht aufgefahren war. Wir haben kein Kennzeichen, gehen der Sache aber nach. Wenn das unser Renault war, dann ist er Richtung Süden abgefahren, der Vorfall ereignete sich auf der Autobahn Neun bei Nürnberg.«

»Das ist sehr weit weg«, stellte der Staatsanwalt fest.

»Das ist das Einzige, was wir haben.«

»Das Handy?«

»Da sehen wir ziemlich alt aus. Die haben da so einen technischen Kniff ausgetüftelt, der neu auf dem Markt ist. Derzeit haben wir keine Chance, es zu orten. Aber wir arbeiten daran.« Picard versuchte, Optimismus in seine Stimme zu legen, als er dies sagte.

»Mit anderen Worten: Wir haben nichts. Wir wissen um Kleinhans und das war es auch schon. Großartig. Der Mann ist jetzt drei Tage in der Gewalt dieser ... Bestien, und wir haben nicht das Geringste, um ihn da rauszuhauen.«

»So kann man es ausdrücken«, sagte Gruhlich.

»Sie rufen mich an, wenn sich etwas Neues ergibt. Egal zu welcher Tages- oder Nachtzeit, ist das klar?« Claas van Horn war offensichtlich über den Ermittlungsstand wenig begeistert.

»Natürlich. Eines noch. Nur so eine Idee. Diese Leute, von denen Grothner das Handy hat, sind die einzigen, die davon wissen. Es ist ausgeschlossen, dass Kleinhans davon wusste. Trotzdem benutzt er es, um mit uns in Verbindung zu treten. Also weiß er es auch. Das legt den Verdacht nahe, dass es dieselben Leute sind, die jetzt dieses Ding durchziehen.«

»Jemand in dieser Firma muss doch wissen, wer Grothner das Ding verhökert hat, verdammt nochmal.« Picard sah seinen Partner giftig an.

»Wir laden die Tippse und diesen Lackaffen von Anwalt vor und befragen die beiden nochmal. Außerdem will ich den Chef der IT-Sektion des Konzerns sprechen«, sagte Gruhlich.

»Dann machen Sie das so und halten mich auf dem Laufenden«, sagte van Horn und entließ die beiden Ermittler. Gruhlich und Picard verließen das Gebäude der Staatsanwaltschaft und fuhren zurück ins Präsidium. Als sie die Räumlichkeiten der SOKO »Karl« betraten, entdeckte Gruhlich sofort die Sekretärin von Karl Grothner, die wie versteinert auf einem Klappstuhl vor seinem Büro hockte, die beigefarbene Handtasche auf den Knien balancierend.

Zehn Minuten später trommelte Picard die anwesenden Mitglieder der SOKO zusammen und beorderte sie in den

Besprechungsraum. Frau Huss hatte er zum Erkennungsdienst geschickt. Dort sollte sie ein Phantombild von Vlad erstellen. Außerdem hatten sie Dr. Krieger und den Chef von »Grothner-IT« einbestellt. Als der Anwalt eintraf, lag das Phantombild bereits vor und Dr. Krieger erklärte glaubhaft, den Mann noch nie gesehen zu haben. Gruhlich, der Dr. Krieger befragt hatte, meinte aber, Zorn in dessen Stimme erkannt zu haben. Er machte sich eine innere Notiz darüber und entließ den Anwalt wieder. Auch Frau Huss hatten sie nach Hause geschickt. Sie war verängstigt und unsicher, betonte immer wieder, dass sie als Chefsekretärin zur absoluten Verschwiegenheit verpflichtet worden war und Herr Grothner da sehr enge Maßstäbe ansetzte, weshalb sie zunächst geschwiegen habe. Sie wirkte wie ein Schulkind, das man beim Spicken während einer Klassenarbeit ertappt hatte. Der Informatiker, der sich ihnen als Frank Joost vorstellte, war erst seit einem halben Jahr in der Firma und hatte von »Tuten und Blasen keine Ahnung«, wie Picard die Aussagen des schmächtigen Mannes bewertete. Sein Vorgänger auf dem Posten des Abteilungsleiters war durch einen tragischen Unfall während einer Kreuzfahrt ums Leben gekommen. Hier waren also auch keine Informationen zu holen.

Gruhlich hatte den Staatsanwalt telefonisch informiert und durchsetzen können, dass Vlads Name und das Phantombild noch nicht veröffentlicht wird, um das Leben der Geisel nicht zu gefährden. Die Spur, die sie verfolgten, war maximal lauwarm, das wussten sie, aber sie war die einzige, die sie hatten.

Vlad erfuhr von den Geschehnissen im Präsidium zeitgleich mit dem Staatsanwalt. Seine Wangenmuskeln arbeiteten, als ihn sein Informant darüber in Kenntnis setzte.

»Diese alberne, verblödete Kuh«, fasste er sein Meinungsbild über Frau Huss zusammen. Zwar hatte die Polizei keine Chance, seiner habhaft zu werden, doch nun war er gezwungen, sein Äußeres zu verändern, wenn er außerhalb seines Wohnsitzes unterwegs war. Er bewohnte einen alten Bauernkotten, der weit abseits der Stadt lag und der den Vorteil besaß, dass niemand, außer geladene Gäste und der Postbote, vorbeikam, und es somit auch niemanden gab, der ihn identifizieren konnte. Von hier aus führte er seine Geschäfte, und wenn er das Gebäude verließ, tat er das mit einem unscheinbaren Volvo, dessen Scheiben stark getönt waren. Er kleidete sich unauffällig. Auch sein Gesicht war ein Allerweltsgesicht, ohne Narben oder signifikanten Auffälligkeiten. Allerdings ... wenn sein Bild veröffentlicht würde, bestand durchaus die Gefahr, dass man ihn erkannte. Er beorderte Ivo und Georg zu sich und beschloss, die Suche nach dem entführten Konzernchef zu intensivieren. Der Informationsfluss, der ihn aus dem Polizeipräsidium erreichte, war dürftig. Offenbar hielten sie ihn für den Entführer. Das war lästig und würde ihm seine Arbeit erschweren. Er musste nun schneller als die Ermittler zum Ziel kommen, denn relevante und nutzbare Informationen, die er von der Polizei zu erhalten hoffte, würde es solange nicht geben, solange man ihn für den Täter hielt. Georg, der stets ein sanftes Lächeln auf den Lippen trug, und Ivo, der Mann, der Borkowski auf dem Schrottplatz »befragt« hatte, waren nach wenigen Minuten zur Stelle. Beide bewohnten ein heruntergekommenes Apartment am Stadtrand, wo sich halb verfallene Hochhäuser aneinanderreihten, um den sozialen Bodensatz der Gesellschaft zu beherbergen. In diesem multinationalen Schmelztiegel ließ es sich einwandfrei abtauchen. Hier fragte niemand nach ihnen, und niemand interessierte sich für sie. Sie bewohnten das Apartment nur während der Erledigung ihrer Aufträge, damit sie schnell zu Vlad gelangen konnten, wenn der sie rief.

Vlad weihte sie in die Situation ein und informierte sie umfassend über Marius Kleinhans.

»Das ist doch ein Schwanzlutscher. Der kommt doch aus der Nummer gar nicht mehr raus. Was hat der früher gemacht? Einbrüche und so einen Mist. Wenn du mich fragst, der hat einfach mehr Glück als Verstand, dass sie ihn noch nicht bei den Eiern haben.« Georg sprach aus, was auch Vlad dachte.

»Wenn der Kerl wirklich so eine Niete ist, wie wir glauben, dann hat der vielleicht gar nicht so viel vorbereitet. Die Bullen glauben, dass da eine Mafia-Organisation hintersteckt. Weil wir diesen Schrotthändler kaltgemacht haben. Also denken die viel zu kompliziert und scheißen sich in die Hosen, weil sie meinen, es mit mächtigen Gangstern zu tun zu haben. Das ist gut, denn solange die dermaßen falsch liegen, kommen die uns auch nicht in die Quere.« Ivo war bei der Beurteilung der Lage offenbar auch zu demselben Ergebnis gekommen wie Vlad und Georg. Sein osteuropäischer Akzent passte nicht so recht zu seiner Art zu sprechen. Ivo war sehr bemüht, sich die deutsche Sprache fehlerfrei anzueignen. Den Akzent jedoch wurde er nie los.

»Wenn wir davon ausgehen, dass dieser Kleinhans wirklich nur ein kleinkrimineller Spinner ist, und wenn wir davon ausgehen, dass der es niemals fertiggebracht hätte, durch die Ringfahndung zu kommen mit seinem Schrotthaufen, dann lässt das nur einen Schluss zu.« Die beiden Handlanger sahen Vlad gespannt an.

»Der ist gar nicht weit gefahren mit Grothner. Der hat den eingeladen und war in kürzester Zeit in seinem Versteck. Den Wagen hat er in irgendeine Garage gefahren und somit war er blitzschnell von der Bildfläche verschwunden.« Vlad klappte seinen Laptop auf und öffnete Google Earth. Er gab den Ort der Entführung ein und erhielt ein Satellitenfoto von der Gegend.

»Zehn, vielleicht fünfzehn Kilometer. Mehr nicht. Mehr auf keinen Fall. Lass mal sehen«, murmelte er vor sich hin. »Wo hast du Ratte dich verkrochen? Da? Nein.« Eine Viertelstunde später klappte Vlad den Rechner entnervt zu. »Das hat keinen Sinn.« Georg und Ivo waren die ganze Zeit still dagestanden und hatten kein Wort gesagt. Wenn Vlad nachdachte, störte man ihn besser nicht.

»Was ist mit der Tussi, die dich verpfiffen hat?«, fragte Georg.

»Bevor der noch mehr über mich einfällt, solltet ihr euch vielleicht um die kümmern. Und macht bitte eine richtige Mafianummer daraus. Das wird die Polizei weiter von Kleinhans weglocken, auch wenn die glauben, eine Spur zu haben. Wenn ihr damit fertig seid, will ich, dass ihr euch in der Gegend umseht, in der die Entführung stattfand. Dieser Spinner ist mit Grothner in Richtung Stadt gefahren. Er muss also irgendwo zwischen der Stadt und dem Waldstück sein Versteck haben.« Vlad sah die beiden aufmunternd an.

»Worauf wartet ihr noch?«

»Adresse und Name der Frau wären nicht schlecht, Vlad.« Ivo grinste ihn an. Die Vorstellung, diese Frau zu befragen, machte ihm offenbar gute Laune. Vlad schnaubte durch die Nase und schrieb etwas auf einen Zettel. Danach beschrieb er ihnen die Frau so genau er konnte.

»Es ist jetzt sechzehn Uhr. Um acht will ich sie in den Nachrichten sehen.« Mit diesen Worten gab er Georg den Zettel und winkte beide hinaus.

Dreiundzwanzig

Georg und Ivo hatten ihr Werkzeug stets dabei. Sie fuhren einen grünen VW-Passat, der ganz offiziell als Handwerkerfahrzeug angemeldet war. Auf den Seitentüren prangte ein Firmenlogo, das ein stilisiertes Radio darstellen sollte. »Elektro Meier«, ein ebenso unorigineller wie unauffälliger Name war darunter aufgedruckt. Sie parkten in einer kleinen Nebenstraße und konnten von ihrem Standort aus das Mehrfamilienhaus beobachten, in dem Frau Huss eine kleine Wohnung besaß. Die Gegend war zwar nicht gerade nobel zu nennen, doch der Mittelstand fühlte sich hier offenbar wohl. Es gab keine Graffitis oder Unrat auf den Gehwegen.

»Das ist nicht gut, wenn wir da reinmarschieren. Das ist hier so eine Ecke, wo die aufeinander aufpassen. Die hängen hinter den Fenstern und gucken, ob der Nachbar gerade die Nachbarin pimpert. Das ist mir zu heikel. Spießer sind neugierig.« Georg sah Ivo fragend an.

»Hmm ... könnte sein. Außerdem turnen hier zu viele Leute herum. Kommen alle von der Arbeit«, stimmte Ivo ihm zu.

»Ich schelle mal an, dann wissen wir wenigstens, ob sie zuhause ist.« Noch bevor er diese Worte ausgesprochen hatte, hatte Georg die Tür geöffnet und war ausgestiegen. Nun schlenderte er in Richtung des Wohnhauses und suchte, als er es erreicht hatte, die entsprechende Klingel. »E. Huss« stand als oberster von drei Namen. Er drückte den Klingelknopf, doch nichts geschah. Er versuchte es ein zweites Mal, doch offensichtlich war Frau Huss nicht zu Hause. Schulterzuckend machte er sich auf den Weg zurück zum Auto.

»Ich hasse es zu warten«, sagte Georg und startete den Motor.

»Wir kommen später wieder, die Frau wohnt im oberen Stockwerk, ist sowieso besser, dass wir da erst auflaufen, wenn es dunkel ist. Dann sehen wir auch, ob sie zuhause ist. Hoffentlich hat sie uns ein Bier kalt gestellt.« Ivo kicherte und sie fuhren los.

Vierundzwanzig

Karl Grothner schätzte, dass es nach zwei Tagen Zeit wurde, nach Marius Kleinhans zu sehen. Er wusste, dass er den Mann nicht laufen lassen konnte, denn mit dessen Verhaftung oder Tod wäre der spontane Plan, den er gefasst hatte, hinfällig. Als er die Kellertür öffnete, sah er Kleinhans auf der Pritsche liegen, die ihm auch zuerst als Bettstatt gedient hatte. Die Schüssel, die Kleinhans ihm ursprünglich für die Notdurft zugedacht hatte, war nun halb mit Marius Exkrementen gefüllt und es roch scheußlich.

»Kommen Sie rauf, und nehmen Sie Ihre Scheiße mit«, befahl Karl, und der gedemütigte Ex-Entführer gehorchte, ohne ein Wort zu sagen.

»Kippen Sie den Mist irgendwohin.« Kleinhans stand zitternd, die übelriechende Schüssel in der Hand, im Kellerzugang. Er ging zur Eingangstür des Hauses, konnte diese aber nicht öffnen, weil er zum Halten der Schüssel beide Hände brauchte. Er warf Karl einen flehenden Blick zu, doch der hob nur die Oberlippe und sah ihm zu. Als Marius versuchte, die Türklinke mit dem Ellenbogen zu öffnen, schwappte ein Teil des Schüsselinhaltes auf den Boden und auf seine Hose. Er stellte die

Schüssel auf den Boden und war von dem, was sein Körper in den letzten achtundvierzig Stunden ausgeschieden hatte, angeekelt. Der Gestank füllte langsam die obere Etage des Bungalows. Er öffnete nun die Tür, nahm die Schüssel wieder auf und trug sie zu einer Buschgruppe, unter deren dichten Blättern er sie entleerte. Als er zurückkehrte, saß Karl auf dem Klappstuhl vor dem Campingtisch und wies nur auf eine Küchenrolle, die in der Klappbox neben dem Tisch stand.

»Wischen Sie das weg. Ich mag das nicht riechen.« Ohne etwas zu sagen, nahm Kleinhans die Rolle und machte sich daran, seinen vergorenen Urin von dem fleckigen Linoleum zu wischen, der den Bodenbelag des Pförtnerhauses darstellte. Das verschmutzte Papier der Küchenrolle warf er danach ebenfalls unter die Büsche.

»Essen Sie und trinken Sie, und dann zurück in den Keller.« Grothners Stimme klang teilnahmslos.

»Ich bin ein Mensch, hören Sie? Ich bin ein Mensch.« Es brach aus Marius heraus.

»Ach, sind Sie das? Da merke ich allerdings nichts von. Kreaturen wie Sie würde ich wohl kaum als Mensch bezeichnen. Gezeugt von Kreaturen wie ihrer Mutter und ihrem Vater. Sicher auch nur in ihrer Intelligenz geminderte Kretins, wie Sie es sind. Wenn man Scheiße mit Scheiße vermischt, kommt wohl kaum Pastete dabei heraus. Mensch! Lächerlich!«

»Warum tun Sie das? Warum gehen Sie nicht einfach nach Hause und machen da weiter, wo Sie aufgehört haben?« Marius Stimme zitterte und er flüsterte die Worte mehr, als dass er sie laut sagte.

»Ich will Ihnen das noch einmal erklären, mein kleiner, schwachsinniger Freund.« Karls Stimme hatte einen gefährlichen Unterton angenommen.

»Ich besitze etwa eine halbe Milliarde Euro. Ich kann alles, was ich will, kaufen. Ich kaufe Menschen und ich kaufe Seelen. Ich kaufe Firmen und ich kaufe Macht. Und niemand kommt mir jemals in die Quere. NIEMALS.« Karl war aufgestanden und ging langsam auf den stinkenden, völlig ausgehungerten und halb verdursteten Marius zu.

»Und dann kommen Sie und ziehen diese Nummer ab. Und ich bin raus aus dem Geschäft. Innerhalb einer halben Stunde raus aus MEINEM Geschäft.« Karls Gesicht hatte sich gerötet und Marius schoss durch den Kopf, wann dieser Mann wohl je so die Fassung verloren haben mochte.

»UND BIN ICH DARAN VIELLEICHT SCHULD? HABE ICH DA WAS FALSCH GEMACHT? HABE ICH IRGENDWO VERSAGT?« Karls Stimme wurde um einige Oktaven höher und deutlich lauter. Er griff nach dem Hals des Mannes, der ihn vor drei Tagen durch das Seitenfenster seines zertrümmerten Mercedes gezogen und hergebracht hatte.

Karl zog das Gesicht von Kleinhans dicht an seines heran.

»Nein, ich habe nichts falsch gemacht. Ich habe alles absolut richtig gemacht. Es sind die Menschen um mich herum, die die Fehler begingen, die mich herbrachten. Das ist das eine. Das andere ist, dass ich immer noch hier bin und sie es nicht schaffen, mich zu finden. Und dass sie Dinge tun, die nicht in meinem Sinne sind. GANZ UND GAR NICHT IN MEINEM SINNE SIND!!!« Für eine Sekunde nur drückte Karl die Kehle von Marius zu und ließ dann von ihm ab. Marius sank vor ihm in die Knie, hilflos um Luft ringend.

»Haben Sie Arschmade jetzt verstanden, warum ich nicht einfach nach Hause gehe?« Marius hatte nichts verstanden, aber er nickte eifrig. Von einer Sekunde auf die andere war Karl Grothner wieder die Inkarnation der Souveränität.

»Essen und trinken und dann, husch, husch, zurück ins Körbchen.« Marius gehorchte.

»Und vergessen Sie Ihre ... Toilette ... nicht.« Karl Grothner genoss die Ruhe, die seit seiner Entführung eingekehrt war. Menschen hatten ihn schon als Kind irritiert, weil er sie nicht verstand. Er konnte brillant erkennen, wie sie denken und handeln würden und darin lag auch der Schlüssel zu seinem Erfolg. Ihre Gefühle jedoch blieben ihm verborgen. Liebe, Hass, Trauer ... das alles waren kryptische Begriffe für ihn. Auch Angst kannte er nicht als emotionale Regung. Er konnte Angst sehen, sie identifizieren und für sich nutzbar machen, aber sie zu empfinden war ihm unmöglich. Im Laufe seines Lebens hatte er gelernt, wie die einzelnen Emotionen beim Menschen aussahen, wie sie wirkten und was sie auslösten. Das war seine Klaviatur der Macht. Das einzige, was bei Karl in die Welt der Gefühle spielte, war sein Zorn, wenn etwas nicht nach seinem Willen geschah. Zorn, wenn jemand versagte und so eine Änderung seiner Pläne generierte. Diesen Zorn hatte er schon als kleines Kind in sich getragen. Er hatte sehr schnell begriffen, dass seine Umwelt nichts mit ihm und seinem Zorn anzufangen vermochte. Und so richtete er ihn auf andere Kinder, und als die ihn mieden, als habe er die schwarze Beulenpest, begann er, seine zornige Energie in der Tierwelt abzubauen. Er steinigte Katzen zu Tode und verbrannte Hunde bei lebendigem Leib. Er tötete jedes Tier, dessen er habhaft werden konnte, immer peinlich darauf bedacht, niemanden zum Zeugen werden zu lassen. In sich und in seiner eigenen emotionslosen Welt, abgekapselt, verbrachte er seine Schulzeit. Seine mittelständische Familie hatte schon längst begriffen, dass Erziehungsversuche bei ihm zwecklos waren. Er wurde wie ein Stigma in die Familie integriert, ohne je wirklich Teil davon gewesen zu sein. Man gab ihm zu Essen und zu Trinken und achtete darauf, dass er ordentliche Kleidung trug. Alles andere wurde delegiert. Nachhilfelehrer kamen und gingen, viele hielten es keinen Tag mit ihm aus. Eine Haushaltshilfe kümmerte sich um die Dinge des täglichen Lebens. An seinen Geburtstagen fand er im Geschäft verpackte Einheitsgeschenke, die dem jeweiligen Geschenketrend seiner Altersgruppe entsprachen. Nur ein einziges Mal war ein Geschenk dabei, über das er sein Ambivalent von Freude empfand. Es war ein Buch. Er war damals vierzehn Jahre alt. »Tom Sawyer« von Mark Twain. In dem Jungen aus St. Petersburg, Missouri, erkannte er sich wieder. Keine Regeln, keine Gesetze. Viel Raffinesse und Manipulation und kaum Emotionen. Als Tom Sawyer in dem Buch wegen seines schlechten Gewissens einem Mann namens Muff Potter das Leben rettete, legte Karl das Buch beiseite. Er definierte diese von Emotionen geleitete Handlungsweise Tom Sawyers als Verrat an ihm. In seinem

Zorn, der daraufhin entflammte, legte er zwei Brände in der Nachbarschaft, bei denen zum Glück niemand verletzt wurde, jedoch entstand enormer Sachschaden an zwei Einfamilienhäusern. Danach las Karl nur noch Fachbücher. Schon im Alter von sechzehn Jahren besaß er mehr Wissen über wirtschaftliche Zusammenhänge als ein Absolvent eines entsprechenden Studiums. Er begriff schon damals, dass er in der Wirtschaftswelt so sein durfte, wie er war und richtete seinen beruflichen Werdegang konsequent danach aus. Wegen seiner introvertierten und stets sachlichen Art gab es nie ein Mädchen oder eine junge Frau, die Interesse an dem unscheinbaren Mann gefunden hatte. Diesbezüglich hatte Karl jedoch nie Defizite. Jeder Zuneigungsbeweis seiner Eltern war ihm schon von Kindesbeinen an suspekt und unangenehm gewesen. Sein Studium bestand er mit Auszeichnung, und als der Professor ihm seine Urkunde überreichte, lag Abscheu in dessen Gesicht. Karl hatte mittlerweile sämtliche Facetten der menschlichen Emotionen studiert und betrachtete sich als Ausnahme von der Regel. Als rühmliche Ausnahme. Wann immer ihm jemand in die Quere kam, bediente er sich seiner Klaviatur der Emotionen. Allein durch Körperhaltung, Mimik und Gesten vermochte er seine Gegner zu verunsichern. Er koppelte seine Wortgewandtheit an seine Erkenntnisse über Gefühle und sammelte Informationen, die geeignet waren, seine Opfer emotional zu kompromittieren. Sich nach dem Studium irgendwo zu bewerben und sich unter der Ägide eines anderen Menschen zu positionieren, kam ihm nicht in den Sinn, und er gründete, kaum, dass die Tinte unter seinem Diplom trocken war, »Grothner Industries«. Zu diesem Zeitpunkt hatte er bereits acht Jahre lang nichts mehr von seinen Eltern gehört. Sie existierten nur noch als kognitive Information in seinem Gehirn. Kaum zehn Jahre später verfügte »Grothner Industries« bereits über einen bemerkenswerten Marktanteil im Bereich Logistik und Technologie-Entwicklung, und die Medien wurden auf den »Überflieger aus dem Nichts«, wie ihn ein Wirtschaftsmagazin taufte, aufmerksam. Er konnte mit Öffentlichkeit nichts anfangen, denn auch Stolz, Ehrgeiz und Geltungsdrang waren ihm fremd. Inspiriert von den ägyptischen Pyramiden ließ er die neue Konzernzentrale bauen. Ein Kubus von genau fünfundvierzig Metern Kantenlänge. Er verschliss vier Architekten, die nicht in der Lage waren, auf den Millimeter genau zu bauen. Erst der fünfte Architekt ließ den Kubus elektronisch vermessen und ihm gelang es, durch den Einbau von Dehnungsfugen und soliden Ankern, die witterungsabhängige Ausdehnung des Gebäudes so zu kompensieren, dass unabhängig von der Temperatur und der damit verbundenen Materialdehnung der Kubus stets exakt fünfundvierzig Meter Kantenlänge besaß. Diese technische Leistung kostete Grothner drei Millionen Euro mehr, als der Bau sonst gekostet hätte. Besitz jedoch bedeutete Karl Grothner nicht viel. Sein Antrieb war ausschließlich die Realisierung seines Willens. Geld war da nur Mittel zum Zweck. Heute, da er in dem halb verfallenen Pförtnerhaus saß, noch immer dieselbe blutverschmierte Kleidung trug und seinen Entführer im Keller eingesperrt hatte, ging es wieder nur um seinen Willen. Kleinhans hatte ihn für kurze Zeit handlungsunfähig gemacht. Das war seit seiner Kindheit nicht mehr geschehen. Damals gab es einen sehr gescheiterten Erziehungsversuch seines Vaters. Der hatte ihn zur Strafe für irgendein banales Vergehen in sein Zimmer eingesperrt. Karl hatte damals den gesamten Inhalt seines Zimmers, inklusive der Möbel, die er im Zorn unfachmännisch zerlegte, aus dem Fenster geworfen, direkt auf das Auto des Vaters. Als sein Vater wutentbrannt den Raum wieder aufschloss, stand der zehnjährige Karl mitten im leeren Zimmer und hatte die Oberlippe gehoben, die Mundwinkel nach unten gezogen.

»Darf ich jetzt wieder raus, Papa?« Sein Vater hatte ihn nur angewidert angesehen und war gegangen. Mutter hatte die Sachen wieder in sein Zimmer gebracht und versucht, die Möbel zumindest notdürftig wieder zusammenzusetzen. Karl war das egal. Er war sich selbst genug, wenn er nur handlungsfähig war.

Karls Gehirn arbeitete nach anderen Regeln als das eines normalen Menschen. Emotionen spielten nie eine Rolle bei den Entschlüssen, die er traf. Zumindest nicht seine, denn er besaß keine. Nüchtern hatte er analysiert, was dazu geführt hatte, dass Kleinhans die Entführung gelungen war. Versagen des Sicherheitsdienstes, Versagen seines Fahrers und sein größter Feind, der Zufall, hatten die Situation herbeigeführt. Das würde er auswerten und regeln, wenn diese Sache hier vorbei war. Das Konzept dazu war bereits vollumfänglich in seinem Kopf abgespeichert und er wusste, dass eine Wiederholung ausgeschlossen war, weswegen er sich gedanklich damit gar nicht mehr befasste. Es war etwas ganz anderes, das ihn so handeln ließ, wie er handelte. Er hatte auf dem Handy von Kleinhans die Pressekonferenz angesehen. Das Display des Smartphones maß kaum fünf mal sechs Zentimeter, und dennoch hatte er Dr. Kriegers Gesicht gesehen, seine Mimik sekundenschnell analysiert und die Informationen, die sich aus dessen Körperhaltung ergaben, hinzugefügt. Die Aussage, es gäbe im Falle eines Falles die Anweisung, dass Dr. Krieger die Konzernleitung kommissarisch übernehmen sollte, war gelogen. Niemals hätte Karl so eine Anweisung gegeben. Karl war immer davon ausgegangen, dass nichts und niemand eine solche Situation herbeiführen konnte. Lediglich Vlad hatte Anweisungen, die dem entsprachen, was Grothner Kleinhans gesagt hatte. Karl Grothner log nie. Das unterschied ihn von anderen Menschen seines Charakters. Da ihm Intuition und Empathie fehlten, war das Ergebnis des Denkprozesses, den Karl nun durchlebte, von großer Klarheit und nüchterner Logik. Wenn Dr. Krieger so dreist war und ein solches Dokument gefälscht hatte, und wenn er so frech war, dies der Öffentlichkeit zu präsentieren, dann musste Karl davon ausgehen, dass Dr. Krieger sich sicher war, dass er niemals wieder zurückkehren würde. Was nur bedeuten konnte, dass Dr. Krieger Vlad umgedreht hatte. Er hatte also Kenntnis von den Plänen, die er und Vlad ausgearbeitet hatten, für den Fall, das so etwas geschehen würde wie jetzt. Auch das war nicht vorgesehen. Weisungsgemäß würde Vlad also nach ihm suchen, aber nicht, um ihn zu retten, sondern um ihn zu töten. Eins plus eins gleich zwei. Grothners Logik. Keine Fragen. Ein Schachspiel also. Das gefiel Karl. Darin war er wirklich gut. Nun wusste er auch, wozu er diesen Kleinhans aufbewahrt hatte. Der würde seine Gedankengänge und Rückschlüsse verifizieren. Die Telefonnummer von Elisabeth Huss würde er später brauchen. Auch sie hatte er während der Pressekonferenz gesehen, und an der entsprechenden Stelle hatte er auf »Pause« gedrückt und das Gesicht seiner Sekretärin, kaum fingernagelgroß auf dem Display, betrachtet. Ihr Gesichtsausdruck sprach Bände. Er wusste so unendlich viel über sie, dass sie schreiend weglaufen würde, wenn er es ihr jemals sagte. Vor allem wusste er alles über ihre, für ihn nicht nachvollziehbaren, Emotionen. Emotionen, die ihn betrafen. Karl beschloss, sie sich in dieser Situation nutzbar zu machen.

Seine Wohnsituation in der Baracke war nicht sonderlich komfortabel, aber das störte Karl nicht. Es gab eine Luftmatratze mit zwei Wolldecken, und Kleinhans hatte genügend Konserven gelagert, um wochenlang hier leben zu können. Getränkekisten und Aufbackbrötchen lagerten in einem Nebenraum und das Stromaggregat lieferte die nötige Spannung, die die Mikrowelle benötigte. Auch gab es einen gasbetriebenen Campingkocher und den kleinen Kühlschrank, in dem Kleinhans auch einige Bierflaschen gelagert hatte. Es gab kein fließendes Wasser und keine funktionierende Toilette in dem Gebäude. Karl war gezwungen, sich mit Mineralwasser zu waschen und seine Notdurft im Freien zu verrichten. Das war ihm unangenehm, aber er hatte derzeit keine Möglichkeit, diese Umstände zu verbessern. Das Gelände verlassen konnte keiner von ihnen, zumindest nicht in den nächsten vierzehn Tagen. Karl hoffte, dass Kleinhans einen wenigstens durchschnittlichen Bartwuchs hatte. Er konnte ihn erst zum Einkaufen schicken, wenn er nicht mehr als Marius Kleinhans erkannt werden würde. Karl setzte sich in den Klappstuhl, der die einzige Sitzgelegenheit in dem Haus darstellte, und griff nach dem Smartphone. Es wurde Zeit, der Polizei neues Feuer unter dem Hintern zu machen. Er wählte eins-eins-null.

»Polizeinotruf. Bitte nennen Sie Namen und Sachverhalt. Wir werden helfen, so schnell wir können«, meldete sich ein sehr eifriger Beamter.

»Mein Name ist Karl Grothner. Ich bin entführt worden und befinde mich in der Hand von Männern, die mich mit dem Tod bedrohen. Sie haben ihre Forderungen bereits übermittelt. Heute ist Sonntag, der achtzehnte August des Jahres 2013. Ein Mann namens Mario Armando Ramírez Treviño ist heute in Mexiko festgenommen worden. Mir geht es den Umständen entsprechend gut. Ich ersuche Sie, den Forderungen der Entführer nachzukommen und keine Versuche zu meiner Befreiung zu unternehmen, da dies meinen Tod zur Folge hätte. Die Lösegeldforderung ist zu erfüllen. Halten Sie das Geld auf einem meiner Privatkonten bereit. Sie erhalten innerhalb der nächsten achtundvierzig Stunden Bescheid, wie die Übergabe zu erfolgen hat.« Grothner drückte die rote Taste auf dem Telefon und beendete so den Anruf. Er konnte sich gut vorstellen, wie jetzt der Beamte, der den Anruf entgegengenommen hatte, mit erhöhter Pulsfrequenz seine Vorgesetzten alarmierte. Karl sah vor seinem inneren Auge einen jungen uniformierten Polizisten, der mit hochrotem Kopf herumstotterte und sein profilneurotischer Vorgesetzter die Chance seines Lebens witterte, Mitglied der elitären Gruppe von Ermittlern zu werden, die sich mit dem spektakulären Entführungsfall befasste. Er sah die junge, blasse Frau des Polizisten vor sich, wie sie atemlos seiner zum zehnten Mal wiederholten Schilderung lauschte, dass er Karl Grothner am Telefon gehabt und sofort alles unternommen hatte, um seinen Teil zum guten Ausgang der Geschichte beizutragen. »So schafft man Helden«, dachte sich Karl in dieser Sekunde nach dem Anruf. Nun öffnete er das SMS-Programm des Smartphones und gab Vlads Nummer ein. Er schrieb: »Grothner lebt. Er weist Sie an, alles zu unterlassen, was ihn gefährden könnte. Sie unternehmen nichts von dem, was Grothner angeordnet hat. Wir haben alle Informationen über die Dinge, die Sie in so einem Fall unternehmen sollen. Unser Gast hat uns diese Informationen nicht freiwillig gegeben. Jede Intervention Ihrerseits bedeutet den Tod des Mannes.« Er sendete die Nachricht und lehnte sich zurück.

»Das Spiel ist eröffnet. Ihre Einsätze bitte«, sagte er leise und hob die Oberlippe zu einem Grinsen.

Fünfundzwanzig

Gruhlich hatte seine Aktentasche gepackt und Picard eine gute Nacht gewünscht. Das Lebenszeichen von Karl Grothner war als authentisch eingestuft worden, und auch die Information über die Festnahme des mexikanischen Drogenbosses wurde verifiziert. Grothner lebte also, und die Tatsache, dass die Entführer das Karriereende einer der größten Drogenbosse als Beleg für Grothners Leben genutzt hatten, ließ tief blicken. Gruhlich verließ das Gebäude und war überrascht, Frau Huss auf dem Parkplatz zu sehen. Als sie ihn sah, kam sie sofort auf ihn zu.

»Bitte seien Sie mir nicht böse, aber ich habe nachgedacht«, sagte sie mit schriller Stimme.

»Dieser Vlad ist ganz bestimmt ein Krimineller. Wenn der jetzt rauskriegt, dass ich Ihnen das alles gesagt habe, wird der mir bestimmt was antun. Ich habe Angst.« Sie blickte ihn sorgenvoll an.

»Ich hätte besser nichts gesagt. Der weiß bestimmt schon, dass ich ihn verraten habe. Was kann ich denn jetzt tun?« Panik lag in ihrer Stimme.

»Hören Sie, außer der Polizei weiß niemand davon. Das wurde absolut vertraulich behandelt. Wir fahnden nach ihm, aber natürlich kommt Ihr Name in keinem Fall vor. Sie brauchen sich keine Sorgen zu machen, alles ist gut«, versuchte Gruhlich die blasse Frau zu beruhigen.

»Ich habe Angst. Verstehen Sie das denn nicht?« Gruhlich zuckte mit den Schultern.

»Und was soll ich jetzt machen? Sie haben eine simple Aussage gemacht, ich kann keinen Polizeischutz anordnen deswegen. Wahrscheinlich ist dieser Vlad einfach nur ein inoffizieller Mitarbeiter. Es ist auch gar nicht bewiesen, dass er etwas mit der Entführung zu tun hat.« Gruhlich versuchte, möglichst glaubwürdig zu wirken, doch an ihrem Gesicht sah er, dass ihm das nicht gelungen war. Er atmete übertrieben laut aus.

»Gibt es irgendetwas, was Sie uns verschwiegen haben und was Ihnen jetzt solche Sorgen macht?« Ihre ganze Körperhaltung veränderte sich, als sie diese Frage hörte. Ihre Schultern sackten nach unten und sie hatte den Kopf gesenkt.

»Ja. Ich habe ihn um Hilfe gebeten bei der Suche nach Karl…ich meine, Herrn Grothner. Ich weiß auch, dass diese Leute Verbindungen überall hin haben. Vlad sammelt für Herrn Grothner Informationen, und ich bin mir sicher, dass er jetzt schon weiß, dass Sie nach ihm suchen. Ich hätte wirklich besser geschwiegen.« Gruhlich sah die Sekretärin mit leicht zusammengekniffenen Augen an.

»Gibt es darüber hinaus noch Dinge, die wir wissen sollten?« Frau Huss kramte in ihrer Handtasche und förderte einen Zettel zutage.

»Ich habe seine Telefonnummer.« Der Beamte nahm ihr den Zettel aus der Hand.

»Das ist eine Hamburger Vorwahl. Das ist nicht gerade um die Ecke.« Gruhlich hatte sich bereits damit abgefunden, dass sein Feierabend wohl noch warten musste, und fasste Frau Huss am Arm.

»Kommen Sie.« Er ging mit ihr zurück ins Präsidium, wo er und Picard sie erneut intensiv befragten und alle neuen Erkenntnisse protokollierten. Dann informierte er die kriminaltechnische Abteilung über die Telefonnummer. Dort gab es allerdings nur eine Notbesetzung, und so wurde er auf den nächsten Tag vertröstet. Mehr konnten sie heute nicht mehr tun.

»Wie sind Sie hierhergekommen? Haben Sie ein Auto?«, fragte der Ermittler Frau Huss.

»Nein, mein Wagen ist in der Werkstatt. Ich habe mich vom Fahrdienst der Firma herbringen lassen.«

»Kommen Sie, ich bringe Sie nach Hause.«

»Das wäre nett, danke.« Er ließ sie in seinen Wagen einsteigen und nach zehn Minuten Fahrt, während der kein Wort gesprochen wurde, hatten sie das Wohnhaus von Frau Huss erreicht.

»Kommen Sie zurecht?«, fragte Gruhlich eher der Form halber.

»Ja, ich denke schon. Danke, dass sie mich gebracht haben.« Gruhlich reichte ihr seine Visitenkarte, auf der auch seine Mobilnummer stand.

»Wenn irgendetwas sein sollte, oder Ihnen doch noch etwas einfällt, dann melden Sie sich bitte, egal um welche Uhrzeit. Ok?« Sie stieg aus, verabschiedete sich, und Gruhlich wartete, bis die Eingangstür hinter ihr ins Schloss gefallen war. Dann wendete er seinen Wagen und fuhr los. Nach fünfzig Metern klingelte sein Handy, das er in der Hosentasche seiner engen Jeans verstaut hatte. Genervt schlug er auf das Lenkrad und lenkte sein Auto an den Straßenrand, um das Telefon aus der Tasche ziehen zu können. Zu spät. Kaum hatte er das Handy endlich aus der engen Jeans gezogen, verstummte es. In der Rückrufliste fand er den Eintrag »Unbekannte Rufnummer. Keine Nachrichten«. Seufzend legte er das Gerät auf den Beifahrersitz. Automatisch warf er einen Blick in den Rückspiegel, bevor er wieder losfuhr. Für einen kleinen Augenblick sah er im Licht der Straßenlaternen zwei dunkel gekleidete Männer, die gerade das Haus von Frau Huss betraten. Das weckte in ihm den in jahrzehntelanger Polizeipraxis antrainierten Instinkt eines Kriminalbeamten. Er schaltete das Licht aus und zog den Zündschlüssel ab. Ohne wirklich genau zu wissen warum, verließ er den Wagen und ging zurück zum Wohnhaus von Frau Huss. Er hatte gelernt, seiner Intuition zu vertrauen und hinterfragte sein Handeln nicht mehr. Auf dem Klingelschild standen drei Namen, der obere war der von Frau Huss. Er sah an dem Haus hinauf und stellte fest, dass alle Fenster unbeleuchtet waren, außer die in der oberen Etage. Auch das Treppenhaus war dunkel, hätte aber beleuchtet sein müssen, denn seit dem Eintreten der beiden Männer waren kaum zwei Minuten vergangen. Es kribbelte unter seiner Kopfhaut, als er feststellte, dass er sein Handy im Auto liegengelassen hatte. Schnell wog er ab, zum Auto zurückzugehen, entschloss sich aber dagegen. Wenn die Männer tatsächlich wegen Frau Huss hier waren, durfte er keine Zeit verlieren. Er drückte auf den Klingelknopf und wartete zehn Sekunden. Dann begann er Alarm zu schellen und bezog auch die anderen Knöpfe mit ein. Der Türöffner summte, es war nicht nachzuvollziehen, ob Frau Huss oder ein anderer Mieter ihn betätigt hatte. Gruhlich nahm zwei Stufen auf einmal, als er die Treppe hinaufstürmte. Er hatte darauf verzichtet, die Treppenhausbeleuchtung einzuschalten, und erst jetzt wurde ihm bewusst, dass er sämtliche Fehler beging, die ein Polizist in einer solchen Situation machen konnte. Unbewaffnet und alleine in eine solche Krisensituation zu gehen, ohne die Leitstelle darüber zu informieren, war sträflicher Leichtsinn, doch nun war es zu spät für selbstkritisches Grübeln. Fast hatte er den oberen Treppenabsatz erreicht, als etwas ihn mit großer Wucht an der Brust traf und zurückwarf. Er hatte keine Chance, sich irgendwo festzuhalten und stürzte rückwärts die Treppe hinunter. Er schlug mit dem Schädel auf eine Stufenkante und rutschte die restlichen Stufen bis zum Absatz auf dem Rücken hinab, bevor er regungslos liegenblieb. Paul Gruhlich nahm nicht mehr wahr, wie zwei dunkle Gestalten an ihm vorbeistürmten und das Gebäude verließen.

Elisabeth Huss hatte gezögert, als es an der Tür klingelte. Sie erwartete keinen Besuch. Dann begann jemand Sturm zu schellen, und sie hatte dann doch den Türöffner betätigt, jedoch ohne ihre Wohnungstür zu öffnen. Es gab hier im Haus keine Gegensprechanlage, und so starrte sie durch den Türspion, doch im Treppenhaus ging kein Licht an. Außer Schwärze konnte sie nichts erkennen. Dann hörte sie einen dumpfen Schlag, einen erstickten menschlichen Laut und ein seltsames raschelndes Geräusch. Sie hörte, wie jemand sehr schnell die Treppe hinablief und dann das Geräusch der Haustür, die ins Schloss fiel. Dann war Ruhe. Vorsichtig öffnete sie die Wohnungstür und betätigte den Schalter für die Treppenhausbeleuchtung. Sie wagte sich aus ihrer Wohnung, als sie sicher war, dass auf ihrem kleinen Flur niemand auf sie lauerte. Als sie die Treppe erreicht hatte, sah sie dort Gruhlich auf dem Rücken liegen, die Beine seltsam verdreht, und unter seinem Kopf befand sich eine riesige Blutlache.

»Oh mein Gott!«, rief sie und eilte zu ihm. Von der Mitte der Treppe bis zum Absatz der ersten Etage war Blut zu sehen, dort wo Gruhlich mit dem Kopf aufgeschlagen war, klebten einige Haare von ihm an der Kante der Treppenstufe. Fast wäre sie auf dem Blut ausgerutscht, noch bevor sie ihn erreichte, und als sie bei ihm war, sah sie, dass der Ermittler seine Augen weit aufgerissen hatte und mit totem Blick an die Decke starrte. Entsetzt ballte sie die Fäuste vor ihrem Mund, um einen Schrei zu unterdrücken. Sie hatte noch nie einen Toten gesehen und der Anblick war für sie mehr als schrecklich. Zumal er ihre Befürchtungen hinsichtlich Vlads Zorn über ihren Verrat bestätigte. Sie schaffte es, in ihre Wohnung zurückzukehren und die Polizei zu rufen. Die Nummer der Dienststelle hatte sie auf Gruhlichs Visitenkarte gefunden. Sie verließ die Wohnung nicht mehr, bis die Einsatzkräfte und der Rettungsdienst eintrafen. Erst als es an der Tür klopfte und sie Gerald Picards Gesicht durch den Türspion erkannte, öffnete sie wieder die Tür. Picards Gesicht gab deutlich Auskunft über seinen seelischen Zustand. Sein langjähriger Freund und Weggefährte lag mit zerschmettertem Schädel in dem Treppenhaus. Und dennoch konnte und durfte er in dieser Stunde nicht trauern, sondern musste ermitteln, was sich hier zugetragen haben mochte. Er betrat die Wohnung von Elisabeth Huss und sah sich kurz um.

»Sie haben niemanden gesehen?« Seine Stimme war fest und klang professionell. Im selben Tonfall hatte er sie noch vor weniger als neunzig Minuten im Präsidium befragt. Frau Huss stand leichenblass vor einem ihrer Fenster und sah hinaus. Sie stand noch immer unter Schock und ihre Hände zitterten.

»Nein. Nichts gesehen, nur gehört. Herr Gruhlich hatte geklingelt, ganz oft, und ich habe ihm die Tür aufgedrückt. Dann ist er wohl ganz schnell die Treppe rauf, aber irgendjemand hat ihn dann wohl hinuntergestoßen. Ich habe gehört, wie jemand schnell die Treppe hinunterlief und das Haus verlassen hat.« Sie drehte sich zu ihm um und sah, dass Tränen in seinen Augen schimmerten. Picard wischte sich über die Augen.

»Haben Sie eine Idee, warum er noch einmal zurückgekommen ist?«

»Nein, gar nicht. Er hatte mir seine Karte gegeben, für den Fall, dass irgendetwas passieren würde. Bestimmt hat er etwas bemerkt.« Ein Streifenbeamter betrat die Wohnung und teilte mit, dass Gruhlichs Auto etwa hundert Meter weiter die Straße hinauf gefunden wurde. Das Fahrzeug war verschlossen und Gruhlichs Handy lag auf dem Beifahrersitz. Gerald Picard war über den Leichtsinn seines Partners entsetzt. Für ihn wurde die Suche nach »Vlad« nun eine sehr persönliche Angelegenheit. Seine Intuition sagte ihm, dass Frau Huss mit ihren Sorgen Recht behalten hatte und Gruhlich das Opfer von Vlad geworden war. Offenbar hatte Gruhlich verhindert, dass Frau Huss in die Fänge dieser Mafia-Bande geraten war. Und hatte dabei sein Leben gelassen.

»Frau Huss. Es kann sein, dass Sie in den Fokus dieser Leute geraten sind und die Ihnen nun etwas antun wollen. Ich sage das jetzt so, wie ich es denke. Ich glaube nicht, dass das hier ein Zufall oder ein Unfall war. Sie erhalten ab sofort und bis zur Festnahme der Täter Polizeischutz. Ich werde das sofort veranlassen. Wollen Sie hier in Ihrer Wohnung bleiben oder möchten sie woanders wohnen, bis die Sache geklärt ist?« Frau Huss sah ihn entgeistert an.

»So schlimm?«.

»Ich fürchte schon. Und ich kann Ihnen versichern, dass ich diese Leute fassen werde. Paul Gruhlich war mein Freund.«

»Ich bleibe hier, ich wüsste nicht, wohin ich sonst gehen sollte. Das ist alles so schrecklich. Bitte machen Sie, dass es aufhört.« Elisabeth Huss war den Tränen nahe.

»Das werde ich. Ich schicke Ihnen gleich jemanden, der bei Ihnen bleibt. Sie brauchen sich keine Sorgen zu machen. Wir sorgen dafür, dass Ihnen nichts geschieht.«

Er verabschiedete sich von Frau Huss und wandte den Blick ab, als er an seinem toten Freund vorbei die Treppe hinunterging. Die Kollegen der Spurensicherung waren im gesamten Treppenhaus im Einsatz, und fünf Beamte waren dabei, die Anwohner der Straße zu befragen. Vor dem Haus standen etliche Polizeiwagen und das flackernde Blaulicht ließ die Szene unwirklich erscheinen. Picard stieg in seinen Dienstwagen, und als er losfuhr, nutzte der schwarze Leichenwagen, der soeben angekommen war, den frei gewordenen Parkplatz.

An Schlaf war nicht zu denken, und als Picard in das dunkle

Büro, das er sich für die Zeit, in der er für die SOKO abkommandiert war, mit Gruhlich teilte, klingelte das Telefon auf Gruhlichs Schreibtisch. Er nahm ab und meldete sich. Es war der Staatsanwalt.

»Van Horn. Böse Sache das. Wie geht es Ihnen?«

»Es geht. Ich kann es noch immer nicht fassen. So etwas durfte niemals passieren. Mein Kollege trägt Mitverantwortung für das, was geschehen ist. Er hat völlig leichtsinnig gehandelt in der Situation.«

»Ja, ich weiß. Nicht mehr zu ändern. Trauen Sie sich zu, die Aufgaben von ihm zu übernehmen? Soll ich Ihnen noch jemanden schicken?« Die Stimme des Staatsanwalts war einfühlsam und unaufgeregt. Genau das, was Picard in dieser Situation brauchte.

»Nein. Ich habe genug Leute hier. Wenn was ist, melde ich mich ... und ... danke.«

»Nicht dafür, halten Sie die Ohren steif. Wir finden die Schweine und hauen den Mann da raus.«

»Ja. Werden wir. Gute Nacht erst einmal.« Picard legte auf und holte tief Luft. Dann konnte er seine Tränen nicht mehr aufhalten und der neue Leiter der SOKO »Karl« weinte hemmungslos. Die Trauer über den Verlust seines Freundes hatte ihn überwältigt.

Sechsundzwanzig

Vlad war außer sich vor Wut. Ivo hatte ihn gerade darüber informiert, was geschehen war. Sofort hatte er seinen Kontaktmann im Präsidium kontaktiert und erfahren, dass bei dem Fiasko ein Polizist zu Tode gekommen war, ausgerechnet der leitende Ermittler. Danach hatte er Dr. Krieger angerufen und ihn darüber in Kenntnis gesetzt, dass man nun die Jagd auf Grothners Entführer deutlich intensivieren würde.

»Polizistenmord wirkt auf diese Leute sehr motivierend«, hatte er seinem neuen Auftraggeber gesagt. Dr. Krieger hatte deutlich vernehmlich geschnaubt und gefragt, was das nun an der grundsätzlichen Situation ändern würde.

»Im Grunde nicht viel. Wir müssen jetzt nur ganz schnell diesen Kleinhans finden und ausschalten. Der wird davon nämlich auch Wind bekommen, und wenn wir Pech haben, bricht er die Sache ab, weil sie ihm zu heiß wird. Der hat Mord nicht auf dem Schirm, glauben Sie mir. Erst recht nicht, wenn das Opfer ein Bulle ist.«

»Was bitteschön was bedeutet?«, fragte Dr. Krieger.

»Was bedeuten kann, dass Sie ganz schnell Ihren Schreibtisch räumen können, wenn Grothner wieder freikommt. Das mit der Vertretungsurkunde ist doch ein Fake. Sie ziehen hier einen Riesenbeschiss ab, und wenn Grothner zurückkommt, sind Sie am Arsch.«

»Das geht Sie gar nichts an. Ich bezahle Sie dafür, dass Sie Grothner finden und nicht dafür, dass Sie seine Sekretärin heimsuchen und Polizisten umbringen. In den Mist haben Sie sich selbst geritten. Machen Sie jetzt endlich den Job, für den ich Sie bezahle, sonst suche ich mir jemand anderen.« Dr. Krieger war nun gleichfalls laut geworden.

»Wie ich meine Arbeit mache, geht Sie einen Scheißdreck an. Und ich schwöre Ihnen, wenn Sie unseren Vertrag brechen, werde ich Ihnen meine ganze Aufmerksamkeit widmen.« Vlad legte auf, ohne eine Antwort abzuwarten. Er lehnte sich zurück und dachte nach. Die Sache lief nicht halb so gut, wie er es vorgesehen hatte. Er hätte besser daran getan, seinen alten Chef nicht zu verraten. Dass seinen Leuten dieser Schnitzer passiert war, machte ihm weniger Sorgen. Das Ziel, die Polizei davon zu überzeugen, dass Marius Kleinhans nur ein kleines Licht sei und von einer kriminellen Organisation benutzt wurde, war durch den Tod des Polizisten mehr als erreicht worden. Er wählte Ivos Nummer.

»Findet Kleinhans und Grothner. Und keine Fehler mehr.«

Siebenundzwanzig

Es gab nur einen Weg, um herauszufinden, ob er Recht hatte oder nicht. Obwohl er sich im Grunde ganz sicher war, dass Dr. Krieger Vlad umgedreht hatte, musste er auf Nummer sicher gehen. Karl öffnete die Tür zum Keller und ließ Marius nach oben kommen. Seit der Entführung waren mittlerweile fünf Tage vergangen, und bei Kleinhans war der Bart so weit gewachsen, dass man ihn nicht sofort erkennen konnte. Marius hatte jeden Tag das Verlies für kurze Zeit verlassen dürfen, um zu essen und seine Notdurft zu entsorgen. Außerdem hatte Karl zugelassen, dass sich Marius wusch, aber nicht, dass er sich rasierte. Nun stand er im Hauptzimmer des Gebäudes und sah Grothner mit hängenden Schultern an.

»Sie haben bald die Gelegenheit, sich so eine Art Lebensberechtigung zu erwerben. Damit können Sie Ihrem völlig sinnlosen und überflüssigen Dasein einen Hauch von Würde verleihen«, begann Karl. Marius hielt den Kopf gesenkt. Er hatte sich an die Verletzungen und Demütigungen gewöhnt und widersprach nicht einmal innerlich Karls Ausführungen.

»Die Aufgabe, die Sie von mir erhalten werden, ist so simpel und einfach, dass selbst so ein völliger Blindgänger wie Sie sie erledigen kann. Wir werden jetzt ein kleines Rollenspiel veranstalten. Wenn Sie gut mitspielen, ist der Spuk bald vorbei und Sie kriegen von mir sogar noch Geld, um sich abzusetzen. Vermasseln Sie die Sache, geht es zurück in den Keller ohne Wiederkehr, haben Sie mich soweit verstanden?« Kleinhans nickte.

»Hören Sie genau zu!« Grothner erklärte ihm in Sätzen, in denen es kein einziges überflüssiges Wort gab, was er zu tun hatte.

Im Keller

Er war ganz in sich. Ganz bei sich. Es gab keine äußeren Empfindungen mehr. Keinen Schmerz, keine Geräusche und keinen Geruch. Der Hunger und der brennende Durst waren fort. Und auch die Dunkelheit. Sie war einer sanften Helligkeit gewichen, die aus ihm selbst herauszukommen schien. Da war keine Sorge mehr in ihm, keine Frage und auch keine Antwort. Nur noch er alleine und die sanfte Helligkeit. Tiefer Frieden und Seligkeit. Alles andere war bedeutungslos. Er wusste nun, wer er war, aber es war vollkommen belanglos geworden. Nur ein Name. Eine kosmische Sekunde, die er gelebt hatte. Absolut bedeutungslos, jetzt, da er hier im Licht war. Es war keine Schwerelosigkeit, und dennoch gab es nichts mehr, was ihn hielt. Keine Gravitation, keine Kette und kein Körper. Sein Herz hörte auf zu schlagen, als seine Nieren und danach die anderen Organe versagten. Vorbei. Jetzt war es vorbei.

Seine Leiche wurde nach oben geschafft. Er wurde in eine Plastikfolie gewickelt. Es gab ein schleifendes Geräusch, als das unappetitliche Paket zu seinem endgültigen Platz gezogen wurde. Diese allerletzte Reise des Toten dauerte nicht sehr lange. Dann ein kurzer Fall, ein Aufschlag, und bald bedeckte Erde den bereits zu Lebzeiten angefaulten Körper. Vorbei. Für ihn jedenfalls.

Achtundzwanzig

Dr. Kriegers Privathandy war auf lautlos gestellt, aber er spürte es in seiner Jackentasche vibrieren. Er saß in seinem Auto und war auf dem Weg zu seiner Kanzlei. Die Polizei hatte ihm mitgeteilt, dass sämtliche Telefone in der Firma und auch sein Privatanschluss überwacht wurden, da man nicht wissen konnte, wo sich die Entführer das nächste Mal melden würden. Auch das Telefon von Frau Huss wurde überwacht. Als dieser Kommissar ihn gefragt hatte, ob er außer dem Firmenhandy noch ein privates Handy besäße, hatte er verneint.

»Für ein privates Handy braucht man ein Privatleben, und das habe ich nicht«, hatte er geantwortet, und dem Polizisten schien das einleuchtend genug, um nicht weiter zu fragen. Das Handy, das er besaß, hatte eine Prepaid-Karte, die auf den Namen seiner Reinigungsfrau gemeldet war. Er nestelte das Gerät aus seiner Tasche und drückte den grünen Knopf des simplen Mobiltelefons.

»Ich bin Marius Kleinhans, sind Sie Dr. Krieger?« Dem Anwalt schoss das Adrenalin in die Adern.

»Ja, bin ich, was wollen Sie?«, brachte er hervor, lenkte seinen Wagen auf den Standstreifen der breiten Ausfallstraße, auf der er sich befand, und hielt an.

»Ich bin bereit, die Entführung zu beenden. Ich reduziere meine Forderung auf eine Million Euro. Ich verlange, dass die Polizei von diesem Deal nichts erfährt. Ich habe meiner Geisel in Aussicht gestellt, unter diesen Bedingungen freizukommen. Der Mann sagt, dass Sie meinen Forderungen auf jeden Fall nachkommen sollen. Sie übergeben mir das Geld in nicht registrierten Scheinen auf dem Parkplatz an der Sedanstraße. Dort befindet sich ein Müllcontainer, in dem Sie das Geld deponieren. Heute Nacht um dreiundzwanzig Uhr. Wenn ich mit dem Geld in Sicherheit bin, wird Grothner freigelassen. Wenn ich zu einer bestimmten Uhrzeit meinen Leuten nicht melde, dass alles geklappt hat, wird die Geisel sterben. Haben Sie das verstanden?«

»Wer sagt mir, dass Grothner nicht schon lange tot ist? Und warum diese Änderung?«, fragte Dr. Krieger, einigermaßen überrascht von dieser Entwicklung.

»Das kann er Ihnen selbst sagen.« Rascheln im Hörer. Ein rasselndes Geräusch, wie Ketten. Dann Karl Grothners Stimme, kraftlos und resignierend. Eine Klangfarbe, die Dr. Krieger niemals mit Karl Grothner in Verbindung gebracht hätte. Und dennoch unverkennbar seine Stimme.

»Tun Sie exakt, was der Mann verlangt. Diese Leute werden keinen Deut von dem abweichen, was sie angedroht haben. Ich verlange, dass Sie ... aaahhh ... nein ...!« Ein Klatschen war zu vernehmen, Schmerzensrufe und wieder das seltsame, klirrende Geräusch. Auf Dr. Kriegers Stirn bildeten sich feine Schweißtropfen.

»Haben Sie verstanden, was Herr Grothner Ihnen sagen wollte?« Das »Herr Grothner« klang ironisch und abfällig.

»Ja, ich werde da sein und das Geld in diesen Müllcontainer legen. Keine Polizei, das verspreche ich.«

»Gut.« Das Besetzt-Zeichen verriet das Ende des Telefonats. Dr. Krieger atmete laut aus. Er brauchte nicht lange nachzudenken, um einen Entschluss zu fassen. Er wählte mit dem Firmenhandy die Nummer des Direktors der Hausbank des Unternehmens und wies ihn unter falschen Begründungen an, eine Million Euro in bar zu beschaffen und bereitzuhalten. Alle, die mit Karl Grothner zu tun hatten, waren darauf gedrillt, keine Fragen zu stellen, wenn der Konzernchef Anweisungen gab. Diese Verhaltensweise wurde nun ihm entgegengebracht. Danach wählte er Vlads Nummer.

Neunundzwanzig

Marius Kleinhans konnte sein Glück kaum fassen. Karl Grothner hatte Wort gehalten. Ihm ging es darum, die Loyalität dieses Dr. Krieger zu testen und offensichtlich war ihm dieser Test eine Million Euro wert. Er würde nie wieder in den Keller müssen, wenn alles klappte. Er brauchte lediglich die acht Kilometer bis zu diesem Parkplatz zu laufen und das Geld zu holen. Er war dann frei und konnte mit dem Geld verschwinden, hatte Grothner ihm gesagt. Mit der Million würde er in der Lage sein, sich weit genug abzusetzen, um seinen Häschern zu entgehen. Das war mehr als Licht am Ende des Tunnels. Das war seine Zukunft. Er hatte in den vielen Stunden im Keller jede Hoffnung verloren. Und nun ging er hier, frei und bald ein reicher Mann, seiner Zukunft entgegen. Grothner hatte ihm deutlich gesagt, dass nicht der geringste Zweifel daran bestand, dass Dr. Krieger sich an die Anweisungen halten würde. Er solle sich eine Stelle suchen, von der aus er den Müllcontainer beobachten könne, und abwarten. Wenn der Anwalt das Geld dort hineingelegt hatte, sollte er es holen und verschwinden. Den Parkplatz hatte er Grothner selbst vorgeschlagen. Als er noch Herr der Lage war, sollte dies tatsächlich der Übergabeort des Lösegeldes sein. Kurz vor zweiundzwanzig Uhr erreichte er den Parkplatz. Die Sedanstraße lag am Rande eines Industriegebietes vor den Toren der Stadt. Auf dem Parkplatz standen oft abgesattelte Auflieger von Lastzügen, und wenn die Firmen im Industriegebiet Feierabend hatten, herrschte hier Ruhe. Ziemlich in der Mitte des großen Parkplatzes stand ein großer Müllcontainer, den die Stadt dort aufgestellt hatte, weil Leute ihren Abfall immer wieder einfach auf den Parkplatz gekippt hatten. Man konnte das nicht eindämmen, und so schien die Lösung mit dem Müllbehälter die einzig funktionierende Waffe gegen die Vermüllung des Parkplatzes zu sein. Marius hatte damals geplant, die Koffer mit dem Geld in den Renault zu laden und aus Deutschland zu verschwinden. Er hatte tatsächlich geglaubt, er könne das Ding durchziehen, ohne identifiziert zu werden. Wie anders war doch alles gekommen! Jetzt konnte er wenigstens einen Teil seiner Zukunftspläne realisieren. In Freiheit.

Er näherte sich vorsichtig und im Schutz der Dunkelheit dem Parkplatz. Einige wenige Laternen erhellten die Sedanstraße. Auf dem Parkplatz selbst gab es nur einen Laternenmast. Genau in der Mitte, wo auch der Müllbehälter stand. Die beleuchtete Fläche nahm nur einen Bruchteil der Gesamtfläche des Parkplatzes ein. Dieser war umrahmt von hohen Büschen und konnte so von der Straße aus nicht komplett eingesehen werden. Am Rand des Platzes hockte sich Marius nieder und lauschte in die Nacht. Seine Augen hatten sich an die Dunkelheit gewöhnt. Er fühlte dieselbe Nervosität wie vor etwa einer Woche, als er in dem Lastwagen auf Grothners Limousine gewartet hatte. Als er sicher war, dass sich niemand hier befand, schlich er zu einem der abgestellten Auflieger und löste die Verschnürung der Plane. Der LKW-Anhänger war leer und er kletterte auf die Ladefläche. Von innen hob er die Plane etwas an und konnte so im Licht der einzigen Laterne den Container gut erkennen. Der quoll über vor Unrat. Blaue Müllsäcke waren neben dem Container abgestellt worden, weil im Inneren kein Platz mehr war. Ein alter Bürostuhl ohne Sitzfläche stand davor und ein Fernsehgerät, dessen Bildröhre ein sternförmiges Loch aufwies. Marius strengte all seine Sinne an, aber es gab keine Anzeichen dafür, dass sich außer ihm noch jemand auf dem Platz befand. Wäre die Polizei informiert worden, würden sie hier mit einem Großaufgebot in den Büschen hocken, und das würde ihm ja wohl nicht entgehen, dachte Marius. Die Sedanstraße war die einzige Straße hier. Auf dem breiten Parkstreifen standen jedoch nur ganz vereinzelt Lastwagen und keine PKW, und das gab Marius zusätzlich die Sicherheit, dass der Plan funktionieren würde. Grothners Plan. Marius wurde klar, dass Karl Grothners Vorhaben immer glückten. Und nun hatte Grothner den Vorsatz, ihn als reichen Mann in die Freiheit zu entlassen. Warum auch immer. Musste er nicht verstehen. Um kurz vor dreiundzwanzig Uhr hörte Marius Motorengeräusche. Ein Auto näherte sich.

»Zu früh«, dachte er, und sein Puls beschleunigte sich. Ein PKW fuhr mit eingeschaltetem Fernlicht auf den Parkplatz und hielt neben dem Müllcontainer. Die Scheinwerfer leuchteten ausgerechnet in seine Richtung und blendeten ihn. Er hörte eine Frauenstimme.

»Scheiße. Total voll.« Dann sprach ein Mann.

»Wir schmeißen das einfach auf den Haufen, und dann ab durch die Mitte.« Die Frau kicherte. Türen klappten und etwas schepperte laut. Im grellen Licht konnte Marius kaum etwas erkennen, nur schemenhafte Bewegungen im Lichtkegel der Scheinwerfer. Nach kaum zwei Minuten war der Wagen wieder verschwunden. Zu dem Bürostuhl und dem alten Fernseher hatten sich eine Matratze sowie einige zerknautschte Pappkartons gesellt. Marius versuchte, sich zu beruhigen. Es war fast elf Uhr und es war Ruhe auf dem Parkplatz eingekehrt. Um Punkt dreiundzwanzig Uhr hörte er, wie sich ein Auto näherte, aber nicht auf den Parkplatz einbog, sondern vor der Einfahrt stehenblieb. Er hörte Schritte und Sekunden später konnte er einen großen Mann in einem dunklen Anzug erkennen, der eine riesige Reisetasche trug, die offensichtlich sehr schwer war. Der Mann, wahrscheinlich Dr. Krieger, sah sich den Müllcontainer an, der hoffnungslos überfüllt war, und stellte die Tasche auf dem Boden ab. Dann kletterte er über den Ring von Müllsäcken und Sperrmüll, der den Container umrahmte, und begann, Platz im Container zu schaffen, indem er einfach Abfallsäcke und anderen Unrat aus dem Container holte und hinter sich warf.

Dann stieg er erneut über den Müllberg und holte die Tasche, die er in der freigeräumten Stelle im Container deponierte. Ohne sich umzusehen, verließ der Mann den Parkplatz wieder und Marius hörte sein Auto, das in Richtung Stadt davonfuhr. Nun kam es drauf an.

Er zwang sich dazu, noch zwanzig Minuten zu warten, und als sich bis dahin nichts rührte, wagte er sich von dem Anhänger herunter. Angestrengt horchte er in die Dunkelheit, doch nichts war zu hören.

»Sekt oder Selters, barfuß oder Lackschuh«, murmelte er und ging, die Hände in den Jackentaschen, zum Müllcontainer. Er stieg, wie Dr. Krieger vor ihm, über den Abfallberg und griff nach der dunkelblauen Reisetasche, die wirklich um die zehn Kilo schwer gewesen sein mochte. Ohne den Inhalt der Tasche zu prüfen, machte er sich daran, den Parkplatz zu verlassen. Er hatte die Absicht, quer über die Felder bis zur etwa zwei Kilometer entfernten Autobahn zu marschieren. Er wollte dann neben der Autobahn herlaufen, bis er einen Rastplatz erreichte. Dort würde er schon jemanden finden, der ihn mitnahm. Irgendein polnischer Lastwagenfahrer hätte gegen fünfzig Euro Mitnahmegebühr sicher keine Bedenken, ihn mitfahren zu lassen.

Sie erwarteten ihn an der Ausfahrt des Parkplatzes. Sie waren mit Dr. Krieger hergekommen und zusammen mit ihm aus dessen Wagen ausgestiegen. Vlad hatte es sich nicht nehmen lassen, selbst dabei zu sein, wenn das Geschäft abgeschlossen wurde.

»Guten Abend, Herr Kleinhans. Wir hätten da eine winzige Kleinigkeit, die wir an unserer Abmachung ändern möchten.«

Dreißig

»Wir haben hier eine Leiche im Industriegebiet. Hast du Zeit, dir das anzusehen?« Picard starrte mit geröteten Augen auf seinen viel zu starken Kaffee, der erkaltend vor ihm stand. Für seinen Geschmack gab es in letzter Zeit eindeutig zu viele Tote in der

Stadt, in der es sonst ruhiger zuging. Er war einmal mehr sicher, die richtige Entscheidung getroffen zu haben, als er die Stelle als Leiter des SEK übernommen hatte. Der Dienst im Präsidium war auf Dauer schädlich für die eigene Gesundheit. Der Tod seines Freundes bewies das eindrücklich. Die Kollegen vom Bereitschaftsdienst hatten ihn angerufen, nachdem sie von einem Trucker informiert worden waren, dass ein toter Mensch auf einem Parkplatz in einem Industriegebiet lag.

»Nein, ich konzentriere mich auf meinen Kram hier. Macht ihr das bitte«, sagte er halblaut und müde. In den drei Tagen, die Paul Gruhlich nun schon tot war, hatte er sich komplett hinter seiner Arbeit verschanzt. Und noch immer malträtierten ihn seine Kollegen mit Beileidsbekundungen, gut gemeint, aber für ihn jedes Mal ein Stoß in seinen inneren See aus Trauer.

»Geht klar, hey, tut mir leid, das mit Paul. Ehrlich.«

»Schon okay, danke.« Picard legte auf und rieb sich die Schläfen. Er hatte die Nacht in seinem Büro verbracht und war in Gedanken bei seinem toten Kollegen. Sie hatten schon so viel zusammen durchgemacht. Er nahm ein seelisches Bad in seiner Trauer, um wieder handlungsfähig zu werden. Es war seine Art, Abschied zu nehmen. Nach der Devise »Kannst du einen Feind nicht besiegen, dann verbünde dich mit ihm« hatte er beschlossen, seine Trauer zum Motor zu machen, der ihn antreiben sollte, Pauls Mörder zu finden und das ganze Rattennest um Marius Kleinhans herum auszuheben. Er würgte den bitteren Kaffee hinunter und griff zum Telefon.

»Was habt ihr?«, fragte er den Forensiker am anderen Ende der Leitung, ohne ihn zu begrüßen. Der akzeptierte das klaglos, zumindest war durch das Telefon nichts von Unmut über die Unhöflichkeit zu bemerken. Der Abschlussbericht zum Tod seines Freundes sollte heute auf seinem Tisch liegen, doch so lange wollte er nicht warten.

»Paul hat einen Fußtritt direkt auf den Solarplexus erhalten. Die Bewegungsenergie, die er beim Gehen treppauf hatte, wurde durch den Tritt umgekehrt. Er ist die Treppe nicht im klassischen Sinne hinuntergefallen, sondern er ist sie hinuntergeflogen. Der primäre Aufprall erfolgte mit dem Kopf auf die Kante der achten Treppenstufe. Er erlitt ein schweres Schädel-Hirn-Trauma und war auf der Stelle tot. Wir haben keine nennenswerten oder brauchbaren Spuren sicherstellen können. Der Mensch, der ihn getreten hat, trug absatzlose Schuhe und muss ein Körpergewicht von über achtzig Kilogramm gehabt haben. Mehr wissen wir nicht.« Die Informationen, die Picard erhielt, wirkten wie abgelesen, doch er wusste, dass der Kollege frei sprach.

»Zeugen?«

»Nichts Neues. Nur ein vager Hinweis auf einen Kombi, der lange in einer Nebenstraße stand. Kein Kennzeichen oder Informationen zum Fabrikat. Irgendeine Elektrofirma. Ist eine ruhige Gegend da, eigentlich.«

»Fragt mal herum, wer in der Straße Probleme mit der Elektrik hatte. Oder wer in einer solchen Firma arbeitet. Wenn das alles ist, was wir haben, sollten wir das wenigstens überprüfen.«

»Geht klar, ich schicke eine Streife hin.«

»Okay. Sonst noch was?«

»Ich mochte Paul sehr. Ich weiß, dass ihr befreundet wart. Wenn du jemanden zum Quatschen brauchst oder so ... melde dich bitte!«

»Danke. Geht schon. Tschüss.« Picard legte auf und kämpfte seine Tränen nieder. Er fasste sich und nahm sich die Mappen vor, die die bisherigen Ermittlungsergebnisse enthielten. Trotz des Phantombildes, das Frau Huss ihnen von Vlad geliefert hatte, gab es keine Hinweise auf dessen Identität. Das BKA hatte auf Anfrage mitgeteilt, dass es derzeit keine Erkenntnisse gab, die darauf hindeuteten, dass eine der bekannten kriminellen Vereinigungen an der Entführung beteiligt war. Picard las den handschriftlichen Vermerk des Kollegen aus Wiesbaden, dass es sich wohl um einen neuen »Spieler« handeln müsste. Der hatte noch dazu geschrieben: »Kein Wunder, bei der Einwanderungspolitik.« Picard legte den Bericht zur Seite und las noch einmal die Berichte der Einsatzstaffeln vom Tag der Entführung, dann die Auswertung der Kameras im Umkreis des Tatortes und die

Auswertung aus der Luftüberwachung. Fehlanzeige. Fehlanzeige. Fehlanzeige.

Das Telefon klingelte und er hob ab, meldete sich mit Namen und hörte zu.

»Seid ihr sicher?«, war das Einzige, das er während des Telefonates sagte. Drei Minuten später war er unterwegs zur Sedanstraße. Er stellte seinen Wagen vor der Absperrung ab und ging die letzten Meter bis zum Parkplatz zu Fuß.

Ein halbes Dutzend Streifenwagen standen mit eingeschaltetem Blaulicht vor dem Parkplatz, ein Leichenwagen und drei Fahrzeuge der Feuerwehr. Die Kameraden der Rettungskräfte unterstützten die Arbeit der Polizei immer, wenn es galt, Absperrungen zu errichten, für Zelte und Beleuchtung zu sorgen oder andere unterstützende Maßnahmen zu treffen. Vor der Polizeiabsperrung hatten sich etliche Pressevertreter eingefunden, erhielten jedoch derzeit keine Informationen über das, was geschehen war. Picard hörte im Vorbeigehen eine Reporterin, die in eine Kamera sprach.

»Ob es sich bei dem Toten um den entführten Karl Grothner handelt, ist derzeit ungewiss. Wie ein Sprecher der Polizei mitteilte, ist die Identität des Mannes noch ungeklärt. Wir melden uns wieder, wenn wir neue Informationen haben.« Bevor sie ihn anhalten und mit Fragen belästigen konnte, hatte Picard die Absperrung passiert. Er bog auf den Parkplatz ab und sah die weißen Planen, die die Spurensicherung um den Tatort gespannt hatte.

»Gerald, hier bin ich.« Fritz Kemper, der die Abteilung »Kriminaltechnische Untersuchung« leitete, winkte ihm von einem der hier geparkten Vans zu. Widerwillig änderte Picard seine Richtung und begrüßte Kemper.

»Grüß dich, was habt ihr?«

»Ja. Guten Morgen. Heute schon gekotzt? Ich wollte nicht, dass du das unvorbereitet siehst. Die haben den ganz schön fertiggemacht. Nicht das Übliche, wenn du weißt, was ich meine. Die haben alle Register gezogen. Auch solche, die ich noch nicht kannte.« Der weiße Papieranzug, den der Spurensicherer trug, war fleckig und an einigen Stellen eingerissen.

»Seid ihr euch sicher, was die Identität des Toten angeht?«

»Klar. Sonst hätten wir ja nicht so laut nach dir getrommelt. Fingerprint definitiv positiv. Das ist dein Mann dahinten. Die Fingerkuppen sind übrigens das Einzige, das noch heil ist an dem Kerl.«

»Was haben die mit ihm gemacht?«

»Schau es dir selber an ... das sind Metzger, sage ich dir. Ich mache das jetzt fast dreißig Jahre und ich dachte, mich haut nichts mehr um. Da hatte wirklich jemand seinen Spaß. Komm!« Picard, der mehr Tote gesehen hatte, als er in Erinnerung behalten konnte, zuckte mit den Schultern und folgte Fritz Kemper zu dem Bereich, den man provisorisch mit einem Sichtschutz aus weißen Planen vor den Teleobjektiven der Presseleute geschützt hatte. Kemper zog mit einem angewiderten Gesicht die Plane zur Seite und Picard erstarrte. Der Tote war unbekleidet und lag auf den Knien, wie in der islamischen Gebetshaltung. Sein Kopf steckte in einem Fernseher, dessen Bildröhre geborsten war. Jemand hatte ihm in den Nacken getreten und so dafür gesorgt, dass die gezackten Scherben der Bildröhre ihm den Kopf nahezu abgetrennt hatten. Der lag unnatürlich weit in den Nacken gelegt und man konnte in die Luftröhre des Toten sehen. Das Gesicht des Mannes war eine einzige blutige Masse, und an der Stelle, an der man die Augen vermutet hätte, war eine zerklüftete und fast schwarze Fläche.

»Die haben ihm die Augen ausgebrannt. Gasbrenner oder so etwas, schätze ich«, bemerkte Kemper. Die Arme waren in einem grotesken Winkel seitlich vom Körper abgespreizt und die Handrücken lagen auf dem dreckigen Boden. Tatsächlich waren die Fingerkuppen vollkommen intakt, während die Arme offenbar mehrfach gebrochen waren, denn an einigen Stellen blitzten weiße Knochensplitter hervor. Der Rücken des Mannes war von dunkelblauen, fast schwarzen Hämatomen übersät, und im Anus des Toten steckte eine Eisenstange und ragte etwa einen halben Meter aus dem Körper des Mannes heraus. Die Beine waren, genauso wie die Arme, offenbar mehrfach gebrochen und man hatte dem Opfer die Achillessehnen zerschnitten und seine Zehen zu Brei zerquetscht. Die Umgebung der Leiche war voller Blutspritzer und Blutlachen, das meiste Blut befand sich jedoch im Inneren des Fernsehgerätes.

»Leck mich am Arsch«, entfuhr es Picard, als er das ganze Bild in sich aufgenommen hatte.

»Sollen wir ihn umdrehen?« Kemper blickte Picard neugierig an.

»Ja, mach mal.« Kemper holte ein Paar Latexhandschuhe aus der Tasche und zog sie an. Er griff die Eisenstange, die aus dem Anus des Toten ragte, und zog sie heraus. Er legte die rostige Stange auf einen mit steriler Unterlage versehenen Tisch. Danach fasste er, ohne zu Zögern, in die Haare des Toten und knickte den Kopf noch weiter in den Nacken, was ein leises, knirschendes Geräusch erzeugte, als die breiten Scherben der Bildröhre aus dem kalten und starren Fleisch rutschten. Mit einem Fußtritt kippte Kemper den Fernseher zur Seite und sein blutiger Inhalt lief zäh auf den verdreckten Asphalt des Parkplatzes. Er griff die Schulter und die Hüfte des Mannes und drehte ihn auf den Rücken. Die Leichenstarre verhinderte, dass sich die Gebetshaltung des Toten dabei veränderte. Der Kopf, der nur noch an einigen Gewebefetzen hing, folgte der Bewegung nicht ganz, und das zerschlagene Gesicht blieb auf dem Boden liegen.

»Viel kaputter kann man ihn nicht machen, warte«, sagte Kemper und drehte auch den Kopf herum. Wie Picard erwartet hatte, war der Penis des Mannes abgeschnitten worden und steckte vermutlich in dessen Mund.

»Der Witz ist, dass die ihm das alles zugefügt haben, bevor er starb. Der Tod trat mit der Aktion im Fernseher ein. Er hätte sonst nicht so geblutet. Also postmortal nicht, wenn du weißt, was ich meine.«

»Ja, schon klar.« Picard wandte sich ab und kämpfte die Gefühle nieder, die so ein Anblick bei einem normalen Menschen auslösten. Er fragte sich schon lange nicht mehr, warum Menschen so etwas taten und welchen Charakter man haben musste, um solche Ungeheuerlichkeiten begehen zu können.

»Das also ist Marius Kleinhans?« Sie waren zu dem grünen Van zurückgekehrt, in dem Kemper seine Ausrüstung transportierte.

»Ja, kein Zweifel. Fingerabdrücke waren erstklassig. Es gibt bisher nichts, was ich dir darüber hinaus sagen kann. Keine Zeugen, keiner hat was gehört oder gesehen. Die Obduktion wird bestätigen, was ich jetzt schon weiß. Mach du was draus. Ich wette, dass wir hier oder an der Leiche auch nichts finden werden. Aber das wird sich noch herausstellen. Gibt es irgendwas, finde ich es. Versprochen.«

»Ja danke. Habt ihr hier irgendwo einen Kaffee?«

»Da drüben in dem Zelt, da gibt es auch belegte Brötchen.«

»Das ist gut, wir sehen uns.« Picard wandte sich dem weißen Zelt zu, das von der Feuerwehr aufgebaut worden war. Hier gab es einige Thermoskannen und silberne Tabletts mit belegten Brötchenhälften. Einige Beamte der Spurensicherung unterhielten sich mit uniformierten Streifenpolizisten.

»Was ist das für eine kranke Scheiße?«, dachte Picard, nahm sich zwei Salamibrötchen und goss sich einen Kaffee ein. Er setzte sich an eine der Bierzeltgarnituren und frühstückte, bevor er Claas van Horn, den Staatsanwalt, anrief.

»Guten Morgen, Herr van Horn. Picard hier. Ich bin am Tatort von heute Morgen. Der Tote hier ist definitiv Marius Kleinhans. Der Mann wurde bestialisch gequält, bevor man ihn getötet hat. Ich kann weiter nichts dazu sagen. Was machen wir mit der Presse?«

»Darum kümmere ich mich. Was ist das für ein Mist? Haben Sie was von Karl Grothner gehört? Irgendwelche Hinweise? Haben die sich bei Ihnen gemeldet?«

»Nein, nichts. Ich kann das, was passiert ist, derzeit überhaupt nicht einordnen. Wir stehen mit heruntergelassener Hose und leeren Händen da.« Als Picard das sagte, kam ihm wieder das Bild des toten Marius Kleinhans in den Sinn, der einen so erbärmlichen und würdelosen Tod erlitten hatte.

»Ich gebe heute Nachmittag eine Pressekonferenz. Um vier. Ich veranlasse das. Bis dahin kein Wort zur Presse, okay?«

»Okay!« Van Horn hatte offensichtlich derzeit die besseren Nerven als er, und so beendete Picard das Gespräch, ohne sich zu verabschieden.

Einunddreißig

»Hier ist das Erste Deutsche Fernsehen mit der Tagesschau. Guten Abend. Im Entführungsfall Grothner gibt es neue Entwicklungen. Heute Morgen wurde auf einem Parkplatz die Leiche des mutmaßlichen Entführers, Marius Kleinhans, gefunden. Wie die Polizei mitteilte, liegt eindeutig Fremdverschulden vor, Details wurden nicht bekannt. Nun fahndet die Polizei nach einem Mann, der nur als »Vlad« bekannt ist, und dessen Phantombild nun veröffentlicht wurde. Offenbar ist er der Kopf einer kriminellen Vereinigung, die Urheber der Entführung sein soll. Auch wird ihm der Mord an dem leitenden Ermittler Paul Gruhlich gestern Nacht zur Last gelegt. Ob Karl Grothner noch lebt, und ob sich die Entführer noch in Kontakt mit der Polizei befinden, ist derzeit unklar. Der leitende Staatsanwalt in dem Fall, Claas van Horn, hat aus ermittlungstechnischen Gründen jede Stellungnahme zum Stand der Ermittlungen abgelehnt.« Es folgte ein Bericht vom Tatort, die Reporterin erklärte die Szenerie und ließ die Frage offen, ob die Polizei noch glaubte, dass der Industrielle Karl Grothner noch am Leben sei.

»Wenn diese Leute schon auf diese Weise untereinander handeln, dann muss man das Schlimmste für Karl Grothner befürchten«, beendete sie ihre Reportage.

Karl schaltete das Smartphone aus. Er hatte also mit seiner Vermutung Recht behalten. Zur Sicherheit hatte er den Bungalow, sobald Marius gegangen war, um seinen Auftrag zu erfüllen, verlassen. Er hatte zuvor in dem flachen Gebäude für große Unordnung gesorgt, den Klapptisch und den Stuhl umgeworfen und den Inhalt der Klappboxen verstreut. Zuletzt hatte er sein defektes Smartphone gegen die Wand geworfen und sich mit einem Küchenmesser in den rechten Daumen geschnitten. Soviel

Blut, wie er konnte, verteilte er in dem Raum und verließ dann das Gebäude. Die große ehemalige Montagehalle, die auf dem Gelände dem Verfall ausgesetzt war, bot ihm genügend Versteckmöglichkeiten. Er fand eine geeignete Stelle auf einer Empore innerhalb der Werkhalle. Von hier aus konnte er den Bungalow und den Bereich des Zufahrtstores überblicken. Mit Kleinhans Smartphone überprüfte er stündlich die Neuigkeiten des Tages, und um zwanzig Uhr hatte er Gewissheit. Er beschloss, diese Nacht auch noch hier zu verbringen, bevor er in den Bungalow zurückkehrte. Offensichtlich hatte Vlad Marius nicht einmal gefragt, wo er ihn versteckt hatte, so sehr war er davon überzeugt, dass ihn seine vermeintlichen und imaginären Entführer nach dem Scheitern der Lösegeldübergabe töten würden. Andernfalls wäre Vlad mit seinen Leuten schon längst hier aufgetaucht, um sich selbst um sein Ableben zu kümmern.

»Ich würde sagen, ihr habt jede Menge Ärger am Hacken«, murmelte Karl und machte es sich mithilfe einiger alter Wolldecken und Pappkartons so bequem wie möglich. Die hielten ihn für tot. Das sah er als taktischen Vorteil. Das Spiel machte ihm immer mehr Spaß. Unnütze Gedanken um Marius Kleinhans Schicksal machte er sich nicht. Warum auch?

Zweiunddreißig

Elisabeth Huss war die permanente Anwesenheit eines Polizeibeamten in ihrer Wohnung mehr als unangenehm. Bei der Pressekonferenz am Nachmittag hatte Picard gesagt, dass die aktuellen Umstände wenig Hoffnung machten, dass Karl Grothner noch lebte. Vielmehr deutete die Ermordung von Kleinhans darauf hin, dass der Unternehmer tot war und sich die Verantwortlichen abgesetzt hatten. Um nachvollziehen zu können, was genau geschehen war, müsste man die Täter um »Vlad« fassen, doch es gäbe derzeit keinen Hinweis auf deren Aufenthaltsort oder Identität.

Sie wollte mit ihrer Trauer lieber alleine sein. Es war ihr, als hätte jemand die Achse, um die sich in ihrem Leben alles drehte, herausgezogen. Nun war alles in Unwucht geraten, ihre Mitte stimmte nicht mehr und die Aussicht auf ein Dasein ohne Karl schien ihr unerträglich. Sie hatte Picard gebeten, den Polizeischutz abzuziehen, und dieser hatte zugestimmt, sie aber ermahnt, wachsam zu sein und lieber einmal zu viel, als einmal zu wenig anzurufen. Vielleicht war es noch zu früh, den Tod von Karl Grothner einfach hinzunehmen. Gerald Picard hatte selber gesagt, dass man eigentlich komplett im Dunkeln tappen würde. Sie hoffte weiter, dass Karl noch lebte, auch wenn ihr Verstand versuchte, ihr etwas anderes zu suggerieren. Und so fuhr sie weiter, Tag für Tag, ins Büro, immer in der Hoffnung, dort zu erfahren, dass Karl lebte, vielleicht sogar frei war. Dr. Krieger hatte mittlerweile einen neuen Fahrer eingestellt und die Chef-Limousine war ersetzt worden. Dr. Krieger fuhr sein eigenes Auto nicht mehr, sondern nutzte ausschließlich den neuen, gepanzerten Mercedes. Sein eigenes Auto hatte er auf ihren Parkplatz abgestellt, wo er nutzlos herumstand und sie zwang, auf dem großen Mitarbeiterparkplatz auf der Rückseite des Gebäudes zu parken. Drei Tage nach der letzten Pressekonferenz wurde das große Zelt abgebaut, das die Polizei am Tag von Grothners Entführung errichtet hatte. Die wenigen Pressevertreter, die hier in der Hoffnung ausgeharrt hatten, noch schneller an Informationen zu kommen, zogen ebenfalls ab. Innerhalb des Verwaltungsgebäudes hatte sich jeder damit abgefunden, dass Karl Grothner nicht wiederkommen würde. Und es schien unter Elisabeths Kollegen niemanden zu geben, der deswegen traurig gewesen wäre. Betroffen ja, traurig nein. Am wenigsten Dr. Krieger, den hier auch bereits jedermann als den neuen »Chef« ansah. In letzter Zeit hatten immer häufiger Notare und Anwaltskollegen von Dr. Krieger Termine mit ihm, was in ihren Augen darauf hindeutete, dass er seine Position nicht mehr abzugeben gedachte. Er enthielt ihr jedoch sämtliche Informationen vor, die mit der Besetzung des Chef-Postens zu tun hatten. Das ging so weit, dass Dr. Krieger das Büro - sie weigerte sich, es »sein« Büro zu nennen - nach Feierabend abschloss. Diese Tatsache hatte allerdings lediglich symbolischen Charakter, denn natürlich besaß sie einen Generalschlüssel. Sie hatte längst begriffen, dass ihre Position, ihre Arbeitsstelle, nicht mehr lange besetzt sein würde. Jedenfalls nicht von ihr. Sein Verhalten ihr gegenüber ließ kaum eine andere Interpretation zu. Sie war zu sehr »Grothner«, um in ihrer Position als seine Sekretärin arbeiten zu können, das wussten sie beide. Aber bevor Karl Grothners Tod nicht offiziell bestätigt wurde, und noch der geringste Hauch einer Chance bestand, dass er doch noch lebte, würde er sie in Ruhe lassen. Zumindest hoffte sie das. Die Gegensprechanlage knackte.

»Die Haushälterin von Herrn Grothner hat mich vorhin direkt angerufen. Offenbar hat sie nicht verstanden, was der Begriff »Vorzimmer« bedeutet. Ich habe ihr gesagt, sie soll sich an Sie wenden. Halten Sie mir bitte derartige Banalitäten vom Hals. Dafür sind Sie ja wohl da.« Elisabeth verzog das Gesicht.

»Ja, Herr Dr. Krieger. Ich rufe sie sofort zurück.« Ihrer Stimme einen neutralen Klang zu geben, fiel ihr sehr schwer in diesem Moment. Sie empfand jede Anweisung von diesem Mann als Demütigung und als Verrat an Karl. Sie wählte die Nummer von Karl Grothners Privathaus und nach dreimaligem Klingeln meldete sich die Haushälterin, die für Ordnung, Wäsche und Verpflegung in Karls Haus sorgte. Elisabeth hatte sie flüchtig kennengelernt, als Karl für drei Wochen in die USA verreiste und sie beauftragt hatte, dafür zu sorgen, dass die Hausangestellte in dieser Zeit ebenfalls Urlaub nahm, da ihre Dienste während seiner Abwesenheit nicht erforderlich seien. Lediglich der Sicherheitsdienst solle periodisch nach dem Rechten sehen, so lauteten seine Anweisungen. Elisabeth Huss hatte durch die Ereignisse völlig vergessen, sich um diesen Teil von Grothners Leben zu kümmern.

»Vorzimmer Karl Grothner, Huss. Sie haben eine Frage?« Elisabeth fühlte bei dieser Begrüßung leichte Befriedigung.

»Ja, der Herr Grothner ist ja nun schon über eine Woche nicht mehr im Haus und vielleicht dauert es ... naja ... noch etwas länger, bis er zurückkehrt. Hier im Haus gibt es nichts mehr zu tun und ich wollte wissen, ob es Anweisungen für mich gibt.« Die Stimme der Haushälterin klang unsicher und hatte einen piepsenden Unterton. Elisabeth dachte nur kurz nach.

»Gut, dass Sie angerufen haben. Natürlich gibt es Anweisungen. Machen Sie es genauso, wie letztes Jahr. Sie verschließen das Haus und lassen die Rollläden herunter. Nehmen Sie alle verderblichen Lebensmittel mit und schalten die Alarmanlage ein. Ich werde heute Abend selbst alles überprüfen. Gehen Sie nach Hause. Sie sind bis auf Weiteres beurlaubt. Ich melde mich, wenn wir wissen, wann Herr Grothner zurückkehrt.« Elisabeth hatte in strengem Ton gesprochen, als wolle sie demonstrieren, dass sich nichts geändert hatte. Aus dem Hörer klang es leise, in fast verschwörerischer Tonlage

»Kommt Herr Grothner denn wieder?«

»Es gibt keinen Zweifel daran. Und nun tun Sie, was ich Ihnen gesagt habe. Guten Tag.« Frau Huss legte auf. Kurz überlegte sie, Dr. Krieger von ihren Entscheidungen zu informieren, verwarf den Gedanken dann aber mit einem ironischen Lächeln. Das waren ja Banalitäten. Sie rief beim Sicherheitsdienst an und gab die Anweisung, die Sicherheitsleute am Tor abzuziehen. Lediglich morgens, mittags und abends sollte kontrolliert werden, ob alles in Ordnung sei. Dazu wäre es nicht nötig, das Haus zu betreten. Eine Kontrolle von außen genüge völlig. Das entsprach der Situation von Karls USA-Aufenthalt. Um siebzehn Uhr verließ sie noch vor Dr. Krieger das Gebäude und fuhr zu Karls Anwesen. Tatsächlich war das Eingangstor verschlossen und der Sicherheitsdienst abgezogen. Sie war erst ein Mal hier gewesen, um einige Unterlagen abzugeben, die Karl in knappen Worten telefonisch bei ihr angefordert hatte. Damals hatte man sie zwar auf das Grundstück gelassen, aber an der Haustür nahm ihr ein Mitarbeiter der Security die Mappe mit den Unterlagen ab. Sie hatte nur einen kurzen Blick in das Innere des schmucklosen Gebäudes werfen können. Weißer Boden, weiße Wände, eine moderne Garderobe und ein einzelner, ebenfalls weißer, Stuhl. Dann wurde die Tür vor ihrer Nase geschlossen und sie war nach Hause gefahren. Nun würde sie das Haus für sich ganz alleine haben. Eine Gänsehaut breitete sich auf ihrem ganzen Körper aus und ihr Herzschlag beschleunigte sich. Fast sexuelle Vorfreude durchströmte sie, als sie den siebenstelligen Code eingab, der das elektronische Schloss des Eingangstores öffnen würde. Ob Dr. Krieger diesen Code kannte, wusste sie nicht.

»Wahrscheinlich waren solche Sachen zu banal«, dachte sie und verspürte dabei Genugtuung. Es summte leise und das Eingangstor schwang auf. Sie setzte sich in ihren Wagen und fuhr bis vor die Haustür, die keinen Treppenstein besaß, sondern ebenerdig eingebaut war. Die Fensterläden waren verschlossen und das Anwesen strahlte erhabene Stille aus. Nachdem sie die Alarmanlage mit einer anderen Zahlenkombination am neben der Tür angebrachten Terminal ausgeschaltet hatte, öffnete sie die Haustür mit dem Generalschlüssel, den sie stets an ihrem Schlüsselbund trug. Das Eingangstor hatte sich wieder geschlossen, nachdem sie es passiert hatte. Sie musste den Schlüssel vier Mal herumdrehen, bevor sich die Tür öffnen ließ. Warum Grothner hier nicht auch ein elektronisches Schloss hatte einbauen lassen, war ihr schleierhaft. Elisabeth wusste, dass Kameras das Grundstück überwachten und aufzeichneten, sobald sich dort etwas bewegte. Die Kameras waren mit Bewegungsmeldern ausgestattet, die sie nur dann aktivierten, wenn sich auf dem Grundstück etwas tat. Im Grunde wusste sie nahezu alles über das Haus, denn sämtliche Korrespondenz mit den Baufirmen und dem Architekten waren in der Bauphase vor drei Jahren über ihren Schreibtisch gegangen. Sie hatte Rechnungen bezahlt und Fragen der einzelnen Firmen an ihren Auftraggeber gesammelt und Karl zur Entscheidung vorgelegt. Daher wusste sie über die meisten baulichen Details Bescheid. Im Haus selbst gab es keine Kameras. Sämtliche Lichtquellen wurden ebenfalls durch Bewegungsmelder gesteuert und waren an die Alarmanlage gekoppelt. Fenster und Türen waren mit Sensoren ausgestattet, die bei aktivierter Alarmanlage sofort auf jeden Öffnungsversuch reagieren würden. Neben einem sehr lauten Alarm würden sämtliche Scheinwerfer, die auf der Grundstücksmauer angebracht waren, eingeschaltet, sowie jeder einzelne Beleuchtungskörper im Haus selbst. Außerdem erfolgte eine sofortige Meldung über das Mobilfunknetz an die Polizei und Grothner selbst. Elisabeth Huss hatte die Baupläne heimlich kopiert und mit nach Hause genommen. Zuhause hatte sie versucht, das Innere des Hauses zu visualisieren. Sie stellte sich vor, sie würde dort mit Karl wohnen. Sie malte sich hundert Mal aus, wie sie in der geräumigen Küche stand und Äpfel für ihn schälte, die sie dann zusammen mit einer Tasse schwarzen Kaffee an sein Bett bringen würde. Es gelang ihr jedoch nie, sich Karl im Schlafanzug oder gar nackt vorzustellen, sosehr sie sich auch bemühte. In ihrer Fantasie stand er immer im Anzug vor ihr. Auch im Schlafzimmer. Sein Schlafzimmer. Gleich würde sie es betreten. Es riechen, fühlen und schmecken können. Sie würde Karl so nahe sein, wie nie zuvor. Fast kam es ihr wie eine Vereinigung vor. In seinem Haus zu sein war, als würde sie in ihm sein. Oder er in ihr. Ein Schauer durchrieselte sie und es begann, zwischen ihren Beinen zu Kribbeln und zu Pulsieren. Der Hausflur wirkte kalt und unpersönlich wie in einer Behörde. Die Türen, weiß und ohne Maserung. Es gab keine Bilder an der Wand, nur neben dem verchromten Garderobenständer, an dem einige, ebenfalls chromglänzende, Kleiderbügel hingen, war ein rechteckiger, rahmenloser Spiegel angebracht. Sie sah hinein, griff sich ins Haar und brachte es in Unordnung. Dann fuhr sie mit der Zunge über ihre Lippen, und die Hitze, die ihre Scham in ihren ganzen Körper verströmte, nahm zu. Immer lasziver, immer frivoler spielte sie mit ihrer Zunge und ihr eigener Anblick verstärkte die Erregung noch. Sie hätte das Schlafzimmer mit geschlossenen Augen finden können, so sehr hatte sie den Grundriss des Hauses verinnerlicht. Ihre Absätze klapperten auf den weißen Fliesen und sie zog ihre Schuhe aus und kickte sie durch den Flur.

»Mein Schatz, ich komme«, flüsterte sie mit zitternder Stimme und öffnete die Tür zu Karls Schlafzimmer. Dies war der einzige Raum, in dem die Lichtschalter nicht an Bewegungsmelder gekoppelt waren, was Sinn machte, da sonst bei jeder Bewegung im Schlaf das Licht angegangen wäre. Auch hier waren die Jalousien herabgelassen worden und Elisabeth tastete nach dem Schalter, den sie neben der Tür fand. Das Zimmer war genauso spärlich möbliert wie der Rest des Hauses. Die Wände waren nicht weiß, sondern gelb abgetönt worden. Sein Bett und ein Nachttisch, auf dem ein Radiowecker stand, bildeten die einzige Möblierung. Es gab noch eine Schiebetür neben der Kopfseite des schmucklosen Stahlbetts, die, wie sie wusste, in den begehbaren Kleiderschrank führte. An der Schiebetür hing ein schlichter Morgenmantel an einem Haken. An der dem Bett gegenüberliegenden Wand überraschte sie ein Bild, das dort hing. »Der Schrei« von Edvard Munch. Warum Karl ausgerechnet in seinem Schlafzimmer ein solches Bild aufgehängt hatte, erschloss sich Elisabeth nicht. Auf dem Bett lag eine schwarz-grau karierte Tagesdecke und sie wagte es, sie herunterzuziehen. Wie hatte sie gehofft, dass die Haushälterin sein Bett nicht neu bezogen hatte, doch die hellgelbe Bettwäsche machte den Eindruck, als sei sie frisch gewaschen und gemangelt worden. Sie knöpfte die Bettwäsche auf und zog das Inlett heraus. Die Daunen darin hatten ganz sicher viel von Karl gespeichert. Jeder Mensch verlor in der Nacht fast einen Liter Flüssigkeit über die Haut und die Schleimhäute. Hinzu kamen Speichelfluss und unfreiwillige Urinabgänge. Die Daunen nehmen einen Teil dieser Flüssigkeit durch Kapillarität auf und speichern sie. Sie presste das Inlett, das tatsächlich auch einige helle Flecken aufwies, gegen die Nase. Dann sog sie tief die Luft ein und tatsächlich konnte sie Karl riechen. Ein erdiger, ein männlicher Duft. Sie biss in das Inlett und tastete mit der Zunge. Ja, das war er. Der Geschmack. Sein Geschmack. Wild und unglaublich erregend. Ihr entfuhr ein Stöhnen und sie begann, sich auszuziehen. Sie rollte das Inlett der Länge nach zusammen und zog es fest an sich, kreuzte ihre Beine darüber und begann, langsam und rhythmisch ihre Klitoris daran zu reiben. Sie konnte ihn spüren, dort unten. Er war bei ihr, in ihr. Überall auf ihrer Haut. Ihre steil aufgerichteten Brustwarzen rieben an dem Stoff und sie geriet in völlige Ekstase, verbiss sich in dem Inlett, warf den Kopf hin und her und ein gewaltiger, kaum enden wollender Orgasmus entriss sie der Realität. Ihr ganzer Körper war von einem feinen Schweißfilm überzogen und sie blieb regungslos liegen, bis sich ihr Atem wieder beruhigt hatte. Dann warf sie das Inlett von sich und stand auf. Nackt, wie sie war, zog sie die Schiebetür zum Kleiderschrank auf. Der hellbraune Teppichboden war herrlich weich an ihren Füßen und sie begutachtete den Inhalt des begehbaren Schranks. Sauber gefaltete weiße Hemden, seine maßgeschneiderten blauen Anzüge, die akkurat nebeneinander auf Bügeln hingen. Offenbar besaß Karl keine normale Straßenkleidung, keine Jeanshosen oder Baumfällerhemden. Sie fand einen Stapel weißer T-Shirts und zwei Hausanzüge. In den Schubladen lagen nur neue und verpackte schwarze Socken, und auch seine Unterwäsche schien Karl nur ein Mal zu tragen und dann wegzuwerfen. In einer Ecke stand eine Wäschetonne, die allerdings leer war, wie sie feststellen musste. Anschließend sah sie sich im ganzen Haus um und stellte verblüfft fest, dass sein Büro fast identisch mit dem im Verwaltungsgebäude war. Die gleichen Möbel und sogar die Ordnung auf dem Schreibtisch war dieselbe. Dann hörte sie plötzlich ihr Handy klingeln, das in ihrer Handtasche steckte, die, unter ihrer Kleidung begraben, im Schlafzimmer lag. Sie schaffte es rechtzeitig, es aus der Tasche zu ziehen und die grüne Taste zu drücken.

»Ja bitte?«

»Grothner hier, hören Sie zu!« Ihr wurde so schwindelig, dass Sie sich abrupt auf den Teppichboden setzte und für einen Moment glaubte, die Besinnung zu verlieren. Sie hörte zu.

Dreiunddreißig

»Kennen Sie einen Herrn ... Moment ... Abramczyk?« Picard sah auf den Zettel, den er aus seiner Jackentasche befördert hatte. Dr. Krieger, der ihm gegenübersaß, nickte.

»Das ist der Direktor unserer Hausbank, wieso?«

»Der hat bei uns angerufen und erzählte mir, dass er Ihnen vor einigen Tagen eine Million Euro übergeben hat. Am selben Tag starb unser Herr Kleinhans. Nun hat er aber keinen Beleg oder Nachweis über das Geld von Ihnen erhalten und mutmaßte, dass es da vielleicht einen Zusammenhang geben könnte. Finden Sie nicht auch erstaunlich, womit sich so ein Bankdirektor gedanklich befasst?« Dr. Krieger zögerte eine Sekunde zu lange mit der Antwort, benötigte dieselbe Sekunde, um die Gewalt über seine Mimik zurückzuerlangen. In der darauf folgenden Sekunde war ihm klar, dass der Ermittler das bemerkt hatte und wieder eine Sekunde später hatte Dr. Krieger beschlossen, was er antworten würde. Die Wahrheit, zumindest einen so großen Teil davon, dass sie plausibel wirkte.

»Ich erhielt einen Anruf von Kleinhans, in dem er mir sagte, dass ich ihm eine Million Euro übergeben solle und er würde Herrn Grothner freilassen. Ich solle die Polizei da heraushalten. Er wusste, dass sie ihm dicht auf den Fersen waren und wollte die Sache beenden, ohne dabei festgenommen zu werden. Seine Leute sollten Grothner freilassen, sobald er im Besitz des Geldes war. Mann, ich wollte helfen und mir erschien das als eine Chance, Herrn Grothner aus dieser Lage zu befreien.« Die letzten Worte klangen schuldbewusst und verteidigend zugleich.

»Haben Sie das Geld übergeben?«, fragte Picard knapp.

»Ja. Ich sollte es in den Müllcontainer auf dem Parkplatz legen, wo ... auf dem ... also, wo man den Mann dann gefunden hat.« Dr. Krieger wirkte nicht mehr ganz so souverän wie sonst.

»Und sicher haben Sie nichts und niemanden gesehen, oder?«

»Ich habe das Geld in den Container gelegt und bin wieder weggefahren. Ich wollte, dass Herr Grothner wieder freikommt. Das hätten Sie doch auch gemacht, oder? Wenn ich Sie informiert hätte, hätte ich Herrn Grothner in Gefahr gebracht.« Der Blick, den Dr. Krieger aufgesetzt hatte, wirkte fast flehentlich.

»In Gefahr gebracht. Soso. Ich schätze, Sie haben ihn umgebracht mit ihrer Heldentat. Kleinhans wollte sich wahrscheinlich mit dem Geld absetzen und hat seine Kumpel verraten. Die haben ihn getötet und sich die Million geschnappt. Und da Herr Grothner durch Ihr idiotisches und gefährliches Handeln ganz offensichtlich nicht befreit wurde, können Sie sich ausrechnen, was die mit ihm gemacht haben.« Picard war laut geworden. Er war entsetzt über die Eigenmächtigkeit des Anwalts, die Kleinhans und wahrscheinlich auch dem Entführungsopfer das Leben gekostet hatte. Dr. Krieger saß zerknirscht da und schien die Schnürsenkellöcher an seinen Schuhen zu zählen. Picard atmete resigniert tief aus.

»Sollten die sich, wann oder wo auch immer, wider Erwarten noch einmal melden, und Sie sagen mir nicht Bescheid, dann richten Sie sich besser vorher schon auf jede Menge Ärger ein. Noch mehr Ärger, als Sie sowieso schon haben. Sie hören von mir.« Mit diesen Worten stand Picard auf und verließ das Büro. Frau Huss saß an ihrem Schreibtisch, und irgendetwas an ihr fiel Picard auf. Statt einfach an ihr vorbeizugehen, blieb er stehen und sah sie fragend an.

»Alles in Ordnung mit Ihnen? Sie wirken so ... gut gelaunt.«

Sie nickte kurz, und mit einem kleinen Lächeln gab sie ihm eine Erklärung für ihre Ausgelassenheit.

»Ich liebe es, wenn er Ärger hat«, sagte sie und warf dabei einen verschwörerischen Blick zur Bürotür.

»Kommen Sie mit Dr. Krieger nicht gut klar?«

»Nennen Sie es, wie Sie wollen. Er ist Nichts im Vergleich zu Herrn Grothner. Ich konnte ihn noch nie leiden.«

»Und den Herrn Grothner, den mochten Sie?«

»Ja. Ich mag ihn.« Picard fiel die Formulierung ihrer Antwort nicht auf. Nun starrte sie auf ihre Füße und Picard verabschiedete sich. Van Horn, der Staatsanwalt, hatte ihn gebeten, einen vorläufigen Abschlussbericht zu schreiben. Die Sache mit Dr. Krieger und der Million war das fehlende Puzzleteil, um die Tötung von Kleinhans zu erklären. Von Vlad und seinen Spießgesellen fehlte jede Spur, und so wurde die Sonderkommission bis auf Weiteres aufgelöst und er sollte zum SEK zurückkehren. Die weiteren Ermittlungen würden vom Landeskriminalamt geleitet, und erst, wenn es Neuigkeiten im Entführungsfall gäbe, würde die SOKO »Karl« wieder aktiviert werden. Er beschloss, den Bericht sofort zu verfassen. Die Beerdigung seines Freundes vor drei Tagen saß ihm noch in den Knochen und er wollte so schnell es ging seine alte Normalität wieder.

Dr. Krieger war mit dem Verlauf des Gespräches zufrieden. Augenscheinlich hatte er einen Riesenfehler gemacht, doch aus seiner Sicht war die Sache bestens gelaufen. Niemand würde nun auch nur auf den Gedanken kommen, er habe etwas mit der Sache zu tun, weil er nun die Leitung des Konzerns übernahm. Das hätte ihm als starkes Motiv ausgelegt werden können. Doch nun hatte er bewiesen, dass er sogar sein Leben für die Freilassung Grothners eingesetzt hatte. Dass ihm kein Schritt zu widrig war, um Grothner da wieder herauszuholen. Sollten sie ihn doch wegen seiner vermeintlichen Naivität Vorwürfe machen. Nach außen hin hatte er getan, was er tun musste. Das würde jeder so sehen. Zufrieden lehnte er sich zurück. Vlad hatte die Million behalten. Das war die Gage für ihn und seine Männer, die Vlad direkt nach der Ermordung von Marius Kleinhans ausbezahlt und in die Wüste geschickt hatte. Jeder hatte fünfzigtausend Euro erhalten und war mit dem Befehl fortgeschickt worden, sich nie wieder in der Stadt sehen zu lassen und jede Kontaktaufnahme zu unterlassen. Vlad würde sich bei ihnen melden, sollte er ihre Dienste noch einmal benötigen. Er selbst war in der Stadt geblieben und hatte nun erst einmal genug Geld, um sich eine ausgiebige Auszeit zu nehmen. Er hatte sich einen Bart stehen lassen, und auch wenn noch immer nach ihm gefahndet wurde, fühlte er sich sicher in seinem Haus abseits der Stadt. Und selbst wenn man ihn fassen würde, konnte niemand ihm eine Beteiligung an der Entführung oder den Morden nachweisen. Denn er hatte tatsächlich nichts mit der Entführung zu tun und die Morde waren nicht von ihm, sondern von Georg und Ivo begangen worden. Und die waren längst außer Landes. Das Geld hatte er über seine Kontakte in unterschiedlichen Summen auf sein Konto auf den Cayman-Inseln überweisen lassen. Er war sauber, da war sich Vlad sehr sicher.

Vierunddreißig

Ihre Gedanken überschlugen sich. Wellen tiefster Emotionalität überfluteten ihren Geist. Lähmende Fassungslosigkeit durch das Eintreten des Undenkbaren, des absolut Unmöglichen. Karl lebte. Und er war offenbar bei bester Gesundheit. Und er war frei. Sie begriff nicht, warum er sie anrief. Zwar hörte sie seine Stimme, aber sie konnte dennoch keines der Worte, die er sagte, verstehen.

»Reißen Sie sich zusammen, Frau Huss!« Damit holte er sie zurück.

»Sie ... Sie ... leben. Oh mein Gott!«, brachte sie stammelnd hervor.

»Ja, ich lebe, und nun hören Sie mir endlich zu. Habe ich Ihre Aufmerksamkeit?« Seine Stimme, unverkennbar. Seine Art, die Worte so zu bilden, dass sie den Kern trafen und nichts anderes. Nicht interpretierbare Worte. Gott, wie sie ihn liebte. Gott, wie unendlich erleichtert und glücklich sie war in dieser Minute.

»Ja, Herr Grothner, ich höre.«

»Sie fahren jetzt zu meinem Haus. Und Sie besorgen mir Kleidung. Und bringen Sie meine Hygieneartikel mit. Nehmen Sie meinen Computer und aus der Schreibtischschublade das Handy. Bringen Sie die Sachen zu sich nach Hause und holen Sie mich dann hier ab. Ich werde Ihnen später Erklärungen geben. Haben Sie das verstanden?« Das hatte er sie noch nie gefragt. Fast versetzte ihr diese Frage einen Stich.

»Natürlich, Herr Grothner. Wo soll ich Sie abholen?«

»Geben Sie in Ihr Navigationsgerät »Buttwangerstraße« ein. Am Ende dieser Straße erwarte ich Sie. Welchen Wagen fahren Sie?«

»Einen Golf«, antwortete sie.

»Ich erwarte Sie in einer Stunde. Und kein Wort zu irgendjemandem. Ende.« Entgeistert starrte sie auf ihr Telefon, an dem das Display noch leuchtete und dann erlosch. War das eben wirklich passiert? Oder hatte sie den Verstand verloren? Nun stand sie nackt in Karls Schlafzimmer, ihr Smartphone in der

Hand. Und ausgerechnet jetzt, im verbotensten Teil ihres Lebens, rief er sie an. Sie konnte keinen klaren Gedanken fassen und überprüfte wieder und wieder ihre Anrufliste. Tatsächlich. Das war kein Traum. Karl hatte sie angerufen. Und noch mehr. Er hatte sich zu ihr nach Hause eingeladen. Er würde ihre Wohnung betreten. So wie sie die seine betreten hatte. In ihrer Aufregung gelang es ihr nur schwer, sich wieder anzuziehen. Sie trug ihre Bluse auf links, als sie mit einer großen Reisetasche beladen das Haus verließ. Karls Laptop hatte sie unter den Arm geklemmt. Bevor sie ging, hatte sie das Bett noch gerichtet, aber lange nicht so akkurat, wie es vorher gewesen war. Das war ihr völlig egal. Er war wieder da und er hatte sie dazu auserkoren, ihn abzuholen. Wie im Fieber fuhr sie nach Hause und schaffte die schwere Reisetasche in ihre Wohnung. Sie stellte sie im Wohnzimmer auf den Boden und legte den Laptop auf den kleinen Schreibtisch im Gästezimmer. Dann wühlte sie in ihrem Sideboard nach dem Navigationsgerät, das sie eigentlich nie benutzte.

»Buttwangerstraße«, murmelte sie. Da Karl ihr keine Stadt genannt hatte, nahm sie an, dass er hier war, in seiner Heimatstadt. Den Straßennamen hatte sie noch nie gehört, doch das Navigationsgerät kannte offenbar diese Straße, gab aber an, dass es sich nicht um eine öffentliche Straße handelte und für Autos gesperrt sei. Ob sie trotzdem dorthin wolle, fragte das Gerät noch überflüssigerweise.

»Und ob«, sagte sie laut und tippte auf »OK«. Die Fahrtzeit dorthin wurde mit dreiundzwanzig Minuten angegeben. War er die ganze Zeit in ihrer Nähe gewesen? Weniger als eine halbe Stunde mit dem Auto? Sie wollte das nicht glauben und ahnte dennoch, dass es genauso war. Sie verließ die Wohnung wieder, stieg in ihren grünen Golf, befestigte das Navigationsgerät an der Scheibe und schloss es an die Buchse des Zigarettenanzünders an.

»In dreihundert Metern biegen Sie nach rechts ab, in die Clothildenstraße«, schnarrte es aus dem Gerät und Elisabeth Huss startete erwartungsfroh den Motor. Nun würde wieder alles gut werden. Nein, nicht gut. Besser. Viel besser. Nach zwanzig Minuten hatte sie die Buttwangerstraße erreicht. Sie war hier schon öfter vorbeigefahren, doch nie hatte sie auf diese kleine Abzweigung geachtet. Es gab auch kein Schild mit dem Straßennamen darauf. Ein verwittertes »Einfahrt verboten« Schild hing an einem rostigen Pfahl. Die Nebenstraße wurde offenbar nicht benutzt. Die Fahrbahn bestand aus Kopfsteinpflaster, aus dessen Fugen Unkraut wuchs. Sie mündete innerhalb eines Birkenwaldes auf die Hauptstraße und war offensichtlich die Zufahrtsstraße zu einer stillgelegten Fabrik. »Buttwanger-Silobau« konnte sie auf einem überwucherten Schild, das kaum noch als solches zu erkennen war, lesen. Langsam ließ sie den Wagen die holprige Straße hinaufrollen, bis ein verrostetes Tor die Fahrt stoppte. Elisabeth zog die Handbremse an und stieg aus. Keine Spur von Karl. Sie trat an das Tor und sah in einiger Entfernung einen Bungalow, dahinter erhoben sich hinter einigen Bäumen und Sträuchern zwei größere, halb verfallene Werkhallen. Sie sah auf ihre Armbanduhr. Seit Karls Anruf waren fünfundfünfzig Minuten vergangen. Wäre sie zu dem Zeitpunkt nicht zufälligerweise in seinem Haus gewesen, wäre es sehr knapp geworden mit der einen Stunde, die er ihr gegeben hatte. Sie würde ihm auf keinen Fall erzählen, wo sie sein Anruf erreicht hatte. Sie war pünktlich, das würde ihm gefallen. Dann sah sie, wie sich die Tür des Bungalows öffnete. Und da war er. Er ging, wie er eben ging, direkt auf sie zu, ohne die Tür hinter sich zu schließen. Karl Grothner trug einen grauen Arbeitsanzug, wie ihn Handwerker oft tragen. Dazu hatte er schwarze Lederschuhe an, die so gar nicht zu dem Drillich passen wollten. Als er näher kam, sah sie, dass er unrasiert war. Und sein Gesicht wirkte schmaler als sonst. Nun stand er auf der anderen Seite des Tores und nickte ihr zu. Sein Anblick hatte sie einen Moment verstört. Das passte nicht in ihre Realität. Aber die ganze Situation war extrem verstörend, sodass sie einfach akzeptierte, dass da Karl Grothner in Arbeitskleidung vor ihr stand, unrasiert war und offensichtlich lange keine Dusche mehr gesehen hatte, er, der niemals ungepflegt war. Was nun folgte, war ebenso surreal für sie. Grothner sprang plötzlich in die Höhe, hielt sich am Rahmen des Tores fest, schwang sich darüber und landete auf ihrer Seite. Die Lederschuhe hatten durch dieses Manöver irreparable Kratzer erhalten und ihr wurde fast schlecht.

»Sie haben Ihre Bluse verkehrt herum an. Können wir?«, fragte er kurz und ging zu ihrem Auto, öffnete die hintere Beifahrertür und setzte sich auf den Rücksitz. Sie riss sich zusammen und setzte sich hinter das Lenkrad. Es kribbelte auf ihrer Kopfhaut, als sie den Golf auf der schmalen Straße wenden wollte und dabei zwei Mal abwürgte. Sie benötigte sieben Züge, um den Wagen zu wenden, und es kam ihr vor, als würde Karl jedes Mal lauter schnaufen, wenn sie erneut ansetzte. Endlich standen sie in Fahrtrichtung und sie fuhr los. Sie konnte ihn im Rückspiegel sehen. Karl sah aus dem Fenster und seine Oberlippe war angehoben. Er lächelte. Ohne, dass sie ein Wort gewechselt hatten, erreichten sie das Haus, in dem Elisabeth Huss wohnte.

»Stellen Sie sicher, dass niemand sieht, dass Sie Besuch haben.« Karl sah ihr durch den Rückspiegel in die Augen.

»Ja«, antwortete sie und stieg aus. Sie öffnete die Haustür und überzeugte sich, dass niemand im Treppenhaus war. Dann ging sie zurück zum Auto und öffnete die hintere Tür. Karl stieg aus und ging in schnellem Tempo in das Haus, wartete aber hinter dem Eingang auf sie. Sie überholte ihn kurz darauf, und Karl folgte ihr in ihre Wohnung. Da stand er nun in ihrem Wohnzimmer. Karl Grothner. Von allen für tot gehalten. Entführungsopfer. Multimillionär. Konzernchef. Ihr Chef. Ihr Karl. Sie hätte es weniger abwegig gefunden, stünde der Heilige Vater in vollem Ornat in ihrem Wohnzimmer. Und doch war das die Realität. Grothner sah sich mit schnellen, klaren Blicken um und erfasste jedes Detail in ihrer bescheidenen Wohnung. Er roch nach Schweiß. Für sie ungeheuerlich.

»Fragen Sie!« Sie erschrak, als er das sagte.

»Was ist passiert?«, brachte sie erstaunlich rasch und ohne zu stottern hervor.

»Die Frage können Sie besser beantworten als ich. Alles, was die Entführung betrifft, wurde in den Medien lang und breit berichtet. Ich habe mich befreien können. Bereits vor zehn Tagen. Mein Entführer ist tot, wie Sie wissen. Nun bin ich hier bei Ihnen. Noch Fragen?«

»Warum sind Sie nicht sofort zur Polizei gegangen? Oder haben die angerufen? Ich verstehe das nicht.«

»Das brauchen Sie auch nicht zu verstehen. Das ist ungefähr wie ein Krieg. Da gewinnt man Schlachten. Deswegen ist aber der Krieg noch nicht vorbei. Ich könnte den Mummenschanz jederzeit beenden. Aber darum geht es nicht. Jemand hat mir den Krieg erklärt und ich werde ihn schlagen. Aber mit meinen Mitteln, auf meine Weise. Niemand legt sich mit mir an. Und wer das trotzdem tut, muss bezahlen. Meinen Preis und nicht den des Staates. Ich spiele dieses Spiel zu Ende. Und Sie werden mir dabei helfen.« Er sah sie nun direkt an und sein Blick duldete keinen Widerspruch, ließ ihr keine Alternative. Sowieso nicht.

»Dr. Krieger«, sagte sie nur.

»Und Vlad«, ergänzte er.

»Es wird nicht lange dauern. Dann wird wieder alles beim Alten sein. Zeigen Sie mir die Räumlichkeiten.«

Zwei Stunden später trug er einen seiner Anzüge, war geduscht und rasiert. Zumindest dieser Teil der Normalität war wiederhergestellt. Elisabeth hatte ihn nach seinen Essenswünschen gefragt und er hatte ihr freie Hand gelassen. Karl wünschte, seine Mahlzeiten alleine einzunehmen und sie respektierte das und brachte das Essen in das Gästezimmer, das er bezogen hatte. Er verlangte einen detaillierten Bericht über das, was sich in der Firma zugetragen hatte, seit er weg war. Sie fasste die Tatsachen professionell zusammen und versprach, so viele Informationen zu sammeln, wie es möglich war. Er hatte ihr schweigend zugehört. Regungslos und konzentriert. Es gab kein Wort des Dankes oder der Anerkennung von ihm. Das hätte sie auch gewundert.

»Ich brauche ein Backup des Computers. Und die Unterlagen, die Krieger zur Übernahme des Konzerns nach meinem Tod berechtigen. Keine Kopien. Ich brauche die Originale. Die mit meiner Unterschrift. Und bringen Sie mir meinen Kugelschreiber mit.« Als er das sagte, bleckte er die Zähne und zog die Mundwinkel nach unten. Soviel ironischen Witz kannte sie nicht von ihm und sie lächelte gleichfalls. Für sie war das wie ein heiliges Band tiefster Einigkeit, das sie selig machte.

»Gute Nacht, Frau Huss«, sagte er dann. Ihr Herz schlug ihr bis zum Hals. Niemals hätte sie mit so viel persönlicher Nähe gerechnet. Er wünschte ihr eine gute Nacht. Das war so ... so emotional. War von solcher Wärme und Tiefe, und als sie in ihr Schlafzimmer ging, rannen Tränen der Rührung über ihre Wangen.

»Gute Nacht, Karl«, flüsterte sie und zog die Schlafzimmertür hinter sich zu, berauscht von den Ereignissen des Tages.

Am nächsten Morgen richtete sie ein Frühstück für Karl und brachte es in die Diele, wo sie das Tablett mit den Brötchen, der Thermoskanne mit Kaffee und dem geschnittenen Apfel auf einem Beistelltisch abstellte. Nie im Leben würde sie Karl wecken oder unaufgefordert sein Zimmer betreten. Sie machte sich für die Arbeit zurecht und fuhr ins Büro. Jede Faser in ihrem Körper war erfüllt von Liebe und Hingabe, von absoluter Zuversicht und auch Stärke, als sie den Glaskubus betrat. Dr. Krieger würde jede Sekunde bereuen, die er sie mit seinen Schikanen malträtierte, dessen war sie sich sicher. Dieses Wissen um Karl, dieses Wissen, dass er nun wieder die Zügel in der Hand hielt, obwohl ihn diese Speichellecker für tot hielten, und die Tatsache, dass sie als Einzige wusste, dass er lebte und handlungsfähig war, gaben ihr ein unglaubliches Gefühl von Macht.

Sie verrichtete, wie in Trance, ihre üblichen Arbeiten und wartete auf eine Gelegenheit, in das Chefbüro zu gelangen, um das Backup von Grothners Rechner auf eine externe Festplatte zu laden und die offenbar gefälschten Dokumente, die Dr. Krieger als Nachfolger von Karl Grothner bestimmten, an sich zu nehmen. Sie wollte diese durch Kopien ersetzen, der Farbkopierer in ihrem Büro war von so ausgezeichneter Qualität, dass es Dr. Krieger nicht sofort auffallen würde, wenn er die Dokumente noch einmal in die Hand nehmen würde. Dr. Krieger verließ das Büro, nachdem er eine offenbar unangenehme Unterhaltung mit Picard geführt hatte. Im Vorbeigehen warf er ihr einen Stapel Papiere auf den Schreibtisch.

»Das sind die Unterlagen für die Übernahme dieser niederländischen Spedition. Digitalisieren Sie die. Und schicken Sie jemanden dahin, der die Büros dort leer räumt und den Fuhrpark auflöst. Die Immobilie bleibt im Besitz von diesem Dickens.« Ohne sie weiter eines Blickes zu würdigen, verließ Dr. Krieger das Gebäude. Das Gespräch mit dem Kommissar schien ihn nicht im Geringsten verunsichert zu haben. Seufzend schaute sie den Stapel Papier durch, den ihr Dr. Krieger auf den Tisch geworfen hatte. Unter den Verträgen konnte sie Karls Unterschrift erkennen. Seine Signatur war wie alles an ihm. Schnörkellos und gerade. Seine Unterschrift war nichts weiter als das akkurate Schreiben des Namens in Druckbuchstaben. Es gab keine geschwungenen Striche oder anderes Beiwerk.

K. Grothner

Nicht mehr. Nicht weniger. Wie aus dem Schriftsatz eines Schreibprogramms. Sie tastete mit den Fingerkuppen über seinen Namenszug und konnte die Vertiefungen im Papier fühlen, die durch den Druck des Kugelschreibers entstanden waren. Als sie sicher sein konnte, dass Dr. Krieger das Gebäude verlassen hatte, schloss sie sein Büro auf und verband den Computer, der seitlich neben Karls Schreibtisch stand, mit ihrer externen Festplatte. Sie stellte fest, dass Dr. Krieger den Rechner nicht heruntergefahren hatte und erstellte ein Backup sämtlicher Dateien und lud sie auf die Festplatte. Bevor sie nun begann, nach dem bestimmten Dokument zu suchen, verstaute sie die Festplatte in ihrer Handtasche. Sie zog sämtliche Schubladen auf, doch nirgends konnte sie die Papiere finden. »Er muss die Unterlagen in seiner sogenannten Kanzlei haben«, mutmaßte sie. Seinen Kugelschreiber fand sie neben der Tastatur. Ein schwarzer, edler Kugelschreiber mit einer Kappe, die man abziehen musste, wenn man ihn benutzen wollte. Sie steckte auch das Diktiergerät ein, das in der ansonsten leeren Ablage lag.

Frau Huss verschloss das Büro wieder und machte sich resigniert an die Digitalisierung der Unterlagen. Dann delegierte sie die Auflösung der Büros und des Fuhrparks von »Dickens Transport« an die zuständige Abteilung. Sie konnte es kaum erwarten, wieder nach Hause zu fahren, denn dort würde Karl sein. Pünktlich um sechzehn Uhr verließ sie das Verwaltungsgebäude. Als sie ihre Wohnung betrat, war er im Gästezimmer. Sie hatte ihre Schuhe ausgezogen und war in die Küche gegangen. Dann hörte sie ihn kommen und ihr Herz schlug bis zum Hals.

»Guten Tag, Herr Grothner«, wagte sie als Begrüßung zu sagen.

»Haben Sie die Unterlagen und das Backup?« Mehr durfte sie als Begrüßung nicht erwarten.

»Das Backup habe ich. Die Dokumente sind nicht in Ihrem Büro«, sagte sie, ohne die Unhöflichkeit zu beachten.

»Ich habe Ihnen gesagt, Sie sollen diese Papiere mitbringen.« Grothners Stimme war ruhig wie immer. Er hatte sie noch nie getadelt.

»Sie sind nicht im Büro. Er wird sie in der Kanzlei haben.« Ihre Stimme klang schwach und ängstlich.

»Wenn Sie darauf allein gekommen sind, stellt sich mir die Frage, warum Sie sie nicht von dort geholt haben.« Es lag ein verletzender Unterton in seiner Stimme.

»Ich ... ich ... wie sollte ich das denn machen? Ich habe doch keinen Zutritt zu der Kanzlei.« Grothner sah sie abschätzend an.

»Ich habe Ihnen gesagt, Sie sollen diese Papiere mitbringen. Sie haben das nicht getan. Das war eine glasklare Anweisung. Simpel und eindeutig formuliert. Gibt es irgendetwas, was Sie können? Haben Sie irgendeine Fähigkeit? Gibt es etwas, was Sie jemals geschafft haben? Ich habe Ihnen gesagt, dass Sie diese Papiere mitbringen sollen. Und stattdessen stehen Sie da und glotzen mich an. Wissen Sie, wie Sie mir vorkommen? Wie eine dieser beschissenen Kühe, die auf der Weide stehen und nichts anderes tun als Gras zu fressen und zu scheißen. Ich hätte genauso gut einer Kuh diesen Auftrag geben können. Die wäre auch nur in ihrer eigenen Scheiße herumgetrampelt und hätte blöd geguckt.« Karl sprach in immer lauter werdendem Ton. Elisabeth stand in ihrer Küche und die Tränen liefen ihr über das Gesicht. Sie hielt die Hände ineinander gefaltet. Jedes Wort von ihm war wie ein Peitschenhieb und sie wollte nur, dass es aufhörte. Sie wusste, dass er so war, wie er war, doch am eigenen Leib hatte sie das nie erleben müssen. Sie war doch auch etwas Besonderes für ihn.

»Nichts an Ihnen ist irgendwie wertvoll. Sie sind eine tumbe, erbärmliche Schreckensgestalt. Ich hätte Sie niemals einstellen dürfen. Sie sind ja nicht einmal in der Lage, die simpelsten Dinge zu erledigen«. Ihre Unterlippe zitterte und ein Schaudern durchlief ihren Körper.

»Ich sage: Bringen Sie mir die Papiere, und Sie sabbern hier herum und reden sich heraus. Sie sind ab sofort mit auf der Liste. Was soll ich mit Ihnen? Sie sind so überflüssig wie ein Fisch, der wasserscheu ist. Elendig. Wertlos.« Karls Augen musterten sie kalt, als sie langsam auf die Knie sank, von Weinkrämpfen geschüttelt.

»Was? Was wollen Sie sagen?« Die Frage war in süffisantem Tonfall gestellt.

»Ich ... ich ...« Sie hatte die Worte durch ihren zugeschwollenen Hals gepresst. Rotz lief Elisabeth Huss aus der Nase und vermischte sich mit den Tränen, die stetig ihr Gesicht herabrannen.

»Was Ich? Was wollen Sie mir sagen? Sie wollen mir doch nicht widersprechen, oder? Sie wollen doch sicher bestätigen, dass Sie eine hirnlose Fotze sind?« Karl hatte die Oberlippe weit hochgezogen und seine Mundwinkel wiesen extrem nach unten.

»Ich ...« Sie schlug die Hände vors Gesicht und versuchte, ihr Weinen zu dämpfen, doch das Schluchzen ließ sich nicht mehr zähmen, und so lag sie vor seinen Füßen und ihr Körper zuckte, getreten und gedemütigt durch Worte. Er sah auf sie herab. Da war etwas. Etwas in seiner Erinnerung. Eine Katze. Das Pfötchen gebrochen. Miauuuu. Miiiiauuuuu. Arme Katze. Gute Katze. Miezmiezmiez. Und »Knack«, noch ein Pfötchen gebrochen. Arme Katze. »Knack, Knack, Knack.« Miau? Och. Kein Miau mehr? Nur dieser Katzenblick? Dieser schöne Katzenblick? So zu ihm hinauf, dass man nur die untere Hälfte des Augapfels sah? War das Flehen? Er wusste es nicht. Er kannte dieses Gefühl nicht. Wie er kaum ein Gefühl wirklich kannte. Doch dieser Moment, dieser Katzenmoment, erzeugte in ihm Erregung.

»Was Ich?«, fragte er nochmals kalt. Wimmern, Schluchzen und das laute Hochziehen von Nasenschleim.

»Ich ... li ... lieb ... liebe ... Sie!« Das Schluchzen danach klang fast wie ein Schrei. Er trat ganz dicht an sie heran. Seine Füße steckten in schwarzen Lederschuhen. Die hatte sie ihm aus seinem Haus mitgebracht. Er schob die rechte Fußspitze unter ihr Kinn und hob ihren Kopf damit an.

»Zieh dich aus«, sagte er im selben Tonfall, mit dem er immer sprach. Irritiert sah sie zu ihm hoch, das Gesicht hochrot und vollkommen nass. Ohne nachzudenken riss sie sich die Kleider vom Leib. Nun kniete sie nackt vor ihm und schämte sich ihres Körpers. Sie fror und verglühte zugleich. Er griff in ihre Haare und zwang sie, zu ihm aufzusehen.

»Du willst meine Liebe? Ich habe keine Liebe. Aber ich habe was anderes. Und das gebe ich dir jetzt!« Karl Grothner zog den Reißverschluss seiner Hose auf und holte seinen Penis heraus. Unbeschnitten und halb erigiert lag er in seiner Hand. Er riss Elisabeths Kopf an sich und zwang sie, den Mund zu öffnen. Erst, als er in ihrem Mund war, erigierte sein Penis vollständig und er drückte sein Geschlecht weit in den Hals seiner Sekretärin. Ihre Augen wurden groß, und erst, als ihre Lippen sich blau verfärbten und ihre panischen Zuckungen schwächer wurden, ließ er ihr etwas Luft zum Atmen.

»Das ist meine Liebe und nun bekommst du alles, was ich dir geben will.« Karl hielt Wort, und als sie nach zwei Stunden in ihr Schlafzimmer kroch, war nichts mehr an ihr, wie es vorher gewesen war. Blut lief ihre Schenkel herab und ihr Gesäß war von Kot verschmiert. Ihre Brüste waren fast schwarz gefärbt von den Hämatomen und ihr ganzer Körper schmerzte, als sei sie unter die Räder eines Lastwagens geraten. Sie spürte ihn überall. Er hatte sie genommen. Und behalten. Weinend zog sie die Decke über ihren geschundenen Körper und zuletzt spürte sie nur noch die Stellen, an denen etwas zerrissen war. Und doch war es gut, wie es war. Trotz der körperlichen Schmerzen waren ihre Tränen nicht die einer Leidenden. Sie war die glücklichste Frau der Welt. Es waren Freudentränen.

Karl hatte sich nach dem Akt in sein Zimmer zurückgezogen und die Festplatte an seinen Laptop angeschlossen. Es gab in ihm keinen Nachhall dessen, was eben geschehen war. Er hatte sich gewaschen und betrachtete die Sache mit Frau Huss als erledigt. Gehörte zum Spiel und hatte auch eine zugegebenermaßen motivierende Wirkung auf ihn. So wie damals die Katzen immer motivierend gewirkt hatten. Nun, diese eine Katze heute hatte er am Leben gelassen. Er brauchte sie noch. Miau. Morgen würde er ihr klare Anweisungen geben. Der Plan war fertig und reif für die Ausführung. Er überlegte kurz, ob er nicht zu ihr gehen sollte, um ihr einen Nachschlag zu geben, verwarf den Gedanken dann aber wieder.

»Dafür ist morgen immer noch Zeit«, dachte er und musste anerkennen, dass er Freude empfand. So etwas wie Freude. Karl führte noch ein längeres Telefonat, und als er die rote Taste an seinem Smartphone drückte, wusste er, dass es keinen Zweifel mehr daran gab, wer dieses Spiel gewinnen würde. Er arbeitete noch ein wenig an seinem Laptop, bevor er sich selbst zur Ruhe legte, bereit für die nächste Phase des Spiels.

Am nächsten Morgen weihte er Elisabeth so weit ein, wie es nötig war. Sie hatte ihn wie ein waidwundes Reh angesehen und jedes Wort von ihm aufgesogen. In der Zeit, in der er sprach, hatte sie kein einziges Wort gesagt, sondern nur stumm genickt. Nur an einer Stelle entfuhr ihr ein Laut und er hatte sie interessiert angesehen.

»Ist das Ihr ... dein ... Ernst?«, wollte sie wissen.

»Wir sind doch jetzt ein Liebespaar.« Es lag keine Wärme in seiner Stimme, als er das sagte. Er gab ihr das von ihm unterschriebene Dokument, das er in der Nacht angefertigt hatte.

»Außerdem wird es nicht für lange Zeit sein. Und du wirst ausschließlich das tun, was ich sage. Nicht mehr und nicht weniger.«

»Natürlich«, sagte sie leise und nahm das Papier an sich.

»Und jetzt zieh dich aus«, befahl er und sie gehorchte auf der Stelle. Sie unterdrückte ihre Schreie, indem sie sich auf die Handballen biss. Er liebte sie wirklich. Daran bestand für sie nicht mehr der geringste Zweifel.

Fünfunddreißig

Dr. Krieger war schlecht gelaunt. Frau Huss hatte sich vor drei Tagen krank gemeldet und würde in dieser Woche nicht mehr zur Arbeit erscheinen. Ihre Vertretung, eine deutlich jüngere Frau, kannte sich nicht sehr gut mit den Arbeitsabläufen einer Chefsekretärin aus, und so war er gezwungen, sich mit vielen Dingen zu beschäftigen, die sonst Frau Huss erledigte. Der Bote hatte gerade die Briefe gebracht, die von der Poststelle aussortiert worden waren, weil sie »Chefsache« waren. Er sah den kleinen Stapel kurz durch und fand dann einen grauen Umschlag mit dem Absender der Staatsanwaltschaft. Der Brief war an ihn persönlich adressiert. Ungläubig starrte er das Schreiben an, das er aus dem Umschlag geholt hatte.

Sehr geehrter Herr Dr. Krieger,

in der Strafsache »Dr. Krieger« werden Ihnen folgende Straftaten zur Last gelegt: Betrug, Urkundenfälschung zum Nachteil des Unternehmens »Grothner Industries«. Strafantrag wurde gestellt. Wir möchten Sie bitten, unter der oben angegebenen Rufnummer mit uns Kontakt aufzunehmen und einen Termin zur Vernehmung abzusprechen.

Da Sie als Beschuldigter vernommen werden, steht es Ihnen frei, juristischen Beistand in Anspruch zu nehmen. Bitte bringen Sie einen gültigen Personalausweis mit. Sollten Sie in Besitz von Material sein, das Ihrer Entlastung dient, so führen Sie dieses ebenfalls mit.

Mit freundlichem Gruß
C. van Horn, Staatsanwalt

Dr. Krieger war leichenblass geworden. Was hatten die gegen ihn in der Hand? Was sollte das alles? Es konnte nur um das Schreiben gehen, das er vorgelegt hatte, um sich als Stellvertreter und Nachfolger von Karl Grothner zu akkreditieren. Das lag in seiner Kanzlei und niemand hatte je die Echtheit dieses Dokumentes angezweifelt. Weil eben niemand jemals an Karl Grothners Entscheidungen zweifelte. Was könnten die ihm schon anhaben. Grothners Unterschrift war ihm so gut gelungen, dass er nicht den geringsten Zweifel daran hatte, dass sie als »echt« durchging. Er beschloss, sofort zur Kanzlei zu fahren und das Dokument zu holen. Er würde keinen Termin absprechen, sondern geradewegs zur Staatsanwaltschaft marschieren und diesem van Horn das Papier unter die Nase halten. Und dann würde der ihm erklären müssen, wer ihn da denunziert hatte.

»Mit mir nicht, meine Herren«, sagte er und verließ eilig das Büro. Diesmal nahm er seinen eigenen Wagen, der trotz der langen Standzeit auf dem Parkplatz vor dem Verwaltungsgebäude sofort ansprang. Wenig später erreichte er die Kanzlei und traf am Eingang seine Putzfrau, die gerade dabei war, das Messingschild mit seinem Namen zu polieren. Grußlos ging er an ihr vorbei und öffnete die Tür zu seiner Kanzlei. Die Putzfrau war hier noch nicht fertig. Sie hatte offenbar alle Gardinen abgenommen und die Fenster geputzt. Ein Putzeimer stand in seinem Büro, und bis auf das Telefon und die Schreibtischunterlage war sein Schreibtisch leer. Doch die schwarze Ledermappe, die unter anderem das gefälschte Dokument enthielt, lag nicht dort, wo er sie vor einigen Tagen hingelegt hatte. Er riss alle Schubladen auf und fand die Mappe nicht.

»Wo hat diese dumme Kuh die Mappe hingetan?«, schrie er und lief wieder zur Haustür.

»Wo haben Sie die schwarze Mappe hingetan, die auf meinem Schreibtisch lag?«, fuhr er die Putzfrau an, die zusammenzuckte. Die Frau brauchte einige Sekunden, um ihm die Frage zu beantworten.

»Die hat doch Ihre Sekretärin am Dienstag abgeholt, in Ihrem Auftrag.«

»Meine ... was?« Dr. Krieger starrte die Frau an, als sei ihr auf einmal eine zweite Nase gewachsen.

»Ihre Sekretärin. Diese Frau Guss, oder wie die heißt. Sie sagte, das sei sehr wichtig und Sie hätten sie geschickt. Das war doch Ihre Sekretärin, oder? Die hatte ein Namensschild von »Grothner« an der Jacke.«

»Jetzt weiß ich Bescheid«, murmelte Dr. Krieger und ging benommen zu seinem Auto zurück. Auf dem Weg zur Staatsanwaltschaft wuchs in ihm der Zorn auf die verräterische Sekretärin. Er würde diese Farce der Staatsanwaltschaft in Minuten beendet haben und dann Gnade ihr Gott. Sie hatte die Echtheit des Dokuments angezweifelt und war damit zu diesem van Horn gegangen. Hatte ihn angezeigt. Die Unterschrift war perfekt. Er hatte Hunderte Unterschriften von Grothner gesehen und stundenlang geübt, bis er sie perfekt beherrschte. Nicht einmal Grothner selbst würde daran zweifeln, dass dies seine Signatur war. Was allerdings schwerlich aktuell werden würde, da die Entführer Karl Grothner entweder getötet hatten, oder er in Kleinhans Keller verdurstet war.

»Der steht wohl kaum als Zeuge zur Verfügung«, dachte Dr. Krieger grimmig. Nur wegen der Strafanzeige dieser fürchterlichen Person musste er dorthin und sich erklären. In Minuten würde er alle Zweifel an seiner Integrität vom Tisch gefegt haben, dessen war er sich sicher. Er hielt seinen Wagen auf dem Seitenstreifen an und folgte einer spontanen Idee. Er wählte die Büronummer, und die junge Frau aus dem Archiv meldete sich und sagte ihren Satz auf.

»Formulieren Sie ein Kündigungsschreiben für Frau Huss, Elisabeth. Mit sofortiger Wirkung ist sie fristlos entlassen. Kündigungsgrund: Insubordination und Verleumdung. Rufen Sie den Sicherheitsdienst an, der soll alle persönlichen Sachen dieser Person aus dem Haus schaffen. Ich erteile Frau Huss zeitgleich absolutes Hausverbot. Informieren Sie den Pförtner darüber. Sollte die Frau auftauchen, veranlassen Sie, dass sie sämtliche Schlüssel abgibt. Haben Sie mich verstanden?« Dr. Krieger hatte einen roten Kopf bekommen, der Zorn in ihm wurde immer größer.

»Ja, ich veranlasse das. Wer soll das denn unterschreiben?«

»Ich unterschreibe das, sobald ich zurück bin. Und jetzt machen Sie sich an die Arbeit.«

»Ja, Herr Dr. Krieger.« Er legte auf und beschloss, das junge Ding zu seiner neuen Chefsekretärin zu befördern, sobald die Sache hier aus der Welt war.

»Dich mache ich so fertig. Dich mache ich fix und fertig.« Er legte den Gang ein und fuhr viel zu schnell zu dem imposanten Gebäude, das die Staatsanwaltschaft beherbergte. Er parkte provokativ auf dem freien Parkplatz des Behördenleiters und stürmte in das Gebäude. Er kannte sich hier aus, denn zu Zeiten, in denen er noch nicht für Grothner gearbeitet hatte, war er hier ein- und ausgegangen. Schnell fand er van Horns Büro und trat ohne anzuklopfen ein. Dieser saß über einige Papiere gebeugt an seinem modernen Schreibtisch, schaute erstaunt auf und runzelte die Stirn, als er Dr. Krieger erkannte.

»Was soll dieser Auftritt? Sie sollten doch einen Termin ausmachen.« Van Horn war sichtlich verärgert über Dr. Kriegers Verhalten.

»Ich mache keine Termine mit Ihnen aus. Sie machen höchstens Termine mit mir aus. Was soll diese Scharade? Warum bin ich beschuldigt, Betrüger und Urkundenfälscher zu sein? Meinen Sie, ich habe Zeit, mich mit so einem Kram herumzuschlagen?« Dr. Krieger versuchte, so viel Autorität wie möglich in seine Stimme zu legen. Van Horn entgegnete nichts. Er stand auf und ging zu einem der Aktenschränke. Dann nahm er einen Ordner heraus und setzte sich wieder hin.

»Setzen Sie sich bitte«, sagte er mit an Unhöflichkeit grenzender Betonung. Dann öffnete er den Ordner. Dr. Krieger konnte das Dokument erkennen, das ihn zum Stellvertreter Grothners ernannte. Es steckte in einer Klarsichthülle und war an einigen Stellen schwarz gefärbt. Offenbar hatte man das Schriftstück auf Fingerabdrücke untersucht.

»Kennen Sie dieses Schreiben?«, fragte ihn der Staatsanwalt.

»Ja, das ist die Anweisung von Herrn Grothner bezüglich seiner Stellvertretung. Dieses Schreiben wurde aus meiner Kanzlei entwendet. Von Karl Grothners Sekretärin, Frau Elisabeth Huss.« Dr. Krieger sah van Horn fest in die Augen.

»Das ist falsch.« Van Horn lehnte sich zurück.

»Frau Huss wurde von zwei Beamten der Polizei in Zivil begleitet. Diese warteten vor dem Haus, in dem Sie Ihre Kanzlei betreiben. Ich habe die Beschlagnahme des Schriftstücks zur Beweissicherung angeordnet. Frau Huss war nur so freundlich, es aus Ihrem Büro zu holen. In meinem Auftrag.« Der Staatsanwalt blätterte in dem Ordner, zog einen Beschlagnahmebeschluss hervor und reichte ihn Dr. Krieger.

»Sehen Sie. Hat alles seine Richtigkeit. Es gibt mehrere Indizien, die dafür sprechen, dass es sich bei der von Ihnen vorgelegten Anweisung des Herrn Grothner um eine Fälschung handelt.« Van Horn legte eine Kunstpause ein, damit Dr. Krieger das Gehörte verarbeiten konnte.

»Die Übernahme des Konzerns durch Sie stellt unserer Meinung nach ein sehr starkes Motiv dar, hinsichtlich der Entführung und mutmaßlichen Tötung Karl Grothners.« Dr. Krieger sprang empört auf.

»Was erlauben Sie sich? Ich habe mein Leben riskiert, um die Freilassung von Herrn Grothner zu erwirken. Schauen Sie in Ihre Akten, da steht alles drin.« Seine Stimme war noch immer fest und laut.

»Jaja. Ich weiß das alles, Herr Krieger. Wollen Sie das Gespräch im Stehen fortsetzen? Ich habe da kein Problem mit.«

»Dr. Krieger, wenn ich bitten darf.« Er setzte sich wieder hin und schlug die Beine übereinander, um souveräner zu wirken.

»Es gibt drei Dinge, die Sie uns bitte erklären wollen, Herr Dr. Krieger.« Ein leichtes Lächeln war auf van Horns Gesicht erschienen.

»Erstens. Uns liegen fünfundvierzig Unterschriftenproben vor, die alle eindeutig von Herrn Grothner stammen. Das sind Proben, die von verschiedenen Dokumenten stammen und in einem viermonatigen Zeitraum entstanden sind. Jenem Zeitraum, in dem auch die Anweisung, um die es hier geht, entstanden sein soll. Der forensische Schriftenvergleich ergab, dass es sich bei der Unterschrift auf diesem Dokument höchstwahrscheinlich um eine Fälschung handelt. Aber eben nur höchstwahrscheinlich. Über die juristische Bedeutung dieses Wortes brauche ich Sie ja nicht zu belehren.« Dr. Krieger leckte sich über die Lippen und lehnte sich zurück.

»Das bedeutet also, dass die Unterschrift im Zweifelsfall echt ist. Was also soll dann dieser ganze Mist hier?«

»Zweitens. Auf dem Dokument finden sich diverse Fingerabdrücke. Nur erstaunlicherweise keine von Herrn Grothner. Trug er denn Handschuhe, wenn er etwas unterschrieb?« Van Horn sah Dr. Krieger fragend an.

»Was weiß ich? Ich war nicht dabei, als er es unterschrieben hat. Er gab es mir irgendwann nach einer Besprechung zu diesem Thema.«

»Drittens. Alle fünfundvierzig Vergleichsdokumente wurden mit dem gleichen Kugelschreiber mit schwarzer Tinte unterschrieben. Nur dieses eine hier nicht. Die Farbe stimmt, aber es wurde ein anderer Stift benutzt. Jede der fünfundvierzig Unterschriften befand sich auf Dokumenten, die von Frau Huss nach Diktat getippt worden sind. Nur dieses eine nicht. Dieses Schriftstück hat Herr Grothner mit Handschuhen selber getippt. Kommt Ihnen das nicht auch merkwürdig vor?« Dr. Krieger sah den Staatsanwalt zornig an.

»Und wenn Herr Grothner seine Schriftstücke mit nacktem Arsch zu Beethovens Neunter schreibt und dabei mit Bällen jongliert, so ist das doch wohl ohne jeden Belang. Und woher will diese Frau Huss so genau wissen, ob sie dieses Schriftstück nach Diktat geschrieben hat oder nicht? Sie kann sich unmöglich an jedes Diktat erinnern. Die behauptet das doch nur, um mich zu diskreditieren.«

»Ist das so? Tja, Frau Huss ist eine bemerkenswert gute Sekretärin. Sie hat alle Diktate auf Band. Herr Grothner diktierte nämlich immer mit einem Aufzeichnungsgerät. Und deren Speicher hat sie auf ihren Computer geladen, um später nachweisen zu können, dass sie exakt so geschrieben hat, wie es diktiert wurde. Komischerweise gibt es so ein Diktat aber nicht von Ihrem berühmten Dokument hier.«

Van Horn stand auf und ging zu dem Aktenschrank. Er brachte einen Gegenstand mit zurück und legte ihn auf den Tisch. Es war ein Diktiergerät.

»Ich darf Ihnen das mal eben demonstrieren?« Claas van Horn schaltete das Gerät an.

»Siebzehnter Mai zweitausendundelf. Sieben Uhr sechsundzwanzig«. Eine Computerstimme, etwas abgehackt, war zu hören. Dann die Stimme des wahrscheinlich toten Karl Grothner.

»Um elf Treffen mit Van Dyke. Dreizehn Uhr Konferenz der Regionalleiter. Dr. Krieger soll das leiten. Papiere für Longhorn-Logistik vorbereiten. Wenn Klaeser sich meldet, durchstellen. Jetzt Diktat, zur Unterschrift zu mir.« Van Horn stellte das Gerät ab.

»So machte Herr Grothner das jeden Tag. Deswegen können wir lückenlos jedem Dokument, das Herr Grothner unterschrieben hat, so eine Aufzeichnung zuordnen. Diese Aufzeichnung hier entstand übrigens knapp drei Wochen vor dem Datum, das auf Ihrer Vollmacht steht. Lassen Sie uns weiter lauschen, was der Herr Grothner da so diktiert hat.

»Vertretungsanweisung. Im Falle meiner Verhinderung beauftrage ich Frau Elisabeth Huss, derzeit als leitende Sekretärin in meinem Unternehmen tätig, mit der Fortführung der Konzernleitung. Ich erteile ihr Prokura in allen Belangen der Leitung, so wie ich sie innehabe. Die Vertretung endet entweder nach meiner Rückkehr oder mit dem Eröffnen meines Testamentes, für den Fall meines Todes.

Zwei Unterschriften, Ihre und meine.«

Der Staatsanwalt griff erneut in den Ordner und zog ein Blatt Papier hervor, das er Dr. Krieger vor die Nase hielt. Dort war der eben gehörte Text niedergeschrieben und das Dokument trug zwei Unterschriften. Die von Grothner und von Frau Huss.

»Und wissen Sie was? Der forensische Schriftenvergleich ergab, dass diese Unterschrift zweifelsfrei von Grothner stammt. Die juristische Bedeutung des Wortes »zweifelsfrei« ist Ihnen bewusst, oder?« Dr. Krieger begriff, dass er verloren hatte.

»Warum hat sie nicht sofort reagiert und das Schreiben vorgelegt? Warum kommt sie erst jetzt damit? Karl Grothner ist fast einen Monat fort.« Dr. Kriegers Stimme klang resigniert.

»Weil sie ihrem Chef vertraute und seine Entscheidungen niemals in Frage stellte. Und Ihre sogenannte Vollmacht war um drei Wochen aktueller. Sie hat uns lediglich gebeten, das zu überprüfen. Was wir dann auch getan haben.« Van Horn legte das Schreiben wieder in den Ordner zurück.

»Und nun?«, fragte Dr. Krieger.

»Aus Sicht der Staatsanwaltschaft besteht kein Zweifel daran, dass Sie mithilfe der Urkundenfälschung in betrügerischer Absicht gehandelt haben. Sie haben sich durch diese Manipulationen Zugang zu Mitteln verschafft, die Sie dann veruntreut haben. Die Staatsanwaltschaft wird zeitnah gegen Sie Anklage erheben. Sie werden heute noch zu der Sache offiziell vernommen und bleiben solange hier, bis ich Ihnen sage, dass Sie gehen dürfen. Für Ihre Kanzlei und für Ihr privates Wohnhaus existieren zwei Durchsuchungsbeschlüsse, die heute noch erfüllt werden. Ich verzichte derzeit auf die Beantragung eines Haftbefehls, rate Ihnen aber dringend, sich zu unserer Verfügung zu halten. Das haben Sie verstanden?« Claas van Horn hatte diese Sätze in einem sehr formellen Ton gesprochen und Dr. Krieger starrte auf seine Schuhe.

»Ich habe doch nichts veruntreut«, sagte er kleinlaut.

»Eine Million Euro. Sie hatten weder Recht noch Befugnis, das Geld an die Entführer auszuzahlen. Richten Sie sich darauf ein, dass der Konzern Schadensersatz verlangen wird.«

»Der Konzern?«

»Frau Huss! Und nun warten Sie draußen auf dem Flur. Ich fordere einen Vernehmungsbeamten an. Wir sehen uns vor Gericht.« Als Dr. Krieger gebeugt und geschlagen aus dem Büro verschwunden war, ordnete Claas van Horn die Durchsuchung seiner Privatwohnung und der Kanzlei an.

Sechsunddreißig

»Jetzt kannst du doch zurückkommen. Dr. Krieger ist weg.« Elisabeth sah Karl an.

»Das Spiel geht weiter. Herausschmeißen hätte ich ihn selber können.« Karl lächelte. »Das hast du sehr gut gemacht bis jetzt. Sehr gut. Das mit dem Diktiergerät hat die ganze Sache sehr gefördert. Deswegen darfst du heute selber entscheiden, ob du dich ausziehen willst oder nicht.« Sie entschied sich für das Ausziehen. Der Schmerz verband sie mit Karl. Sie wurde so ganz zu einem Teil von ihm. Und er zu einem Teil von ihr.

Am nächsten Morgen fuhr sie in die Zentrale, wurde aber im Foyer vom Pförtner abgefangen.

»Sie haben ab sofort Hausverbot. Anweisung von Dr. Krieger. Bitte übergeben Sie mir Ihre Schlüssel und alles, was Sie bei sich haben und was der Firma gehört.«

Der Pförtner, ein Mann von etwa vierzig Jahren, sah sie herablassend an. Er genoss offenbar seinen machtvollen Auftritt.

Statt ihm eine Antwort zu geben, griff Elisabeth nach ihrem Handy und wählte eine Nummer.

»Rechtsabteilung«, sagte sie knapp und reichte dem Mann das Handy, der es nahm und an sein Ohr hielt.

»Ja, ich habe hier Frau Huss. Sie darf das Gebäude nicht betreten und ich habe Anwei ...«. Er unterbrach und hörte mit gerunzelter Stirn zu.

»Oh. Jawohl. Ja. Das konnte ich nicht wissen. Bitte, ja mache ich.« Er blickte Frau Huss entschuldigend an.

»Es tut mir leid. Ich hatte Anweisungen.« Er machte eine einladende Handbewegung in Richtung der Aufzüge und trollte sich, so schnell er konnte, in seinen verglasten Raum, der als Empfang diente. Auf ihrem Platz saß eine junge Frau, die sie interessiert anschaute, als sie das Büro betrat.

»Ja bitte?«, fragte die Frau schnippisch. Eine halbe Stunde später begleitete der Sicherheitsdienst die junge Frau aus dem Gebäude. Sie war in Tränen aufgelöst und in ihrer Handtasche befand sich die fristlose Kündigung. Elisabeth Huss wusste genau, wie man den Konzern führte. Sie war Karl und Karl war sie.

Siebenunddreißig

Claas van Horn hatte lange mit Gerald Picard telefoniert und beschlossen, die SOKO »Karl« wieder zu aktivieren, kaum, dass sie aufgelöst worden war. Picard hatte ihn auf einen wesentlichen Faktor aufmerksam gemacht.

»Wenn dieser Vogel tatsächlich dieses ominöse Dokument gefaked hat, dann konnte er das nur in der Gewissheit tun, das Grothner nicht wiederkommt. Und das am zweiten Tag nach der Entführung. Und warum diese komische Frau Huss nicht sofort interveniert hat, ist mir ein Rätsel. Die ganze Sache stinkt, wenn Sie mich fragen.« Van Horn hatte ihm beipflichten müssen.

»Und dann diese Verwicklung mit Vlad. Langsam beginne ich zu glauben, dass es diesen Vlad gar nicht gibt. Krieger hat ein Motiv und er hat die Mittel. Und er hat eine Million Euro abgegriffen. Die ganze Nummer auf dem Parkplatz kann auch nur reine Show gewesen sein.«

»Sie meinen, die ganze Sache ist auf Kriegers Mist gewachsen? Denkbar wäre das. Und warum haben Sie den Mann dann gehen lassen?« Picard hatte versucht, keinen vorwurfsvollen Ton anzuschlagen.

»Bin eben erst drauf gekommen. Hören Sie, Gerald. Kommen Sie zurück. Ich besorge einen Haftbefehl und Sie greifen sich diesen Krieger. Sie sind ab sofort wieder Leiter der SOKO »Karl«.

Achtunddreißig

»Vlad hier. Sie sollten sich verpissen. Eben wurde Haftbefehl gegen Sie beantragt. Picard ist auf dem Weg zu Ihnen. Da ist ja wohl mächtig was in die Hose gegangen bei Ihnen, was?« Vlads Stimme klang eher belustigt als besorgt.

»Was soll das heißen? Wegen einer gefälschten Unterschrift werden die mich doch nicht verhaften.« Dr. Krieger war gereizt, was nicht verwunderlich war nach den Ereignissen der letzten vierundzwanzig Stunden.

»Die kriegen Sie wegen der Entführung am Arsch und die denken, Sie selbst hätten Kleinhans kalt gemacht, um die Spuren zu verwischen. Mal gespannt, wie Sie aus dieser Nummer herauskommen wollen.«

»Sie und ich wissen, dass das nicht wahr ist.«

»Ach ja? Und wer will denen das sagen? Ich vielleicht? Klar! Ich spaziere da morgen hin und sage denen, dass Sie das nicht waren. Und auch ich habe Grothner nicht entführt und getötet. Dann lässt man Sie sicher wieder laufen.«

»Können Sie mir helfen?« Das Flehen in Dr. Kriegers Stimme war unüberhörbar.

»Ich arbeite für Geld und wie es scheint, kommen Sie als Geldgeber nicht mehr in Frage.«

»Sie haben von mir eine Million Euro bekommen. Fürs NICHTSTUN!« Nun schrie Dr. Krieger in das Telefon, Speichel flog von seinen Lippen.

»Sie haben mich für das bezahlt, was ich getan habe. Wenn Sie mich fürs Nichtstun bezahlt haben, ist das okay für mich.«

»Ich schwöre Ihnen, wenn Sie mir jetzt nicht helfen, dann lasse ich Sie auffliegen, ich packe vollständig aus. Wenn ich schon in den Knast wandere, dann hetze ich vorher noch diese Hunde auf Sie. Darauf haben Sie mein Wort.«

»Auf Ihr Wort scheiße ich. Sie haben doch wohl gesehen, wie es den Leuten ergeht, die meine Kreise stören, oder? Womit wollen Sie mir drohen? Sie haben nichts. Außer Ihrer eigenen Schuld. Was können Sie mir bieten? Dienstleistung gegen Kohle. So läuft das.« Vlads Worte waren wie Gewehrschüsse.

»Fünfzigtausend Euro. Wenn Sie mir helfen. Ich habe Geld im Ausland. Ich brauche jemanden, der mir hilft, das Land zu verlassen und die Gelder abzuheben. Auf gar keinen Fall will ich ins Gefängnis für etwas, das ich nicht getan habe.«

»Och, da machen Sie sich mal keine Sorgen. Die Jahre, die Sie für das bekommen, WAS Sie getan haben, reichen völlig aus. Also gut. Fünfundsiebzigtausend, und ich helfe ihnen. Aber nicht wegen des Geldes. Sondern wegen unserer guten Geschäftsverbindung. Packen Sie Ihre Siebensachen und kommen Sie zum Ostbahnhof. Ich werde um zweiundzwanzig Uhr dort sein und Sie abholen. Alles Weitere später.«

»Danke!«

»Vergessen Sie es.« Dr. Krieger hielt den Hörer noch minutenlang in der Hand, obwohl nur noch das monotone Tuten des Besetztzeichens zu hören war. Er konnte es noch immer nicht fassen. Gestern noch war er der Chef des Grothner-Konzerns und heute ein gesuchter Krimineller auf der Flucht. Seine Wohnung und seine Kanzlei waren durchsucht worden und die Ermittler hatten sämtliche Computer und Akten mitgenommen. Seine Wohnung war durchwühlt worden, Schubladen standen offen und seine Kleidung quoll aus ihnen heraus. Und nun das. Jetzt wollten sie ihm die Entführung in die Schuhe schieben. Er war Jurist genug, um zu erkennen, dass die Indizienkette, die er gelegt hatte, unweigerlich zu dem Schluss führen musste, dass er der Urheber des Ganzen war. Und alles nur wegen dieser Frau Huss, die jetzt seinen Posten eingenommen hatte. Unerklärlich und ungeheuerlich zugleich. Wie hatte er das übersehen können? Wie hatte er Karl Grothner so unterschätzen können? Seine Chefsekretärin zur Vertretung zu machen ... unglaublich. Doch ihm blieb keine Zeit, um sich in inneren Hasstiraden zu ergehen. Schnell packte er eine Reisetasche, legte sein Bargeld und seine Krügerrand-Sammlung hinein und ebenso seine Sparbücher und die Kreditkarten. Er konnte nicht an seine Konten, denn das Fehlen der Computer machte ihm das Online-Banking unmöglich. Dr. Krieger hoffte, dass Vlad ihm dabei behilflich sein konnte, sein Vermögen ins Ausland zu transferieren. Wie konnte das alles nur so schnell so kommen? Resigniert trug Dr. Krieger seine Habe zu seinem Auto und fuhr zum Treffpunkt. Fünfzehn Minuten später hielten ein Streifenwagen und ein ziviles Fahrzeug der Polizei vor seiner Haustür. Dr. Krieger befand sich auf der Flucht. Vlad wartete in seinem unauffälligen Wagen auf ihn. Er stellte sein Auto auf einem Behindertenparkplatz ab und lud sein Gepäck um. Vlad blieb derweil sitzen und machte nicht die geringsten Anstalten, ihm zu helfen. Danach stieg er in den silbernen Volvo und ohne ein Wort zu sagen fuhr Vlad los.

»Wo werden Sie mich unterbringen, bis alles geregelt ist?«, fragte Dr. Krieger statt einer Begrüßung.

»Ein Freund hat mir da einen guten Tipp gegeben. Ist nicht für lange und Sie müssen einige Abstriche machen, was Luxus und Komfort angeht. Aber für einige Tage sind Sie da sicher, und nur darum geht es. Schalten Sie Ihr Mobiltelefon aus.« Vlad hatte bei diesen Worten keinen Blick von der Straße genommen. Dr. Krieger fühlte sich äußerst unwohl in seiner Haut. Das war alles so schnell gegangen. Er wusste im Grunde nicht, wie es in seinem Leben weitergehen sollte. Wenn er sich der Polizei stellen würde, oder die ihn vorher fassten, würde er es sehr schwer haben, seine Unschuld zu beweisen. Über Vlad auszupacken, kam ihm nicht in den Sinn, denn er war selbst als Auftraggeber viel zu sehr in die Sache verstrickt, um straflos daraus hervorzugehen. Im Grunde genommen war er nicht nur Urkundenfälscher und Betrüger, sondern de facto auch Kunde eines Auftragskillers. Selbst wenn er die Morde nicht explizit angeordnet hatte. Bezahlt hatte er sie. Sie hatten mittlerweile die Stadtgrenze erreicht und befanden sich auf einer Landstraße, die in die nächste Ortschaft führte. Er hatte den Akku aus seinem Handy entfernt, um ganz sicherzugehen, dass man sein Telefon nicht orten konnte.

»Was ist das für ein Versteck? Ist es denn auch sicher dort? Wenn die mich finden, kann ich einpacken, und Sie auch. Vergessen Sie das nicht.« Dr. Krieger versuchte, souverän zu wirken, doch es gelang ihm nicht, seiner Stimme die nötige Festigkeit zu verleihen.

»Keine Sorge. Das Versteck ist todsicher.« Diesmal hatte Vlad ihn angesehen. Er betätigte den Blinker und bog in einen unscheinbaren Nebenweg ein, der von der Hauptstraße abzweigte. Es war dunkel und Dr. Krieger rutschte auf seinem Sitz hin und her. Vor einem geschlossenen Tor hielt Vlad den Wagen an.

»Von hier aus müssen wir laufen. Ich will nicht, dass man aus der Luft sieht, dass hier ein Auto durch Unkraut gefahren ist. Nehmen Sie Ihre Sachen und kommen Sie mit.« Das war keine freundliche Aufforderung, sondern ein Befehl. Dr. Krieger akzeptierte für den Moment den Ton, in dem mit ihm gesprochen wurde, und stieg aus. Es war stockdunkel und Vlad nutzte sein Smartphone, um den Weg auszuleuchten, als er vorging, ohne darauf zu achten, dass Dr. Krieger ihm folgte. Er öffnete das Vorhängeschloss, das zusammen mit einer Stahlkette das Tor sicherte und betrat das Gelände der ehemaligen Buttwanger-Fabrik. Dr. Krieger hatte sich die Reisetasche über die Schulter geworfen und stapfte hinter ihm her. Vlad war heute Mittag schon einmal hier gewesen und hatte alles vorbereitet. Nach dem nächtlichen Telefonat am Vortag waren alle Karten neu gemischt worden, und sein neuer alter Auftraggeber hatte exakt vorausgesehen, wie sich die Dinge entwickeln würden. Der erste Schritt war der Anruf bei Dr. Krieger. Außerdem hatte er einen ganzen Reigen von Anweisungen übermittelt und Vlad gedachte, sie exakt auszuführen. Irgendwie hatte er auch etwas wiedergutzumachen, auch wenn sein Gesprächspartner am Telefon völlig neutral gewesen war und keine Vorwürfe geäußert hatte. Vielleicht war seinem Auftraggeber auch das geschäftliche Intermezzo mit Dr. Krieger nicht bewusst.

Sie hatten jetzt das flache Gebäude erreicht, das Vlads Auftraggeber als Versteck für Dr. Krieger gewählt hatte.

»Das hier ist Ihr neues Zuhause für die nächsten Tage. Es ist alles für Ihren Aufenthalt vorbereitet. Sie dürfen das Gebäude nicht verlassen. Das ist wichtig, niemand darf Sie sehen oder ahnen, dass hier jemand lebt.« Mit diesen Worten öffnete Vlad die Tür zum Pförtnerhaus und ließ Dr. Krieger eintreten. Er verschloss die Tür sofort wieder und ging mithilfe der Handybeleuchtung in einen Nebenraum und startete dort das Stromerzeugeraggregat. Zwei Glühbirnen leuchteten auf und tauchten das heruntergekommene Innere des Bungalows in diffuses Licht.

»Hier soll ich es tagelang aushalten? Das ist ein erbärmliches Rattenloch. Ich hatte wirklich gedacht, dass ein Mann Ihres Formats über andere Ressourcen verfügt. Das können Sie vergessen. Hier bleibe ich nicht.« Dr. Krieger starrte geradezu entsetzt auf die bröckelnden Wände und den schmutzigen Rest der Liegenschaft.

»Sie können, und Sie werden. Der letzte Bewohner hat es hier auch ganz gut ausgehalten. Und der ist ein echter Snob, müssen Sie wissen.« Vlad lächelte. Ein kaltes Lächeln. Sein »Befrager«-Lächeln. Dr. Krieger hatte nicht wegen seiner Begriffsstutzigkeit eine solche Karriere gemacht.

»Der Wagen, der da draußen steht. Das ist ein Renault. Ich habe das genau gesehen. Die ganze Ausstattung hier. Das hätten Sie unmöglich alles in der Kürze der Zeit herschaffen können. Das hier ist der Ort, an dem Karl Grothner versteckt wurde. Woher kennen Sie diesen Ort? Wer ist dieser »Freund«, von dem Sie den Tipp haben? Kleinhans? Hat er Ihnen die Stelle verraten? Und wo ist Grothner? Liegt der tot im Keller, oder was? Bringen Sie mich auf der Stelle weg von hier.«

»Immer langsam mit den jungen Pferden. Sie haben recht. Hier wurde Karl Grothner gefangen gehalten. Aber haben Sie keine Sorge, er ist schon lange nicht mehr hier. Und was den Freund angeht ... Kleinhans war es nicht, der mir dieses schnuckelige Örtchen empfohlen hat.« Vlad grinste noch immer und schien sehr amüsiert. Dr. Krieger begriff und gleichzeitig weigerte sich sein Gehirn, die Tatsachen anzuerkennen. Wenn das, was ihm jetzt als logischer Schluss in den Sinn kam, wahr wäre, dann hatte er sich seinem Henker selbst ausgeliefert. Dem Henker, den er für seinen Retter hielt. Dem Henker, den er für seine Rettung bezahlte.

»Es war Karl Grothner, der Ihnen von dem Keller erzählt hat. Und Sie arbeiten wieder für ihn«, flüsterte Dr. Krieger, die Reisetasche noch immer über die Schulter gelegt. »Er hat Ihnen gesagt, dass Sie mich herbringen und töten sollen, oder? Das ist alles auf seinem Mist gewachsen. Und diese Frau Huss weiß alles und hängt auch an seinen Marionettenfäden. Ist es so?«

»Alles richtig, bis auf ein einziges Detail. Ich werde Sie nicht töten. Dazu habe ich keinen Auftrag.«

»Was dann?« Dr. Krieger ließ die Reisetasche von der Schulter gleiten und auf den Boden fallen. Ihm war nicht entgangen, dass Vlad langsam auf ihn zuging. Nicht wirklich ging. Er kam irgendwie einfach immer näher.

»Hmmm. Ich würde sagen, ich habe meinen Spielraum, und den gedenke ich auszunutzen.« Dr. Krieger drehte sich blitzschnell um und wollte die Haustür erreichen, doch noch bevor er den ersten Schritt in deren Richtung getan hatte, war Vlad bei ihm. Er griff von hinten an sein Kinn und riss Dr. Kriegers Kopf mit einem Ruck nach rechts.

»Einen Zentimeter nur. Einen Zentimeter nur weiter und es knackt etwas, und du bist eine tote Ratte.«

Der Schmerz in seinem Nacken nahm zu, als Vlad seinen Hals weiter verdrehte, und er sank unwillkürlich auf die Knie. Ein Inferno aus Schmerz tobte in seinem Nacken und ihm wurde schwarz vor Augen. Vlad ließ von ihm ab und Dr. Krieger fiel ungebremst auf sein Gesicht.

»Herr Grothner ist sehr wenig amüsiert über deinen Verrat. Er mag es nicht, wenn man ihm derart in die Parade fährt. Kleinhans war eine Made. Was bist du dann?«

Vlad trat nach Dr. Kriegers Kopf und traf ihn an der Stirn. Blut strömte aus einer Platzwunde auf dessen Gesicht.

»Herr Grothner meint, dass es nur fair wäre, wenn du nun auch einige Zeit in diesem herrlichen Ambiente verbrächtest.« Ein weiterer Tritt. Die rechte Augenbraue platzte auf und auch die Nase wurde getroffen.

»Und nun, du Ratte, zeige ich dir dein neues Zuhause. Du wirst es lieben.«

Dr. Krieger war kaum bei Bewusstsein, als er wie ein Kartoffelsack über den schmutzigen Boden gezogen wurde. Eine Tür wurde geöffnet und Vlad stieß ihn die Holztreppe hinunter, die in den Keller führte. Dr. Krieger sah mit dem linken Auge noch die Maserung der Stufen, bevor er hart mit dem Kopf auf dem Beton des Kellerbodens aufschlug. Danach gab es nur noch Schwärze. Vlad schleppte den ohnmächtigen und blutenden Mann zu der Liege und legte ihm die Halsmanschette um, die durch eine Kette mit der Kellerwand verbunden war. Danach leerte er die Taschen des Bewusstlosen und steckte den Inhalt selbst ein. Damit war sein Auftrag zunächst erledigt. Er schaffte Dr. Kriegers Reisetasche ins Auto, nachdem er das Aggregat abgeschaltet und alle Türen verriegelt hatte, und fuhr nach Hause. Morgen würde diese Huss sich um den Mann kümmern. Das hatte ihm Grothner zumindest gesagt. Aber das war ihm egal. Die Hauptsache war, dass Grothner nicht ahnte, dass er ebenso Verrat an ihm begangen hatte. Das könnte die wieder aufgelebte geschäftliche Beziehung belasten.

Neununddreißig

Elisabeth Huss war eine Frau mit einer sehr übersichtlichen Biographie. Ihre Eltern waren streng und in jeder Hinsicht unnachgiebig. Es gab zu keinem Zeitpunkt in ihrer Kindheit einen Moment, in dem sie einen einmal formulierten Entschluss ihrer Eltern hätte verändern können. Keine Regel wurde je diskutiert und niemals gab es auch nur ansatzweise Kompromisse, was ihre Schulnoten betraf. Ihr Vater war ein hochgewachsener Mann mit tadellosem Auftreten. Es gab keine Bilder in ihrer Erinnerung, in denen ihr Vater irgendwie »salopp« oder »leger« gekleidet war. Ihr Vater war auch nie krank oder ungepflegt. Ungeachtet von Urlaub, Feiertagen oder Wochenenden war ihr Vater immer gleich gekleidet. Sie wohnten in einem geräumigen Einfamilienhaus und auch der Vorgarten wies keine Unregelmäßigkeit auf. Ihre Mutter sorgte dafür, dass niemals auch nur ein

Grashalm dort wuchs, an dem er nach ihrer Auffassung nicht zu wachsen hatte. Einen Teil dieser Korrektheit hatte sie adaptiert. Wann immer sie neue Menschen kennenlernte, war ihr Augenmerk darauf gerichtet, ob sich dieser Mensch kontinuierlich pflegte. Ob Haare aus seinen Ohren wuchsen, wo sie nicht hingehörten. Oder ob es Flecken auf der Kleidung gab. Ob es lose Fäden an den Hosensäumen gab. Und sie war ein Mensch, der sehr olfaktorisch ausgerichtet war. Sie roch es, wenn jemand Körperhygiene durch das Auftragen von Duftstoffen betrieb, anstatt sich zu waschen. Sie roch es, wenn jemand Schweißfüße hatte. Mochte dieser eine Stunde vorher noch geduscht haben. Den Geruch nahm sie durch die dicksten Lederschuhe wahr. Sie roch schlechte Mundhygiene und faule Zähne. Alkoholgeruch von Vorabenden lag ihr sofort in der Nase. Jede Form von Unsauberkeit war ihr zuwider. Als sie Karl Grothner in diesem schäbigen Arbeitsanzug, ungepflegt und stinkend, abgeholt hatte, empfand sie starkes Mitleid mit dem Mann, der ansonsten stets die Inkarnation der allumfassenden Korrektheit war. Jetzt, da sie beide ein Paar waren, hatten sich einige verdächtige Gerüche dazugesellt. Schweiß. Speichel und Sperma. Und ihr eigener Geruch. Der war schmutzig. Wenn er sie nahm, war das gut. Und doch wieder nicht. Sie hatte vorher nur ein einziges Mal Sex gehabt mit einem Mann. Das war, als sie auf der Universität in ihrer Studentenwohnung lebte. Sie hatte kein Interesse an ihren Kommilitonen und sonderte sich von der Gemeinschaft der Studierenden ab. Das weckte wohl den Ehrgeiz einzelner junger Männer, und einer schaffte es schließlich, sie ihrer Jungfräulichkeit zu berauben. Nicht ganz freiwillig, aus ihrer Sicht. Das Ganze fand in seiner kleinen Studentenbude statt, in die er sie mit einem Vorwand gelockt hatte. Natürlich nahm sie sein Bier an, das er ihr, scheinbar aus purer Höflichkeit, anbot. Er hatte sie gebeten, sich eine seiner Arbeiten anzusehen. Sie studierte Betriebswirtschaft und Informatik und er Kunst und Geschichte. Als sie über seinen Bleistiftzeichnungen hockte, nahm sie zu spät wahr, dass seine Hand auf ihrem Oberschenkel ruhte. Er hatte begonnen, mit dem Daumen streichelnde Bewegungen auszuführen. Als sie ihn entgeistert angesehen hatte, hatte er blitzschnell ihren Kopf gepackt und ihr einen Kuss gegeben. Sie hatte sich gewehrt, doch seiner Körperkraft hatte sie nichts entgegenzusetzen.

»Mit blauen Flecken oder ohne?«, waren die einzigen Worte, die er sagte, bevor er begann, ihre Scham durch die Hose zu streicheln. Dabei hielt er ihre Handgelenke mit einer Hand, wie mit einer Schraubzwinge, fest. Sie musste das, was nun geschah, erdulden, und sie tat es, wie sie die Schelte ihres Vaters auch stets erduldet hatte. Indem sie sich an einen anderen Ort dachte. Einen sauberen, einen reinen Ort. Wo es nur Regeln gab, keinen Schmutz und keine unangenehmen Gerüche. Der Schmerz war groß, ein reißender, stechender Schmerz, und als sich der sportliche, junge Mann in ihr entlud, hatte sie das Gefühl des Ekels fast schon überwunden. Was blieb, war eine olfaktorische Erinnerung. Sein Keuchen, den Schmerz und die Vergewaltigung empfand sie nur als sehr negativ, wirklich berührt hatte sie sein Geruch. Schweiß. Fußgeruch. Und der Gestank aus seinem Mund. Knoblauch und billiges Bier. Als er seinen Sieg errungen hatte, entließ er sie aus seinem schmuddeligen Appartement und sie schwankte in ihr eigenes zurück. Für sie war die Welt nun anders, der Student hatte lediglich eine Wette gewonnen. Einige Wochen später ereignete sich in dem Studentenwohnheim ein Unglück. Jener Kunststudent hatte wohl vergessen, seinen gasbetriebenen Heizstrahler auszuschalten, bevor er, voll des süßen Weines, in seligem Schlummer gefangen wurde. Das Ein-Zimmer-Appartement brannte völlig aus, mit ihm darin. Das Wohnheim musste für einige Wochen geschlossen werden, bis die Spuren des Desasters beseitigt waren. Leider gab es solche Zwischenfälle immer mal wieder. Studenten neigten dazu, manchmal über die Stränge zu schlagen, und nicht immer ging das gut. Der studentische Sportsmann war für seine Eskapaden bekannt und so vermutete niemand, dass es sich bei der Tragödie um mehr als einen Unfall gehandelt hatte. Der Geruch hatte sich mit dem Abtransport der verbrannten Leiche aus dem Wohnheim auch aus ihrem Gedächtnis verflüchtigt. Danach gab es keine Wetten mehr, und sie konnte ohne weitere Belästigungen ihr Studium erfolgreich abschließen. Niemand hatte sie gefragt, ob sie etwas gesehen oder Kontakt mit dem Studenten gehabt habe. Die, die etwas ahnten, schwiegen. Die offene Tür, das laute Schnarchen des Bewohners, die Weinflaschen auf dem Tisch, waren ihr Geheimnis. Der abgeschaltete Heizstrahler auch. Die Welt war danach wieder in Ordnung für sie und ihr Weg verlief strikt geradeaus. Dann traf sie auf Karl Grothner und sie fand in ihm den Mann ihres Lebens. In seiner grenzenlosen Eloquenz und Souveränität wurde er zur Achse in ihrem Leben. Die einzige Eintrübung erfuhr sie, als er so heruntergekommen aus dem Bungalow gekommen war. Als er über den Zaun gestiegen war. Doch ihre Liebe und Ehrfurcht verklärten diese Umstände. Schließlich war Karl ein Opfer, kein Täter. Was er mit ihr tat, war nur das Verabreichen von Schmerz. Aber anderer Schmerz. Er war derjenige, der ein Recht besaß. Dieser längst vergessene Student hatte dieses Recht nicht besessen. Und Karl schlief nicht mit ihr. Er nahm sie. Er ergriff Besitz von ihr und sie hatte nur den einzigen Wunsch, nämlich sich ihm zu geben. Dabei hatte er niemals auch nur ein einziges Mal versucht, in ihre Vagina einzudringen. Als würde er sich das aufheben. Wenn er das täte, wären sie ... wie verheiratet. Er penetrierte sie anal und oral. Niemals hatte er ihre Scham auch nur berührt. Eines Tages würde er sie wirklich wollen, und dann wäre sie seine Frau. Nicht nur ein Liebespaar. Und er roch so gut. So richtig. So sauber. Er war alles. Einfach alles.

Vierzig

Es klingelte an der Tür, und nach den Geschehnissen vor einigen Wochen war das kein Geräusch, das Elisabeth angenehme Gefühle machte. Insbesondere deswegen nicht, weil in ihrem Gästezimmer der Mann wohnte, der als vermeintliches Entführungsopfer bundesweit gesucht wurde. Sie betätigte den Türöffner, und dieses Gefühl von Déjà-vu verstärkte sich noch, als sie durch den Türspion das Gesicht von Gerald Picard erkannte. Von Karl hatte sie nichts gehört oder gesehen. Aber sie war sicher, dass er im Gästezimmer mitbekommen hatte, dass sie Besuch erhielt. Er würde sich sicher nicht verraten. Sie öffnete die Tür und sah Picard fragend an.

»Hallo, Herr Picard. Ist etwas passiert?«, begrüßte sie ihn.

»Guten Tag, Frau Huss. Darf ich reinkommen?« Picard wartete die Antwort nicht ab und betrat die Wohnung.

»Bitte.« Elisabeth war irritiert. Sie wusste nichts von den Entwicklungen in Sachen Dr. Krieger. Sie hatte lediglich Karls Anweisungen befolgt und ihre Aussagen gemacht. Alles war so gelaufen wie von Karl geplant. Sie saß stellvertretend auf dem Chefsessel und Dr. Krieger wartete auf seinen Prozess.

»Frau Huss«, begann Picard, »es gibt Grund zu der Annahme, dass Dr. Krieger für die Entführung von Karl Grothner verantwortlich ist. Gegen ihn besteht seit gestern Nachmittag ein Haftbefehl. So, wie es derzeit aussieht, hat er sich seiner Verhaftung durch Flucht entzogen. Hat er sich bei Ihnen gemeldet? Immerhin weiß er, dass Sie uns den entscheidenden Hinweis gegeben haben.« Picard sah Elisabeth direkt ins Gesicht.

»Das gibt es doch nicht. Dr. Krieger steckt dahinter? Das kann ich mir kaum vorstellen. Er ist doch Anwalt und kein Mörder. Das mit der Unterschrift hätte ich ihm eigentlich auch nicht zugetraut. Aber das jetzt?« Die Erregung in Elisabeths Stimme war nicht gespielt. Sie war wirklich erschüttert darüber, welche Tragweite Karls Plan entwickelt hatte.

»Und das bringt mich zu der Frage nach diesem ominösen ›Vlad‹. Wir haben Dr. Kriegers Auto gefunden und es gibt Aufzeichnungen von einer Überwachungskamera, die ihn zeigen, wie er in ein anderes Auto umsteigt. Leider stand dieses Fahrzeug außerhalb des Erfassungsbereichs der Kamera, man kann nur gerade eben die Kante einer offenen Autotür erkennen. Wir gehen davon aus, dass er Hilfe in Anspruch nimmt, was seine Flucht angeht. Wenn Ihnen also irgendetwas zum Thema ›Vlad‹ einfällt oder sich Dr. Krieger bei Ihnen meldet, dann sollten Sie mich sofort informieren.« Picard sah ihr jetzt direkt in die Augen.

»Und wenn Ihnen auch nur das Geringste verdächtig erscheint, informieren Sie mich gleichfalls. Fast bin ich geneigt, den Personenschutz für Sie wieder zu anzuordnen.«

Sein Blick fiel durch die geöffnete Tür in die Küche.

Auf dem Küchentisch stand ein Tablett, darauf ein Teller mit geschnittenen Äpfeln. Daneben eine Flasche Mineralwasser sowie ein Glas. Und ein Diktiergerät.

»Wie geht es Ihnen eigentlich mit Ihrem neuen Job? Von der Chefsekretärin zur Konzernchefin ist es ja schon ein gewaltiger Schritt.«

»Es geht gut. Die Arbeit ist dieselbe. Die Strukturen sind klar und Entscheidungen treffe ich so, wie Herr Grothner sie treffen würde. Ich weiß ja, wie er die Dinge angegangen ist. Außerdem ist es ja nur, bis er wieder da ist.« Sie sagte das so, als sei Grothner nur auf einer Dienstreise und nicht mit ziemlicher Sicherheit tot.

»Tja, Frau Huss. Die Hoffnung stirbt zuletzt. Wer weiß, ob nicht doch noch ein Wunder geschieht. Sie melden sich bitte, wenn irgendetwas ist. Äpfel sollen ja gesund sein, ich sollte auch mehr Obst essen.« Picard zeigte auf das Tablett.

»Ja, sehr gesund. Ich wollte es mir gerade vor dem Fernseher gemütlich machen.«

»Mit Diktiergerät?«

»Ja, ich spreche da immer drauf, wenn mir etwas einfällt, was ich auf der Arbeit erledigen muss. Ersetzt die Zettelwirtschaft.«

»Tja, dann will ich nicht länger stören.« Picard verabschiedete sich knapp und verließ die Wohnung. Erst als Elisabeth die Haustür ins Schloss fallen hörte, atmete sie auf. Sie ging in die Küche, nahm das Tablett und brachte es zum Gästezimmer. Bevor sie anklopfen konnte, öffnete sich die Tür und Grothner stand vor ihr.

Karl war unrasiert. Das fiel ihr sofort auf. Sie hatte ihn heute noch nicht gesehen und auch gestern nur kurz am Morgen. Er hielt sich überwiegend im Gästezimmer auf. Außerdem trug er wieder den Arbeitsanzug, den er schon bei seiner Abholung angehabt hatte. Mit ihrer feinen Nase roch sie sofort, dass er ungewaschen war. Wie lange schon? Er lächelte sein spezielles Lächeln und sie betete, dass sie alles richtig gemacht hatte. Dieses Lächeln konnte alles bedeuten. Irritiert sah sie ihn an.

»Soso. Dr. Krieger ist der Bösewicht, der mich entführen ließ. Und flüchtig ist er auch. Na sowas.« Sein Grinsen wurde noch eine Spur kälter.

»Es gibt Staaten, in denen wird sowas mit dem Tode bestraft. Da kann er ja froh sein, dass er in einem Sozialstaat lebt. Es sei denn ...« Karl unterbrach und sein Lächeln verschwand. Er trat näher an Elisabeth heran, und sie nahm wahr, dass sich Karl wohl auch seit zwei Tagen die Zähne nicht mehr geputzt hatte. Die Härchen auf ihren Armen richteten sich auf.

»Es sei denn, es zählte hier nicht irgendein Gesetz irgendeines Staates, sondern mein Gesetz. Fändest du das gut?« Elisabeth sah Krümel. Kleine gelbe Krümel in Karls Augenwinkel. Schlafdreck, wie ihre Mutter das immer genannt hatte.

»Ja Karl, das fände ich gut«, brachte sie hervor.

»Dann verlassen wir mal rasch das Konjunktiv. Dr. Krieger ist seit gestern mein Gast. Er hat die Suite bezogen, die Kleinhans für mich ausersehen hatte. Der liebe Vlad hat ihn dort einquartiert, und du wirst dich um ihn kümmern. So wie mir geschildert wurde, hat Dr. Krieger wohl eine Kopfnuss bekommen. Warum fährst du nicht gleich hin? Ich sorge dafür, dass Vlad auch dort sein wird. Er wird dir alles erklären, was du wissen musst ...« Sein Blick hatte etwas Herausforderndes angenommen, als wolle er abschätzen, ob ihre Loyalität für diesen Auftrag ausreichte.

»Aber ... dieser Vlad ... er wollte mich doch umbringen. Er hat doch den Kriminalbeamten hier im Treppenhaus getötet. Und diesen Kleinhans. Und den Schrottplatzbesitzer.« Angst lag in ihrer Stimme. Karl trat noch näher an sie heran, fast berührte sein Gesicht das ihre.

»Du wirst nie wieder an dem zweifeln, was ich anordne. Du bist nur eine kleine, erbärmliche Sekretärin, die zu gehorchen hat. Du hast Angst? Angst davor, dass meine Entscheidungen dir Schaden bringen könnten? Angst davor, dass etwas Unrechtes geschieht und du erwischt wirst? Ich will dir jetzt mal etwas sagen, mein Täubchen. Es gibt keine Angst. Es gibt nur »richtig« und »falsch«. Und was ich tue, ist immer richtig. Hast du das verstanden? Angst ist vollkommen sinnlos.« Er griff nach ihrem Gesicht und hielt ihr mit einer Hand Mund und Nase gleichzeitig zu.

»Das kann ich jetzt machen, bis du tot bist. Dann habe ich das so entschieden. Und wenn ich das entscheide, dann ist es richtig.« Ihr Kopf wurde rot, Tränen befeuchteten seine Hand, die noch immer ihre Atemwege blockierte. Krampfhaft versuchte sie Luft zu bekommen. Sein vollkommen emotionsloser Blick lähmte sie so sehr, dass sie keine Versuche machte, seine todbringende Hand von sich wegzustoßen. Sie ließ das Tablett fallen, es klirrte, als der Teller und das Glas zerbrachen. Einige Apfelstücke waren auf seinen nackten Füßen gelandet. Er nahm davon keine Notiz.

»Und wenn du keine Angst hast, sondern Vertrauen, dann wirst du leben. Sage mir, hast du immer noch Angst?« Mit letzter Kraft konnte sie ein Kopfschütteln andeuten. Er ließ sie frei.

»Dann ist es ja gut, mein Schatz. Und nun kümmere dich um meinen Gast.« Er drehte sich um und ging in sein Zimmer zurück.

»Und bring mir einen neuen Apfel.« Er schloss die Tür hinter sich und Elisabeth sank schluchzend auf die Knie. Sie sammelte die Scherben und die Apfelstücke ein und brachte sie in die Küche. Nachdem sie einen neuen Apfel geschält und geschnitten hatte, brachte sie das Tablett zu seinem Zimmer, wo sie es auf den Beistelltisch vor der Tür stellte. Sie hörte durch die Tür seine Stimme.

»Sie kommt jetzt dahin. Erklären Sie ihr, was sie wissen muss und dann verschwinden Sie. Ich melde mich, wenn ich Sie wieder brauche. Ende.«

Elisabeth nahm ihre Wagenschlüssel und fuhr zur alten »Buttwanger-Fabrik«. Sie hatte keine Angst mehr.

Einundvierzig

Vlad erwartete sie am Eingangstor. Es begann bereits zu dämmern, der Sommer hatte seinen Zenit überschritten. Sie hielt den Golf an und nickte zur Begrüßung nur mit dem Kopf. Dann stieg sie aus. Kommentarlos öffnete der hochgewachsene Mann mit dem Allerweltsgesicht das Tor und schritt voran. Vlad öffnete die Tür zum Bungalow und sie traten ein.

»Vorräte sind hinten in dem Raum. Ich zeige Ihnen, wie der Stromgenerator funktioniert. Der Typ ist da im Keller, der Schlüssel steckt im Vorhängeschloss. Sie sah, dass die Tür zum Keller mit einem ziemlich großen Schloss gesichert war.

»Der hat ein bisschen was abgekriegt. Nicht so schlimm, wie es aussieht. Keine Ahnung, ob er schon wieder wach ist. Passen Sie auf, dass er Sie nicht erwischt, wenn Sie ihm was zu Essen bringen. Ich habe ihn angekettet. Wenn Sie außerhalb der Reichweite der Kette bleiben, kann nichts passieren.« Vlad ging in ein Nebenzimmer und erklärte ihr, wie sie den Stromgenerator bedienen musste.

»Den brauchen Sie nur, wenn Sie unten Licht haben wollen. Ist stockduster da. Da in der Schachtel ist Diazepam. Hauen Sie ihm immer zwanzig Tropfen davon ins Wasser, das hält ihn ruhig. Sollten Sie nicht vergessen. Und wenn er zickig wird, geben Sie ihm das hier über den Schädel.« Er zog einen Gummiknüppel aus einer Klappbox, die ansonsten nur Mineralwasserflaschen enthielt.

»Alles klar? Oder haben Sie noch Fragen?« Vlad schien es eilig zu haben.

»Was, wenn er so verletzt ist, dass er einen Arzt braucht?« Ihr sachlicher Ton erschreckte sie selber.

»Dann hat er Pech gehabt. Kein Arzt. Keine weiteren Leute, die davon wissen. Wenn was unklar ist, fragen Sie Karl Grothner.« Elisabeth nickte und Vlad ließ sie mit der Situation alleine. Zunächst startete sie den Stromerzeuger. Dann fasste sie sich ein Herz und griff nach dem Gummiknüppel. Sie entfernte das Vorhängeschloss und öffnete die Tür zum Keller. Dr. Krieger lag auf der Liege, so wie Vlad ihn dort deponiert hatte. Er hatte die Augen geschlossen. Sein ganzes Gesicht war mit getrocknetem Blut bedeckt und sein Atem ging rasselnd. Der sonst so makellose Anzug war an einigen Stellen zerrissen und sein Oberhemd war gleichfalls von Blut durchtränkt. Die Platzwunde an seinem linken Auge blutete nicht mehr, und Elisabeth holte eine Flasche Wasser, mit deren Inhalt sie sein Gesicht wusch. Der Mann war vollkommen bewusstlos und sie beschloss, ihn auszuziehen, um nachschauen zu können, ob er noch weitere Verletzungen hatte. Außerdem hatte er sich eingenässt und die Kleidung roch scharf nach Urin. Als er nackt und zerschlagen vor ihr lag, empfand sie fast Mitleid mit dem ehemaligen Chefjustitiar. Als sie sein Gesicht wusch und die Verkrustungen aus seinem linken Auge und der Nase entfernte, stöhnte Dr. Krieger leise. Seine Goldzähne blitzten für einen Moment auf. Elisabeth war sich sicher, dass der Mann mindestens eine Gehirnerschütterung erlitten hatte. Wenn nicht Schlimmeres, denn die anhaltende Bewusstlosigkeit trotz der Dinge, die sie mit ihm tat, war nicht normal. Sie konnte nichts weiter tun, als abzuwarten und so gab sie etwas von dem Diazepam in die Flasche Wasser, die sie ihm neben die Blechschüssel stellte, in der sie etwas Brot deponierte. Sie fand einen Overall, der identisch war mit dem, den Karl jetzt trug, und legte ihn ebenfalls in den Keller. Die stinkende Kleidung des Anwalts hatte sie in einen blauen Müllsack gestopft. Sie verließ das Gebäude, nachdem sie den Stromerzeuger abgeschaltet und alle Türen verriegelt hatte. Neben dem Gebäude stand der Renault, nach dem die Polizei genauso fahndete wie nach Vlad und seinem vermeintlichen Opfer. Sie versuchte die hintere Tür des Wagens zu öffnen, der offensichtlich seit dem Tag der Entführung nicht mehr bewegt worden war, und tatsächlich war das Fahrzeug unverschlossen. Ein muffiger Geruch entströmte dem Wagen und Elisabeth warf den Sack mit Dr. Kriegers Kleidung auf den Rücksitz und war froh, sie los zu sein. Dann fuhr sie in ihre Wohnung, und da Karl sich wieder in seinem Zimmer verschanzt hatte und von ihrer Rückkehr keine Notiz nahm, duschte sie zunächst ausgiebig, bevor sie das Abendbrot richtete. Morgen würde sie etwas einkaufen, damit ihr Gast sich nicht ausschließlich von Brot ernähren musste. Schließlich hatte sie ein gutes Herz. Wider Erwarten öffnete Karl die Tür, als sie das Tablett mit seinem Abendessen auf den Beistelltisch vor seinem Zimmer abstellen wollte. Er trug noch immer den schäbigen Overall und sah ungepflegt aus.

»Wie geht es Dr. Krieger?«, fragte er ohne Umschweife.

»Vlad hat ihn ziemlich zugerichtet. Er war ohne Besinnung. Ich habe ihn gewaschen und ausgezogen, er trägt jetzt auch ... sowas«, antwortete sie und wies abfällig auf Grothners Kleidung.

»Das ist gut. Morgen wirst du wieder hinfahren. Du wirst jeden Tag hinfahren und dafür sorgen, dass er überlebt. So lange, bis ich dir sage, dass du nicht mehr hinfahren musst.« Er nahm ihr das Tablett aus der Hand und ließ sie im Flur stehen, nachdem er sie eine Sekunde lang musternd angeschaut hatte.

»Mach die Tür zu. Ich habe zu arbeiten.« Sie gehorchte. Sie wusste, dass er den Konzern von hier aus lenkte. Sie brachte ihm jeden Tag ein neues Backup mit, das alle Vorgänge im Grothner-Imperium aufzeigte. Er fasste Entschlüsse, ordnete Maßnahmen an und sprach sie in das Diktiergerät. Morgens lag das Gerät vor seiner Tür und sie hatte seinen Anweisungen, als Marionettenchefin, die sie ja war, zu folgen. Was sie auch tat.

Als sie das Haus am nächsten Morgen verließ, stand die gepanzerte Cheflimousine vor der Tür und der Chauffeur öffnete die Tür zum Fond.

»Was soll das? Ich fahre selbst«, hatte sie ihn angeraunzt und erfahren, dass der Sicherheitschef es für zu riskant hielt, wenn sie mit ihrem eigenen Wagen zum Büro fuhr. Im Hinblick auf die aktuelle Entwicklung wäre es eine Katastrophe, wenn nun auch ihr etwas zustoßen würde. Widerwillig stieg sie ein und befürchtete, dass der Sicherheitschef auf die Idee kommen könnte, sie heimlich zu bewachen. Er hatte wegen des Versagens seiner Abteilung bereits einen Chef verloren, und offenbar gedachte er nicht, dies ein zweites Mal zuzulassen. Das konnte sie unmöglich dulden, denn dann würden ihr die Security-Leute auch zur Buttwanger-Fabrik folgen, und die Sache wäre gelaufen. Sie wusste, was zu tun war. Schließlich war sie Karl genug, um zu ahnen, wie er reagieren würde. Sie gab ihre Anweisungen nicht wie Karl per Diktiergerät an die Sekretärin, sondern nahm sich morgens immer eine Viertelstunde Zeit, um das Notwendige durchzusprechen. Die Personalabteilung hatte ihr eine Frau Anfang fünfzig geschickt, die ihre Arbeit ohne langes Nachfragen erledigte und ebenfalls schon mehrere Jahre in der Verwaltung des Unternehmens tätig war. Sie hatte sich sehr schnell eingearbeitet und wirkte zuverlässig. Ihre bereits früh ergrauten Haare hatte sie zu einem strengen Pferdeschwanz gebunden, und wie sie selbst trug die neue Sekretärin stets dezente Kostüme. Elisabeth Huss sprach sie mit ihrem Vornamen an, da ihr der Nachname wegen seiner osteuropäischen Herkunft unaussprechlich erschien.

»Lydia. Sie werden den Abschlussbericht für die Abteilungskonferenz als Präsentation aufarbeiten. Ich erwarte Dreher, Steinmann und Bodel um vierzehn Uhr zur Besprechung. In der Sache »Mangold« teilen Sie mit, dass wir unsere Linie beibehalten. Ich wünsche eine Liste über alle Fruchtimporteure in Hamburg und deren Statistiken bis um vierzehn Uhr. Die IT-Abteilung soll sich Gedanken dazu machen, wie ich von Zuhause aus auf das Firmennetzwerk zugreifen kann. Ich habe nicht die Absicht, hier mit meiner Schrankwand einzuziehen. Schreiben Sie die Stelle des Sicherheitschefs aus. Klaus Wiesner ist entlassen, formulieren Sie einen Kündigungsgrund und informieren Sie die Rechtsabteilung. Ich will, dass der Mann heute noch Hausverbot erhält. Fragen?« Lydia konnte nicht sehen, dass sich die Härchen unter Elisabeths Bluse aufgerichtet hatten und sie eine Gänsehaut bekommen hatte. Sie war wie Karl, sie war Karl und in diesem Moment spürte sie das zum ersten Mal ganz genau.

»Wer ist Klaus Wiesner?«, getraute sich die Sekretärin zu fragen.

»Der alte Sicherheitschef«, antwortete Elisabeth knapp und beendete die Besprechung mit einer winkenden Handbewegung.

Die Rolle, die ihr Karl zugedacht hatte in diesem Spiel, gefiel ihr immer mehr. Doch sie spürte, dass etwas leicht aus dem Gleichgewicht geraten war, konnte aber nicht genau sagen, was das war. Und so wischte sie dieses eher intuitive, durchaus positive Gefühl beiseite.

Zweiundvierzig

»Bingo.« Gerald Picard machte ein zufriedenes Gesicht. Er hatte eben den Bericht über die Auswertung der Videoaufnahmen vom Ost-Bahnhof erhalten. Das Video zeigte Dr. Krieger, wie er, mit einer Reisetasche beladen, von sein Auto in einen anderen Wagen umstieg, der außerhalb des Erfassungsbereiches der Überwachungskamera abgestellt war. Die Techniker hatten lange gebraucht, bis sie herausgefunden hatten, dass der winzige Teil einer Autotür, der auf dem Band zu sehen war, von einem Volvo stammte. Einem silbergrauen Volvo, Baujahr 2001. Und es gab im Kreis nur drei angemeldete Fahrzeuge dieses Typs, mit dieser Farbe und dem Baujahr. Drei Namen. Kein Vlad darunter.

Peter Müller
Hans-Georg Bisting
Ahmed Ouglu

Die hohe Wahrscheinlichkeit, dass das Fahrzeug gar nicht hier im Kreis registriert war, erstickte nahezu die Hoffnung darauf, auf der richtigen Fährte zu sein. Picard war im Laufe seiner Ermittlerkarriere zu oft enttäuscht worden, um noch an Glück in seinem Job zu glauben. Das war auch ein Grund, warum er zum SEK gewechselt war. Die Halterermittlung zeigte, dass Ahmed Ouglo einundzwanzig Jahre alt und der Volvo auf den Namen seines Großvaters versichert war. Hans-Georg Bisting war siebenundsiebzig Jahre alt und fuhr den Wagen, seit dieser das Autohaus verlassen hatte. Peter Müller war achtundvierzig Jahre alt und besaß den Wagen seit knapp einem Jahr.

»Peter Müller.« Picard schnaufte resigniert.

»Peter Vladimir Müller, oder was?« Der Ermittler legte die Hände über den Kopf.

»Das ist doch alles Kacke.« Er rieb sich die Augen und schaltete die Schreibtischlampe aus. Mehr als Pflichtbewusstsein hinderte ihn daran, auch den letzten Namen auf der Liste abzuhaken. Eher widerwillig griff er zum Telefon und wählte eine Nummer.

»Peter Müller. Hat einen EU-Führerschein, wohnhaft ... warte mal, Am Wäldchen siebenundsiebzig. Ich brauche das Bild vom Führerschein. Geht das heute noch?« Picard nickte, als könne sein Gesprächspartner das sehen, und legte auf. Ein leises »Pling« aus seinem Computer zeugte wenige Minuten später von der Ankunft einer Nachricht, die aus dem Polizeinetzwerk an ihn gesendet worden war. Er öffnete die Kurznachricht mit dem Titel: »Das ist er. Gruß F.« und seine Augen wurden groß, als er das Lichtbild von Peter Müller sah, das sich als Bilddatei auf seinem Bildschirm geöffnet hatte. Die Ähnlichkeit mit dem Phantombild, das Frau Huss ihnen geliefert hatte, war gespenstisch.

»Vlad!«, flüsterte er grimmig und griff zum Telefon. Er alarmierte sein SEK, das während seiner Tätigkeit als Leiter der SOKO »Karl« von seinem Stellvertreter geführt wurde und gab kurz den Sachverhalt und die Adresse durch. Ein weiteres Telefonat informierte die Leitstelle der Einsatzpolizei über den bevorstehenden Einsatz und beinhaltete Anweisungen die Sperrung von Straßen betreffend. Zuletzt versuchte er, van Horn zu erreichen, um ihn über die Entwicklung zu informieren, doch dieser war weder in seinem Büro, noch auf dem Handy zu erreichen.

»Dann nicht.« Picard griff nach seiner Jacke, die er über die Lehne seines Bürostuhls gehängt hatte, und verließ das Büro. Endlich hatte er Glück in dieser Sache. Endlich die Möglichkeit, das Schwein zu schnappen, jenen Mann, der seiner Auffassung nach für den Tod von drei Menschen verantwortlich war, darunter seinem Freund Paul Gruhlich. Und wenn er »Vlad« alias »Peter Müller« hatte, dann hatte er auch Dr. Krieger. Und wahrscheinlich würde er dann auch erfahren, welches Schicksal Karl Grothner erlitten hatte. Das Gefühl, diesen Fall bald gelöst zu haben, ließ ihn beinahe zu seinem Dienstwagen rennen. Erst als er noch im Laufen in seine Jackentasche griff, stellte er fest, dass er seinen Schlüsselbund im Büro vergessen hatte.

»Scheiße, verdammte.« Zwei Streifenbeamte schauten ihn irritiert an, als er in vollem Lauf plötzlich eine Kehrtwende vollzog, zurück ins Gebäude sprintete und dabei laut fluchte. Er nahm drei Stufen auf einmal, um in den dritten Stock zu gelangen, in dem sich die Räume der SOKO befanden. Als Einsatzleiter eines Sondereinsatzkommandos war er so durchtrainiert, dass er nur unwesentlich schneller atmete, als er seinen Schreibtisch erreichte. Er griff nach dem Schlüsselbund und nahm ihn an sich. Schnell wählte er eine Nummer und wies seinen Gesprächspartner an, mit dem Zugriff zu warten, bis er vor Ort sei. Dann endlich fuhr er zu der Adresse, die auf dem Führerschein vermerkt war. Er passierte zwei Straßensperren und hielt schließlich an, als er die schwarzen Vans des SEK auf einem kleinen Schotterplatz erkannte. Jetzt im Spätsommer wurde es schon spürbar schneller dunkel und Picard errechnete schnell, dass seit seinem Anruf beim SEK bereits neunzig Minuten vergangen waren. Es war bereits nach achtzehn Uhr, als er eintraf. Schon auf dem Navigationsgerät hatte er gesehen, dass Peter Müller auf einem sehr isolierten Anwesen wohnte, das von Ackerflächen und kleinen Wäldchen umgeben war. Wenn sein Glück anhielt, würde er vielleicht sogar Karl Grothner hier finden. Es sprach Einiges dafür, dass der Multimillionär genau hierher verschleppt worden war. Picards Puls beschleunigte sich bei diesem Gedanken mehr, als es sein Sprint ins Büro bewirkt hatte. Die SEK-Beamten hatten sich bereits einsatzfähig gemacht und trugen schwarze Sturmhauben unter ihren Helmen sowie schusssichere Westen. Er war kaum ausgestiegen, als ihm jemand ein Funksprechgerät in die Hand drückte.

»Schön, dass du es auch auf unsere Party geschafft hast, Gerald. Habe schon gedacht, du kommst nicht mehr.« Picard erkannte die Stimme seines Stellvertreters.

»Sehr witzig. Was haben wir?«

»In dem Haus brennt in zwei Räumen Licht. Es ist kein Fahrzeug zu erkennen. Weder dein silberner Volvo, noch ein anderes Auto. Wir sollten zugreifen, bevor es zu dämmrig wird. Bislang scheint drüben in dem Haus keiner was gemerkt zu haben. Peter Müller ... was für ein bescheuerter Name für einen Gewalttäter. Man sollte meinen, dass die immer Degowski, Rösner oder so heißen.« Der Mann schnaufte unter seinem Helm.

»Hat ihm selber wohl auch nicht so gefallen, der Name. Deswegen nennt er sich »Vlad«. Klingt irgendwie gefälliger, oder?« Picard blickte den vermummten Beamten an.

»Na los. Holt ihn da raus. Energie.«

Dreiundvierzig

Zehn Minuten, nachdem Picard mit dem Einsatzleiter des SEK telefoniert hatte, wusste Vlad über die Entwicklung Bescheid. Er wusste genau, was zu tun war und hatte eine ziemlich exakte Vorstellung davon, wieviel Zeit ihm blieb, bis die Kavallerie anrücken würde. Kurz erwog er, sich festnehmen zu lassen und die Sache auszusitzen. Man konnte ihm im Grunde nichts nachweisen. Sie würden ihn drei Tage lang verhören und danach müssten sie ihn gehen lassen. Dennoch entschied er sich für die Flucht. Mittlerweile waren zu viele Dinge geschehen, und seine persönliche Kehrtwende, die er zwischen Grothner und Dr. Krieger nun bereits zweimal vollzogen hatte, machte die Sache nur komplizierter. Vlad konnte nicht mehr ausschließen, dass er irgendwo einen Fehler begangen hatte. Mit schnellen Handgriffen packte er seinen Koffer. Den Koffer mit allen Unterlagen und Vermögenswerten hatte er ohnehin stets griffbereit. Er schaffte seinen Computer und die Telefonanlage ins Auto, und zwanzig Minuten nach dem Anruf seines Informanten rollte der silberne Volvo in Richtung Stadt, seinen Häschern entgegen. Keine sieben Minuten später waren alle Straßen, die er befahren hatte, von der Polizei abgesperrt. Zwei Streifenwagen waren ihm mit Blaulicht und hoher Geschwindigkeit entgegengekommen und Vlad hatte bereits damit gerechnet, dass die Besatzungen ihn erkennen würden. Sicher wussten die Beamten, nach welchem Fahrzeug sie suchen sollten. Im Rückspiegel sah er, dass die beiden Streifenwagen mit unveränderter Geschwindigkeit davonrasten und er atmete erleichtert aus. Bald hatte er die Trabantenstadt erreicht, in der er die kleine Wohnung unterhielt, die vorher von seinen »Mitarbeitern« bewohnt worden war. Vlads mittelfristiger Plan sah ohnehin vor, diese Sache noch zu Ende zu bringen, um dann von Grothner die ausgehandelte Summe zu erhalten und sich dann abzusetzen. Die Zuspitzung der Lage machte die Sache nun zwar schwieriger, aber noch hatte er alle Fäden in der Hand. Er parkte den Volvo direkt vor der Eingangstür des heruntergekommenen, vierstöckigen Gebäudes und schaffte seine Sachen in die kleine Wohnung im ersten Stock. Im Hausflur roch es nach Erbrochenem und Sauerkraut. Die Wände waren schmutzig und mit Graffiti beschmiert. Die Klingelanlage war mit Feuerzeugen angeschmort worden und die Briefkästen im Hausflur waren verbogen und zum Teil aufgebrochen worden. Stimmen drangen aus den schäbigen Wohnungstüren, ein Gemisch unterschiedlichster Sprachen. Als er die Tür zu der Zwei-Zimmer-Wohnung öffnete, schlug ihm stickige Luft entgegen. Georg und Ivo hatten offenbar nicht sehr viel Wert auf Sauberkeit gelegt, denn überall lag Müll herum. Verpackungen und leere Bierflaschen. Auf dem verdreckten Herd in der winzigen Küche schimmelte eine undefinierbare Masse in einem grauen Kochtopf vor sich hin.

»Dreckschweine!«, entfuhr es ihm, als er seine Koffer im spärlich möblierten Wohnzimmer abstellte. Die Schlafcouch war noch immer ausgezogen und schmutziges Bettzeug lag in einem unordentlichen Haufen darauf. Er beeilte sich, die restlichen Sachen aus dem Volvo zu holen und fuhr den Wagen dann einige Straßen weiter, wo er ihn abstellte, ohne den Zündschlüssel abzuziehen oder die Türen zu verschließen. Stattdessen ließ er die Seitenscheibe der Beifahrertür halb offen. Mit sich selbst schloss er eine Wette ab, dass der Kombi am nächsten Morgen nicht mehr da sein würde. Die Verlockung würde zu groß sein für all die Jugendlichen, die hier in dieser Wohnsiedlung lebten und perspektivlos einer hoffnungsarmen Zukunft entgegensahen. Jemand würde den Wagen »abgreifen« und damit irgendeine Mutprobe bestehen. Das war das wirklich Gute an dieser verkommenen Trabantenstadt, in der der soziale Bodensatz beheimatet war. Hier fragte niemand nach. Hier fiel niemand auf, und selbst die Polizei mied nach Einbruch der Dunkelheit dieses Viertel, es sei denn, sie wurde gerufen, weil wieder einmal ein vollkommen besoffener Ehemann seine Frau zusammenschlug oder es in einem der Treppenhäuser brannte. Der Versuch der Stadt, in diesem Viertel bezahlbaren Wohnraum für sozial schwache Familien zu schaffen, war gescheitert. Stattdessen war ein Schmelztiegel verschiedenster Kulturen und Religionen entstanden, in dem sich schnell Banden und Gruppen bildeten, die um die dominierende Rolle im »Viertel«, wie dieser Teil der Stadt genannt wurde, stritten. Hatte man einmal den Stempel »Der kommt aus dem Viertel«, dann konnte man getrost einpacken. Für Leute aus »Dem Viertel« gab es keinen Platz in der eigentlichen Stadt. Nicht in deren Geschäften und erst recht nicht in deren oberen Etagen. Hier war Peter Müller aufgewachsen und hier fühlte er sich wohl. Denn hier hatte er den Heimvorteil. Zurück in seiner Wohnung informierte er Karl über die neue Situation und erhielt keine neuen Anweisungen. Als er damit fertig war, die Wohnung zu reinigen, befand sich der Volvo bereits in der Garage einer kleinen »Privatwerkstatt«, wo man ihn fachmännisch zerlegte, um die gewonnenen Einzelteile bei Ebay zu verkaufen. Der natürliche, soziale Organismus hatte den Wagen geschluckt und gab ihn nur in Fragmenten wieder her.

Vierundvierzig

»Jetzt komm mal runter, Gerald. Du hast ihn fast an den Eiern gehabt. Kann man nichts machen.« Picard blickte Fritz Kemper, den Leiter der KTU säuerlich an. In ihm kochte es.

»Ich will dir mal was sagen. Da hat uns jemand verpfiffen. Der Typ ist getürmt, weil er wusste, dass wir anrücken. Da verarscht uns doch jemand. Da gibt es irgendjemanden oder irgendetwas im Präsidium, der oder das dafür sorgt, dass diese Leute immer Bescheid wissen. Deswegen greifen wir immer nur ins Leere.«

»Ganz ins Leere ja nicht. Immerhin haben wir ihn aus seinem Nest gescheucht und wissen, wer er ist. Inklusive DNA und allem«, entgegnete Kemper.

»Was zum Geier nutzt es mir, wenn ich weiß, wie seine verdammten Fürze riechen? Ich will ihn haben. Ich will ihn und diesen Arsch von Dr. Krieger in meinem Vernehmungszimmer sehen. Ich will wissen, wo dieser Scheiß-Grothner ist und ich will wissen, wer uns hier die ganze Zeit verpfeift. Und was weiß ich? Einen Dreck weiß ich. Und wenn ich denke, da ist irgendwas Greifbares, dann macht es »Piffpaffpuff« und ich stehe wie ein Trottel im Nichts. Das kotzt mich so an!«

»Piffpaffpuff?« Kemper sah seinen Kollegen belustigt an.

»Ach, leck mich.« Gerald Picard wandte sich grußlos ab und ging mit dem festen Vorsatz zu seinem Wagen, sich sinnlos zu besaufen, was er dann auch tat.

Nach zwei Stunden wurden die Straßensperren aufgehoben und die Suche nach dem silbernen Volvo und einem »Peter Müller« wurde bundesweit ausgeweitet und intensiviert. Fritz Kemper sammelte Spuren in dem Anwesen, aber es gab kein weiteres Puzzlestück, das er Picard hätte liefern können. Was ihn fast so frustriert nach Hause gehen ließ, wie den Leiter der SOKO »Karl«.

Fünfundvierzig

Elisabeth hatte, wie jeden Tag, das aktuelle Backup ihres Rechners auf die externe Festplatte geladen und war nach Hause gefahren. Seit über einer Woche hatte Karl nun nicht mehr geduscht oder sich sonst in irgendeiner Weise gepflegt. Er trug einen ständig wachsenden Vollbart, und mittlerweile konnte sie seinen Körpergeruch in der ganzen Wohnung riechen. Seine Art, mit ihr zu sprechen und seine Texte, die er auf das Diktiergerät sprach, waren unverändert. Karl trug ständig diesen grauen Arbeitsanzug. Seine Fingernägel waren zu lang und schwarze Ränder darunter zeugten davon, dass er sich die Hände seit Tagen nicht mehr gewaschen hatte. Ihr war aufgefallen, dass er zwar die Toilette benutzte, aber niemals Toilettenpapier verwendete. Um sicherzugehen, hatte sie die Rolle Klopapier mit einem Bleistift markiert. Tatsächlich war in der Zeit, als sie morgens das Haus verlassen hatte und abends nach Hause gekommen war, kein einziges Blatt entnommen worden. Sie verstand das nicht. Sie vermied jeden Kontakt zu ihm, was recht einfach war, da er ohnehin die meiste Zeit in seinem Zimmer verbrachte. Nur abends, wenn sie ihm das Backup brachte und ihm von den Ereignissen in der Firma zu berichten hatte, bestand direkter Kontakt zu ihm. Mehr und mehr geriet da etwas aus dem Gleichgewicht. Das fühlte sich für sie nicht mehr »richtig« an. Das war nicht der Karl ihrer Träume. Das war der Mann, der sie vergewaltigt hatte. Der später verbrannt war. Den sie verbrannt hatte.

Sie betrat ihre Wohnung und nahm sofort den Geruch war. Schweiß und Ausscheidungen. Der strenge Geruch von Ammoniak lag in der Luft. Nicht sofort wahrnehmbar und doch präsent. »Pisse«, dachte sie nur. Fast musste sie würgen. Sie bemühte sich, keine Geräusche zu machen, als sie an seiner Zimmertür vorbeiging. Elisabeth sah, dass die Tür nur angelehnt war. Aus dem Inneren des Zimmers hörte sie ein schnelles, rhythmisches Geräusch. Und sein Keuchen. Sie traute sich, mit einem Finger die Tür weiter aufzudrücken und konnte ihn dann durch den entstehenden Spalt sehen. Karl stand vor dem Fenster und sah hinaus auf die Straße. Er trug seinen verdreckten und stinkenden Arbeitsanzug, und an den Bewegungen seines rechten Armes konnte sie erkennen, dass er onanierte. Angewidert zog sie sich zurück und schlich in die Küche, von der aus man ebenfalls auf die Straße sehen konnte. Mit angehaltenem Atem zog sie die Gardine beiseite und sah hinaus. Zunächst konnte sie nicht sehen, was in irgendeiner Weise erregend war. Als sie dann begriff, was Karl so dermaßen sexuell erregte, dass er vor dem offenen Fenster onanierte und nichts um sich herum wahrnahm, musste sie sich die Hand vor den Mund halten, um nicht laut loszuschreien. Im Rinnstein der Straße lag eine Katze. Ihr schwarz-weißes Fell war deutlich zu erkennen. Die Katze war offenbar von einem Auto überfahren worden und lebte noch. Die hinteren Beine und der Schwanz der Katze waren nur eine blutrote Masse und es sah aus, als würde aus einem breiten Riss am Bauch Gedärm austreten. Von hier oben konnte Elisabeth nicht alles genau erkennen. Die Katze zuckte und kämpfte mit dem Tod. Die Vorderpfoten krallten sich in den Rinnstein und das sterbende Tier zog sich zentimeterweise vorwärts. Trotz des geschlossenen Fensters meinte Elisabeth, das klägliche Miauen hören zu können. Dann lag die Katze still, und weniger als eine Minute später hörte Elisabeth, wie Karl die Tür zu seinem Zimmer zuzog.

Sie würde ihn heute nicht ertragen. Sie beschloss, die Festplatte mit dem täglichen Backup zusammen mit seinem Abendbrot vor seiner Tür zu deponieren und die Wohnung zu verlassen. Schnell richtete sie das Abendessen, das seit einer Woche nach seiner Anweisung nur noch aus Wasser und Brot bestand, und legte Festplatte und Diktiergerät dazu. Auf Zehenspitzen lief sie mit dem Tablett zu seinem Zimmer und stellte es lautlos auf den Beistelltisch. Dann schlich sie zur Garderobe, um ihre Jacke zu holen und schlüpfte in ihre bequemen Ballerinas, die sie zum Ausgleich zu den strengen Damenschuhen trug, wenn sie Feierabend hatte. Als sie gerade nach ihrem Schlüssel greifen wollte, der an einem Haken in der Diele hing, hörte sie, wie Karl seine Zimmertür öffnete.

»Was gibt es Neues in der Firma?« Seine Stimme war ruhig, wie immer, doch in seiner Sprachmelodie lag etwas Bedrohliches. Elisabeth wusste nicht, ob sie sich das nur einbildete.

»Ich ... ich habe den Sicherheitschef gefeuert. Er wollte mir einen Bodyguard aufdrängen.« Ihre Stimme war unsicher und sie hatte sich noch immer nicht zu ihm umgedreht. Das Bild, er onanierend im schmuddeligen Blaumann vor dem Fenster und die sterbende Katze, schwebte noch sehr präsent vor ihrem inneren Auge und ihr war noch immer schlecht.

»Hättest du dafür nicht erst mich fragen müssen? Führst du den Konzern jetzt etwa alleine? Bin ich nicht mehr der Chef? Gefällt es dir in meinem Sessel?« Sie stand stocksteif da und hatte die Schultern angezogen.

»Ich habe schnell gehandelt und ich dachte, du würdest genauso entscheiden.« Ihre Stimme war nur ein Flüstern.

»Aha. Und Frau Generaldirektor hat das mal eben so entschieden, da sie genauso gut entscheiden kann, wie ich es tue. Dreh dich um!« Widerwillig gehorchte sie, wagte aber nicht, ihn anzusehen. In ihrem Kopf meinte sie, das ersterbende Miauen der Katze im Rinnstein zu hören. Sie blickte auf seine nackten Füße, deren Nägel viel zu lang und gelblich waren. Sie krümmten sich etwas über die Zehenspitzen und wiesen schwarze Ränder auf. Der Geruch nach altem Schweiß und Urin drang in ihre Nase. Er musste ihren Ekel sehen. Sie konnte nicht verbergen, wie sehr sie sein ungepflegtes Äußeres abstieß.

»Und? Wo wollte Frau Generaldirektor so eilig, so still und leise hin?«

»Zur Fabrik. Ich war seit gestern nicht mehr dort.«

»Ach. Du willst unserem Gast wieder Wurst bringen und frisches Gemüse? Warum nicht gleich meinen Apfel? Hmm? Da freut der sich doch immer so, wenn er so verwöhnt wird von dir. Fickst du ihn auch? Bestimmt besorgst du es ihm, dem armen Kriegerlein. Sag mir, lässt du dich von ihm lecken? Gibt es ein Erdbeertörtchen extra, wenn er es dir richtig gut macht? Nennt er dich auch »Frau Generaldirektor?« Karl war auf sie zugegangen, seine Worte waren verbale Schläge und sie duckte sich bei jedem Satz unwillkürlich.

»Zieh dich aus!«

»Karl, bitte nicht, ich kann nicht. Du bist so ... anders. Bitte nicht. Bitte ni ...« Der Schlag kam für sie völlig unvorbereitet. Sie klappte sofort zusammen, der Schmerz in ihrem Bauch war überwältigend. Ihr Mageninhalt schoss empor und sie erbrach sich vor seinen Füßen. Karl schnaufte leise und stellte seinen rechten Fuß in ihren Nacken, drückte sie mit dem Gesicht in ihr eigenes Erbrochenes.

»Was wollte Frau Generaldirektor anmerken? Habe ich da ein »Nein« gehört? Hat Frau Generaldirektor entschieden, dass sie ihrem Gast nicht zur Verfügung stehen mag?« Karl erhöhte den Druck auf ihren Nacken und sie stöhnte laut auf, unfähig, sich anders zu äußern. Fast schwanden ihr die Sinne, doch bevor sie das Bewusstsein verlor, nahm er den Fuß von ihrem Nacken. Sie versuchte, ihr Gesicht aus dem Erbrochenen zu heben, doch als er ihre Bemühungen bemerkte, stellte er seinen Fuß wieder auf ihr Genick und drückte ihren Kopf fest auf den Boden.

»Ich habe gesagt, du sollst dich ausziehen. Ich habe nicht gesagt, dass du in die Wohnung kotzen sollst.« Ohne den Fuß von ihr zu nehmen, griff er nach dem Bund ihres beigefarbenen Rocks und riss ihn bis zu ihren Füßen herunter. Sie wimmerte nur. Ebenso verfuhr er mit ihrer Perlonstrumpfhose und ihrem Schlüpfer. Sie hörte nur, wie er den Reißverschluss seines Overalls aufzog, und bevor sie realisierte, was ihr bevorstand, lag er auf ihr. Er durchbrach ihren schwachen Widerstand, indem er schonungslos zustieß. Ihr Schreien erstickte er, indem er ihr Gesicht brutal in die stinkende Pfütze drückte. Es dauerte lange, bis Karl von ihr abließ.

»Ich hoffe, Frau Generaldirektor weiß nun wieder, wem sie verpflichtet ist.« Als er den Reißverschluss wieder zuzog und in sein Zimmer zurückging, sah er nicht den angewiderten Hass in ihren tränenerfüllten und blutunterlaufenen Augen. Er drehte sich noch einmal zu ihr um. Elisabeth lag zitternd und besudelt vor ihm auf dem Dielenboden.

»Brot und Wasser. Mehr bekommt er nicht. Wenig Brot und wenig Wasser.« Dann schloss er die Tür hinter sich, ohne sein Abendbrot mitzunehmen. Viel später, als die grausamen Schmerzen etwas abgeklungen waren, räumte sie das Tablett weg. Das Diktiergerät und die Festplatte hatte er mitgenommen. Sie duschte und war außerstande, einen klaren Gedanken zu fassen. Noch immer zitterte sie am ganzen Körper, doch Elisabeth Huss war eine starke Frau, und was der Student damals nicht geschafft hatte, war auch Karl Grothner nicht gelungen. Ihr den Willen zu nehmen. Aber ihren Willen verändert, das hatte er.

»Frau Huss, das ist ja eine Überraschung. Was kann ich für Sie tun?« Gerald Picard war von seinem Schreibtisch aufgestanden und begrüßte die unangemeldete Besucherin.

»Guten Tag, Herr Picard. Ich wollte mich nach dem Fortgang der Ermittlungen erkundigen. Man hört so gar nichts mehr von Ihnen.« Picard sah Elisabeth erstaunt an und bot ihr sofort einen Platz vor seinem Schreibtisch an.

»Ich meine, Karl ist jetzt acht Wochen fort und Dr. Krieger ja auch schon zwanzig Tage. Ich kann doch nicht ewig auf dieser Position bleiben. Wie soll das denn weitergehen, wenn Karl doch nicht wiederkommt?« Picard runzelte die Stirn.

Karl?, fragte er sich in Gedanken, überrumpelt von der Art und Weise, in der Frau Huss von ihrem Chef sprach. War das dieselbe Frau, die noch vor wenigen Wochen felsenfest davon überzeugt war, dass Karl Grothner noch lebte? Etwas an ihrer Körperhaltung war anders. Sie sah nicht mehr so grau aus, so unscheinbar. Obwohl sie, wie immer, ein schlichtes Kostüm trug, hatte sich ihre ganze Ausstrahlung verändert. Man nahm ihr die Firmenchefin fast schon ab, schoss es dem Ermittler durch den Kopf.

»Leider gibt es nicht viel Neues. Die Fahndung nach Krieger und diesem Vlad alias Peter Müller läuft, wie Sie sicher den Medien entnommen haben. Wir haben keine konkrete Spur von den beiden. Tut mir leid.« Er zuckte resigniert mit den Schultern.

»Wir müssen in der Tat davon ausgehen, dass Ihr Arbeitgeber nicht mehr lebt. Es spricht nichts dafür, dass es noch Hoffnung gibt. Wäre er noch irgendwo gefangen, gäbe es eine neue Lösegeldforderung. Nein, Frau Huss, wir gehen fest davon aus, dass Karl Grothner tot ist.« Picard stellte erstaunt fest, dass sie zustimmend nickte, ohne dabei eine Spur von Trauer oder falscher Hoffnung zu zeigen. Ganz anders als noch vor Wochen.

»Ja, Sie haben sicher recht. Wissen Sie, Karl war für mich nicht nur ein Arbeitgeber. Wir haben uns geliebt. Wir waren ein Paar. Karl wollte nicht, dass das publik wird, weil ich ja nur die Vorzimmerdame war, formell. Wir haben alles vermieden, was unsere Beziehung hätte bekannt werden lassen. Deswegen hat er auch diese Vollmacht geschrieben. Warum sonst hätte er seine Sekretärin zu seinem Stellvertreter machen sollen? Ich fühle, dass er nicht mehr lebt, verstehen Sie? Karl Grothner, der Mann, den ich so liebte, ist tot. Ich brauchte einige Zeit, um das zu begreifen.« Elisabeth Huss sah Picard frei ins Gesicht. Nichts an ihrer Mimik ließ darauf schließen, dass sie die Unwahrheit sagte. Picard war vom Inhalt ihrer Aussage berührt, verwundert und gleichzeitig davon überzeugt, dass sie die reine Wahrheit sagte.

»Das tut mir sehr leid für Sie. Ich verstehe natürlich, dass Sie wissen wollen, wie es jetzt weitergeht. Irgendwann wird die Staatsanwaltschaft beim Gericht beantragen, Karl Grothner für tot zu erklären. Das wird aber sicher nicht vor Abschluss des Falles erfolgen. Das bedeutet, wir müssen die Täter fassen. Das allerdings wird nur eine Frage der Zeit sein. Man kann in dieser Welt nicht einfach so verschwinden.« Picard atmete tief aus.

»Auch wenn es manchmal so aussieht, als könne man das doch«, fügte er mehr an sich selbst gewandt hinzu. Die Fehlschläge in Sachen Dr. Krieger und Peter »Vlad« Müller hatten Spuren in ihm hinterlassen. Seit der Entführung konnten sie im Grunde nichts vorweisen. Und wenn sie glaubten, an einem Wendepunkt angekommen zu sein, fand man die Verdächtigen entweder mit einer Eisenstange im Hintern, zu Tode gefoltert, oder die Täter verschwanden einfach in dem Moment, in dem sie zugreifen wollten. Das zermürbte Gerald Picard, und er verstand Frau Huss allzu gut, wenn die nun einen Schlusspunkt brauchte, um die Sache für sich zu beenden. Den brauchte er auch. Aber er würde ihn erst dann setzen können, wenn er den Fall gelöst hatte. Wenn er den Mörder seines Freundes hinter Gitter gebracht hatte.

»Sie meinen, ich soll warten, bis alles vorbei ist, und dann? Wenn Karl für tot erklärt wird, wird sein Testament eröffnet.

Ich weiß allerdings, dass ich darin mit keinem Wort erwähnt werde. Es gibt keine Angehörigen, die erben könnten. Seine Eltern starben vor einigen Jahren. Sagen Sie mir, warum ich weiter jeden Tag in die Firma gehen soll, nur um minütlich an ihn erinnert zu werden!« Sie sah ihn fordernd an.

»Ich weiß es nicht. Wenn Sie das nicht mehr können oder wollen, dann kündigen Sie. Lassen Sie das alles hinter sich. Ich kann Ihnen da nicht helfen, es ist Ihre Entscheidung.« Er hätte ihr gerne etwas anderes, etwas Aufmunterndes gesagt, doch dazu war er nicht in der Lage.

»Ich weiß, dass er tot ist. Und trotzdem fühlt es sich an, als würde ich ihn verraten, wenn ich gehe. Was, wenn er doch noch lebt? Wenn er doch zurückkehrt und ich habe einfach die Brücke verlassen, wie Kapitän Schettino? Dann hätte ich ihn noch mehr verloren, als wenn er tot wäre.« Nun schlich sich doch Traurigkeit in ihr Gesicht, wie Picard bemerkte. Doch bevor die Trauer sie zu Tränen rühren konnte, hatte Elisabeth sich wieder gefangen.

»Ich verstehe Ihren Zwiespalt. Das ist wirklich furchtbar. Glauben Sie mir eines. Wenn Gefühle gegen den Verstand kämpfen, dann gewinnt immer das Gefühl. Letztlich gewinnt immer das Gefühl.« Schweigen senkte sich auf die Szene, nur das Gemurmel auf dem Flur und aus den Nachbarbüros, das Klingeln der Telefone hinter den Wänden, war leise zu vernehmen.

»Wissen Sie, er war so ... so anders, als die anderen Männer in meinem Leben. Er gab mir Halt, er war die Liebe meines Lebens. Und nun ist er gestorben.« Sie schüttelte kurz den Kopf, als wolle sie einen lästigen Gedanken verscheuchen.

»Ich danke Ihnen für Ihre Zeit. Ich denke, ich weiß jetzt, was ich zu tun habe. Ich werde auf der Brücke bleiben. Das bin ich ihm schuldig. Bitte melden Sie sich, wenn es etwas Neues gibt. Und bitte ... behandeln Sie das, was ich Ihnen erzählt habe, vertraulich. Es tut nichts zur Sache. Aber ich musste mich einfach mitteilen.« Sie stand auf und reichte Picard die Hand.

»Auf Wiedersehen«, sagte er und begleitete sie zur Tür. Ohne ein weiteres Wort ging sie zum Aufzug. Picard sah ihr nach und fühlte Mitleid mit der Frau. Offenbar hatte sie alles verloren, das ihr etwas bedeutete. Er dachte kurz darüber nach, was für ein charismatischer Mensch dieser Karl Grothner wohl gewesen war, dann zuckte er mit den Schultern und kehrte zu seinem Schreibtisch zurück.

Die Fahrstuhltür schloss sich und Elisabeth war einen Moment mit ihren Gedanken alleine. Mit dem Besuch auf dem Polizeipräsidium hatte sie den ersten, für andere später nachvollziehbaren, Schritt in eine bestimmte Richtung getan. Karl war tot. Das Monster, das in ihrer Wohnung hauste, war nicht Karl. Das Monster war schmutzig, es stank und es hatte keine Ähnlichkeit mit dem Mann, den sie so sehr liebte und verehrte. Karl war in ihr aufgegangen, war zu ihr gekommen und war Teil ihres Selbst geworden. Nun musste sie sich nur noch um das Monster kümmern. Frau Generaldirektor hatte entschieden. Sie hob die Oberlippe und bleckte die Zähne, ihre Mundwinkel wiesen nach unten. Elisabeth Huss lächelte.

Sechsundvierzig

Karl Grothner stand vor dem Spiegel im Schlafzimmer seiner Gastgeberin. Dreieinhalb Wochen hatte er sich nun nicht mehr rasiert, gewaschen, die Zähne geputzt oder die Kleidung gewechselt. Er selbst hatte sich längst an den Gestank gewöhnt, den er verströmte. Er aß seit drei Wochen nur noch trockenes Brot und Äpfel und trank dazu Wasser. Wenn er die Toilette benutzte, reinigte er sich nicht nach dem Geschäft. Er hatte schrundige Rötungen in allen Hautfalten und sein Gesäß brannte und juckte zugleich, da sich dort ein Ekzem ausbreitete, das schon vor Tagen zu eitern begonnen hatte. Seine Finger- und Fußnägel waren nicht geschnitten worden und unter ihnen hatte sich jede Menge Dreck angesammelt. Die Haare standen ihm in allen Richtungen vom Kopf, waren verfilzt und speckig. Genau wie sein Bart. Karl schätzte, dass er in den drei Wochen seiner Metamorphose sieben Kilogramm abgenommen hatte, was ihm ein noch erbarmungswürdigeres Aussehen verlieh.

»Jetzt ist es perfekt«, sagte er zu sich selbst. Elisabeth hatte er bereits vor einer Woche angewiesen, nicht mehr zur Fabrik zu fahren. Dr. Kriegers letzte Aufgabe war es letztlich nur, das Kellerloch zu bewohnen. Und jetzt, da Karl seine eigene Befreiung inszenieren wollte, wurde es Zeit, dass Dr. Krieger aus dem Spiel ausschied. Er ging in sein Zimmer zurück und rief mit seinem Handy Vlad an.

»Es dürfte jetzt vorbei sein. Fahren Sie zur Fabrik und schaffen Sie ihn aus dem Keller. Lassen Sie ihn verschwinden. Und dann gehen Sie wieder in Deckung. Verändern Sie nichts in dem Raum. Und hinterlassen Sie keine Spuren von sich!« Er legte auf und wartete darauf, dass Elisabeth nach Hause kam. Es hatte keine Widerworte und Eigenmächtigkeiten mehr gegeben, seit er sie das letzte Mal diszipliniert hatte. Er brauchte sie für den letzten Akt. Was dann kam, war für ihn klar. Als Sekretärin war sie nicht mehr zu gebrauchen, also würde er sich etwas einfallen lassen, um sie gleichfalls aus dem Spiel zu nehmen. Das würde er mit Geld tun. Sie würde ihr Schweigen ab einer gewissen Summe gerne verkaufen. Jeder Mensch ist käuflich, und ihre nicht nachvollziehbare Liebe zu ihm würde auch nur ihren Preis haben. Gier ist stärker als Liebe, davon war Karl überzeugt, auch wenn er weder das eine noch das andere je empfunden hatte. Vlad war zu hilfreich, als dass er in Zukunft auf ihn verzichten konnte. Karl würde Schwierigkeiten haben, einen adäquaten Ersatz für seinen Handlanger zu bekommen. Durch die Ereignisse der letzten Monate hatten sie sich gegenseitig erpressbar gemacht, ein ausgewogenes Verhältnis also, das sie beide verband. Vlad würde keinen Verrat mehr an ihm begehen, das stand für Karl fest. Karl hörte, wie Elisabeth nach Hause kam. Er stand in der geöffneten Tür und bemerkte, wie sie erschrak, als sie ihn sah.

»Das Spiel ist bald zu Ende. Ich wünsche, dass du ab sofort das Haus nicht mehr verlässt. Ich möchte, dass du jederzeit zu meiner Verfügung stehst. Parke deinen Wagen direkt vor der

Haustür. Wir machen demnächst einen Ausflug. Rufe in der Firma an und melde dich krank.« Karl schloss die Tür vor ihrer Nase, ohne eine Antwort abzuwarten. Deswegen sah er ihr Lächeln nicht. Es wäre ihm vielleicht bekannt vorgekommen.

Siebenundvierzig

Peter »Vlad« Müller hatte den alten Kombi mit dem Firmenaufdruck, den Georg und Ivo immer benutzt hatten, reaktiviert. Der Wagen stand in einer Garage in der Hochhaussiedlung. Der schäbige Garagenhof war von Unrat übersät, die Garagentore schmutzig und voller Graffitis. Es gab hier fünfzig Garagen und einige Tore standen offen. Nach Karls Anruf war Vlad, der mittlerweile einen Bart und ungepflegte Kleidung trug, damit er in dieser Gegend nicht auffiel, hierher gekommen und hatte das Auto aus der Garage geholt. Er fuhr im Schutz der anbrechenden Nacht zur Buttwanger-Fabrik und stellte das Fahrzeug vor dem Tor ab. Schon als er den Bungalow betrat, konnte er es riechen. Der Geruch von Verwesung drang durch die Türritzen aus dem Keller nach oben. Er öffnete das Vorhängeschloss, das die Tür sicherte und schaltete die Taschenlampe ein, die er vom Tisch im Hauptraum genommen hatte. Mit angehaltenem Atem stieg er die Holztreppe hinab und erwartete, den toten Dr. Krieger zu sehen. Doch die Kreatur, die auf der Pritsche lag, war nicht tot. Deutlich konnte man das Heben und Senken des eingefallenen Brustkorbs sehen. Schwärme von Fliegen hatten sich auf dem lebenden Leichnam niedergelassen, und selbst für den hartgesottenen Vlad war der Anblick zusammen mit dem bestialischen Gestank hier im Keller unerträglich. Er leuchtete Dr. Krieger ins Gesicht und stellte fest, dass es keine Ähnlichkeit mehr mit dem arroganten Anwalt hatte, den er hier vor sechs Wochen eingesperrt hatte.

»Bald vorbei«, konstatierte er und verließ den Keller wieder. Er würde oben auf das Ableben des Mannes warten. Wenn es ihm zu lange dauerte, würde er eben nachhelfen. Er beschloss, die verbleibende Zeit für Vorbereitungen zu nutzen, einen Spaten hatte er im Auto. Abseits des Bungalows fand er eine geeignete Stelle in der Nähe des Zauns, der das Fabrikgelände eingrenzte. Er schätzte die Größe der Grube ab und begann, sie auszuheben. Für seinen Stundenlohn konnte er ruhig mal richtig arbeiten, so dachte Vlad, als ihm trotz der abendlichen Kühle des Frühherbstes der Schweiß in Bächen vom Körper lief. Irgendwann würde man hier Dr. Kriegers Skelett finden. Irgendwann würde man das Areal neu erschließen und ein Baggerführer würde hier auf die Gebeine stoßen, wenn er eine Baugrube für ein schmuckes Einfamilienhaus aushob. Vlad war das egal, denn wenn das geschah, wäre er längst weit fort und reich und müsste sich keine Gedanken mehr über seinen Broterwerb machen. Das Geld, das er von Dr. Krieger bekommen hatte, war zwar ein solides Fundament dafür, aber Karl Grothners Angebot war deutlich höher gewesen. Und Grothner wusste ja nichts davon, dass er kurzfristig einen anderen Geldgeber gefunden hatte. Und dieser andere Geldgeber würde demnächst umziehen. In dieses schnuckelige Appartement, achtzig Zentimeter unter der Erde.

»Das muss reichen«, beschloss Vlad und warf den Spaten auf den Berg aus Erde, den er angehäuft hatte. Dann ging er zum Bungalow und fand noch eine Flasche Wasser, die er fast in einem Zug leerte. Den Stromerzeuger startete er nicht, denn er hatte nicht die Absicht, hier länger zu bleiben als unbedingt nötig. Vlad setzte sich im Schneidersitz vor die Kellertür. Es drang immer noch Verwesungsgeruch empor und er konzentrierte sich auf die Geräusche im Keller. Das Gebrumm der Fliegen war leiser geworden, viele hatten den Weg ins Freie gefunden. Bald hatte er sein Gehör auf das flache, pfeifende Geräusch fokussiert, das Dr. Kriegers Atem darstellte. Vlad schloss die Augen und lauschte dem unregelmäßigen Geräusch aus dem Keller.

Er war kurz eingenickt. Die schwüle Wärme im Bungalow und das monotone Atemgeräusch hatten ihn eingeschläfert. Er brauchte eine, vielleicht zwei Sekunden, bis er wieder vollkommen orientiert war. Und weitere zehn Sekunden benötigte er, um zu begreifen, dass das Geräusch fort war. Er lauschte angestrengt in die Dunkelheit, aber es drang kein Geräusch mehr aus dem Keller.

»Na, geht doch«, murmelte er und tastete nach der Taschenlampe. Vlad fühlte sich an Bilder aus einem Konzentrationslager erinnert, als er den Leichnam Dr. Kriegers mit der Taschenlampe ableuchtete. Der Tote hatte den Kopf weit in den Nacken gelegt und der Mund stand weit offen. Die Goldzähne reflektierten das Licht und verliehen dem Anblick etwas Surreales. Widerwillig zog Vlad den Schlüsselbund aus der Tasche und nahm die Taschenlampe in den Mund, damit er beide Hände frei hatte. Der mittlere der drei Schlüssel auf dem Ring war für das Schloss der Halskrause. Er zog Dr. Kriegers Kopf an den Haaren hoch und griff nach dem Vorhängeschloss, das sich tief in seinen Nacken eingegraben und dort eine offene Stelle erzeugt hatte. Der Ring fiel von Dr. Kriegers Hals und Vlad griff unter dessen Achselhöhlen und zog den Leichnam die Treppe hinauf. Er hatte einige blaue Müllsäcke aufgeschnitten und wickelte den stinkenden und ausgemergelten Leichnam darin ein. Dann zog er das widerliche Paket bis zu der ausgehobenen Grube und warf es hinein. Es dauerte nicht lange, bis Vlad die Grube wieder mit Erde gefüllt hatte. Hier im Holunderdickicht würde so schnell niemand suchen, und in Kürze wäre der Boden von Laub übersät. Vlad schloss alle Türen ab, hängte die Kette vor das Tor und fuhr nach Hause. An einer roten Ampel schrieb er eine Kurzmitteilung mit dem Handy.

»Erledigt!« Leicht verdientes Geld. Genau bis hierhin ging der Deal mit Grothner.

Achtundvierzig

»Es gibt keine Hinweise aus der Bevölkerung. Noch immer hat die Suche nach Müller höchste Priorität bei den Beamten. Hören Sie doch bitte zu. Ganz Deutschland sucht nach Krieger und diesem Vlad. Ja ... ich weiß ... nun hören Sie doch mal zu. In den letzten vierzehn Tagen ist drei Mal von Grothners Telefon gesprochen worden. Ja ... natürlich haben wir eine Fangschaltung ... nein ... das ist technisch derzeit nicht möglich. Wir sehen nur, wenn er sich ... ja ... darf ich Ihnen das jetzt erklären oder nicht?« Gerald Picard sah den Telefonhörer angenervt an.

»Wir bekommen es mit, wenn von Grothners Handy aus telefoniert wird. Die erste Nummer im System ist immer seine Nummer. Erst nach drei Sekunden ... ja ... nein ... wir können nicht ... ja, sie verändert sich nach drei Sekunden. Nein, GPS ist nicht aktiviert, denken Sie denn, wir sind blöd hier?« Picard kochte. Er mochte van Horn, aber dieses Gespräch lief definitiv aus dem Ruder. Offenbar lagen nicht nur bei ihm die Nerven blank.

»Müssen wir das jetzt wirklich diskutieren? Wir kriegen das Handy nicht, das ist nunmal so. Die Techniker arbeiten dran, und glauben Sie mir, die haben einige schlaflose Nächte hinter sich. Und wissen Sie was? Ich habe auch schlecht geschlafen. Und ich habe keinen Bock mehr. Rufe ich Sie deswegen an und nerve herum? Nein. Das tue ich nicht. Und Sie sollten das auch lassen. Wir tun, was wir können. Seien Sie mir nicht böse, aber sowas können wir uns echt sparen. Gute Nacht!« Picard warf den Telefonhörer auf den Schreibtisch und schlug so fest mit der Faust gegen die Tischkante, dass es Minuten dauerte, bis der Schmerz nachließ.

»So eine Scheiße.« Er schaltete den Computer aus und verließ als Letzter das Gebäude. Den Dienstwagen ließ er stehen und ging mit hängenden Schultern in seine Stammkneipe.

»Nichts, was man nicht wegsaufen kann«, dachte er und bestellte.

Neunundvierzig

»Es ist so weit!« Karl war zu ihr in die Küche gekommen und Elisabeth erschrak, denn sie hatte ihn nicht gehört. Es war kurz nach dreiundzwanzig Uhr und sie hatte eigentlich vorgehabt, zu Bett zu gehen.

»Du wirst mich jetzt zur Fabrik fahren und dort werde ich Kriegers Platz einnehmen. In drei Tagen werde ich dann befreit und es ist vorbei.« Karl sprach in ruhigem und emotionslosem Ton, als würde er den Wetterbericht aufsagen.

»Deswegen das Ganze?«, fragte sie und wies dabei mit dem Finger auf ihn.« Karl sah sie an, wie jemand einen besonders interessanten Käfer anschauen würde.

»Hast du wirklich gedacht, ich hätte nur keine Lust mehr, mich zu waschen und zu rasieren? Wie blöd kann ein einzelner Mensch eigentlich sein? Wenn ich wie aus dem Ei gepellt da im Keller sitze, wirkt das wohl kaum glaubwürdig.« Tiefe Geringschätzung lag in seiner Stimme und er beließ es bei dieser Erklärung.

»Komm jetzt, wir fahren!«

Es war niemand auf der Straße und Karl verschwand schnell im Fond des Golfs. Sofort füllte sich das Innere des Autos mit seinem Geruch und Elisabeth ließ die Seitenscheibe vollständig herunterfahren. Er intervenierte nicht. Wortlos startete sie den Motor und fuhr zur Buttwanger-Fabrik.

»Stell den Wagen vor dem Tor ab. Dann geh hinein und starte den Stromgenerator. Überprüfe, ob der Keller leer ist. Dann gib mir ein Zeichen!« Sie konnte Karl im Rückspiegel nicht sehen, weil es zu dunkel war. Sie führte alles so aus, wie er es angeordnet hatte. Der Gestank, der im Keller vorherrschte, war grauenvoll, die zehnfache Potenz des Geruchs, den Karl verströmte. Die Pritsche war leer, einige rotbraune Flecken waren zu sehen. Der Boden war eine schlammige Fläche aus menschlichen Ausscheidungen und mittendrin der leere Blechnapf und eine ebenfalls leere Plastikflasche. Ihr war klar, dass Dr. Krieger hier unten gestorben war. Sicher hatte Vlad sich um den Toten gekümmert. Sie empfand noch immer Abscheu bei dem Gedanken an Dr. Krieger, und dennoch tat er ihr leid. Der Mann war hier unten elendig verreckt. Wie die Katze im Rinnstein. Sie hatte Karls Plan begriffen, als er sich bereits den dritten Tag nicht gepflegt hatte. Und auf Karls Vorhaben hatte sie wiederum ihre Planungen gegründet. Jetzt hing alles davon ab, dass sie glaubwürdig vorspielte, ihm komplett hörig zu sein und keine eigene Meinung oder Vorschläge zu haben. Von den nächsten Minuten hing alles für sie ab. Sie verließ das Gebäude und ging zum Tor zurück. Karl saß immer noch im Auto und sie bedeutete ihm, dass alles in Ordnung sei. Er stieg aus und ging an ihr vorbei zum Bungalow und sie folgte ihm. Vor dem Kellereingang blieb er stehen und sah die Treppe hinab. Elisabeth konnte sehen, wie sich seine Nasenflügel bewegten, offenbar arrangierte er sich gerade mit dem unsäglichen Geruch, in den er für drei Tage abtauchen würde. Ohne sich umzudrehen, gab er seine letzten Anweisungen.

»Du wirst mich jetzt da unten anketten, so wie Krieger angekettet war und ich selbst am ersten Tag. Du wirst mir jeden Tag Wasser und Brot bringen. In drei Tagen wirst du mein Handy nehmen und die Nummer irgendeines Pizzadienstes anrufen. Du wirst das angeschaltete Handy hier irgendwo hinlegen, als habe es jemand verloren. Ich habe das Handy so eingestellt, dass es geortet werden kann. Du hast danach zehn Minuten Zeit, um dich vom Acker zu machen. Sie werden sehr schnell hier sein und es wäre doch zu schade, wenn sie dich hier vorfänden, findest du nicht?« Jetzt drehte er sich um und sah ihr forschend ins Gesicht. Was er sah, befriedigte ihn. Da gab es keine Opposition. Elisabeth machte ein vollkommen resigniertes Gesicht und er war sich sicher, dass sie exakt nach seinen Anweisungen handeln würde.

»Ich hoffe, du verstehst, wenn ich den Schlüssel für die Halsfessel behalte. Nachher passiert dir in den drei Tagen irgendetwas und ich verrotte hier wie Dr. Krieger. Das möchtest du doch sicher nicht, oder? Du wirst auch die Tür nicht verschließen. Erst in drei Tagen, wenn die Party steigt.« Er lächelte sein Grothner-Lächeln und hielt ihr den kleinen Schlüssel für das Vorhängeschloss der Halsfessel vor die Nase.

»Das Handy liegt abgeschaltet neben meinem Computer. Du bringst alle meine Sachen zurück in mein Haus. Du besorgst neue Hygieneartikel und sorgst dafür, dass alles so aussieht, als wären die Sachen nie weg gewesen.« Elisabeth nickte.

»Die Pin-Nummer des Telefons?«, fragte sie leise.

»Es hat keine Pin-Nummer. Einschalten, das ist alles. Du kommst zwei Mal am Tag hierhin und versorgst mich mit Brot und Wasser. Du wirst dabei Handschuhe tragen. Finden die hier auch nur einen einzigen Fingerabdruck von dir, hängst du mit am Fliegenfänger. Ich werde dir dann nicht helfen.«

Sie hob die Hände, um ihm zu zeigen, dass sie bereits Handschuhe trug, wie immer, wenn sie hierher gekommen war. Sie hatte einen ganzen Karton Einweghandschuhe im Wagen, die sie in einer Drogerie gekauft hatte, als sie Dr. Krieger versorgt hatte.

»Dann ist ja alles klar.« Er drehte sich um und ging die knarrende Holztreppe nach unten. Auf der letzten Stufe zog er seine Schuhe aus und stellte sie hinter sich auf die Stufe. Dann trat er ohne zu Zögern in den Keller und legte sich auf die Pritsche.

»Los, Frau Generaldirektor. Anketten!« Elisabeth folgte ihm widerwillig und versuchte zu vermeiden, in einen der angetrockneten, unappetitlichen Haufen zu treten, die den Kellerboden zum Teil bedeckten. Mit zwei Fingern ergriff sie die Halsfessel, um sie Karl um den Hals zu legen. Das Vorhängeschloss lag mitten in einem Kothaufen und sie nahm es trotz der Handschuhe angewidert dort weg. Mit einem metallischen »Klick« rastete das Schloss ein.

»Nun bring mir was zu Trinken und zu Essen und dann verschwinde. Und nimm meine Schuhe mit!« Karl verschränkte die Hände hinter dem Kopf und schloss die Augen. Die Kette klirrte leise. Elisabeth fand oben noch einige Wasserflaschen und eine davon brachte sie in den Keller.

»Es ist nichts mehr zu Essen hier. Ich muss erst etwas einkaufen. Ich bringe das dann nachher noch vorbei.« Keine Antwort. Sie lehnte die Tür nur an, als sie den Keller verließ, und die frische Luft draußen erschlug sie fast. Sie ärgerte sich etwas, denn die notwendige Ausgangssituation, die sie für ihren Plan brauchte, war noch nicht eingetreten, denn Karl hatte den Schlüssel. Aber vielleicht war das gut, denn so konnte er nicht ahnen, dass sein Vertrauen in sie nur bedingt berechtigt war. Sie schaltete das Stromerzeugeraggregat ab und besorgte in einem Supermarkt am Stadtrand einige geschnittene Brote. Damit fuhr sie zurück und beeilte sich, Karl zwei Scheiben davon in den Blechnapf zu legen.

»Bis morgen«, sagte sie noch, als sie die Kellertür wieder schloss. Er rührte sich nicht, schien sich in sich selbst zurückgezogen zu haben. Er lag mit entspanntem Gesichtsausdruck auf der Pritsche und atmete ruhig und gleichmäßig.

Fünfzig

Drei Tage werden reichen. Drei Tage müssen reichen. Danach wird er eins sein mit diesem schrecklichen Raum. Es kostete ihn Mühe, den Gestank auszublenden. Auch die Fliegen waren lästig, doch er wollte sich auf diese Situation einlassen. Sie gehörte zum Spiel. Angst empfand er nicht, Angst und Furcht waren für ihn surreal. Er war extrem anpassungsfähig und wusste, dass sein Plan funktionieren würde. Er hatte alles und jeden absolut unter Kontrolle. Es gab keinen Haken. Warum? Warum nahm er das auf sich? Er hatte in seinem Zimmer bei Elisabeth intensiv darüber nachgedacht. Wie einfach wäre es gewesen, die Sache nach Kleinhans Tod zu beenden. Dr. Krieger hätte er auch so aus dem Spiel nehmen können. Und Vlad? Der war eigentlich unwichtig. Ein nützlicher Geist. Aber auch ein Verräter. Doch Karl hatte ihm verziehen, denn Menschen wie Vlad gab es nicht viele. Ein gutes Werkzeug, dieser Vlad. Man wirft keinen guten und teuren Hammer weg, nur weil man sich mit ihm einmal auf den Daumen gehauen hatte. Warum also? Rache? Rache, weil ein machthungriger Anwalt gemeint hatte, sich bereichern zu können? Nein, das alleine war es nicht, auch wenn besagter Anwalt nachweislich seinen Tod nicht nur begrüßt, sondern auch noch forciert hatte. Das war im Grunde für Karl Grothner in Ordnung. Emotionale Bremsen waren ihm ebenso fremd wie ein schlechtes oder gutes Gewissen oder Befürchtungen. Im Grunde, so war sich Karl mit sich selbst einig, war sein Motiv, diese Sache so auszuleben, Ärger. Niemand spuckte ihm in die Suppe und nie hatte etwas anders zu laufen, als er es wollte. Doch genau das war eingetreten, als Kleinhans seinen lächerlichen Entführungsversuch unternommen hatte. Karl hatte für einige Stunden tatsächlich keine Kontrolle mehr über das, was geschah. Das war der Grund. Er musste die Regie haben. Er musste bestimmen, wie die Sachen weitergingen. Sich als befreites Opfer nach dem Tod des Entführers den Befragungen irgendwelcher Ermittler zu stellen, wäre Karl nie in den Sinn gekommen. Er hatte dafür gesorgt, dass die Beamten all ihre Fragen beantwortet bekommen würden, wenn er erst einmal frei war. Dr. Krieger war der Täter, und tot. Kleinhans sein Handlanger, auch tot. Vlad, der Scherge, verschwunden. Elisabeth? Er würde sie kaufen, und wenn sie wegen ihrer sentimentalen Zuneigung zu ihm das Kaufangebot ablehnte, würde Vlad sich um sie kümmern. Also auch hier: alles gut. Er selbst würde als ausgemergeltes und traumatisiertes Opfer dastehen. Und er hatte die Gewissheit, dass alles nur deswegen genau so gekommen ist, weil er es wollte. Karl akzeptierte diese Erkenntnis emotionslos. Er Gewinner, alle anderen Verlierer. Damit war alles wieder im Gleichgewicht. Tatsächlich hatte er so etwas wie eine Empfindung. Freude. Freude darauf, eine neue Chefsekretärin zu finden. Es brauchte eine bestimmte Sorte von Charakter, um sich für diese Stelle zu qualifizieren, und allein das Auswahlverfahren für diesen Posten bereitete Karl Grothner Vergnügen. Er liebte es, wenn Menschen in seiner Gegenwart dekompensierten und die Fassung verloren. Dann waren sie fast wie Katzen.

Einundfünfzig

Elisabeth saß vor ihrem Rechner und arbeitete. In dem Dateiordner »Karl« gab es über fünfhundert Soundfiles. Alles Sicherungen von Aufzeichnungen, die sie von den Diktiergeräten auf ihren Computer überspielt hatte. In ihrer Wohnung gab es nichts mehr, was an seine Anwesenheit erinnert hätte. Sie hatte seine Kleidung und seine andere Habe zurück in die Villa gebracht, ohne dass sie jemand gesehen hatte. Und selbst wenn man sie gesehen hätte, wäre alles in Ordnung gewesen. Sie war KARL, sie war seine Nachfolgerin und, wie man seit Neuestem bei der Staatsgewalt wusste, auch seine Lebenspartnerin. Derzeit allerdings im Witwenstatus, was sich aber demnächst wieder ändern würde.

Seit Stunden war Elisabeth damit beschäftigt, sich die Bänder anzuhören. Karl sprach immer im gleichen Tonfall und sie musste ihre volle Konzentration auf die Inhalte des Gesagten, den Wortlaut, richten. Hin und wieder hörte sie sich einen Satz zwei Mal an, notierte dann etwas auf einem Zettel, kopierte Abschnitte und fügte diese in einen separaten Ordner ein.

Zweiundfünfzig

»Das ist gut. Dass es dir so schlecht geht, ist gut. Damit ist es authentisch. Das will ich doch. Es muss authentisch sein. Was macht das schon? Sind doch nur siebzig Stunden? Acht Stunden sind schon weg. Ungefähr. Schätzungsweise. Je kaputter ich wirke, umso besser wird es sein. Diese Fliegen. Warum habe ich nicht an die Fliegen gedacht? Wie viele habe ich schon getötet? Es müssen Hunderte sein. Warum sind dann immer noch so viele in diesem Raum? Ich könnte jetzt aufstehen, die Halsfessel abnehmen und nach oben gehen. Ins Freie, frische Luft atmen und es mir bequem machen. Doch das geht nicht, man würde Spuren finden. Ich bestimme hier und ich bestimme, dass ich hier bleibe. Zweiundsechzig Stunden nur noch. Das ist nichts. Ich bin der Bestimmer, um mich dreht es sich und ich habe beschlossen, dass vierundzwanzig Stunden ausreichen. Vierundzwanzig minus acht. Also noch sechzehn Stunden. Das reicht. Niemand wird etwas merken. Sechzehn Stunden noch. Ich bin derjenige, der das festlegt. Niemand sonst.« Die Wasserflasche war leer und er war durstig. Zu wenig Wasser für ihn. Elisabeth versorgte ihn schlecht. Er würde sie dafür bestrafen. Morgen.

Seine Finger hielten den kleinen Schlüssel fest umklammert, bis er in einen kurzen und unruhigen Schlaf fiel. Als er nach weniger als zwanzig Minuten erwachte, konnte er nicht mehr sagen, wie viel Zeit vergangen war, seit er den Keller bezogen hatte. Der kurze Schlaf hatte ihm die zeitliche Orientierung genommen und er hatte keine Parameter, wie Licht oder Geräusche, an denen er sich hätte orientieren können. Er fühlte sich müde und gleichzeitig hellwach. Von seiner Pritsche aus tastete er den Kellerboden ab und fand schließlich die Blechschüssel. Eine Scheibe Brot lag noch darin und er holte sie zu sich. Seine Finger stanken nach Kot und er wischte sie an seinem Anzug ab. Dann versuchte er, trotz seines ausgetrockneten Mundes das Brot in kleinen Portionen zu essen. Das Brot war bereits trocken und es gelang ihm nicht, die Scheibe aufzuessen. Zorn wuchs in ihm. Zorn darüber, dass er selbst für diese Bedingungen gesorgt und sich über sich selbst so geirrt hatte. Und Zorn auf Elisabeth, die für ihn sorgen sollte. Und das nicht tat. Die Halsfessel öffnen und sich selbst kümmern. Das musste er. Nein, das durfte er nicht. Der Schlüssel war wie ein glühender Stein in seiner Hand. Auch er durfte irren. Er holte den Schlüssel aus der Hosentasche und suchte mit der anderen Hand das Schloss. Er würde nur kurz Luft schnappen, etwas trinken und sich dann wieder anketten. Sollte Elisabeth doch die Spuren wieder wegmachen. Er nestelte mit dem kleinen Schlüssel am Schloss herum, als er von oben ein Geräusch hörte. Die Tür. Schritte. Klappern und wieder Schritte. Dann kurz Ruhe und wieder Schritte. Dann plötzlich Licht und das leise Geräusch des Stromerzeugeraggregats. Die Kellertür öffnete sich und Elisabeth stand mit frischem Brot und einer Wasserflasche da und sah zu ihm herab. Karl steckte den Schlüssel wieder ein.

»Ich habe meine Pläne geändert. Du wirst heute mit dem Handy die Sache zu Ende bringen.« Sie sah ihn irritiert an. »Gib mir Wasser.« Kaum, dass sie in seiner Reichweite war, riss er ihr die Plastikflasche aus der Hand und öffnete sie. Es zischte ganz kurz, als er den Schraubverschluss löste. Karl trank die Flasche in einem Zug leer und erst dann blickte er Elisabeth ins Gesicht.

»Als ich sagte, du sollst zwei Mal am Tag herkommen, meinte ich damit nicht, dass du mich hier verdursten lassen sollst. Du bist noch zum Scheißen zu blöde.« Elisabeth zuckte nicht einmal mit den Wimpern, als er das sagte. Sie hatte die Oberlippe über die Zähne gezogen und in allen Verhaltensmustern, die Karl studiert und abgespeichert hatte, fand er kein Äquivalent für diese Mimik.

»Bring mir mehr Wasser. Und nimm dieses trockene Drecks-Brot mit.« Er hatte das Gefühl, als habe ihn das Wasser, das er eben getrunken hatte, noch durstiger gemacht. Sie sah ihn nur an, diesen seltsamen Ausdruck im Gesicht. Dann begann sie zu singen.

»La le lu, nur der Mann im Mond schaut zu, wenn die kleinen Babies schlafen, drum schlaf auch du ... La le lu ...« Karl sah sie ungläubig an. Dann begann er zu begreifen.

» ... dann kommt auch der Sandmann, leis` tritt er ins Haus, such aus seinen Träumen dir den schönsten aus. La le lu ...« Er spürte die Wirkung des Sedativums deutlich. Und er begriff, dass er keine Chance hatte, dem etwas entgegenzusetzen. Bevor er in seinen Gedanken bei dem »Warum« angekommen war, verlor er das Bewusstsein.

» ... vor dem Bettchen steh`n zwei Schuh, und die sind genauso müde, geh`n jetzt zur Ruh.« Elisabeth hoffte, dass die Dosis Diazepam nicht zu hoch war und war überrascht, wie schnell das Medikament wirkte. Erst als sie ganz sicher war, dass Karl wirklich nicht mehr bei Bewusstsein war, traute sie sich, in seine Taschen zu greifen. Sie fand den kleinen Schlüssel in der rechten Hosentasche und nahm ihn an sich. Ihr war völlig klar, worauf sie sich einließ und war sich keineswegs sicher, wie diese Sache ausgehen würde. Aber egal was passierte, sich länger diesem Monstrum auszuliefern kam für sie nicht in Frage. Nur sie und Vlad wussten, dass Karl noch lebte und bis vor wenigen Minuten frei war. Allerdings konnte sie nicht wissen, was Karl mit Vlad abgesprochen hatte, und so blieb der Killer ein unberechenbares Risiko. Sie wusste nicht, ob Vlad in Karls Befreiungsplan eingeweiht war und vielleicht sogar das Funktionieren des

Plans überwachen sollte. Allerdings kannte sie ihren Chef und ahnte, dass er, wie immer, sein Ding alleine durchzog und sie nur involvierte, weil er sie für die Durchführung brauchte. Sonst hätte ja auch Vlad diesen Job übernehmen können. Sollte Vlad jedoch mitbekommen, was los war, dann hätte sie verloren, und ihr war sehr deutlich klar, dass sie dann mit Sicherheit sterben würde. Aber selbst das war besser, als weiter Karl ausgeliefert zu sein. Durch die Umkehrung der Machtverhältnisse hatte sie die Chance, Karl die Bedingungen zu diktieren, ihre gemeinsame Zukunft betreffend. Hoffte sie zumindest. Sie hatte den körperlichen und mentalen Abbau Dr. Kriegers eine ganze Zeit lang begleitet und rechnete damit, dass der Prozess bei Karl vergleichbar sein würde. Sicher würde er heftig aufbegehren, doch Elisabeth hatte bereits ein inneres Bollwerk errichtet, und außerdem lag er in Ketten und konnte ihr physisch nichts anhaben. Sie ahnte, dass sie ihn kaum dazu bringen würde, ihre Bedingungen zu akzeptieren, indem sie ihn dursten und hungern ließ. Karl war ein Mensch, der stets bekam, was er wollte. Intuitiv wusste sie, dass nur, wenn es ihr gelänge, ihm ihren Willen aufzuzwingen, sie ihre Zukunft wieder in der Hand hatte. Ihn umzubringen würde lediglich dazu führen, dass sie ihren Job verlor. Doch die Position, die sie derzeit innehatte, gefiel ihr ausnehmend gut. Sie war eben nicht nur Elisabeth, sie war auch Karl. Und diese Kreatur da auf der Pritsche, dieses stinkende Ungeheuer, musste am Leben bleiben, damit das auch so blieb. Sie verschloss die Tür mit der Kette und fuhr nach Hause.

Dreiundfünfzig

Langsam gelangte er wieder an die Oberfläche. Karl öffnete die Augen und sah nur Schwärze. Doch nach einigen Sekunden hatte er sich situativ orientiert. Die Situation war jener sehr ähnlich, die nun über acht Wochen her war. Damals war er auch hier erwacht, und ein Mann mit einem Motorradhelm war gekommen, um ihn zu informieren. Karl musste seine Gedanken ordnen, die

Nachwirkungen des Diazepam störten seinen Gedankenfluss. Elisabeth. Das letzte, woran er meinte, sich erinnern zu können, war Elisabeth, die an seinem Bett stand und ein Schlaflied sang. Hatte er geträumt? Das erschien ihm sehr unwahrscheinlich, denn so lange er lebte, war ihm nie ein Traum in Erinnerung geblieben. Langsam sickerten Fragmente von Erkenntnis in sein Bewusstsein. Sie hatte ihm das Schlafmittel ins Wasser getan. Warum? Um ihm den Aufenthalt hier zu erleichtern? Eine Möglichkeit. Sie liebte ihn schließlich auf ihre kranke Art. Er hatte ihr das immer angesehen. Der Schlüssel. Seine Hand zitterte, ein Effekt, der ebenfalls von dem Hypnotikum rührte. Er tastete in seinen Hosentaschen, konnte aber den kleinen Schlüssel nicht finden. Er weitete das Suchgebiet aus. Quadratzentimeter für Quadratzentimeter tastete er sich und sein Umfeld ab, bis er sicher war, dass der Schlüssel fort war. Zuletzt griff er an seinen Hals, hoffend, dass Elisabeth die Halsfessel entfernt hatte, doch er wurde enttäuscht. Er empfand keine Angst oder Panik, denn wie alle anderen Emotionen waren ihm diese Gefühle fremd. Er suchte lediglich nach einer Erklärung für die Situation. Karl akzeptierte, dass er keine Ahnung hatte, wie lange er bereits in diesem Keller lag. Sein Körper fühlte sich an, als würde sein Inneres aus Watte bestehen, ein schwindeliges, sehr lästiges Gefühl. Er empfand keinen Hunger oder Durst. Doch die Trockenheit in seinem Mund ließ darauf schließen, dass er lange nichts mehr getrunken hatte. Stück für Stück sammelte Karl Grothner die Fakten zusammen, die er zu einem inneren Puzzle zusammenfügte. Das Bild von Elisabeth. Dieser seltsame Gesichtsausdruck. Die Oberlippe hochgezogen, die Mundwinkel seltsam verzerrt. Wie eine Irre hatte sie ausgesehen, dazu dann noch dieses lächerliche Kinderlied. Warum hatte er das nicht gesehen? Nicht gesehen, dass sie wahnsinnig geworden war? Er erkannte Emotionen sofort, wenn er Menschen nur in ihr Gesicht sah. Er konnte an der Körperhaltung von Menschen erkennen, ob sie eine schwere Kindheit hatten oder logen. Er hatte in seinem geistigen Lexikon über menschliche Regungen jedes erdenkliche Gefühl abgespeichert. Er besaß die Gabe, auf diesen Fundus zurückzugreifen, um die Körperhaltung und Mimik zu imitieren. Tonfall und Lautstärke konnte er bewusst einsetzen, um authentisch Gefühle vorzuspiegeln. Ohne diese Fähigkeit wäre er niemals in die Position gelangt, in der er sich befand. Menschen ließen sich stets durch Emotionen manipulieren. Er machte immer dann davon Gebrauch, wenn durch schiere technische Taktik sein Ziel nicht zu erreichen war. Warum hatte er nicht gesehen, dass etwas mit Elisabeth nicht stimmte? Er gab sich die Antwort selbst. Weil er wusste, dass sie nicht normal war. Wie hatte sie ihn lieben können? Wie hatte sie es als Gnade und Ehre empfinden können, wenn er sie demütigte und in den Arsch fickte? Ihm fiel ein, wie es das letzte Mal gewesen war. Sie hatte »Nein« gesagt. Objektiv verständlich, denn er hatte gestunken und war sehr unsauber. Danach hatte sie perfekt funktioniert. Er hatte sie in den folgenden zwei Wochen höchstens einmal am Tag gesehen, wenn sie Bericht erstattete oder ihm Brot und Wasser brachte. Da war ihr Gesichtsausdruck leicht verträumt gewesen. Hatte er da etwas mit »liebevoll« verwechselt? Karl kramte tiefer in seinem Gefühlsfundus. Er ahnte, dass er diesen Gesichtsausdruck schon einmal irgendwo gesehen und abgespeichert hatte. Vor seinem inneren Auge entstand das Bild eines Mannes. Ein gepflegter Mann mit einem Kinnbart. Es dauerte etwas länger, bis er die Informationen zu diesem Mann mit dem Lächeln, das Elisabeths verträumten, vermeintlich verliebten Gesichtsausdruck erschreckend ähnlich war, abrufen konnte. Anders Breivik. Bilder aus einem Gerichtssaal. Karl hatte den Bericht über den Prozess gegen den Massenmörder von Norwegen interessiert verfolgt. Er verglich die beiden Erinnerungen und sah seinen Irrtum ein. Das war keine Verliebtheit, es war die Gewissheit, etwas absolut richtig zu machen. Die innere Ruhe eines Henkers, der auf den Delinquenten wartet. Der wusste, das nichts und niemand ihn an der Ausübung seiner Tätigkeit hindern würde. Nur: Wenn Elisabeth vorgehabt hätte, ihn zu töten ... warum lebte er noch? Es gab in Elisabeth Huss nichts Sadistisches, dessen war er sich sicher. Profane Rache für die letzte Vergewaltigung kommt da eher in Frage. Karl kam vorerst zu dem Schluss, dass dies das Motiv von Elisabeth war. Aus menschlicher Sicht vielleicht sogar nachvollziehbar, resümierte er, und bereitete sich mental auf das nächste Zusammentreffen vor. Dieses Problem würde er schnell lösen, dessen war sich Karl sicher. Mit Gefühlen kannte er sich aus. Besser sogar, als wenn er selber welche hätte.

Vierundfünfzig

Sie hatte ihm eine neue Flasche Wasser bereitgestellt und frisches Brot in die Blechschüssel gelegt. Im matten Licht der Glühbirne saß sie auf der Treppe und beobachtete ihn. Karl schlug die Augen auf und blinzelte zweimal. Er erkannte sie sofort und wusste, dass es nun darauf ankam, wie bei einem Klavierkonzert die richtigen Töne zu treffen. Karl war sich darüber im Klaren, dass seine Chance in ihrer Emotionalität lag. Wenn er die Saiten anschlug, würde sie wie ein pawlowscher Hund anfangen zu sabbern, und er hätte die Situation wieder bereinigt.

Ouvertüre

»Ah, schön, dass du da bist, Elisabeth. Wurde wirklich Zeit, ich habe wahnsinnigen Durst.«

Sehr gut, dass du da bist, du widerliches Dreckstück. Ich werde dich gleich da haben, wo ich dich haben will, und dann werden Dinge geschehen, auf die ich mich jetzt schon sehr freue.

1. Akt

Er nickte ihr freundlich zu und Elisabeth konnte ihre Überraschung kaum verbergen. Karl setzte sich auf dem schmalen Feldbett auf und wies auf die Wasserflasche.

»Hmmm, hast du wieder Schlummifix hineingetan? Das brauchst du nicht, Liebes, ich stehe das auch so durch. Lieb von dir, mir den Aufenthalt hier zu erleichtern. Wie lange bin ich denn schon hier?«

Nicht zu dick auftragen. Sie ist es gewohnt, von dir fertiggemacht zu werden.

2. Akt

Er sah sie offen an und zwinkerte ihr zu. Ein schelmisches Schmunzeln hatte sich in seinem bärtigen Gesicht breitgemacht. Karl nahm die Flasche an sich und öffnete sie. Ohne vorher zu probieren oder wenigstens am Flaschenhals zu riechen nahm er einen tiefen Schluck. Elisabeth starrte ihn irritiert an.

»Weißt du, das waren jetzt wirklich verrückte Tage, was? Aber jetzt ist es ja geschafft. Wie ich mich darauf freue, wieder zu duschen und mich wieder in einen Menschen zu verwandeln. Das zehrte unglaublich an den Nerven. Ich glaube, ich werde eine ganze Apfelplantage essen.«

Die Schlampe sieht ganz so aus, als würde sie dir glauben, jetzt leg nach, aber zeige ihr auch, wer hier das Sagen hat. Der Schlüssel, es geht nur um den Schlüssel.

Karl begann zu lachen und rieb sich seine Hände.

»Und Kuchen. Ich will Kuchen essen. Mit viel Sahne. Und deinen guten Kaffee dazu. Kannst du backen? Bestimmt kannst du, du kannst doch alles, stimmt doch, meine Generaldirektorin?«

Oh ja, du kannst alles. Und wir werden gleich sehen, was du alles ertragen kannst, bevor du dein beschissenes Leben hier verlierst. Du kannst alles. Mal sehen, ob du auch alles überlebst, was ich gleich mit dir tun werde.

3. Akt

Er wurde ernst und klopfte mit der flachen Hand neben sich auf die Liege.

»Komm, setz dich bitte zu mir.« Karl bemühte sich, etwas Strenge in das Wort »bitte« zu legen.

Zorn, passe auf deinen Zorn auf. Lass sie ihn nicht sehen.

»Was? Wieso bist du auf einmal so ... nett?«, stammelte Elisabeth, die nicht begriff, was sie da gerade erlebte.

»Ich weiß, dass ich unausstehlich war, Elisabeth, bitte glaub mir das. Da war so viel zu denken und ich habe mich doch auch ganz schrecklich gefühlt. Das tut mir aufrichtig leid. Ich will es wiedergutmachen. Nein ich werde es wiedergutmachen. Wir wissen so wenig voneinander. Aber sobald ich hier raus bin, lernen wir uns kennen, das versprich mir bitte. Gib mir die Chance, dir zu zeigen, was für ein Mensch ich bin. Ich habe dir so viel zu verdanken. Komm jetzt her zu mir.«

Ich habe dir wirklich viel zu geben und ich werde dir zeigen, was ich für ein Mensch bin. Du willst mir in die Suppe spucken, du kleine, erbärmliche Ratte? Du legst dich wirklich mit mir an? Komm jetzt her, du Stück Scheiße, komm her und setz dich zu Onkel Karl.

Er machte eine reuevolle Miene und blickte ihr mit weit geöffneten Augen direkt ins Gesicht. Fast schien es, als würden Tränen in seinen Augen schimmern und Elisabeth tat einen Schritt in seine Richtung. Konnte das wirklich wahr sein? Hatte Karl wirklich auch so eine Seite? So eine normale Seite? In seiner Stimme lag auf einmal soviel Wärme, dass Elisabeth jedes Wort, das er sagte, glauben wollte. Wie ferngesteuert ging sie durch den schrecklichen Matsch zu ihm und setzte sich neben ihn auf die Pritsche.

»Du stinkst fürchterlich. Sei mir nicht böse.« Sie starrte ihre verschmierten Schuhe an und hoffte, dass das alles wahr sei.

Zwischenspiel

»Ich weiß, Elisabeth, ich weiß. Bald bin ich wieder Meister Proper, das verspreche ich dir. Gib mir bitte den Schlüssel zurück. Es macht mir Angst, wenn ich den nicht habe. Stell dir nur vor, dir würde was passieren. Ich wäre hier vollkommen hilflos.«

Angst? Was zum Teufel ist Angst? Du hast sie soweit, gib ihr den Rest. Bring das Spiel jetzt zu Ende.

Sie blickte ihn an und sah das Flehen in seinen Augen. So einfach hatte sie sich das nicht vorgestellt. Er hielt die Hände in Gebetshaltung und wippte auf der Kante des Feldbettes leicht vor und zurück. Den Kopf hatte er auf einmal weit gesenkt und sie meinte, ein Schluchzen zu vernehmen. Karl zog laut die Nase hoch und sagte mit weinerlicher, völlig fremder Stimme:

»Bitte ... gib mir den Schlüssel zurück. Ich habe solche Angst gehabt um dich, um mich, um uns.« Nun hob er den Kopf und versuchte, sie anzusehen. Tatsächlich rannen Tränen aus seinen Augen.

So macht man das. Diese Menschen sind ein Witz. Sie waren es immer und sie werden es immer sein. Rührselige und manipulierbare Idioten. Und dieses Exemplar besonders.

»Ich habe ihn oben, ich hole ihn sofort. Du musst keine Angst mehr haben. Ich habe auch das Handy dabei, ich kann es einschalten, und du bist frei. Soll ich?« Ihre tot geglaubte Liebe zu ihm brach sich Bahn, durchflutete sie in Sekundenschnelle und machte sie glücklich. Nun schien wirklich alles gut zu sein.

Arie

»Nein, noch nicht. Bring mir bitte den Schlüssel und dann besprechen wir, wie wir es zu Ende bringen.«

Da gibt es nichts zu besprechen. Du wirst dein vollkommen sinnloses Leben jetzt gleich auskotzen, und wenn ich mit dir fertig bin, wird dich niemand mehr erkennen können. Genau so bringen wir es zu Ende, mein Liebes.

Er lächelte sie liebevoll an.

»Und du bist wirklich nicht böse mit mir?« Da war keine Aggressivität in seinem Gesicht.

»Nein. Du hast doch alles richtig gemacht. Ich hätte ja nie in den Schlaf gefunden ohne das Zeug, und es war richtig, dass du den Schlüssel an dich genommen hast. Ich hatte dir doch gesagt, dass du das Handy einschalten sollst. Wie hätte das denn ausgesehen, wenn die Polizei gemerkt hätte, dass ich den Schlüssel zu meiner Fessel in der Tasche habe? Nein, du hast alles richtig gemacht. Wie sollte ich dir da böse sein?«

Mist, da hast du Mist erzählt. Das widerspricht sich. Sie ist zwar blöd wie Hundepisse, aber wenn du Pech hast, hat sie das jetzt gemerkt.

Er griff nach ihrer Hand und streichelte sie sanft durch die Latexhandschuhe, die sie trug.

»Ich hole den Schlüssel, bin sofort wieder da«, sagte sie leise und stand auf. Als sie bei der Treppe war, fiel ihr etwas ein.

»Aber wenn ich doch jetzt das Handy einschalte, brauchst du doch den Schlüssel gar nicht mehr. Hast du doch eben selbst gesagt, dass es Unsinn ist, wenn du den Schlüssel hast.« Zwei Sekunden nur. Zwei Sekunden nur hatte Karl sich nicht zu einhundert Prozent im Griff. Es zuckte in seinem Gesicht und blanker Hass stand für diese zwei Sekunden in seinen Augen. Hass, den Elisabeth kannte. Kalter Hass, frei von jeder anderen Emotionalität. Dann verschwand dieser Schatten wieder, als wäre er nie da gewesen.

»Ich möchte das anders machen. Ich habe Angst, dass die bei der Befreiung einen Fehler machen. Vielleicht halten die mich für den Entführer und schießen auf mich. Besser, wir finden einen anderen Weg, Liebes. Bitte ... den Schlüssel.«

Jetzt hol den verdammten Schlüssel, du dreckige Kuhfotze, oder ich reiße dir deine Zunge mit bloßen Händen aus dem Hals.

Letzter Akt

Elisabeth wusste, was sie gesehen hatte. Das Ganze war nur eine Schmierenkomödie von ihm gewesen. Als sie die Kellertür passiert hatte, schlug sie sie fest zu und die Tränen schossen ihr in die Augen. Mit zitternden Händen ließ sie das Vorhängeschloss einrasten, das die Tür sicherte. Sie ließ sich auf die Knie fallen und kämpfte so lange gegen das Schluchzen und Weinen, bis sie sich wieder im Griff hatte. Elisabeth wurde bewusst, dass sie fast in eine tödliche Falle getreten war. Hätte sie den Schlüssel bei sich gehabt ... sie drängte den Gedanken fort. Das Ungeheuer da unten war noch monströser, als sie gedacht hatte. Sie hatte es gesehen. Sehr deutlich gesehen in diesen zwei Sekunden. Sie würde warten, bis er wieder schlief. Den großen Schluck aus der Flasche sollte er noch bereuen.

Fünfundfünfzig

Erst zwei Mal in seinem Leben war Karl Grothner über seine Grenzen gestoßen worden. Das erste Mal geschah es, als er als Kind Stubenarrest bekommen sollte und er daraufhin sein gesamtes Kinderzimmer zerschlagen und die Möbel und sein Spielzeug aus dem Fenster geworfen hatte. Da hatte er völlig die Kontrolle verloren. Das zweite Mal war einige Jahre später. Er hatte sich für die Hauptrolle in einem Theaterstück, das seine

Klasse auf dem Schulfest aufführen sollte, beworben. Trotz seiner Außenseiterposition war bekannt, dass er sehr gut in andere Rollen schlüpfen konnte, weshalb er auch in der Theater-AG einigermaßen anerkannt war. Dennoch bekam ein anderer diese Rolle. Ein Schnösel aus einer neureichen Familie, der für Karl ohnehin stets nur Verachtung übrig hatte. Ständig stand dieser andere Junge von Mädchen umgeben auf dem Schulhof und lästerte über ihn, den Außenseiter mit den abgewetzten Klamotten. Das störte Karl nicht weiter. Solange er das bekam, was er wollte, nahm er die Anfeindungen seiner Klassenkameraden hin, wie man im Winter den Frost hinnimmt. Doch diese Rolle in dem Theaterstück hatte er nicht bekommen. Grundlos nicht bekommen, obwohl er sie wollte. Nachdem der Lehrer die Rollenbesetzung am schwarzen Brett aufgehängt hatte, war Karl sofort dorthin gegangen und hatte lesen müssen, dass dieser verwöhnte Bengel SEINE Rolle bekommen hatte. Mit versteinerter Miene hatte er es noch bis hinter das Schulgebäude geschafft, bevor er vollkommen die Kontrolle verlor. Von Sinnen stürmte er zum Kaninchengehege, das etwas abseits vom Schulgebäude angelegt war und von den Unterstufenschülern gepflegt wurde. Ein buntes Kaninchenhaus, das die Kinder im Werkunterricht angefertigt hatten, stand inmitten des Geheges. Wurzeln und Steinhaufen dekorierten den Freilauf und dienten den Kaninchen und Meerschweinchen als Schattenspender. Kleine Wassertröge und Heuraufen standen dort und zwischen diesen Dingen wuselten die hübschen Nager umher. Karl wütete wie ein Wahnsinniger. Er zertrat die Tiere, die nicht schnell genug fliehen konnten. Er riss das rote Holzdach vom Stall und zerdrückte die blinden, neugeborenen Kaninchen mit der bloßen Hand. Als er nach zehn Minuten das Gehege verließ, waren fast alle Tiere tot und der Freilauf glich einem Schlachtfeld.

Zum dritten Mal verlor Karl die Fassung, als er hörte, wie Elisabeth die Kellertür zuschlug und sie verriegelte. Wie besessen begann er, an der Kette zu reißen, die ihn gefangen hielt. Er trat gegen die Pritsche und fegte sie quer durch den Keller. Animalische Laute entfuhren seiner Kehle. Dann ging das Licht aus und er tobte wie ein Irrer, so lange, bis das Sedativum, das Elisabeth wieder dem Wasser zugesetzt hatte, langsam zu wirken begann. Mit glasigen Augen stellte er die Pritsche wieder auf und legte sich hin. Minuten später war er eingeschlafen. Der völlige Kontrollverlust, den er eben erlitten hatte, konnte nicht länger kompensiert werden und grub sich tief in seinen Verstand.

Als er erwachte, war ihm, als wäre ein ganzer Wespenschwarm in den Keller eingezogen. Das Licht brannte wieder und er wollte aufstehen, um sich zu erleichtern, doch er musste feststellen, dass er an Händen und Beinen gefesselt war. Elisabeth hatte ihm die Hände unter der Pritsche zusammengebunden, und auch seine Beine waren mit breitem Klebeband an der Liege fixiert worden. Er konnte nur durch die Nase atmen, denn sie hatte ebenfalls seinen Kopf in Mundhöhe mit dem Tape an die Liege gefesselt. Er versuchte, sich durch zuckende Bewegungen zusammen mit der Liege fortzubewegen, doch das Vorhaben scheiterte schnell am Sauerstoffmangel. Er bekam nicht genug Luft durch die Nase, um körperlichen Belastungen gewachsen zu sein. In ihm tobte es, der Anfall, der bereits vor Stunden durch das Schlafmittel unterbrochen wurde, setzte sich fort, wurde durch die Verschlimmerung seiner Situation noch verstärkt. Dann stand Elisabeth vor ihm und starrte in seine geröteten und glasigen Augen.

»Oh Schatz, geht es dir nicht gut?« Sie hatte wieder die Oberlippe weit hochgezogen, und Karl sah ihre weißen Zähne blitzen.

»Hat Herr Direktor denn nicht gut geschlafen? Bist du etwa zornig? Klappt das nicht so, wie du willst? Tstststs.« Elisabeth hockte sich vor die Pritsche, mit ihm auf gleicher Kopfhöhe. Dann strich sie ihm eine Strähne aus dem verschwitzten Gesicht.

»Ich habe mich immer gefragt, warum du nie mit mir geschlafen hast. Nur diese ... schmutzigen Sachen wolltest. Ich habe echt gedacht, wenn du mich lieben würdest, dann würdest du auch richtig mit mir schlafen. Aber das geht nicht, habe ich recht? Du hast Angst davor. Du denkst, du würdest verlieren, wenn du mit einer Frau so schläfst, wie normale Männer mit einer Frau schlafen. Da würdest du verlieren, weil du ein kleines, beschissenes Muttersöhnchen bist. Habe ich recht, mein Schatz?« Sie sah an ihm herab.

»Du hättest dann keine Macht mehr über die Frau. Du würdest ihr ja was schenken von dir, etwas geben. Vielleicht würde ihr das ja auch gefallen. Und das passt so gar nicht zu dir. Ist es das? Oder kriegst du nur einfach keinen hoch, weil du denkst, die Muschi würde deinen Schwanz abbeißen? Ach so. Ich habe gemerkt, dass du Vergewaltigung toll findest, mein Großer. Ich bin dir doch diesbezüglich eine gute Partnerin gewesen, oder etwa nicht?« Er starrte sie mit irrem Blick an. Es lag keine Angst in dem Blick, keine Furcht. Es lag Wahnsinn in dem Blick.

»Ich denke, dass ich dir etwas von dem, was du mir geschenkt hast, zurückgebe.« Damit griff sie nach dem Reißverschluss seines Overalls und zog ihn langsam auf.

»Zieh dich aus!«, sagte sie mit gespielter Strenge. Er war unter dem vollkommen verdreckten und stinkenden Arbeitsanzug nackt. Er zuckte und versuchte, sich aus der Fesselung zu befreien, doch jedes Bemühen in diese Richtung war sinnlos. Sie griff nach seinem Glied, das klein und verschrumpelt zu versuchen schien, sich ins Körperinnere zurückzuziehen.

»Och, hat der Kleine denn gar keine Lust heute?« Elisabeth streichelte Karls Penis und seinen Hodensack, erzielte damit jedoch keine Wirkung.

»Jetzt denkst du bestimmt, dass ich niemals bekomme, was ich will, oder? Dass man einen Mann nicht vergewaltigen kann, wenn er das nicht will?« Sie lächelte ihr Grothner-Lächeln. Er schnaufte schnell und rhythmisch durch die Nase, Rotz floss aus beiden Nasenlöchern und Tränen, diesmal echte, rannen aus seinen Augen. Er hatte den ganzen Körper angespannt und zitterte vor ohnmächtiger Wut und unbändigem Hass. Elisabeth stand auf und ging die Treppe wieder hoch, ließ ihn in dieser demütigenden Situation alleine. Er konnte sich nicht beruhigen. Das, was hier gerade geschah, durfte nicht geschehen. Und doch geschah es, Karl war ihr vollkommen ausgeliefert und sie hatte ihn jeder Möglichkeit zu handeln beraubt. Seine Gedanken überschlugen sich, fieberhaft nach einer Lösung suchend. Wie ein verzehrendes Fieber glühte es in seinem Kopf. Seine Psyche war bis zu jener Grenze belastet, bei deren Überschreitung das menschliche Gehirn nur noch vegetativ arbeitet. Doch diese Grenze war noch nicht überschritten. Sie kam zurück, und als er sah, was sie da für ihn hatte, schloss er die Augen.

»Ja, ist das nicht eine feine Mieze? Feines, feines Kätzchen.« Sie kraulte die Katze unter dem Kinn und das schwarz-weiße Tier schnurrte. Sie führte das Köpfchen der jungen Katze bis an sein Ohr und ließ sie an seinem Gesicht schnuppern.

»Wie schön sie schnurrt. Jaaaaa, feines Kätzchen. Das ist der Karl und der Karl mag dich auch, mein Kätzchen.« Sie holte eine Drahtschlinge hervor, legte sie der Katze behutsam um und zog sie so weit zu, dass die Katze keinen Schmerz oder Unbehagen verspürte, den Kopf aber nicht mehr aus der Schlinge ziehen konnte. Dann setzte sie das Tier auf den Kellerboden, wo es neugierig schnuppernd mit erhobenem Schwanz um sich blickte. Die Katze versuchte, mit den Pfoten die Drahtschlinge vom Kopf zu bekommen, doch es hatte keine Chance. Elisabeth zog das Ende des Drahtes über einen der Haken, an denen das Stromkabel der Glühbirne befestigt war.

»Schau mal Karl, was das Kätzchen kann. Kätzchen fliiiiiieg!« Mit einem Ruck zog Elisabeth an dem Draht und die Schlinge zog sich fester zu. Die Katze wurde am Hals an dem dünnen Draht emporgezogen und gab ein schrilles Kreischen von sich. Karl riss die Augen auf. Elisabeth ließ den Draht wieder locker und laut miauend landete die Katze wieder auf dem Kellerboden.

»Kätzchen fliiiiiieg!«, rief sie erneut und wieder wurde das Tier emporgerissen, ihr Schreien hörte sich an wie das laute Weinen eines Säuglings. Karls Schwellkörper füllten sich, ohne dass er es merkte. Wie gebannt starrte er auf die Katze, die an dem dünnen Draht an der Decke baumelte und mit allen Gliedmaßen zuckte und sich gegen den Tod wehrte. Wieder ließ sie das Tier herab und das klägliche Miauen, vermischt mit Fauchgeräuschen, erfüllte den Raum.

»Kätzchen, flieg noch einmal.« Wieder und wieder riss Elisabeth die Katze hoch zur Decke. Karl hatte eine Erektion und seine Augen blickten unentwegt auf die gequälte Kreatur an der Decke.

Plötzlich war Elisabeth über ihm, auf ihm und er spürte, dass sie unter ihrem Rock nackt war. Er glitt in sie, ohne das verhindern zu können und sie begann, sich in schnellem Rhythmus auf und ab zu bewegen. Die Pritsche quietschte, und als die Katze verstummte und wie ein Fellsack unter der Decke baumelte, entlud sich Karl in ihr. Seine Nase begann zuzuschwellen und er geriet in heftige Atemnot. Der Raum kreiste vor seinen Augen und seine Psyche wurde weit über jene verhängnisvolle Grenze gestoßen, die den Verstand ausschaltete und den Körper dem Kleinhirn überließ. Elisabeth stieg von ihm herunter und strich ihren Rock glatt. Dann löste sie den Draht und die Katze fiel tot von der Decke.

»Schatz, du warst wunderbar. Das müssen wir unbedingt wiederholen.« Karl hörte sie nicht. Er war in den tiefen Abgrund des psychotischen Ausnahmezustandes gestürzt. Elisabeth schaffte die tote Katze fort und befreite Karl von den Fesseln. Viele seiner Barthaare blieben an dem Klebeband hängen, als sie es unsanft von seinem Gesicht riss. Er zuckte nicht einmal, war völlig weggetreten, trotz der halb geöffneten Augen. Später brachte sie eine Flasche Wasser und ein Stück Brot. Das Licht ging aus und Elisabeth Huss fuhr nach Hause. Dort duschte sie ausgiebig und stopfte ihre Kleidung in die Waschmaschine. Ihre Schuhe warf sie in den Mülleimer. Sie wollte nichts mehr mit dem Schmutz im Keller zu tun haben.

Elisabeth fuhr nur noch einmal täglich zur Fabrik, um ihm ein Stück Brot in den Blechnapf zu werfen und mit Wasser zu versorgen.

Nach acht Tagen hatte sie sich entschieden, die Sache endgültig zu beenden. Karl war nicht mehr aus seiner Lethargie aufgewacht. Er trank und aß, was sie ihm brachte. Er erleichterte sich irgendwo im Keller. Ansonsten lag er nur da und starrte an die

Decke, der Welt nahezu komplett entrückt. Sie hatte ihm kein Diazepam mehr ins Wasser getan. Sie wollte sehen, ob er ohne die Medikamentengabe wieder zu sich zurückfinden würde. Doch das war nicht der Fall. Es hatte ausgereicht, seinen Willen mehrmals zu brechen, um ihn den Verstand verlieren zu lassen. Wenn man ihn nun fand, würde es lange dauern, bis er wieder auf dem Damm war. Wegen seines psychischen Zustandes würde man alles, was er erzählte, als Konfabulation abtun. Zeit also, die letzten Schritte zu tun. Sie fuhr zur Fabrik und präparierte den Bungalow. Wenn sie jetzt keinen Fehler machte, wäre heute Abend alles vorbei. Konzentriert nahm sie Karls SIM-Karte aus dem Gerät, das einst Marius Kleinhans gehört hatte. Karl hatte ihr gesagt, dass die GPS-Funktion dieses Gerätes aktiviert worden war, damit es sofort geortet werden konnte. Sie legte die SIM-Karte in ihr eigenes Smartphone, an dem sie zuvor das GPS deaktiviert hatte. Elisabeth schaltete das Gerät ein, und tatsächlich gab es keine Aufforderung, eine persönliche Geheimnummer einzugeben.

Sechsundfünfzig

Auf diesen Anruf hatte Peter »Vlad« Müller schon seit längerer Zeit gewartet und fast wäre er selbst aktiv geworden. Mehr als eine Woche lang saß er nun schon auf heißen Kohlen. Grothner hatte ihm gesagt, dass er sich melden würde und bis dahin solle er in der Versenkung bleiben. Nun endlich sah Vlad Grothners Nummer auf dem Display und drückte die grüne Telefontaste.

»Ja?« Vlad hatte keine Ahnung, von wo Karl Grothner ihn angerufen hatte. Offenbar hatte er eine schlechte Netzverbindung, denn es rauschte und knackte in der Leitung. Trotzdem konnte er Karls Stimme deutlich hören.

»Grothner. Die Sache ist beendet. Sie bekommen heute die besprochene Summe von meiner Mitarbeiterin. Um sechzehn Uhr wird sie das Geld zur Fabrik bringen. Danach verschwinden Sie. Ich melde mich, sobald ich Sie wieder brauche.« Das Besetztzeichen signalisierte deutlich, dass Grothner das Gespräch beendet hatte. Wie immer, kurz und knapp und keine Fragen. Vlad war erstaunt, dass er sein Geld in bar bekommen sollte. Das sah Grothner gar nicht ähnlich. Bislang liefen die Geldtransfers immer über ein Netzwerk von Konten und Wechselbuchungen über ausländische Banken. Aber dies war eine Ausnahmesituation. Grothner konnte, solange er sich offiziell in Gefangenschaft befand, nicht über das Netzwerk verfügen, und so akzeptierte Vlad diese Vorgehensweise. Er packte seine Habseligkeiten in die Reisetasche und verstaute seine technische Ausrüstung, die er bei seiner Flucht mitgenommen hatte, in einen großen Umzugskarton. Dann holte er den Kombi aus der Garage und parkte ihn in der Nähe der Haustür. Er lud seine Sachen ein und fuhr zeitig genug los, um Frau Huss ja nicht zu verpassen. Dass die Übergabe ausgerechnet dort stattfinden sollte, leuchtete Vlad ein. Es entsprach Karl Grothner und deswegen hatte er auch keine Fragen.

Siebenundfünfzig

»Gerald, es ist eben wieder vom Handy des Opfers telefoniert worden. Das Gespräch dauerte keine zehn Sekunden. Wollte nur Bescheid sagen, dass da immer noch irgendwas im Busch ist.« Der Kollege der Kriminaltechnik informierte Picard immer zeitnah, sobald sich auf dem eigens für Grothners Handy bereitgestellten Computer etwas tat. Der Rechner war so programmiert, dass er ein lautes Signal abgab, sobald das Handy aktiv war. Das ließ sich deswegen technisch realisieren, weil die erste Nummer, die von Karls Apparat aus gesendet wurde, immer die Original-Nummer war. Erst nach ungefähr drei Sekunden veränderte sich die Nummer und ließ sich deswegen nicht nachverfolgen.

»Alles klar, danke dir. Immer wachsam bleiben, irgendwann machen die ihren Fehler.« Picard hatte diesen Satz schon so oft gesagt, dass er ihn eher gebetsmühlenartig herunterleierte, als ihn voller Überzeugung auszusprechen.

»Jaja, weiß schon, mach´s gut, schönen Dienstschluss«, sagte der Anrufer noch und legte auf.

»Jaja heißt: Leck mich am Arsch«, murmelte Picard und wandte sich wieder seinem Schriftkram zu. Um Viertel vor vier nachmittags rief die KTU erneut an.

»Wir haben ihn. Wir haben ihn. Das GPS-Signal des Handys ist online. Wir wissen, wo das Handy ist. Kacke Mann, wir haben ihn.«

»Wo?« Dann schrie Picard ins Telefon.

»Wo steckt er? Schnell! Raus mit der Sprache!«

»Die alte Buttwanger-Fabrik. Buttwangerstraße. Das Signal ist eindeutig. Pack ihn dir, Captain.« Picards Puls begann zu rasen und für einen Moment war er unschlüssig, was er unternehmen sollte. Im Laufen wählte er mit seinem Mobiltelefon die Nummer seines SEKs. Es schellte nur einmal, dann nahm sein Stellvertreter ab.

»Hör zu, voller Alarm. Zielperson sitzt in der Buttwangerfabrik. Das ist die alte ... kennst du? ... gut. Ich will beide Teams in vollem Ornat. Ich leite den Einsatz selber. Schick die Jungs dorthin. Ich fahre jetzt auch sofort los. In fünfzehn Minuten will ich die Crew dort haben. Und sorge dafür, dass die Kollegen das Gelände weiträumig sichern. Jede Straße dichtmachen. Los, gib Gas.« Ohne eine Antwort abzuwarten, legte Picard, der seinen Wagen bereits erreicht hatte, auf. Diesmal hatte er seinen Schlüssel dabei, wie er erleichtert feststellte. Eine halbe Minute später schoss das Dienstfahrzeug mit quietschenden Reifen vom Hof des Polizeipräsidiums.

Unterwegs telefonierte er kurz mit van Horn, um ihn ins Bild zu setzen, und noch einmal mit der KTU.

»Ja, das Signal ist statisch. Rührt sich keinen Millimeter. Ich habe es exakt eingegrenzt. Es ist das erste Gebäude nach dem Eingangstor. Google Earth weist das Haus als Bungalow mit Flachdach aus. Viel Glück, Captain.«

Die Beamten in Uniform hatten bereits die Landstraße, die an der Fabrik vorbeiführte, etwa zwei Kilometer vorher abgesperrt. Er zeigte seinen Ausweis und passierte die Sperre.

»Das SEK kommt jede Minute hier durch, halten Sie sie nicht mit Ihrem Ausweis-Scheiß auf«, wies er die Beamten an. Der Uniformierte nickte kurz und Picard fuhr weiter. Auf Höhe der Zufahrt zur Fabrik ließ er den Wagen ausrollen und stieg aus. Nur kurze Zeit später trafen die Kollegen aus seinem SEK ein, bereits in voller Ausrüstung. Picard trat an einen der drei schwarzen Lieferwagen und ließ sich die Ausrüstung geben. Bewaffnung, Funkgerät, schusssichere Weste und Helm. Er gab das Zeichen zum Sammeln und die Männer bildeten einen Halbkreis um ihn herum. Bis dahin hatte keiner der Männer auch nur ein Wort gesagt.

»Im Einsatz wird nicht gequatscht, das kann man hinterher machen.« Diese Weisheit hatte Picard seinen Männern eingeimpft.

»Wir gehen diesen Weg entlang.« Picard wies auf die Zufahrt zur Fabrik. »Es sollte nach etwa einhundert Metern ein Tor kommen. Dahinter das erste Gebäude. Ein Haus mit Flachdach. Dort ist unser Ziel. Wahrscheinlich zwei Männer, mutmaßlich bewaffnet. Dr. Krieger und Peter Müller, der auch auf den Namen »Vlad« hört. Möglich, dass sich auch Karl Grothner dort befindet. Also achtet auf Geiseln. Team Alpha greift von der Rückseite aus an. Blendgranaten und Nebel und dann rein. Bravo kommt von vorne, sobald es kracht. Ich gebe das Kommando zum Zugriff. Alles klar?« Die Männer nickten.

»Funkgeräte an. Und wenn es geht ... bringt mir Pauls Mörder lebend.« Das SEK rückte vor. Zwei Männer blieben bei den Vans und wiesen die herannahenden Fahrzeuge der Feuerwehr, die Krankenwagen und die Kollegen von der Bereitschaftspolizei ein. Bald stand die Landstraße voller Einsatzfahrzeuge. Auch Claas van Horn war mittlerweile eingetroffen und ließ sich ein Headset geben, über das er den Funkverkehr des SEK mithören konnte. Gerade als er den Kopfhörer aufgesetzt hatte, hörte er Gerald Picards Stimme.

»Energie.«

Achtundfünfzig

Vlad hatte sein Auto diesmal nicht vor dem Tor abgestellt, sondern etwa hundert Meter vor der Abzweigung zur Fabrik an einem Waldweg. Er war etwas zu früh dran und wollte so wenig Zeit wie möglich auf dem Fabrikgelände verbringen. Er lief parallel zur Straße durch den Wald und gelangte so zum Eingangstor. Das Vorhängeschloss war eingerastet und er sah auf die Uhr. Zehn Minuten vor vier. Vlad öffnete das Schloss und betrat das Firmengelände. Ihn beschlich ein ungutes Gefühl, für das es eigentlich keinen konkreten Anlass gab. Der Instinkt des notorisch Kriminellen. Auch die Tür zum Bungalow war verschlossen. Leise und vorsichtig öffnete er die Tür. Sein erster Blick ging sofort zur Kellertür. Auch diese war verriegelt. Er erinnerte sich, dass er sie damals ebenfalls verschlossen hatte, nachdem er Kriegers Leiche entsorgt hatte. Es war niemand hier, das stand fest. Vlad hoffte, dass diese Frau Huss schnell mit dem Geld erscheinen würde. Er kehrte ungern an einen Tatort zurück. Innerlich verfluchte er Karl Grothner, aufgrund dessen Anweisung er nun hier war. Vlad setzte sich seufzend auf den Campingstuhl, der mitten im Raum stand. Rechts neben ihm befand sich ein Klapptisch, auf dem einige Verpackungen und leere Wasserflaschen lagen. Durch die vernagelten Fenster fiel nur wenig Licht und es roch hier immer noch nach Scheiße und Verwesung, wie Vlad resigniert feststellte.

»Wo bleibt die blöde Kuh?«, flüsterte er, als er sah, dass es bereits zehn Minuten nach vier war. Vlad erschrak ziemlich heftig, als plötzlich ein Handy klingelte. Der Klingelton hörte sich wie der eines alten Wählscheibentelefons an. Ein beliebter Klingelton, auch in der modernen Zeit der Smartphones. Er riss den Verpackungsmüll vom Tisch und tatsächlich lag da ein Mobiltelefon. Auf dem Display las er: »Weckruf 16:15«. Das Klingeln war in der Stille dieses Raumes unerträglich laut und Vlad griff nach dem Gerät, um es auszuschalten. Er drückte sämtliche Tasten, und als das Telefon weiter klingelte, warf er es gegen die Wand. Der Batteriedeckel sprang ab und landete neben Akku und Gerät auf dem schmutzigen Boden.

»Was soll der Scheiß?«, fragte Vlad sich und brauchte Minuten, um sich zu beruhigen. Offenbar lief hier etwas, wie es nicht sollte. Grothners Zeitangaben waren immer exakt. Es gab keine Verspätungen oder geplatzte Absprachen. Vlad entschied sich, so schnell wie möglich zu verschwinden. Bevor er jedoch auch nur vom Stuhl aufstehen konnte, gab es einen sehr lauten Knall und der Raum füllte sich in Sekundenschnelle mit weißem Rauch. Nach nur fünf Sekunden lag Peter »Vlad« Müller unter zwei schwarz gekleideten Uniformierten, die ihn mit grober Gewalt zu Boden drückten. Nur wenig später wurde er aus dem Haus geschleift und landete mit dem Gesicht voran in einigen Brennnesseln. Zwei Polizisten bewachten ihn dort, nachdem sie sich davon überzeugt hatten, dass er unbewaffnet war. Seine Gliedmaßen hatten sie mit schwarzen Kabelbindern gefesselt. Vlad wusste, dass er heute kein Geld mehr bekommen würde. Er wusste nur noch nicht, warum.

Neunundfünfzig

Kopfschüttelnd stand Gerald Picard vor dem zerbeulten Renault, der unter dem Dachüberstand des Bungalows abgestellt und offenbar seit Monaten nicht mehr bewegt worden war. Die Fenster des Autos waren blind vor Dreck, Laub und Vogelkot. Van Horn stand neben ihm und schüttelte den Kopf.

»Zwei Monate und elf Tage. Und das alles vor unserer Nase. Keine zehn Minuten vom Tatort entfernt. Keine verdammte Viertelstunde von meinem Büro entfernt. Picard, die haben uns komplett verarscht.«

»Sieht so aus. Dreist. Das nenne ich dreist. Keiner kam darauf, dass die gleich hiergeblieben sind. Deswegen gab es auch keine Spuren außerhalb der Stadt. Und deswegen haben wir auch diese Scheißkarre nicht gefunden. Picard trat zu dem Wagen und blickte ins Innere.

»Da liegen Klamotten drin.«

Mittlerweile waren die Teams der KTU und der Spurensicherung eingetroffen und begannen, große Scheinwerfer aufzubauen und ihre Ausrüstung herbeizuschaffen.

»Glückwunsch Captain. Gut, dass das vorbei ist.« Fritz Kemper, Chef der Spurensicherung, strahlte Picard an.

»Das kannst du laut sagen. Schaut bitte zuerst nach dem Handy. Irgendwo da drin muss es liegen. Ich will unbedingt wissen, was das für ein Wunderapparat ist.«

»Darauf kannst du Gift nehmen, dass ich das Ding als Erstes suche. Das hat mich mehr als eine schlaflose Nacht gekostet.« Kemper wandte sich ab und ging in seinem Papieranzug in den Bungalow. Minuten später erschien er in der Tür und hielt einen durchsichtigen Plastikbeutel hoch.

»Nokia. Leicht zerlegt, sieht aber aus, als hätte es nicht allzu viel abbekommen. Hat wohl etwas beim Zugriff gelitten.« Picard hob den rechten Daumen und grinste Fritz Kemper an. Picards Handy klingelte und er nahm das Gespräch an, das nach kurzer Zeit wieder beendet war. Picard drehte sich zu van Horn um, der sich angeregt mit einem der Ermittler unterhielt.

»Das war das Krankenhaus. Der Mann ist tatsächlich Grothner. Sie sagen, er sei dehydriert und halb verhungert. Bis auf einige Blessuren scheint er aber unverletzt zu sein. Ist nur völlig durch den Wind, der Mann. Hat noch keinen Pieps gesagt. Sie haben ihn an den Tropf gehängt und wollen ihn erst wieder aufpäppeln. Derzeit ist er definitiv nicht vernehmungsfähig.« Picard zuckte mit den Schultern.

»Leben Sie mal zwei Monate in so einem Drecksloch«, erwiderte der Staatsanwalt.

»Ich fahre ins Präsidium. Kommen Sie mit? Ich möchte Ihnen Peter Müller vorstellen.«

»Später, ich will erst diesen Tatort genießen. Bestellen Sie ihm schöne Grüße.« Van Horn lächelte etwas bösartig und winkte Picard zum Abschied.

Der erste Anruf, den Picard im Präsidium führte, galt Frau Huss.

»Picard hier. Frau Huss, wo sind Sie gerade?«

»Zuhause. Warum? Gibt es etwas Neues?«

»Ja, kann man so sagen. Setzen Sie sich bitte hin!«

»Er ist tot? Sie haben ihn gefunden und er ist tot?«

»Nein, Frau Huss, ist er nicht. Und ja, wir haben ihn gefunden. Karl Grothner lebt, ist in Freiheit und wird derzeit im Krankenhaus behandelt. Es geht ihm den Umständen entsprechend gut, er ist aber sehr schwach. Peter Müller ist inhaftiert. Nur Dr. Krieger ist weiterhin auf der Flucht. Ich dachte, sie sollten das erfahren, bevor wir an die Presse gehen.« Er hörte nur ihren Atem.

»Haben Sie verstanden, Frau Huss? Ihr Karl lebt.« Aus dem Telefonhörer drang nur ein leises Schluchzen.

»Geht es Ihnen gut? Frau Huss? Sagen Sie doch bitte etwas.« Picard war nicht gut in solchen Dingen. Die Emotionalität von Verbrechensopfern und deren Angehörigen überforderte ihn jedes Mal. Das war auch ein Grund, warum er damals ins SEK gewechselt war. Er hörte jetzt lautes Schniefen, offenbar benutzte Frau Huss gerade ein Taschentuch.

»Ja, es geht mir gut«, sagte sie mit tränenerstickter Stimme.

»Kann ich zu ihm? Kann ich ihn sehen?«

»Sie sollten damit bis morgen warten. Er muss erst wieder etwas zu Kräften kommen. Ich rufe Sie morgen an, nein, warten Sie, ich hole Sie morgen Früh ab und wir fahren gemeinsam ins Krankenhaus. Das ist das Beste. Geben Sie ihm etwas Zeit, um anzukommen.« Picard hoffte inständig, dass sie sich einverstanden erklären würde. Er konnte sie heute auf keinen Fall zu ihm lassen. Und sie tat ihm den Gefallen.

»Ja, das verstehe ich. Danke, danke, dass Sie angerufen haben. Ich muss das jetzt erst einmal verarbeiten. Und es geht ihm wirklich gut?« Sie hatte sich offenbar gefasst.

»Ja, er ist nicht schwer verletzt. Morgen wissen wir sicher mehr, also ... freuen Sie sich. Bis morgen dann, ich rufe Sie an, wenn ich hier losfahre.« Picard legte auf und atmete tief aus, froh, dieses Gespräch hinter sich gebracht zu haben.

Elisabeth Huss stand in ihrer Küche und grinste. Sie hatte Karl so sehr adaptiert, dass sie bereits dachte wie er.

Picard griff erneut zum Telefon und wählte eine Nummer.

»Bringen Sie ihn jetzt ins Vernehmungszimmer.« Wenige Minuten später ging er ein Stockwerk tiefer. Dort befand sich ein modernes Vernehmungszimmer mit Aufzeichnungsgeräten und moderner Einrichtung. Peter Müller saß bereits auf dem Stuhl vor dem Schreibtisch. Er trug ziemlich abgewetzte Kleidung, und anstelle seiner Schuhe hatte er Einweg-Überziehsocken an, wie sie von der Spurensicherung verwendet wurden. Seine Schuhe waren bereits im Labor, um die Fußabdrücke vom Tatort damit vergleichen zu können. Er trug schulterlanges Haar, das weitestgehend ergraut war, und einen eher ungepflegten Vollbart. Picard fielen die Hände auf, die im Gegensatz zum sonstigen Erscheinungsbild sehr gepflegt wirkten. Wenn man von den blauen Tintenspuren absah, die von der Abnahme der Fingerabdrücke beim Erkennungsdienst stammten. Picard setzte sich ihm gegenüber und warf einen Schnellhefter auf den Tisch.

»Mein Name ist Gerald Picard. Ich bin der leitende Ermittler im Entführungsfall Grothner. Ich leite außerdem das Sondereinsatzkommando, das sie heute festgenommen hat. Herr Müller, Sie können sich denken, dass wir eine ganze Reihe von Fragen haben. Möchten Sie sich denn überhaupt äußern?« Picard hatte keine Mühe, Vlad in die Augen zu schauen. Hellblaue Augen.

»Fragen Sie.« Peter Müller wirkte gelassen. Doch in seinen Augen sah Picard, dass es in ihm arbeitete.

»Nun, wir haben hier eine ganze Reihe von schweren Straftaten, die miteinander in Verbindung zu stehen scheinen. So wie wir die Sache derzeit sehen, sind Sie an all diesen Straftaten maßgeblich beteiligt. Nur damit Sie wissen, worüber wir reden, erzähle ich Ihnen das alles noch einmal in chronologischer Reihenfolge.« Picard griff nach dem Schnellhefter und öffnete ihn. Dann holte er tief Luft.

»Da wäre zunächst einmal die gewaltsame Entführung des Industriellen Karl Grothner. Hier besteht eine Tateinheit mit der Tötung dessen Fahrers, Frank Minor. In Verbindung damit wird die gewaltsame Ermordung des Altmetallhändlers Klaus Borkowski, der Zeuge des Ankaufs des Tatfahrzeugs, einem blauen Renault Kombi, war, gebracht. Das Fahrzeug kennen Sie, es stand neben dem Bungalow, in dem Sie heute festgenommen wurden.« Picard sah auf und blickte Vlad an. Der starrte zurück, doch die Bewegungen seiner Gesichtsmuskeln signalisierte Picard, dass es heftig in dem Mann arbeitete.

»Dann haben wir einen Attentatsversuch auf Frau Elisabeth Huss, die der Polizei wichtige Informationen zu Ihrer Person, Herr Müller, geliefert hat. Bei dem von uns vermuteten Versuch, Frau Huss zu töten, kam mein Kollege, Polizeioberkommissar Paul Gruhlich hinzu, der bei der Abwehr der Straftat selbst den Tod fand.« Picard versuchte, seine aufkeimenden Gefühle an dieser Stelle zu kompensieren, was ihm leidlich gelang.

»An der Entführung ebenfalls erwiesenermaßen beteiligt war Marius Kleinhans, der während einer fingierten Geldübergabe, die der Befreiung Karl Grothners dienen sollte, ebenfalls ermordet wurde. Hier haben wir zur Ermordung des Klaus Borkowski ein identisches Tatmuster erkennen können.« Picard überlegte kurz, ob er den Rest auch noch darlegen oder sich lieber etwas »Munition« für später aufheben sollte. Er entschied sich, weiterzureden.

»Zuletzt haben wir hier noch eine, damit verglichen, geringwertige Straftat, nämlich die Beihilfe zur Flucht. Dr. Hans-Peter Krieger ist dringend tatverdächtig, ebenfalls an all diesen Straftaten beteiligt gewesen zu sein. Er entzog sich seiner Festnahme durch Flucht. Durch die Ermittlungen in dieser Sache, deren Ausgangspunkt ein Kraftfahrzeug der Marke Volvo war, kamen wir auf Ihren richtigen Namen. Bislang waren Sie uns nur unter dem Namen VLAD bekannt.« Picard legte den Schnellhefter wieder auf den Tisch.

»Das war es im Wesentlichen.« Er sah Müller wieder offen ins Gesicht.

»In Kurzfassung: Wir haben hier vier Morde, einen schweren Fall von Entführung und Geiselnahme, eine Fluchthilfe und einen versuchten Mord.« Peter »Vlad« Müller verzog das Gesicht, als hätte er Zahnschmerzen.

»Aber bevor wir uns darüber unterhalten, will ich nur eines wirklich sofort wissen. Wo hält sich Dr. Krieger auf?« Der Ermittler musterte Vlads Gesicht nun ganz genau.

»Ich kenne keinen Dr. Krieger.« Gelogen. Picard sah das sofort.

»Nun gut. Haben Sie mir irgendetwas zu den eben geschilderten Taten mitzuteilen?« Picard wusste die Antwort bereits. Dazu war er zu lange im Geschäft, um sich, bezüglich der Bereitschaft zur Mitarbeit seitens Vlad, Illusionen zu machen.

»Ich habe nichts zu sagen.« Picard war nicht überrascht.

»Nun gut. Ich will Ihnen jetzt mal kurz skizzieren, wie Ihre Situation ist. Wir wissen und können beweisen, dass Sie der Mann sind, der als Einziger von der speziellen Technologie von Grothners Handy wusste. Wir wissen, und können beweisen, dass Sie Dr. Krieger zur Flucht verholfen haben. Wir haben Sie am Tatort festgenommen. Sie haben sich der Verhaftung entzogen, als wir bei Ihnen zu Hause aufgelaufen sind, um Sie festzunehmen. In Ihrem Haus gab es waschkorbweise Indizien, die auf eine Mittäterschaft hindeuten. Alleine die Verkabelung Ihrer Telefonanlage spricht Bände. Derzeit ist die Spurensicherung am Tatort. Spätestens Morgen werden wir Ihnen die Täterschaft lupenrein nachweisen können. Haben Sie immer noch nichts zu sagen?« In einigen Dingen bluffte Picard, doch das schien ihm als Mittel berechtigt.

»Dann warten wir bis morgen, Herr Kommissar.« Vlad verschränkte die Arme vor seinem Körper und signalisierte damit, dass von ihm nichts mehr zu hören sein würde. Picard nickte nur und ließ Vlad in seine Zelle abführen.

Picard wählte die Nummer des SEK und lud die Crew ein, heute Abend den erfolgreichen Einsatz zu feiern. Einige sagten zu.

Sechzig

Fritz Kemper war in seinem Element. Dieser Bungalow war ein Spuren-Eldorado. Seine Mitarbeiter brachten Beweisträger und Plastiktütchen in steter Folge zu ihm. Im Licht der Scheinwerfer hatten sie den Renault zuletzt ins Visier genommen. Die Spurensicherer wurden im Kofferraum fündig, was Blutspuren anging, und am Lenkrad fanden sie Fingerabdrücke. Im Inneren des Wagens hatten sie zudem blutverschmierte Kleidung gefunden, die in einem blauen Müllsack verpackt war. Es handelte sich um einen hochwertigen Anzug und Unterwäsche. In der Innentasche des Jacketts hatten sie Visitenkarten von Dr. Krieger gefunden, ansonsten waren die Taschen leer. Offensichtlich hatte der Besitzer der Kleidung sich eingekotet und eingenässt, was darauf hinwies, dass er sich zum Zeitpunkt des Entkleidens in keinem guten Zustand befand. Kemper forderte Leichenspürhunde an und verabschiedete sich von dem Gedanken, in dieser Nacht noch schlafen zu dürfen. Er ließ den Renault auf einem Anhänger ins Präsidium bringen, um weitere Spuren unter besseren Verhältnissen zu sichern, und wartete auf die Hunde. Der gesamte Polizeiapparat war ohnehin in Aufruhr und deswegen rollte bereits nach dreißig Minuten ein Fahrzeug mit Anhänger auf das Areal. In dem Anhänger befanden sich drei Schäferhunde, die auf das Aufspüren menschlicher Verwesungsgerüche konditioniert waren. Der Hundeführer meldete sich bei Fritz Kemper, die beiden kannten sich flüchtig aus früheren Einsätzen.

»Blanko, oder habt ihr was?«, fragte der Hüne mit dem Kindergesicht, der der unumstrittene Hundeflüsterer bei der hiesigen Polizei war.

»Nicht blanko. Wir haben Blut und Fäkalien.« Kemper war vom Fach.

»Sauber.« Der Hüne ging zu seinem Anhänger und entließ einen der Hunde ins Freie.

»Daya ... hier.« Die Schäferhündin setzte sich vor ihren Herrn und hechelte ihn an. Kemper reichte dem Hundeführer das blutbefleckte Oberhemd aus dem Renault.

»Daya ... nimm.« Die Hündin nahm das Hemd vorsichtig mit der Schnauze aus der Hand ihres Herrchens und legte es sich selbst vor die Pfoten. Sie schnüffelte und leckte an dem Wäschestück und schaute dann schwanzwedelnd zu ihm hoch.

»Daya ... such!« Die Hündin rührte sich nicht vom Fleck. Der Hüne lächelte Fritz Kemper an.

»Das habe ich ihr beigebracht, pass mal auf!« Er schnalzte mit der Zunge und Daya schoss wie von Furien gehetzt davon. Irgendwo bei dem Zaun gab der Hund Laut. Kurzes Bellen. Unterbrochen, dann wieder Bellen, wie mit der Stoppuhr gemessen.

»Da habt ihr eure Leiche.« Dann lauter:

»Daya, bleib!« Die Hündin begann zu jaulen.

»Cool, oder?«, fragte Dayas Herrchen und ging in die Richtung, aus der das Jaulen kam. Die Ermittler folgten ihm.

Einundsechzig

Gerald Picard hatte eigentlich alle Hände voll zu tun. Der Leichenfund auf dem Areal der Buttwanger-Fabrik war ihm noch in der Nacht mitgeteilt worden. Die Vermutung, dass es sich bei dem Toten um Dr. Krieger handeln könne, musste erst durch eine Genanalyse bestätigt werden. Fritz Kemper hatte die Leiche ins gerichtsmedizinische Institut schaffen lassen, nachdem er mit seiner Spurensuche fertig war. Kemper hatte ihm gesagt, dass sie kistenweise Material gesammelt hatten, und er Tage brauchen würde, um wenigstens einen groben Überblick über die Spurenlage zu erhalten. Der Termin mit Frau Huss kam Picard nicht sehr gelegen, er hätte sich lieber daran gemacht, Ordnung in das Chaos zu bringen, das seit gestern Nachmittag herrschte. Minütlich rief Kempers Abteilung an und übermittelte neue Erkenntnisse. Picard beschloss, die Sache mit Grothners Sekretärin so schnell wie möglich abzuhandeln.

Elisabeth Huss wartete schon vor der Haustür, als er vorfuhr. Sie trug die Haare offen und dazu ein elegantes und farbenfrohes Sommerkleid. Anstelle ihrer eher schlichten Schuhe, die sie in der Firma trug, hatte sie weiße Ballerinas an. Picard nahm den dezenten blumigen Duft ihres Parfums wahr, als sie zu ihm in das Auto stieg.

»Guten Morgen, Sie sehen mich beeindruckt. So kenne ich Sie gar nicht.« Picard lächelte sie an.

»Ja, meinen Sie, ich laufe immer wie eine graue Maus herum? Es gibt auch ein Leben außerhalb der Firma und ich will auf jeden Fall, dass Karl mich so sieht, wie er mich auch privat kennt. Bitte, lassen Sie uns nicht reden und bringen mich zu ihm. Ich bin so unglaublich aufgeregt und glücklich.« Er nahm ihr ihre Aufgeregtheit ab und fuhr los. Vor dem Krankenhaus standen einige Reporter und sie konnten Übertragungswagen der großen Fernsehstationen sehen, die an der Straße standen.

»Wir benutzen den Eingang für die Krankentransporte.« An der Zufahrt wurden sie von zwei Polizisten angehalten, und als diese Picard erkannten, ließen sie sie passieren.

»Das ist natürlich Thema Nummer eins bei den Medien«, setzte Picard zu einer Erklärung an.

»Ja, ich weiß, seit Sie mich gestern angerufen haben, verfolge ich die Nachrichten«, unterbrach sie ihn. Picard parkte den Wagen auf dem freien Platz für Einsatzfahrzeuge und sie betraten das Krankenhaus. Auch hier in der Notfallaufnahme standen uniformierte Polizisten. Einer von ihnen begrüßte sie und wies ihnen den Weg zu den Aufzügen.

»Vierter Stock, man wird Sie oben empfangen. Ich sage Bescheid, dass Sie kommen.« Picard bedankte sich knapp.

Elisabeth war nun sehr ernst geworden. Ihre ganze Körperhaltung war angespannt und sie wirkte, als wolle sie am liebsten umdrehen und aus dem Krankenhaus fliehen.

»Alles okay?«, fragte Picard, als der Aufzug sich in Bewegung setzte.

»Ja. Nein ... ich habe Angst. Das ist alles so schrecklich gewesen. Ich kann gar nicht glauben, dass das jetzt vorbei ist. Ich kann das nicht beschreiben. Ich habe Angst vor dem, was diese vielen Wochen aus ihm gemacht haben. Er war so ... unberührbar für die Menschen um ihn herum. Er brauchte seinen Abstand zu den Menschen. Karl ist kein einfacher Mensch, wissen Sie. Das muss für ihn die totale Hölle gewesen sein.« Sie hatte leise gesprochen und mit dem letzten Wort öffnete sich die Aufzugtür. Sie wurden von einem Beamten erwartet, der sie in das Zimmer des behandelnden Arztes führte. Der Weg dorthin führte an einer Krankenzimmertür vorbei, vor der zwei Polizisten auf Klappstühlen saßen.

»Ist er da drin?«, fragte Elisabeth zaghaft.

»Ja. Aber lassen Sie uns zuerst mit dem Arzt sprechen.« Der Polizist klopfte an die Tür des Arztzimmers und öffnete sie, ohne auf ein »Herein« zu warten, und sie traten ein. Der Arzt, ein schmächtiger Mann mit Halbglatze und Dreitagebart, erkannte Picard sofort und reichte Frau Huss die Hand. »Dr. Laub, Facharzt für Innere Medizin« stand auf seinem Namensschild.

»Guten Tag, Herr Picard, wir haben ja telefoniert.« Der Arzt hatte eine angenehm weiche Stimme.

»Aber bitte setzen Sie sich doch. Sie sind Frau Huss, die Lebensgefährtin von Herrn Grothner?« Elisabeth nickte und sah Picard fragend an.

»Ist schon okay. Dr. Laub weiß, dass die Sache diskret behandelt werden soll.« Er sah Frau Huss aufmunternd an.

»Wie geht es meinem ... Lebensgefährten?«, fragte Elisabeth und nestelte an ihrer Handtasche herum, die sie auf den Knien balancierte.

»Herr Grothner kam zu uns in einem sehr schlechten Allgemeinzustand. Da gibt es nichts zu beschönigen, Frau Huss. Er war dehydriert und extrem ungepflegt. An mehreren Stellen haben sich Hautgeschwüre gebildet, bedingt durch die katastrophalen hygienischen Zustände, denen er ausgesetzt war. Er ist mangelernährt und seine Vitalfunktionen sind reduziert. Das sind alles Sachen, die wir hier problemlos in den Griff bekommen werden. Das bedeutet, er wird körperlich wieder völlig genesen.« Der Arzt schaute Elisabeth an.

»Was uns größere Sorgen macht, ist sein psychischer Zustand. Er ist bei Bewusstsein, das EEG zeigt das ganz deutlich. Es liegt keine Hirnschädigung oder Ähnliches vor. Dennoch ist er völlig katatonisch und abwesend. Er reagiert auf Lichtreflexe und Geräusche, scheint aber nicht zu realisieren, wo und in welcher Situation er sich befindet. Neurologische Untersuchungen, die wir durchgeführt haben, zeigen keine Defizite, offensichtlich ist Herr Grothner aufgrund einer sehr tiefgehenden Traumatisierung in diesem Zustand. Die Kollegen von der Neurologie sind sich allerdings noch nicht sicher, wie sie dieses Problem beheben wollen. Wir müssen wahrscheinlich nur Geduld haben.« Der Arzt machte eine beschwichtigende Geste.

»Der Patient hat Furchtbares durchlitten und der gegenwärtige Zustand ist erst einmal etwas, was man erwarten kann in einer solchen Situation. Wir wissen noch viel zu wenig über den menschlichen Geist, um wirklich sicher sagen zu können, wie sich das entwickeln wird. Es gibt Therapien, um diesen psychogenen Stupor, wie man seinen derzeitigen Zustand nennt, zu beseitigen. Wir sind da guter Dinge, dass wir auch daran über kurz oder lang etwas verändern können.« Elisabeth saß kerzengerade auf dem Stuhl und die Farbe war aus ihrem Gesicht gewichen.

»Was sind das für Therapien?«, fragte sie nur.

»Nun, es gibt eine Reihe von Psychopharmaka, die diese Starre auflösen. Und sollten diese versagen, hilft oft eine Elektrokrampftherapie. Sozusagen ein Defibrillator für das Gehirn. Aber derzeit ist es viel zu früh, um überhaupt an eine Therapie zu denken, wir müssen abwarten, ob sich Herr Grothner nicht selbst aus diesem Zustand befreien wird.« Der Arzt stand auf und trat neben Elisabeth.

»Wir werden jetzt zu ihm gehen. Er wird Sie wahrscheinlich nicht erkennen, aber vielleicht reicht ja Ihre Gegenwart schon aus, um etwas zu bewirken. Gefühle sind oft das beste Mittel, um jemanden aus einer solchen Starre zu erlösen. Seien Sie bitte tapfer. Sicher sieht er verändert für Sie aus, aber Sie sollten sich nichts anmerken lassen. Wir wissen definitiv nicht, was er wahrnimmt und was nicht.« Er berührte Elisabeth leicht an der Schulter und nickte Picard zu. Eine Minute später stand Elisabeth vor Karls Bett. Picard und der Arzt waren zurückgeblieben, mit Rücksicht auf diesen intimen Moment des Wiedersehens. Gerald Picard spürte das Vibrieren seines Handys in der Hosentasche, entschuldigte sich und verließ das Zimmer. Die Tür hatte er leise hinter sich zugezogen.

Die Pflegekräfte des Krankenhauses hatten ganze Arbeit geleistet. Karl Grothner war gewaschen und rasiert worden, auch hatte man ihm die Haare geschnitten. Sein Gesicht war sehr hager, die Wangen waren eingefallen und dunkle Ringe lagen unter seinen Augen. Er hielt den Mund fest geschlossen. Neben dem Bett stand ein Infusionsständer, von dem ein dünner Schlauch in Grothners rechten Arm führte. Elisabeth bemerkte den Urinbeutel, der am Bett befestigt war. Karl hatte die Augen weit geöffnet und schien durch sie hindurchzusehen. Keine Regung, kein Hinweis darauf, dass er sie erkannte. Sein Gesicht wirkte seltsam angespannt, aber er atmete ruhig. Seine Hände lagen auf dem weißen Oberbett und sie sah, dass sie sich hin und wieder öffneten und schlossen. Elisabeth trat näher und streichelte seine Wange.

»Karl, ich bin es, Elisabeth. Ich verspreche dir, alles wird gut. Nun ist es vorbei, dieses schreckliche Spiel ist zu Ende. Du wirst wieder ganz gesund, Schatz.« Eine Träne rann ihre Wange hinab und sie wischte sie verschämt weg. Sie blickte zu Dr. Laub, der mit hängenden Schultern noch immer neben der Tür stand.

»Darf ich etwas bei ihm bleiben? Bitte!« Der Arzt nickte.

»Melden Sie sich, wenn etwas ist. Ich denke, eine halbe Stunde ist völlig in Ordnung.« Er verließ das Zimmer und Elisabeth war alleine mit Karl. Und mit ihrer gemeinsamen Geschichte. Sie setzte sich auf seine Bettkante und streichelte sein Gesicht. Dann begann sie leise zu singen.

»La le lu, nur der Mann im Mond schaut zu ...« Karl schloss die Augen.

Zweiundsechzig

Picard sah, dass der Doktor das Zimmer verlassen hatte und sagte ihm, dass er sofort ins Präsidium zurückfahren müsse. Er bat den Arzt, dafür zu sorgen, dass Frau Huss nach ihrem Besuch nach Hause gebracht würde. Dr. Laub versprach, sich darum zu kümmern. Wenig später kam er im Präsidium an und erfuhr dort, dass Fritz Kemper erst einmal nach Hause gefahren war, nachdem er die Nacht durchgearbeitet hatte und auch noch den Vormittag im Hause gewesen war. Auf seinem Schreibtisch hatten sich etliche Schnellhefter angesammelt, erste Untersuchungsberichte vom Tatort. Dass der Tote, der gestern gefunden wurde, tatsächlich Dr. Krieger war, hatte Picard bereits am Telefon erfahren. Picard stellte fest, dass in den Berichten die wesentlichen Aussagen mit einem gelben Textmarker hervorgehoben waren, was es ihm erleichterte, sich einen Überblick zu verschaffen. Vlads Wagen war in den frühen Morgenstunden gefunden worden. Im Inneren des Fahrzeugs waren technische Geräte und andere erhebliche Sachwerte sichergestellt worden sowie eine Reisetasche und das Handy von Dr. Krieger. Die Sachen waren noch in der Kriminaltechnik, ein weiterer Bericht würde folgen. In dem Auto waren noch weitere Fingerabdrücke gefunden worden, auch hier liefen die Ermittlungen. Als er las, dass Peter Müllers Fingerabdrücke auf Grothners Handy gefunden worden waren, und es auch Spuren von ihm auf der Plastikplane gab, in der Kriegers Leichnam eingewickelt war, schlug er mit der flachen Hand auf den Schreibtisch.

»Jetzt habe ich dich bei den Eiern, du Drecksack!«, rief er und ließ Peter Müller ins Vernehmungszimmer bringen. Der verweigerte jede Aussage und verlangte nach seinem Anwalt, als er mit den Beweisen konfrontiert wurde. Mit nichts anderem hatte Picard gerechnet. Müllers Anwalt war ein sehr dicker Mann mit langem Haar, das er zu einem Pferdeschwanz gebunden hatte, und an jedem seiner Finger steckte ein klobiger Ring. Natürlich verlangte der Anwalt zunächst einmal umfassende Akteneinsicht. Picard kannte das alles zur Genüge und spielte das Spiel mit. Er hatte Gewissheit, dass niemand Peter Müller aus diesem Schlamassel würde herausholen können, dazu war die Beweislage viel zu erdrückend. Nachdem Fotos von Peter Müller und dem Auto, das er benutzt hatte, in allen Tageszeitungen veröffentlicht wurden, konnte auch die Wohnung in der Vorstadt gefunden werden. Es hatte massenweise Hinweise aus der Bevölkerung gegeben. Auch hier wurden dieselben Fingerabdrücke wie in dem Wagen gefunden. Diese ließen sich aber keinen

Personen zuordnen und Müller schwieg beharrlich über die mutmaßlichen Mittäter.

Die Polizeimaschinerie nahm ihre Arbeit auf, sortierte sämtliche Spuren, und nach und nach entstand ein Bild, das zwar noch einige Fragezeichen enthielt, im Großen und Ganzen aber schlüssig war. Und so konnte Gerald Picard knapp drei Wochen später den Abschlussbericht an Claas van Horn übergeben. Er fühlte sich unendlich erleichtert, als er dem Staatsanwalt die Mappe mit dem Bericht auf den Tisch legte.

»Die Morde an Borkowski, Kleinhans und Paul Gruhlich können wir Peter Müller nicht nachweisen. Natürlich war er es, oder seine Komplizen. Aber wir haben keine Beweise dafür. Die Entführung Grothners und die Ermordung Dr. Kriegers sind einwandfrei bewiesen. Müllers Anwalt akzeptiert die Beweislage, will die Hauptschuld aber Dr. Krieger anhängen, was schwierig sein wird, weil der sich ja wohl kaum selbst eingewickelt und begraben haben kann, nachdem er verdurstet war. Die Einlassung von Peter Müller, dass Karl Grothner selbst die ganze Sache inszeniert und befohlen habe, wurde zurückgezogen, nachdem Müllers Rechtsbeistand in Kenntnis der Tatsachen selbst die Glaubwürdigkeit bezweifelt hat.« Gerald Picard spürte, dass das Endergebnis für den Staatsanwalt nicht sehr befriedigend war.

»Drei Morde, die wir ihm nicht beweisen können. Da sind jede Menge Ungereimtheiten drin. Hat sich Dr. Krieger mit Grothner die Pritsche geteilt, oder was? Sie waren erwiesenermaßen beide in dem Keller gefangen. Und wo kommen die Spuren her, die wir von Karl Grothner in dieser Werkhalle gefunden haben?« Van Horn sah Picard unglücklich an.

»Das kann uns nur Peter Müller beantworten, aber aus dem holen wir nichts heraus. Er und sein Anwalt setzen voll darauf, dass er nur Handlanger von Dr. Krieger war. Lächerlich, wenn Sie mich fragen. Bis zu dessen Ermordung könnte das ja noch hinhauen, aber die alleinige Verantwortung für Kriegers Tod wird er nicht los.« Picard zuckte mit den Schultern.

»Was denken Sie? Der brummt doch für alle Zeiten, oder? Spielt es da eine Rolle, ob wir ihn der anderen Morde noch überführen?«

»Vielleicht haben Sie recht«, sagte van Horn.

»Ich gehe auch nicht davon aus, dass Peter Müller jemals wieder ein freier Mann sein wird. Gerald, Sie haben gute Arbeit geleistet in dieser Sache. Möchten Sie nicht vielleicht doch überlegen, zu uns zurückzukommen?« Der Staatsanwalt reichte Picard die Hand.

»Nein, das kommt für mich nicht in Frage. Ich packe jetzt meine Sachen und gehe erst einmal in Urlaub. Überstunden habe ich genug. Seien Sie mir nicht böse, aber ich würde kaputtgehen, wenn ich diesen Job noch länger machen müsste. Ich gehe zurück zu meiner Dienststelle.« Picard ging zur Tür.

»Dürfen wir Sie denn fragen, wenn es hier mal wieder eng wird?« Der Staatsanwalt ließ nicht locker.

»Klar, fragen kostet nichts«, entgegnete Picard mehrdeutig und lächelte van Horn an.

»Wir sehen uns bei der Verhandlung. Bis dann.« Er fühlte sich unendlich erleichtert, als er das Gebäude der Staatsanwaltschaft verließ. Im Präsidium packte er seine persönliche Habe in einen Schuhkarton und verabschiedete sich von den Mitarbeitern der SOKO »Karl«, die noch weiter arbeiten würde, bis jedes Beweisstück, jede Spur und jeder Hinweis abgegrast sein würde. Picard vermutete nicht, dass sie noch nennenswerte Ergebnisse ausgraben würden. Zuletzt erkundigte er sich telefonisch bei Frau Huss nach dem Befinden von Karl Grothner.

»Er kann schon alleine essen. Ich hole ihn nächste Woche nach Hause, das wird das Beste für ihn sein. Kommen Sie uns doch mal besuchen, ich würde mich sehr freuen.« Picard überhörte die Höflichkeitsfloskel und wünschte Frau Huss und ihrem geliebten Karl viel Glück und verabschiedete sich.

DREI MONATE SPÄTER

»Der Deal der Staatsanwaltschaft lautet wie folgt: Sie nennen die Namen Ihrer Mittäter und helfen der Polizei auf diese Weise, die anderen Fälle aufzuklären. Das wird Ihnen bei der

Hauptverhandlung dann von Vorteil sein. Ich kann nicht viel mehr für Sie tun. Vieles von dem, was man Ihnen vorwirft, können wir vielleicht abmildern, aber es wird dann immer noch um Mittäterschaft gehen. Es gibt aber niemanden, der das bestätigen kann, also wird man Sie auf jeden Fall wegen der Entführung, der Körperverletzung an Karl Grothner sowie des Mordes an Herrn Dr. Krieger verurteilen. Kein Anwalt der Welt kann daran etwas ändern, aber darüber haben wir schon gesprochen. Wenn Sie die Namen der anderen Beteiligten nennen, wird es vielleicht möglich sein, einen Teil der Schuld auf deren Schultern zu laden. Und die Staatsanwaltschaft verzichtet vielleicht auf die Beantragung der Sicherungsverwahrung.« Der dicke Anwalt schaute Peter Müller an, der in Zivilkleidung, Kurzhaarfrisur und rasiertem Gesicht vor ihm saß.

»Geben Sie mir einen Stift und einen Zettel«, sagte Peter Müller, anstatt auf das Gesagte des Anwalts einzugehen. Der riss seufzend ein Blatt aus seinem Notizblock und reichte es Müller zusammen mit einem Kugelschreiber. Müller schrieb eine Telefonnummer auf den Zettel und gab ihn dem Anwalt.

»Da rufen Sie an. Sobald sich jemand meldet, bestellen Sie nur schöne Grüße von Vladimir Korski. Sagen Sie, dass es da eine Bestellung von mir gab, die immer noch nicht geliefert wurde. Und dass ich darauf warte. Dann legen Sie auf und löschen diese Nummer. Vernichten Sie dann den Zettel. Und was das Angebot der Staatsanwaltschaft angeht ... ich lehne es ab. Es gibt keine Mittäter. Ich habe mit den Morden nichts zu tun. Haben Sie das verstanden?« Der Anwalt nickte und nahm den Zettel an sich.

»Mehr, als es Ihnen vorzuschlagen, kann ich nicht. Sie bezahlen mich dafür, dass ich meinen Job mache. Was diesen Anruf angeht ... ich werde ihn tätigen. Wir sehen uns dann morgen in der Verhandlung. Ich wünsche Ihnen viel Glück. Überlegen Sie es sich bitte.«

»Da gibt es nichts zu überlegen. Bis morgen dann.«

Dreiundsechzig

Elisabeth hatte den Pflegedienst noch begrüßt und verabschiedete sich von Karl, der in seinem Rollstuhl am Küchentisch saß und langsam auf einem Stück Apfel kaute. Aus dem Radio, das auf der Fensterbank stand, klang leise Musik. Sie küsste ihn auf den Mund, doch er erwiderte ihren Kuss nicht. Sein Blick war zu hundert Prozent klar, und doch schien er nichts um sich herum wahrzunehmen. Würde man ihm nicht immer Impulse geben, indem man ihn berührte, würde er noch Stunden später hier sitzen und kauen, obwohl sein Mund längst leer war. Elisabeth hatte eine lückenlose Versorgung organisiert, ständig war jemand in Karls Nähe, um all seine Bedürfnisse zu befriedigen. Die Ärzte hatten ihr gesagt, dass es derzeit keine Möglichkeit mehr gäbe, ihn aus seinem inneren Gefängnis zu befreien, wie sie es nannten. Die Behandlung mit Psychopharmaka hatte genausowenig geholfen, wie die Therapie mit Elektroschocks. Irgendetwas schien in diesem Mann zerbrochen zu sein. Etwas, das ihn als eigenständige Persönlichkeit ausgemacht hatte. Für Elisabeth war das in Ordnung, solange er nur lebte. Sie wusste, Karl, der echte, wirkliche Karl, lebte in ihr weiter. Sie hatte seine Position eingenommen und niemand in der Firma hatte einen Unterschied gemerkt. Sie wurde von ihren Mitarbeitern so behandelt, wie Karl einst behandelt worden war. Demutsvoll und kritiklos wurden ihre Entscheidungen umgesetzt. Sie hatte dafür gesorgt, dass ihr Name auf allen Dokumenten stand. »Elisabeth Huss - Geschäftsführung.« Das Imperium wurde nun durch sie alleine geleitet und florierte nach wie vor. Mit derselben eisernen Hand fügte Elisabeth dem Firmennetzwerk neue Komponenten hinzu. Ihre Anweisungen schickte sie per E-Mail an ihre untergeordneten Bereiche und es kam nur selten vor, dass sie bei Terminen selbst auftrat. Genau wie Karl führte sie das Geschäft emotionslos und ohne Kompromisse. Nachdem der Presserummel nach Karls Befreiung verebbte, hatte sie ihre Wohnung gekündigt und war in Karls Haus gezogen. Sie wurde morgens von der Cheflimousine abgeholt und abends zurückgebracht. Die Polizei fragte sporadisch immer mal wieder nach, ob es eine Veränderung geben würde, doch leider war der wichtigste Zeuge in der Sache unverändert in Katatonie versunken. Sie selbst wurde nie befragt.

An diesem Samstag verließ sie das Haus, um einen Termin bei ihrem Gynäkologen wahrzunehmen, der nur für sie die Praxis geöffnet hatte. Sie hatte ihren Golf behalten und nutzte ihn sehr selten und nur für private Dinge. Sie musste ja nicht immer »Karl« sein. Als sie das Eingangstor passierte, nickte sie dem Wachmann kurz zu und bog dann in Richtung Stadt ab.

Der Frauenarzt wartete eine Stunde, und als seine Patientin dann immer noch nicht erschienen war, schloss er die Praxis wieder und fuhr überaus verärgert nach Hause.

Vierundsechzig

Fritz Kemper blickte noch einmal auf die Frauenleiche, als könne er nicht glauben, was er da sah. Der Körper der Frau war unbekleidet. Es gab keine Stelle an der Leiche, die nicht blutverschmiert war. Breite Schnitte zogen sich von den Armen zu den abgetrennten Brüsten. Das Gesicht war eine einzige, breiige Masse, aus der helle Knochensplitter und ausgeschlagene Zähne herausragten. Die Beine waren ebenfalls von tiefen Schnitten übersät, die Zehen wiesen unnatürlich in verschiedene Richtungen. In der Scheide der Frau steckte eine Toilettenbürste mit dem Bürstenteil voran. Nur die Hände der Frau schienen absolut unverletzt zu sein. Kemper war sofort klar, dass dies das Werk derselben Mörder war, die damals den Schrottplatzbesitzer und Marius Kleinhans ermordet hatten. Die Handschrift war eindeutig. Und sie hatten jeden Zweifel an ihrer Täterschaft dadurch vermieden, dass sie den Mord an derselben Stelle verübten, an der auch Kleinhans zu Tode gefoltert wurde. Auf dem Parkplatz im Industriegebiet.

Fritz Kemper machte sich an seine schreckliche Arbeit.

Fünfundsechzig

»Ich soll Ihnen ausrichten, dass ihre Bestellung eingetroffen ist.« Der dicke Anwalt hatte seine schwarze Robe an, und bevor Peter »Vladimir Korski« Müller antworten konnte, betrat der Richter den Saal und sie erhoben sich. Müller lächelte.

Sechsundsechzig

Es dämmerte bereits. Karl saß in seinem Rollstuhl und die Frau vom Pflegedienst reichte ihm das Abendbrot. Wie immer kaute er unendlich langsam, und die Pflegekraft musste ihm von Zeit zu Zeit den Speichel aus den Mundwinkeln wischen. Im Hintergrund lief das Radio.

»Es ist siebzehn Uhr, Sie hören Ihr Cityradio, immer das Neueste vom Tage aus Ihrer Region.« Die Frau vom ambulanten Pflegedienst stellte das Radio lauter.

»Wie wir bereits berichteten, wurde heute am frühen Nachmittag die Leiche einer Frau auf einem Parkplatz im Industriegebiet Nord entdeckt. Wie die Polizei mitteilte, wurde die Frau Opfer einer Straftat. Auf einer Pressekonferenz, die soeben zu Ende ging, wurde bestätigt, dass es sich bei der Toten um die Geschäftsführerin des Grothner-Konzerns, Elisabeth Huss, handelt. Ein Zusammenhang mit der spektakulären Entführung des Konzernchefs Karl Grothner wird nicht ausgeschlossen. Wie die Polizei weiter mitteilte, steht die Ermordung von Elisabeth Huss wahrscheinlich in direktem Zusammenhang mit der Prozesseröffnung gegen Peter Müller, der als Haupttäter im Entführungsfall Grothner gilt. Die Sicherheitsvorkehrungen rund um den Prozess wurden noch einmal verstärkt.«

Karl hatte aufgehört zu kauen. Er zwinkerte mehrere Male mit den Augen. Die junge Frau, die ihm gerade einen weiteren Löffel mit der breiigen Nahrung reichen wollte, war wie zu Eis erstarrt. Erst Sekunden nach der Nachricht hatte sie begriffen, dass ihre Arbeitgeberin ermordet worden war. Sie starrte Grothner an. Dieser hatte plötzlich die Oberlippe weit hochgezogen, seine Mundwinkel wiesen nach unten. Mit einem Schrei ließ die Frau den Löffel fallen. Sie hatte Karl noch nie lächeln sehen.

- ENDE -

Nachwort

Die Idee zu »Karl -ausgeliefert-« entstand ganz spontan während einer Buchmesse in Nordrhein-Westfalen. Ursprünglich sollte es nur um Karl gehen, einen Menschen mit ausgeprägter, dissozialer Persönlichkeitsstörung, der zum Entführungsopfer wird. Ich wollte den Fokus auf die Entwicklung des Täters richten, der da einen lupenreinen Psychopathen entführt hatte. Als ich begann, den Plot zu skizzieren, kam ich zu der Überzeugung, dass das zwar ein spannender Plot wäre, sich aber schnell totlaufen würde. Mir fehlte der Pfeffer in der Geschichte. Dann entwickelte ich Elisabeth Huss. Eine ebenso gestörte Persönlichkeit. Ihre schizoide Persönlichkeit wandelt sich im Laufe der Geschichte und entfaltet sich. Sie adaptiert ihr Idol, als es in ihren Augen kein Idol mehr ist. Einen Psychopathen in sich aufzunehmen, um so zu werden wie er, stellte für mich die Würze dar. Beruflich habe ich mit persönlichkeitsgestörten Menschen zu tun, aber mir fehlte in Teilen die Fachlichkeit, um wirklich Protagonisten formen zu können, die es zumindest theoretisch geben könnte. Bei der dissozialen Persönlichkeitsstörung ist das relativ einfach, doch die Frage, wie man einen solchen Menschen »bricht«, beantwortet auch die Fachliteratur nicht. Ich danke an dieser Stelle Herrn Joergen Mattenklotz, der als Dozent für psychiatrische Weiterbildung geholfen hat, meine Protagonisten so zu gestalten, dass sie auch der fachlichen Recherche der Leserschaft standhalten können. Elisabeth Huss vereint zwei Krankheitsbilder in sich. Nämlich die schwierig auszusprechende »dissoziative Identitätsstörung« und die »schizoide« Persönlichkeit, die ihre Wurzeln in der erfahrenen Traumatisierung während ihres Studiums hatte. Beide Störungen sind nachvollziehbar bei der Gestaltung von Elisabeth Huss miteinander kombiniert worden.

In erster Linie aber wollte der Autor die Leserschaft unterhalten, weswegen langatmige Erklärungen ausblieben, was die Persönlichkeiten der beiden Hauptprotagonisten anging. Eines jedoch steht fest: Was die menschlichen Abgründe angeht, was die Möglichkeiten der psychischen Fehlentwicklung angeht, ist selbst dem fantasiebegabten Schriftsteller keine Grenze gesetzt. Es gibt nichts, was es nicht gibt, die Realität beweist das stets aufs Neue.

Bernhard Giersche

Weitere Bücher aus dem Begedia Verlag:

Bernhard Giersche lässt die Menschheit untergehen, wie noch kein Autor vor ihm. Gegen sein Untergangsszenario sind Pestilenzen, Meteoriteneinschläge und Invasionen Außerirdischer Kindergeburtstage. Denn die größte Gefahr für die Menschheit ist der Mensch selbst.

»Du hast zehn Tage Zeit, die Welt zu retten, bevor ich sie zertrete mit allem Gewürm darauf. Zehn Tage und Nächte gebe ich Dir, Dir alleine, um die Welt zu retten. Nutze sie oder vergehe zusammen mit allen anderen Deiner Art.«

Alle Menschen auf der Erde erhalten zur gleichen Sekunde die gleiche Botschaft. Und jeder wird zum Retter der Welt. Augenblicklich brechen alle Gesellschaften auf dem Erdball zusammen, denn jeder Mensch wird zum alleinig auserkorenen göttlichen Werkzeug und jedes menschliche Individuum findet die Ursache von Gottes Zorn woanders.

Und sie handeln so, wie Menschen stets handeln.

Nur Wenige werden den zehnten Tag erleben.

Aber wird es einen elften Tag geben?

Das letzte Sandkorn - Bernhard Giersche
Taschenbuch, 296 Seiten, 13,95 €
ISBN: 978-3-943795-52-3

Ahnen wir wirklich, was unter dem Deckmantel der Wissenschaft geschieht?
Als Ella in einem Genforschungsinstitut erwacht, wird sie mit einer schockierenden Wahrheit konfrontiert. Nicht genug damit, dass sich ihre Träume bewahrheiten, sie soll auch für eine neue Generation von Menschen mit außergewöhnlichen Begabungen herhalten. So sehr sich Ella auch dagegen wehrt, sie kann sich dennoch dem charismatischen John nicht entziehen.
Doch dann gerät sie in die Fänge eines sadistischen Mörders.
Plötzlich ist alles unwichtig, denn es beginnt ein Kampf ums nackte Überleben.

Thriller
Fay Ellison - Experiment Ella
Taschenbuch, 272 Seiten, 13,50 €
ISBN: 978-3-943795-88-2

Du lässt den Blick über die Türen schweifen, die ins Ungeschehene führen. Du zögerst, dein Blick bleibt hängen. Jede Tür besitzt unter ihrer eisernen Klinke ein altmodisches Schlüsselloch...

Sechs Schlüssellöcher.
Sechs mögliche Weltuntergänge.

Mit einer Rahmenstory von Uwe Post.

2012 T minus Null
ISBN: 978-3-943795-17-2

Frank Hebben
Das Lied der Grammophonbäume

Neun phantastische Kurzgeschichten aus der Feder des avangardistischen Autors, atmosphärisch dicht und reich bebildert – als Kopfkino hinter dem Vorhang aus Brokat, mit Schellackplatten, Bombentrichtern.
Dazu 11 Kleinode und eine Illustration.

Gebunden, 122 Seiten, 11,95 €
ISBN: 978-3-943795-46-2

Elisabeth Wega
Die Wunderreise

Wie hängt eine Statuette des Phidias mit den Weltwundern zusammen? Wer ist diese geheimnisvolle Frau, die so vieles zu wissen scheint, als ob sie es selbst erlebt hätte. Und wie macht Athene es, dass Pieter van Allen den Eindruckhat, beim Bau der Zeus-Statue dabei zu sein? Lassen Sie sich entführen zu den sieben alten Weltwundern und folgen sie den philosophischen Gedanken einiger großer Denker!

Aus Geldnot übernimmt Pieter van Allen den Auftrag, einen Bildband über die sieben Weltwunder der Antike zu verfassen – mit Fotos der Originalschauplätze. Gleich zu Beginn seiner Recherchen in Olympia tritt eine exzentrische Schöne in sein Leben, die ihn vom ersten Moment an fasziniert. „Athene", wie er sie spielerisch nennt, sucht einen Schatz: eine verschollene Statuette des Bildhauers Phidias. Und sie verwandelt Pieters Reise in ein magisch-mystisches Abenteuer, betörend und rätselhaft wie sie selbst ...

Gebunden, 490 Seiten, 22,95 €
Mit 7 Innenillustrationen der alten Weltwunder
ISBN 978-3-943795-04-2